महारानी झांसी

महारानी झांसी

सन् 1857 के स्वातंत्र्य-संग्राम की गौरव-गाथा

शान्तिनारायण

शिक्षा भारती

₹ 285

ISBN : 9788174831040

प्रथम संस्करण : 2009, षष्ठम् पुनर्मुद्रण : 2018

MAHARANI JHANSI (Historical Novel) by Shantinarayan

मुद्रक : के.एच.बी. ऑफसेट प्रोसेस, दिल्ली

शिक्षा भारती

1590, मदरसा रोड, कश्मीरी गेट-दिल्ली-110006

भूमिका

झांसी की महारानी लक्ष्मीबाई जी ने रणभूमि में जो वीरता, कौशल, साहस तथा पराक्रम प्रदर्शित किया है, वह शायद और किसी भी वीरांगना के जीवन-चरित्र में नहीं पाया जाता। विशेषतः रण-क्षेत्र में असामान्य शक्तिधारी रिपुदल का जिस साहस, वीरता तथा निपुणता से अपने अन्तिम श्वास तक सामना करते हुए इस वीर-श्रेष्ठ नारी-रत्न ने वीरगति पायी है, वह संसार-भर के युद्ध-इतिहास में असाधारण-सी घटना ही है।

इस उपन्यास के अध्ययन से यह भलीभांति विदित हो जाएगा कि महारानी लक्ष्मीबाई जी अपने राज्य-प्रबन्ध में भी वैसी ही निपुण तथा चतुर थीं, जैसे युद्ध-क्षेत्र में। उनके इन्हीं असाधारण गुणों के कारण, उनके रक्त-पिपासु शत्रु-दल के प्रमुख नेता सर ह्यू रोज़ ने भी यह माना है कि रानी विद्रोही दल की सर्वश्रेष्ठ वीरांगना और सर्वोत्तम सेनानायक थीं—The Ranee was the bravest and the best military leader of the rebels. इस सम्बन्ध में दूसरे अंग्रेज ऐतिहासिकों ने भी उनकी मुक्तकंठ से प्रशंसा की है, जैसा कि आगामी पृष्ठों से स्थान-स्थान पर उनके ऐतिहासिक लेखों का अनुवाद देकर प्रकट किया गया है।

इस उपन्यास का आधार श्री बलवन्तराव पारिसनिस और पं. कृष्ण रमाकान्त गोखले की अमर रचनाएं हैं, अतः मैं उन दोनों सज्जनों के प्रति अपनी हार्दिक कृतज्ञता प्रकट किए बिना नहीं रह सकता।

—शान्तिनारायण

महारानी झांसी

भविष्यवाणी

पवित्र धाम ब्रह्मावर्त के एक सुन्दर सुहावने मुहल्ले में एक विशाल भुवन के मुख्य द्वार के सामने दो मान्य नागरिक आपस में कुछ प्रेमालाप कर रहे थे। एक बड़ी ही सुन्दर मनोहर अल्पवयस्का होनहार बालिका उनके पास ही खड़ी, आते-जाते पथिकों का तमाशा देख रही थी।

इनमें से एक सज्जन की आयु कोई चालीस-पचास वर्ष की होगी, परन्तु उसका वेश अति साधारण होने पर भी, उसके तेजोमय मुखारविन्द से रईसी शान टपक रही थी। दूसरे व्यक्ति की आयु पहले से कुछ अधिक जान पड़ती थी। उसके कृष्ण केशों में कहीं-कहीं श्वेत आभा झलक आई थी और वस्त्र आदि भी उसके कोई विशेष धनी-मानी होने की सूचना नहीं देते थे; परन्तु फिर भी जिस साधारण सम्मान और समान भाव से वह पहले व्यक्ति से बातचीत कर रहा था और उसके प्रत्येक प्रश्न का उत्तर दे रहा था, उससे यही प्रकट होता था कि यद्यपि सामाजिक दृष्टि से उन दोनों में आकाश-पाताल का अन्तर है, किन्तु फिर भी वे घनिष्ठ मित्र और सखा होने के कारण एक-दूसरे के साथ गहरे तथा हार्दिक प्रेम की अटूट जंजीरों में जकड़े जा चुके हैं।

बालिका की आयु प्रायः पांच-छः वर्ष की होगी, परन्तु इस अल्पवयस में ही उसके मनोहर मुखड़े पर रूप तथा सुन्दरता वारी-वारी जा रही थी; गोरा-गोरा निखरा हुआ रंग, हिरन की-सी बड़ी-बड़ी सुन्दर, परन्तु चपल और चंचल आंखें, सुतवां लम्बी और उभरी हुई सुघड़ नाक, मोरनी जैसी लम्बी गर्दन, बूटा-सा कद, गठा हुआ फुर्तीला शरीर। सारांश, उसके नख-शिख और अंग-अंग में एक ऐसी अपूर्व सुन्दरता और मनोहरता की छटा पाई जाती थी कि प्रत्येक देखनेवाले की आंखें, उस सुरूप और सुन्दरता की साक्षात् देवी को बार-बार देखने अपितु लगातार देखते ही रहने के लिए विवश हो जाती थीं।

ठीक उसी समय दूर से 'टन्-टन् टनाटन्' घण्टी के बजने का मधुर शब्द कानों में आने लगा और सबकी दृष्टि अनायास ही इधर उठ गई। इतने में ही एक सुन्दर

सुसज्जित मखना हाथी दिखाई दिया, जो अपनी मस्त चाल से झूमता-झामता उसी ओर चला आ रहा था। उसकी पीठ पर जरी के बहुत ही सुन्दर बेल-बूटों से सजा हुआ एक गंगा-जमनी हौदा कसा था और उसमें दो बड़े दिव्य मूर्त चपल-चंचल बालक झमझमाते वस्त्र पहने, प्रसन्नवदन बैठे दिखाई दे रहे थे।

उन्होंने दूर से ही इस रूपमयी बालिका को सड़क पर खड़ा देखकर चिल्ला-चिल्लाकर और तालियां बजा-बजाकर यह कहना आरम्भ कर दिया, ''छबीली! ओ छबीली! देख! हम हाथी पर चढ़े हुए हैं!''

उन्हें हाथी पर चढ़ा देखकर यह अल्पवयस्क चंचला भी आग्रहपूर्वक अपने पिता से बोली, ''पिता जी! हम भी हाथी पर चढ़कर, नाना साहिब के साथ जाएंगे!''

इस पर दयालुहृदय रईस ने चिल्लाकर कहा, ''नाना! ओ नाना! छबीली को भी अपने साथ ले जाओ!''

किन्तु चपल-चंचल और शरारती लक्ष्मीपुत्रों ने अभिमान-भरे स्वरों में, मानो एक ही कलकण्ठ से उत्तर दिया, ''नहीं! नहीं!! हम छबीली-वबीली को अपने साथ नहीं ले जाएंगे!''

इसके साथ ही उन्होंने महावत को भी यह आज्ञा दी, ''चलो! चलो!! तेज चलो!!!''

महावत ने हाथी के अंकुश लगाया और वह भी अपनी चाल तेज करके निमिषमात्र में सबकी दृष्टि से लोप हो गया। केवल घण्टों की 'टन्-टन् टनाटन्' का शब्द ही देर तक कानों में आता रहा।

हाथी के इस प्रकार लोप हो जाने पर भी वह नन्हीं रूपवती बालिका शान्त नहीं हुई, अपितु मचल-मचलकर, अपने पितृदेव का पल्ला खींच-खींचकर, आग्रह-भरे शब्दों में 'मैं हाथी पर चढ़ूंगी!!' कहने लगी और उन दोनों सज्जनों के प्रेमालाप में विघ्न डालने लगी।

धनपति महोदय ने बहुतेरा समझाया, ''बेटी! हाथी को लौट आने दे, तो तुझे भी बिठा देंगे!'' परन्तु उस चपला ने एक न सुनी।

उसे इस प्रकार सहज में ही न मानते हुए और अपने वार्त्तालाप में विघ्न डालते हुए देखकर, धनपति महोदय ने विवश होकर अपनी संगी से कहा, ''अच्छा तांबे जी! आप इस देवी को शान्त करें। हम अब जाते हैं। यह बातचीत फिर हो जाएगी।''

धनपति महोदय तो यह कहकर चले गए, परन्तु बालिका का आग्रह फिर भी जारी रहा और वह यही कहती रही, ''मैं हाथी पर चढ़ूंगी! मैं हाथी पर चढ़ूंगी!!''

यहां तक कि उसकी इस अनुचित हठ से तंग आकर उसके प्रेममूर्ति पिता को भी झिड़की-भरे स्वर में, कुछ कठोरता के साथ उसे यह हृदयवेधी शब्द कहने पड़े, ''अभागी कन्या! तेरे ऐसे भाग्य कहां जो तू हाथी पर चढ़ सके! हाथी पर चढ़ना था तो किसी राजा-महाराजा के घर जन्म लिया होता। मुझ भिखारी ब्राह्मण के घर

क्यों जन्म लिया? यह भी तेरा परम सौभाग्य है जो पेशवा जी की कृपा से तुझे चढ़ने के लिए एक घोड़ा मिल गया है, अन्यथा मेरे बलबूते की तो यह बात भी न थी।''

अपने पूज्य पिता के यह दुःख-भरे शब्द सुनकर वह होनहार चंचला अपना सब रोना और मचलना भूल गई, परन्तु फिर भी बड़े धृष्टता-भरे तीक्ष्ण स्वर में बोली, ''वाह पिता जी! वाह! यह आपने क्या कहा? मेरे भाग्य में तो एक छोड़ दस-दस हाथी लिखे हैं। एक दिन देख लेना!''

इस देवी की तीक्ष्ण बुद्धि और भविष्यवाणी पर स्नेहपूर्वक मुस्कराकर उसके वृद्ध पिता ने हर्ष-भरे स्वर में कहा, ''अच्छा! अच्छा!! तेरे मुख में घी-खांड़! भगवान करे, ऐसा ही हो और तुझे इससे भी सवाये भाग्य लगें! यदि यह हो तो मुझसे बढ़कर भाग्यशाली पिता संसार में और कौन हो सकता है! चलो, अब हम भी घर चलें।''

यह सुनकर वह होनहार बालिका चुपचाप पिताजी के साथ चल दी, और मार्ग-भर कुछ न बोली। मानो यह वही सोचती रही कि 'यह बात, जो इस प्रकार बेसोचे-समझे ही मेरे मुख से निकल गई है, क्या कभी पूरी भी हो सकती है?'

कुछ बीती बातें

प्रेमी पाठक चकित होंगे कि यह चपला-चंचल रूपमयी होनहार बालिका कौन है, जो हाथी पर चढ़ने के लिए इस प्रकार मचलने लगी थी, और फिर जिसने बड़ी शेखी और साहस तथा धृष्टता से, शायद बेसोचे-समझे ही, अपने सम्बन्ध में यह भविष्यवाणी भी कर दी कि मैं तो एक छोड़ दस हाथियों की स्वामिनी बनूंगी।

यह बालिका जिसकी आंखों की पुतली और हृदय का आधार है, उसने अपने-आपको एक भिखारी ब्राह्मण क्यों कहा है? वह कौन है तथा वह उदारहृदय रईस कौन हैं जिनके सहवास का सौभाग्य उसे प्राप्त है और जिनसे वह इस प्रकार घुल-मिलकर बातचीत कर रहा था।

अपने उपन्यास के इन तीनों पात्रों का परिचय कराने के लिए यहां कुछ बीती बातों का उल्लेख परमावश्यक जान पड़ता है, जो सर्वथा मनगढ़न्त और काल्पनिक नहीं, वरन् जिनकी नींव महाराष्ट्र के वीर छत्रपति शिवाजी महाराज के जगत्विख्यात महाराष्ट्र देश के इतिहास पर बड़ी दृढ़ता और प्रामाणिकता के साथ स्थित है, तथा आगे भी जिन घटनाओं या जिन पात्रों का इस उपन्यास में कथानक-रूप से वर्णन आएगा, उनमें से प्रायः सभी ऐसी ही ऐतिहासिक घटनाएं या व्यक्ति होंगे, जिनके प्रमाण या व्याख्यान हमारे भारतीय इतिहास में स्थान-स्थान पर बिखरे हुए मिल सकेंगे।

19वीं शताब्दी के आरम्भ में, महाराष्ट्र के प्रसिद्ध नगर सितारा के निकट, कृष्णा नदी के तट पर वाई नाम का ग्राम है। वहां एक विचारशील विद्वान ब्राह्मण रहा करते थे, उनका शुभ नाम था पं. कृष्णराव तांबे। उनकी योग्यता और विद्वत्ता की ख्याति सुनकर ही, पेशवा जी ने उन्हें अपने न्यायालय का एक न्यायाधीश बना दिया था। केवल यही नहीं, उनके सुपुत्र बलवन्तराव तांबे को भी, जो एक बड़े शूरवीर, मनचले और साहसी योद्धा थे, पेशवा जी ने उन्हें भी अपनी सेना में एक उच्च अधिकारी बनाकर उनकी बड़ी मानवृद्धि की।

इन बलवन्तराव के दो सुपुत्र हुए, मोरोपन्त और सदाशिव। पेशवा बाजीराव द्वितीय के अनुज (छोटे भाई) चीमाजी मोरापन्त के बड़े घनिष्ठ मित्र थे और उनके साथ बड़ा प्रेम-भाव रखते थे। जब सन् 1818 ई. में अंग्रेजों ने अन्तिम पेशवा महोदय

को दुष्प्रबन्ध तथा अन्याय, अत्याचारों का दोष लगाकर राजगद्दी से उतर जाने पर विवश कर दिया, और वह आठ लाख वार्षिक पेंशन लेकर ब्रह्मावर्त में रहने लगे, तो अंग्रेजों ने उनके सगे भाई चीमाजी को पेशवा बनाना चाहा और पूना के आसपास बीस लाख रुपये वार्षिक आय का एक प्रान्त भी उन्हें देना चाहा, परन्तु स्वतन्त्रता प्रेमी चीमाजी इस प्रलोभन-जाल में नहीं फंसे और वे अंग्रेजों की कठपुतली बनकर राज्य करना अस्वीकार करके पूना से काशी जी चले गए।

इस परिवार के साथ-ही-साथ मोरोपन्त का भाग्य-नक्षत्र भी चक्कर में आ गया, और चीमाजी से उनका घनिष्ठ प्रेम होने के कारण वे भी कुछ दिनों पीछे ही, चीमाजी के पास सपरिवार काशी जी जा पहुंचे।

मोरोपन्त की धर्मपत्नी भागीरथी बाई जी बड़ी सुन्दर, सुशीला, हँसमुख और गुणवती देवी थीं। दोनों पति-पत्नी में इतना गहरा प्रेम था कि उन दोनों को यदि एक आत्मा तथा दो शरीर भी कहा जाए तो कुछ अत्युक्ति न होगी।

कार्तिक बदी अष्टमी, सं. 1891 वि. तदनुसार 13 नवम्बर, सन् 1835 ई. को बड़े शुभ मुहूर्त में, इन्हीं भागीरथी देवी जी ने एक महामनोहर रूपवती कन्या-रत्न को जन्म दिया।

माता-पिता ने बड़े प्रेम से विधिपूर्वक उसका नामकरण-संस्कार कराके उसका शुभ नाम मणिकर्णिका बाई रखा, जो पीछे प्यार-प्यार में ही, मनूबाई कहलाने लगी।

दोनों ने बड़े प्रेम तथा स्नेह से उसका लालन-पालन आरम्भ किया। अभी इस पुत्री के जन्म को कुछ अधिक समय नहीं बीता था कि काशी जी में चीमाजी का देहान्त हो गया। मोरोपन्त जी को अब काशी जी में रहना कठिन हो उठा। विवश हो वे अपनी धर्मपत्नी तथा मनूबाई समेत काशी जी से ब्रह्मावर्त चले गए। कारण, पेशवाजी भी उन्हें चीमाजी का परम मित्र समझकर, उन पर बड़ी कृपा किया करते थे। अतः वे अब पेशवा जी के ही एक सम्मान-पात्र संगी (मुसाहिब) बनकर सुखपूर्वक अपना जीवन वहीं व्यतीत करने लगे थे।

परन्तु दुर्दैव को इस अबोध अनुपम सुन्दरी बालिका मनूबाई का यह प्रेममय सुख-सौभाग्य भी अधिक काल तक न भाया और यह अभागिन, इस अल्पायु में ही अपनी प्रेममयी माता की प्रेम-भरी गोदी से सदा के लिए वंचित हो गई, और उसके लालन-पालन का सभी बोझ उसके पूज्य पिता मोरोपन्त के सिर पर आ पड़ा, जिसे वे अपने पुरुषोचित ढंग से बड़े प्रेम तथा उत्तमता से निभाने लगे। इसी कारण से इस मातृहीना रूपसी बालिका में उसके बाल्यकाल से ही स्त्रीसुलभ लज्जा, शीलता, संकोच आदि शान्त गुणों तथा दोषों की अपेक्षा पुरुषोचित वीरता, निर्भयता, निस्संकोच, साहस, उत्साह, धैर्य, चंचलता, चपलता, उद्दण्डता आदि गुण धीरे-धीरे असाधारण रूप से प्रकट होने लगे, जो शायद माता की मधुर स्नेह-भारी गोदी में कभी विकसित न हो सकते।

इस प्रकार सर्वज्ञ सर्वशक्तिमान भगवान ने अपनी अपार माया से इस कोमलांगी नम्रस्वभाव रूपवती बालिका को एक ब्राह्मणवंश में स्त्री-जन्म देकर भी, पुरुषोचित वीरोत्साह, साहस, दृढ़ता आदि क्षात्रगुणों की पूरी-पूरी शिक्षा पाने का एक अद्भुत अवसर प्रदान कर दिया, जो विधाता के अज्ञात कर्मचक्र के अधीन उसके आगामी जीवन की उन घटनाओं की पूर्ति के लिए, गुप्त रूप से ही तैयार कर दिया, जो भविष्य में होने वाली थीं।

अनायास ही माता की स्नेह-भरी गोद से वंचित होकर अब वह भोली-भाली, परन्तु तीव्रबुद्धि मनोहारिणी बालिका अपने पूज्य पिताजी के साथ पेशवा जी की कचहरी, दरबार तथा महलों में यूं बेरोक-टोक आने लगी, और वहीं अपने समय का एक बड़ा भाग बालोचित खेल-कूद में बिताने लगी। धीरे-धीरे वह अपने अपूर्व आकर्षक गुणों के कारण पेशवा जी, उनकी रानियों तथा पुत्रों में भी सर्वप्रिय बन गई और पेशवा जी के सभी दरबारी तथा अन्य कर्मचारी भी उससे हार्दिक स्नेह करने लगे तथा बड़े प्यार से 'छबीली! छबीली!' कहकर पुकारने लगे; यहां तक कि उसका 'मनूबाई' नाम प्रायः सभी भूल गए।

पेशवा बाजीराव जी के दोनों दत्तक पुत्र नाना साहिब तथा राव साहिब भी मनूबाई के समवयस्क ही थे। उसके साथ खेलते-खेलते वे दोनों भी उसके साथ भाइयों के समान स्नेह करने लगे। अतः प्रायः तीनों इकट्ठे ही देखे जाया करते थे।

जब तक तीनों दुधमुंहे बच्चे रहे, तब तक तो सब इकट्ठे खेलते-कूदते ही रहे, फिर उसके पीछे भी जब कुछ बड़े हो जाने पर, उन दोनों भाइयों की कुछ शिक्षा आरम्भ हुई, तो पेशवा जी की कृपा से इस होनहार कन्या को भी उन दोनों भाइयों के साथ-ही-साथ शिक्षा मिलने लगी और वह पढ़ने-लिखने के साथ-ही-साथ अस्त्र-शस्त्र आदि चलाना भी सीखने लगी। अतः उन दोनों वीर बालकों के साथ खेलने-कूदने और शिक्षा पाने से वह बालिका धीरे-धीरे वीर-बाला बनती चली गई और उसमें अपने प्राकृतिक स्त्री-स्वभाव तथा गुणों के साथ-ही-साथ साहस, निर्भयता, वीरता आदि बहुत-से पुरुषोचित गुण भी धीरे-धीरे उत्पन्न होते गए।

अब वह न केवल उन वीर बालकों के साथ-साथ निर्भय रूप से घोड़ा दौड़ाती और कुदाती हुई ही दिखाई दिया करती थी, किन्तु इस छोटी-सी आयु में ही उनके साथ सैर-शिकार में भी चली जाया करती थी और कहीं भी भयभीत नहीं होती थी।

किन्तु कभी-कभी वे दोनों शरारती बालक, अपनी बालोचित शरारत और उद्दण्डता से मनूबाई को चिढ़ाने, खिजाने और तंग करने में भी बड़ा आनन्द अनुभव किया करते थे, जैसा कि गत परिच्छेद में ही पाठक देख चुके हैं कि किस प्रकार उन्होंने मनूबाई को 'छबीली-छबीली' कहकर पुकारा और आप ही तो हाथी पर चढ़ने के लिए उसे उत्तेजित किया, फिर पेशवा जी के कहने पर भी उसे अपने साथ हाथी पर न बिठाकर, हाथी भगाकर ले गए; उसे रोने तथा मचलने के लिए वहीं छोड़

गए। तब मनूबाई ने अपनी स्वाभाविक तीव्रता के कारण, बड़ी ढिठाई से यह असाधारण वाक्य कहकर अपने वृद्ध पिता को चकित कर दिया, 'मेरे भाग्य में तो एक क्या, दस-दस हाथी लिखे हैं', और अन्त को उसके स्नेही पिता ने उसकी इस शेखी पर क्रुद्ध होने की अपेक्षा, उसे यही मंगलमय आशीर्वाद दिया, 'भगवान करें ऐसा ही हो, अपितु तुझे इससे भी बढ़-चढ़कर भाग्य लगें। यदि ऐसा हो तो मुझसे बढ़कर बड़भागी पिता और कौन होगा!'

सारांश यह कि इस प्रकार मनूबाई अपने प्राकृतिक स्त्री-स्वभाव तथा स्त्रियोचित नम्र गुणों के साथ ही, पुरुषों के वातावरण में पलती हुई धीरे-धीरे पुरुषोचित कठोर गुणों को भी धारण करती-करती शनैः-शनैः युवावस्था की ओर बढ़ती गई।

सगाई और विवाह

ज्यों-ज्यों मनूबाई इस प्रकार यौवनावस्था के समीप पहुंचती जा रही थी, उसके पिता और उनके परम सहायक स्वामी तथा सखा पेशवा जी को इसके लिए योग्य वर खोजने की चिंता भी दिनोंदिन बढ़ती जा रही थी। कारण, ब्रह्मावर्त और उसके आसपास तो उन्हें कोई ऐसा उच्चवंशीय सर्वगुणसम्पन्न ब्राह्मण युवक दिखाई नहीं देता था, जिसे इस असाधारण गुणवती वीरबाला के लिए एक योग्य वर समझा जा सकता, और जो इसके भविष्य-जीवन को उसी मान-मर्यादा से व्यतीत करा सकने के योग्य दिखाई देता, जिसमें इस रमणीरत्न का लालन-पालन हो रहा था।

परन्तु भगवान का सर्वशक्तिमान और दूरगामी हाथ भविष्य के गहन गम्भीर परदों में छिपे हुए गुप्त रहस्यों से अनभिज्ञ, तुच्छ मनुष्यों की चिन्ताओं को, चाहे वह कितनी भी बढ़ी-चढ़ी क्यों न हों, कब कुछ ध्यान में लाता है? वह अपनी एक ही चाल पर नियमानुकूल चलने वाली घड़ी की सुइयों के समान दिन-रात अपने कामों में लगा रहता है, और सभी पूर्ण होने वाले महान-से-महान कार्यों को अनायास ही ऐसी आशातीत रीति से पूरा कर दिखाता है कि देखने वाला विस्मय-चकित रह जाता है, और यह सोचने लगता है कि मैंने तो अकारण ही अपनी अल्पबुद्धि तथा अश्रद्धा के कारण, उस सर्वशक्तिमान विश्वकर्ता की सर्वशक्तिमत्ता पर विश्वास न करके, व्यर्थ ही चिन्ता का यह भारी बोझ ढोया है।

भगवान की अपार लीला तथा अद्‌भुत माया से एक दिन झांसी राज्य के ज्योतिष-विद्या-विशारद राज-ज्योतिषी पेशवा बाजीराव जी से मिलने के लिए अनायास ही ब्रह्मावर्त आ पहुंचे। उनका शुभ नाम पं. तांतिया जी दीक्षित था। स्वभावतः मोरोपन्त जी ने उनके शुभागमन को अपने लिए एक दैवी सहायता समझकर, उनसे अपनी मातृहीना सुपुत्री-रत्न के लिए किसी सुयोग्य वर की खोज में सहायता मांगी और उसकी जन्मपत्री उनके समक्ष रखते हुए बड़े नम्र तथा दीनभाव से कहा, ''महाराज! इस मातृहीना कन्या के लिए यदि आपकी कृपा से योग्य वर मिल जाए तो मैं इसके ऋण से उऋण होकर गंगा नहाऊं। ज्यों-ज्यों यह यौवन अवस्था के समीप पहुंचती जा रही है, इसकी देख-रेख मेरे लिए कठिन-से-कठिनतर ही होती जाती है।''

ज्योतिषी जी ने मनूबाई की जन्मपत्री बड़े ध्यान से देखकर और मीन, मेष आदि की बहुत कुछ गणना करके कहा, ''भाई! इस कन्या के तो राजयोग पड़ा है। यह किसी ऐसे-वैसे घर तो जा नहीं सकती। तुम कुछ चिन्ता न करो। जब समय आएगा, तो स्वमेव कोई राजा-महाराजा इसके शुभ गुणों पर मोहित होकर, इसके प्रेम का भिखारी बनकर तुम्हारे द्वार पर आ खड़ा होगा। यह काम तुम्हारे या मेरे किए कदापि पूरा न हो सकेगा। वैसे मैं भी प्रयत्न अवश्य करूंगा, आगे रहे इस देवी के अपने संयोग! मैं तो केवल एक निमित्त-मात्र ही बन सकता हूं, सो भी यदि प्रभु की इच्छा हो तो, अन्यथा वह भी नहीं!''

अतः हुआ भी ऐसा ही। राज-ज्योतिषी तांतिया जी के प्रयत्न तथा जोड़-तोड़ से इस सात वर्षीया कन्या मनूबाई अथवा छबीली का विवाह सन् 1842 में झांसी-नरेश श्रीमान गंगाधर राव जी से हो गया, जो अपने राजपाट के लिए एक सुयोग्य युवराज प्राप्त करने की लालसा से अपनी अच्छी बढ़ी-चढ़ी अवस्था में भी किसी शुभ गुणवती और होनहार सुन्दरी से विवाह रचाने के लिए विह्वल हो उठे थे।

ज्योतिषी तांतिया जी ने इस देवी के सुरूप, गुण तथा नक्षत्र-राशि की कुछ ऐसी महिमा महाराज से वर्णन की कि वे उसकी अल्पावस्था का भी कुछ विचार न करके, उसके साथ विवाह रचाने को अधीर हो गए और अन्ततः खूब धूमधाम से दोनों का पाणिग्रहण-संस्कार सम्पन्न हो गया।

उस समय भोली-भाली अल्हड़ अल्पवयस्का बाला को विवाह के वास्तविक भाव का लेश-मात्र भी ज्ञान नहीं था। अतः वह आयु-भर के बन्धन को भी एक साधारण-सा खेल ही समझती थी। कहा जाता है कि जब इन दोनों के विवाह की आवश्यक विधि पूरी की जा रही थी, और दोनों के गठबन्धन का समय आया, तो भोली-भाली दुलहिन मनूबाई ने अपनी स्वाभाविक चंचल वृत्ति के अनुसार पुरोहित जी से यह कहा, ''पंडित जी महाराज! तनिक पक्की-सी गांठ बांधना!''

उस समय तो वहां जो भी सज्जन उपस्थित थे, वे सभी इस नन्हीं-सी दुलहिन के मुख से यह शेखी तथा विनोद-भरे असाधारण शब्द सुनकर हँस पड़े, किन्तु शायद किसी के भी मन में यह विचार नहीं आया कि कहीं सर्वज्ञ विधाता ही तो इस समय इस नन्हीं के मन में, उसके भविष्य के सम्बन्ध में यह शंका उत्पन्न करके, उसके मुख से यह अपशब्द नहीं कहलवा रहा है और हमें गुप्त आगामी घटनाओं के सम्बन्ध में यह चेतावनी नहीं दे रहा है? यदि ऐसा होता तो शायद उस समय इस भोली-भाली होनहार देवी के संरक्षक और शुभचिन्तक पिता और उनके दूसरे सम्बन्धियों को इस विवाह से इतना हर्ष तथा आनन्द कदापि न होता, जितना कि उस समय उसके निकटतम तथा ज्योतिर्मान भविष्य के विचार से उन्हें हो रहा था। कारण, यह बात उन्हें तुरन्त ही खटक जाती कि इस नन्हीं दुलहिन के इन भोले-भाले शब्दों में भी

एक ऐसी भविष्यवाणी छिपी है, जिसका अन्तिम परिणाम उसके लिए किसी प्रकार भी शुभ और कल्याणकारी नहीं हो सकता।

किन्तु हमें तो इसमें भी दयालु भगवान की—हम निरीह, अल्पज्ञ तथा विवश मनुष्यों पर—एक अपार करुणा ही दीख पड़ती है कि हमारे निकट भविष्य की ज्योति तथा प्रसन्नता से हमारी आंखें इतनी चुंधिया जाती हैं कि घोर-से-घोर भयावनी-से-भयावनी कृष्णरात्रि भी स्पष्ट रूप से दिखाई नहीं दे सकती। नहीं तो शायद हमारे लिए इस जीवन में कोई एक घड़ी भी हर्ष तथा आनन्द की न आए, और दूर भविष्य में फैलने वाले तिमिर का भयावना तथा अशुभ विचार हमारे वर्तमान और निकट भविष्य के सभी हर्ष तथा आनन्द वर्षों पहले ही मटियामेट कर देने का कारण बन जाए, और उसका भय हमें एक दिन भी सुख-शान्ति न पाने दे।

सारांश यह कि मनूबाई इस विवाह का अन्तिम परिणाम (11 साल पीछे) चाहे कितना भी दुःख-भरा, शोचनीय और अशुभ क्यों न सिद्ध हुआ हो, उस समय तो यह विवाह स्वयं दुलहिन मनूबाई ही नहीं, वरन् उसके पूज्य पिताजी तथा दूसरे सभी निकटस्थ सम्बन्धियों के लिए बड़ा शुभ तथा लाभदायक सिद्ध हुआ। कारण, इस विवाह के परिणामस्वरूप ही मोरोपन्त तीन सौ रुपये मासिक पर झांसी के दरबार के सर्वमान्य सरदार तथा कर्मचारी बन गए और उनके दूसरे सम्बन्धियों को झांसी राज्य में अच्छी-अच्छी नौकरियां मिल गईं।

केवल यही नहीं, वरन् जिन मोरोपन्त ने मनूबाई की माता के देहान्त के उपरान्त कुछ तो इस भय से कि कहीं विमाता के हाथों कन्या का उचित रूप से लालन-पालन न हो, और अपनी निर्धनता तथा दरिद्रता के कारण, अब तक अपने दूसरे विवाह का कोई विचार तक भी अपने मन में कभी न फटकने दिया था, उन्हीं मोरोपन्त ने अब मनूबाई के विवाह से निवृत्त होकर और उसके मनूबाई से महारानी लक्ष्मीबाई बन जाने पर, शीघ्र ही गुलसराय के एक कुलीन ब्राह्मण वासुदेव शिवराव खानोलकर की युवती कन्या से विवाह रचा लिया, और जिस गृहस्थ-सुख से वे चिरकाल से वंचित हो रहे थे, उसका जी भरकर उपभोग करने लगे।

झांसी राज्य का संक्षिप्त इतिहास

झांसी राज्य वास्तव में मध्यभारत के प्रसिद्ध तथा उपजाऊ प्रान्त बुन्देलखण्ड का ही एक भाग है, जहां उस समय, जिसका वृत्तान्त वर्णन कर रहे हैं, बहुत-सी छोटी-बड़ी रियासतें फैली हुई थीं। उन्हीं में एक छोटी-सी रियासत का नाम, उसकी राजधानी के नाम पर झांसी प्रसिद्ध था। प्रबल कालचक्र के वशीभूत यद्यपि उस पुराने राज्य के सभी बड़े-बड़े स्मारक और यादगारें मिट चुकी हैं, किन्तु फिर भी ओरछा के प्रसिद्ध शूरवीर राजपूत राजा वीरदेव सिंह का दुर्ग आज अपनी इस उजड़ी और भग्न अवस्था में भी, अपने प्राचीन महत्त्व, वैभव और सुन्दरता का एक प्रभावशाली तथा शिक्षादायक चित्र उन नेत्रों के समक्ष रहा है जिनमें कुछ देखने के तथा समझने की शक्ति वर्तमान है।

बुन्देलखण्ड अपने शाब्दिक अर्थों के विचार से बुन्देले राजपूतों का देश माना जाता है। उनके इस बुन्देल नाम के सम्बन्ध में यह दन्तकथा प्रसिद्ध है कि जब काशी जी में राजपूतों का राज्य था, तब वहां के पंचम नामक एक राजा को उसके भाइयों ने षड्यन्त्र द्वारा उसके राजपाट से वंचित कर दिया गया था। वह इस निर्वासित दशा में निराश घूमता-फिरता जब विंध्याचल पर्वत पर पहुंचा तो वहां के सुन्दर तथा रमणीक दृश्यों ने उसके प्राकृतिक शोभा के उपासक मन पर कुछ ऐसा प्रभाव डाला कि वह वहीं, विंध्याचलवासिनी देवी के मन्दिर में ही रहने लगा और देवी की पूजा-आराधना करता हुआ, साधु रूप से, अपना दुःख-भरा जीवन व्यतीत करने लगा।

कहा जाता है कि एक दिन अपना छिना हुआ राजपाट अपने बाहुबल से प्राप्त करने की ओर से सर्वथा निराश होकर और केवल देवी भगवती की कृपा से ही उसे फिर प्रसाद रूप में पाने के श्रद्धामय भाव से प्रेरित होकर, अपना शीश स्वयंमेव देवी को भेंट चढ़ा दिया। उसके इस असाधारण साहसयुक्त श्रद्धामय बलिदान से प्रसन्न होकर देवी भगवती ने उसे फिर जीवित कर दिया और वर मांगने को कहा।

वह बोला, "मेरा छिना हुआ राजपाट मुझे फिर मिल जाए।" इस पर देवी ने 'तथास्तु' कहकर उसे मनोवांछित वरदान दिया। तदनन्तर अनायास ही कुछ ऐसी स्थिति पैदा हो गई जिससे उस राजा ने फिर अपने भाइयों से अपना राजपाट छीन लिया।

इसी सम्बन्ध में यह भी कहा जाता है कि जब उस राजा ने अपना शीश काटकर देवी के चरणों में डाल दिया तो उसके रक्त की कुछ बूंदें (जो संस्कृत भाषा में बिन्दु कहलाती हैं) देवी की मूर्ति पर पड़ गईं, इसलिए देवी ने उस राजा को 'बिन्दु' कहकर पुकारा और उसी शब्द से बिगड़कर इस राजा के वंश का नाम बिन्दुला या बुन्देला पड़ गया।

ऐतिहासिक रूप से झांसी के अस्तित्व का कुछ पता उस समय से मिलता है, जब यह प्रान्त ओरछा के प्रसिद्ध शूरवीर राजा वीरसिंह अथवा वीरदेव सिंह के अधीन था, जिन्होंने यह विशाल दुर्ग बनवाया था, जो आज तक झांसी का गौरव बना हुआ है।

प्रसिद्ध है कि, इस राजा ने सन् 1602 ई. के एक युद्ध में बादशाह अकबर के विश्वासपात्र मित्र तथा विशेष मंत्री, और प्रसिद्ध ऐतिहासिक लेखक अबुल फज़ल को राजकुमार सलीम के संकेत से रणभूमि में मार डाला था, जो अकबर बादशाह के नवरत्नों में से एक प्रसिद्ध रत्न था। इस पर बिगड़कर चतुर अकबर ने उसी राजकुमार सलीम के अधीन एक बड़ी सेना भेजकर बुन्देलखण्ड पर चढ़ाई कर दी।

शाही सेना का सामना करने का साहस न करके राजा पर्वतों में जा घुसा और दो-तीन वर्ष तक वहां ही छिपा फिरता रहा। अकबर का देहान्त हो जाने पर जब राजकुमार सलीम जहांगीर बादशाह के नाम से सिंहासन पर बैठा तो 1605 ई. में वीरदेव सिंह को फिर उसका राज्य लौटा दिया, परन्तु सन् 1642 में शाहजहां ने फिर किसी बात पर बिगड़कर यह राज्य उससे छीनकर अपने राज्य में मिला लिया। उस समय से सन् 1707 तक झांसी का सारा प्रान्त दिल्ली सम्राट के अधीन रहा। तदुपरान्त बहादुरशाह बादशाह ने फिर यह प्रान्त पन्ना के राजा छत्रसाल को दे दिया।

राजा छत्रसाल के पिता का नाम राजा चम्पतराय था। वे राजपूतों के पनवार वंश से थे। राजा छत्रसाल अपने समय के एक प्रसिद्ध वीर प्रजा-पालक राजा हुए हैं। उन्होंने धीरे-धीरे सारे बुन्देलखण्ड को अपने अधीन करके ऐसा सुप्रबन्ध किया कि सभी प्रसन्न होकर उनके गुण गाने और उनकी जय मनाने लगे। राजा छत्रसाल की यह सर्वप्रियता, प्रसिद्धि तथा ख्याति मालवा के सूबेदार और इलाहाबाद के नवाब मुहम्मदखां बंगश को एक आंख न भाई और वे दोनों उसे भांति-भांति से तंग करने

लगे, परन्तु छत्रसाल ने उनकी कभी कुछ परवाह नहीं की और वे सदा ही उन्हें ईंट का जवाब पत्थर से देते रहे।

एक बार मालवा के सूबेदार ने राजा छत्रसाल को राज्य-कर देने की आज्ञा देकर यह धमकी दी, "यदि तुमने हमारी इस आज्ञा को शिरोधार्य नहीं किया तो तुम्हें इसका घोर दंड दिया जाएगा।"

किन्तु छत्रसाल ने इस धमकी को भी कुछ न समझा, अपितु इसके उत्तर में यह लिख भेजा :

"देवगढ़ देश नहीं, दक्षिण नरेश नहीं,
चन्दाबाद नहीं जहाँ, घने महल पाई हौं।
सौदागर सान नहीं, देवन को थान नहीं,
जहाँ तुम पाहुन लै, बहु तुक जठि जाईहो।
मैं तो सुत चम्पत को, युद्ध बीच लह्यों हाथ,
यही जिय जान उलटी, चौथ दे पठाईहो।
लिखा परवाना, महाराजा छत्रसाल जू ने,
औरन के धोके यहां, कबहूं न आईहो॥"

अर्थात्, यह मेरा देश देवगढ़ देश नहीं, और न मैं ही दक्षिण-नरेश हूं कि उनके समान तुम मुझे हराकर और लूटमार करके ले जाओगे। मेरा नगर चन्दाबाद नगर भी नहीं, जहां तुम बड़े-बड़े महल पाकर उन पर अपना अधिकार जमा लोगे। न मैं सान सौदागर के समान हूं कि तुम्हारी धमकी सें डरकर जो तुम मांगोगे वही दे दूंगा। न मेरा देश किसी देवता का स्थान ही है, जहां तुम जूते पहने जाकर अपवित्र कर दोगे और पण्डे-पुजारी तुम्हारी इस धृष्टता को सहन करके चुप कर जाएंगे। मैं तो राजा चम्पतराय का सुपुत्र हूं। युद्ध में दो-दो हाथ किए बिना न रहूंगा। यही तुम अपने मन में जान लो कि मुझसे यदि तुमने कुछ छेड़छाड़ की, तो तुम्हें मुझे ही उलटी चौथ देकर अपने देश से वापस भेजना पड़ेगा, नहीं तो हमारे झण्डे वहीं गड़ जाएंगे। यह परवाना छत्रसाल महाराज ने लिखा है, अतः तुम और किसी के धोखे में, यहां भूलकर भी कभी न आना, नहीं तो तुम्हें मुंह की खानी पड़ेगी।

अपनी धमकी का यह करारा उत्तर पाकर, मालवा के सूबेदार का एक बार रक्त खौल उठा। परन्तु उसने अपने-आपमें राजा छत्रसाल को दण्ड देने के लिए पूरी-पूरी शक्ति नहीं पाई। अतः इधर तो उसने इलाहाबाद (प्रयाग) के नवाब को अपनी सहायता के लिए बुलाया और उधर दिल्ली के सम्राट से खूब मिरच-मसाले लगाकर फरियाद की और उनसे सहायता मांगी।

दूसरी ओर छत्रसाल ने भी इन तीनों बलशाली शत्रुओं पर विजय पाने में अपने-आपको असमर्थ समझकर महाराष्ट्रराज छत्रपति शिवाजी के वंशधर, छत्रपति शाह महाराज के प्रधानमन्त्री पेशवा बाजीराव को अपनी सहायता के लिए एक पत्र लिखा, जिसमें कहा जाता है कि हिन्दी के पूरे एक सौ दोहे थे, उनका सारांश यह था :

''श्रीमान जी!

''आपके सनातन धर्म अर्थात् गौ और ब्राह्मण की रक्षा के लिए ही मैंने यह युद्ध छेड़ने का विचार किया है। उधर दिल्ली नरेश की पूरी-पूरी सहायता है और इधर मैं अकेला, केवल धर्म के आश्रय पर खड़ा हूं। यदि इस समय आप मेरी सहायता न करेंगे तो एक दिन आपको भी अपने सनातन धर्म की रक्षा करनी कठिन हो जाएगी।

''जो गति ग्राह गजेन्द्र की, सो गति भइ है आज।
बाजी जात बुन्देल की, राखो बाजी लाज॥''

इस दुःख तथा नम्रता भरे पत्र के उत्तर में पेशवा बाजीराव ने जो पत्र भेजा था, उसका सार यह था :

''श्रीमान जी!

''आप निश्चिन्त तथा निर्भय रहें। हम इस धर्मयुद्ध में सब प्रकार से आपकी सहायता करने को उद्यत हैं। वैसे तो आप स्वयमेव ऐसे वीर योद्धा हैं कि अकेले ही दिल्ली-साम्राज्य की ईंट से ईंट बजा सकते हैं, परन्तु आपने मुझे याद किया है, अतः मैं भी अपनी ओर से कोई कसर उठा न रखूंगा।

''वे होंगे छत्तापता, तुम होगे छतसाल।
वे दिल्ली की ढाल तो, तुम दिल्ली ढालनेवाल॥''

अर्थात् वे (तुम्हारे शत्रुगण) यदि छत डालने वाले हैं, तो तुम भी छत में छेद करके उसे गिराने वाले हो; वे यदि दिल्ली-साम्राज्य की ढाल अर्थात् रक्षक और सहायक हैं, तो तुम दिल्ली को ढाहने (गिराने तथा मटियामेट करने) वाले हो, अतः तुम्हें उनसे क्या भय हो सकता है?

परिणाम यह हुआ कि अपनी इस प्रतिज्ञा की पूर्ति के लिए पेशवा बाजीराव अपनी सारी सेना लेकर राजा छत्रसाल की सहायता को बुन्देलखण्ड जा पहुंचे, और उन दोनों ने 60 हजार सम्मिलित यवन-सेना का डटकर सामना किया, तथा उसे वह बोदी मार मारी कि उसके छक्के छूट गए। अन्ततः अपनी विजय की कोई

आशा न रहने पर, शाही सूबेदार और शाही सेना के सेनापति को राजा छत्रसाल तथा पेशवा बाजीराव से सन्धि ही करनी पड़ी।

इस युद्ध में विजय पाकर, राजा छत्रसाल जी ने पेशवा जी को अपनी राजधानी पन्ना में निमन्त्रित करके उनका खूब आदर-सम्मान किया और कृतज्ञता-स्वरूप अपने राज्य के तीन हिस्से करके एक भाग तो भरे दरबार में पेशवा जी को भेंट कर दिया, जिसकी वार्षिक आय प्रायः एक करोड़ रुपये थी।

इस प्रकार बुन्देलखण्ड के राजपूती प्रान्त में वीर मरहठों का हस्तक्षेप आरम्भ हुआ और उसी प्रान्त में झांसी राज्य की नींव पड़ी।

कहा जाता है कि राजा छत्रसालजी के दो राजकुमार थे, जगतराजदेव तथा हरराजदेव। अतः उन्होंने अपने राज्य के तीन समभाग करके, उनमें से एक भाग बाजीराव पेशवा के नाम कर दिया। मानो इसप्रकार उन्होंने संकेत रूप से बाजीराव जी पर यह प्रकट किया, "मैं तुम्हें भी अपना एक सुपुत्र ही समझता हूं, अतः भविष्य में तुम्हारा भी यह कर्तव्य होगा कि तुम अपने भाइयों और उनके राज्य की सब प्रकार सहायता करते रहो।"

परिणाम यह हुआ कि बाजीराव ने इस प्रान्त में अपनी शक्ति सुदृढ़ करके राजा छत्रसालजी को सदैव यथासमय पूरी-पूरी सहायता देने के लिए वहां अपने तीन सूबेदार नियत कर दिए। इनमें से एक सूबेदार तो गोविन्द पन्त थे, जो बुन्देलखण्ड में रहने के कारण, मरहठा होते हुए भी 'बुन्देल' कहलाने लगे; वे पानीपत के युद्ध में नज़ीबखां रुहेले के साथ लड़ते-लड़ते वीरगति को प्राप्त हुए।

इन गोविन्द पन्त के दो सुपुत्र थे, वे कालपी में अपना राज्य स्थापित कर चिरकाल तक वहां राज्य करते रहे और अब तक उनके वंशज जिला झांसी में रईसी शान से आबाद हैं, क्योंकि पीछे से अंग्रेजी सरकार ने स्वतन्त्र राज्य को छीनकर उसके बदले में उन्हें तीन लाख रुपये वार्षिक की एक जागीर दे दी थी, जिसका वे अब तक सुख से उपभोग कर रहे हैं।

बाजीराव जी ने अपनी इस जागीर का दूसरा भाग अपनी मुसलमान रानी मस्तानी के सुपुत्र शमशेरबहादुर को दे दिया, जो जिला बांदा तथा कालपी प्रान्त में था। यह सन् 1816 तक शमशेरबहादुर के वंशज के अधीन रहा। सन् 1817 में अंग्रेजों ने इसे भी छीन लिया और शमशेरबहादुर के वंशजों को उसके बदले चार लाख रुपये वार्षिक पेंशन दे दी। इन शमशेरबहादुर के नामलेवा अब तक इन्दौर राज्य में हैं और तेरह हजार रुपया वार्षिक पेंशन पाते हैं।

अब रह गया तीसरा भाग झांसी की सूबेदारी का। इसकी आय बीस लाख रुपये वार्षिक की थी। इसके सम्बन्ध में महाराष्ट्र के इतिहास से यह ठीक-ठीक पता नहीं लगता कि सबसे पहले यह सूबेदारी किसे दी गई। कुछ इतिहासकारों

का यह विचार है कि सबसे पहले गंगाधर पन्त नामक एक महाराष्ट्रीय ब्राह्मण झांसी के सूबेदार बनाए गए थे।

उनकी ओर से यहां का राज्य-कर उगाहने के लिए प्रतिवर्ष एक प्रतिनिधि आया करता था। एक वर्ष उन्होंने मलिहार कृष्ण नामक एक कार्यकर्ता को भेजा, परन्तु ओरछा के बुन्देलों ने उसे और उसके दो पुत्रों को धोखे से मार डाला। इस पर पेशवा ने क्रुद्ध होकर ओरछा पर चढ़ाई कर दी, और वहां के राजा को पराजित करके बन्दी कर लिया; उनके राजमहल ढहवा दिए और हलों में गधे जुतवाकर सारी राजधानी में हल फिरवा दिया।

तत्पश्चात् गोविन्दराव पन्त को यह सूबेदारी भी दे दी गई। परन्तु सन् 1744 ई. में नारोशंकर दानी मोती वाले झांसी के सूबेदार नियत हुए।

उनके सम्बन्ध में सरकार अंग्रेजी के छांटे हुए पत्रों में मिस्टर फॉरेस्ट ने यह लिखा है, "सतारा-नरेश साहू राज्य की ओर से नाना साहिब पेशवा ने हिन्दुस्तान के झांसी प्रान्त के राज्य-कर उगाहने के लिए, राजाबहादुर परिवार के मूल पूर्वज ऋग्वेदी ब्राह्मण नारोजी दानी को झांसी प्रान्त का सूबेदार बना दिया।" उन्होंने चौदह वर्ष तक उस प्रान्त का राज्य-कर उगाहा, परन्तु अन्तिम कुछ वर्षों में उस कर का एक रुपया भी पूना के राज्य-कोष में नहीं भेजा, अपितु अपने-आपको उस प्रान्त का 'सरनौबत' अर्थात् सेनाध्यक्ष (फौजी कमाण्डर) प्रकट करने लगे।

परिणाम यह हुआ कि उन्हें पूना बुला लिया गया, वहां पहुंचकर भी उन्होंने न केवल सारे नगर में अपने नाम की नौबत ही पिटवा दी, वरन् अपने उतारे के लिए पेशवाई महलों में ही स्थान भी मांगा। फिर छानबीन के दिनों में अपने पक्ष को ऐसी उत्तमता से सिद्ध किया कि पेशवा जी ने उनकी योग्यता से प्रभावित होकर उन्हें अपने साम्राज्य के सेनाध्यक्षों में एक बड़ा उच्च पद देने के अतिरिक्त, उन्हें 'मोतीवाले' की उपाधि से सम्मानित किया। कारण, यह अनुपम मोतियों का एक बहुमूल्य हार सदैव पहने रहा करते थे।

उनके समय में झांसी राज्य का क्षेत्रफल 5,000 वर्ग मील और जनसंख्या 10 लाख हो गई थी।

इन्हीं दिनों में झांसी के पूर्वाधिकारी गुसाइंयों ने विद्रोह करके सूबेदार नारोशंकर को भी अपने अधीन कर लिया था और यही उनके पूना वापस बुलाए जाने का सबसे बड़ा कारण हुआ था।

उनके स्थान पर रघुनाथहरि निवालकर एक महाराष्ट्र सेनापति को गुसाइंयों का दमन करने के लिए झांसी का सूबेदार बनाकर भेजा गया। उन्होंने विद्रोहियों को कुचलकर फिर झांसी में पेशवाई राज्य स्थापित किया। निवालकर की इस कार्य-कुशलता से प्रसन्न होकर पेशवा ने उन्हें 10,000 रुपये वार्षिक कर की एक

जागीर वंश-परम्परा के लिए प्रदान कर दी जो अब तक उनके वंशजों के पास ही है।

इन रघुनाथहरि निवालकर के पूर्वज बम्बई प्रान्त के रत्नगिरी जिले के 'पावस' नामक ग्राम में रहा करते थे, जो राजपुर के पास ही है। वहां से ही इस परिवार के कई व्यक्ति पेशवाई राज्य के आरम्भ में खानदेश चले गए थे और पेशवा तथा मल्हारराव होल्कर की सेनाओं के सरदार बन गए थे।

रघुनाथहरि निवालकर ने केवल झांसी के गुसाइंयों का ही दमन नहीं किया, वरन् उस प्रान्त को बुन्देलों से सुरक्षित रखने के लिए एक शक्तिशाली सेना भी सजा ली और जिन गुसाइंयों ने विद्रोह किया था, उन्हें या तो अपनी चातुरी से अपने वश में कर लिया, या उस प्रान्त से मार भगाया। सन् 1857 तक झांसी का राज्य निवालकर के वंशजों के अधिकार में ही रहा था।

यह रघुनाथहरि ही मनूबाई के, जो अब महारानी लक्ष्मीबाई के परम सम्मानित नाम से प्रसिद्ध हुई, पतिदेव श्रीमान राजा गंगाधरराव के एक पूज्य पूर्वज थे। यद्यपि वास्तव में वे इस वंश के ज़न्मदाता तो नहीं कहला सकते। कारण, उन्होंने अपनी वृद्धावस्था मे शासन-भार अपने छोटे भाई शिवराव भाऊ को सौंप दिया था और स्वयं काशी जी जाकर प्रभु-भक्ति में लीन हो गए थे। वहीं सन् 1796 में उनका स्वर्गवास हो गया।

इधर पूना में उन दिनों बाजीराव दूसरे पेशवा के कुशासन का समय था, जिसके कुप्रबन्ध से प्रभावित होकर मरहठा सरदारों में आपाधापी फैल गई थी और अंग्रेजों को उनके राज्य में हस्तक्षेप करने तथा उन्हें एक वार्षिक पेंशन देकर राज्यच्युत करने का अवसर मिल गया था, जिसकी ओर हम पहले संकेत कर चुके हैं।

पूना में अंग्रेजों की यह चालबाजी देखकर दूरदर्शी शिवराव भाऊ को भी अपनी चिन्ता पड़ी। अतः उन्होंने बड़ी चतुराई से बुन्देलखण्ड के सभी छोटे-बड़े सरदारों और राजाओं को अपने साथ मिलाकर, अपनी शक्ति इतनी बढ़ा ली कि अंग्रेजों को उनकी ओर आंख उठाकर देखने का भी साहस न हुआ। अतः अन्त में उन्होंने 6 फरवरी, सन् 1804 को झांसी के सूबेदार शिवराव भाऊ से पृथक् सन्धि करके यह प्रतिज्ञापत्र लिख दिया कि राजा शिवराव भाऊ और अंग्रेज सरकार में मित्रता हो जाने के कारण, दोनों सदा ही एक-दूसरे की विपत्ति में सहायक रहेंगे।

राजा शिवराव भाऊ की देखादेखी उनके सब अन्य साथियों अर्थात् बुन्देलखण्ड के दूसरे सरदारों और राजाओं के मन में भी अंग्रेजों के साथ मित्रता पैदा करने की इच्छा उत्पन्न हुई, जिसके लिए अंग्रेजों को राजा शिवराव भाऊ का बड़ा कृतज्ञ होना चाहिए था और उस समय उन्होंने ऐसा प्रकट भी किया। कारण, राजा शिवराव

भाऊ की सहायता से ही बुन्देलखण्ड में अंग्रेजी राज्य की नींव पक्की हुई। परन्तु पीछे उन्होंने राजा शिवराव भाऊ के वंशजों से जो बर्ताव किया, वह ऐसा नहीं, जिस पर कोई भी ईमानदार तथा न्यायप्रिय व्यक्ति कभी गर्व कर सके।

इन राजा शिवराव भाऊ के तीन पुत्र थे--कृष्णराव, रघुनाथराव और गंगाधरराव। जब अट्ठारह वर्ष तक राज करने के अनन्तर राजा शिवराव भाऊ जी अपने सबसे बड़े और प्रिय पुत्र कृष्णराव के देहान्त पर, राज-पाट छोड़कर ब्रह्मावर्त चले गए तो कृष्णराव के अल्पायु पुत्र रामचन्द्रराव को नाममात्र का सूबेदार बना दिया गया और सूबेदारी का सब काम उनकी माता सुखोबाई राज्य के पुराने हितैषी मन्त्री गोपालराव की सहायता से चलाने लगी।

परन्तु वह बड़ी क्रूर, स्वार्थिनी और कठोर स्वभावा सिद्ध हुई, अतः जब रामचन्द्रराव ने युवावस्था को प्राप्त होकर स्वतन्त्रतापूर्वक सूबेदारी संभालने का प्रयत्न किया तो सुखोबाई को यह बड़ा अप्रिय जान पड़ा और वह सब प्रकार से उनके कार्य में बाधा डालने का प्रयत्न करने लगी। परन्तु यह भी खूब जानती थी कि मैं अधिक समय तक अपने इन प्रयत्नों में सफलमनोरथ न रह सकूंगी और एक-न-एक दिन मुझे सभी शासनाधिकार सच्चे राज्याधिकारी को अवश्यमेव देने पड़ेंगे।

अतः वह एक माता होते हुए भी अपने पुत्र के प्राणों की ग्राहक बन गई और एक भयानक राक्षसी के समान उसकी हत्या करने की इच्छुक हो गई। उसने सोचा कि 'न रहे बांस, न बजे बांसुरी' बस, फिर क्या था? नवयुवा रामचन्द्रराव का वध कराने के लिए नाना प्रकार के उपाय सोचे जाने लगे। राजा रामचन्द्रराव को तैरने का बड़ा शौक था। प्रायः जब कभी उन्हें अवकाश मिलता था, वे अपनी राजधानी के लक्ष्मी ताल में देर-देर तक तैरकर अपना जी बहलाया करते थे। इसी को राज्य-लोभ में फंसी सुखोबाई ने अपने लिए बहुत कुछ समझा और एक-न-एक दिन राज्याधिकार से बलात् वंचित कर दिए जाने के भय से भूखी बाघिन के समान क्रोध में अन्धी हो, उसने रातोंरात सरोवर के जल में गुप्त रूप से स्थान-स्थान पर भाले गड़वा दिए, ताकि जब अपने भावी राज्य के सुख-स्वप्न देखनेवाला भोला रामचन्द्र तैरने के लिए तालाब में हाथ-पैर मारने लगे, तो वहां का वहीं छिदकर समाप्त हो जाए, परन्तु—

जाको राखे साइयां मार सके ना कोय।
बाल न बांका कर सके, जो जग वैरी होय॥

सुखोबाई का यह पापमय विचार किसी प्रकार भी छिपाए न छिप सका और राजा रामचन्द्रराव के एक परम हितैषी सेवक लालू कोदलकर को किसी प्रकार राजमाता के इस पैशाचिक विचार का पता लग गया। उसने तुरन्त अपने स्वामी

को उनकी माता के इस घृणित दुर्विचार से सूचित कर दिया। परिणाम यह हुआ कि उस स्वामिभक्त सेवक को आप ही उस भूखी बाघिन के प्रतिशोध और क्रोध का शिकार होकर अपने स्वामी पर अपने प्राण न्यौछावर करने पड़े।

राजा रामचन्द्रराव को जब अपने इस स्वामिभक्त सेवक पर घोर अत्याचार की सूचना मिली, तो उन्हें असीम दुःख हुआ। परन्तु उसकी मातृभक्ति ने, उन्हें अपनी माता की इस पैशाचिक निर्दयता और दुष्कृति को जानते हुए भी, उसके विरुद्ध उफ तक भी करने की आज्ञा नहीं दी।

किन्तु जब इस पाप का भण्डा फूटा और राज्य के प्रतिष्ठित कर्मचारियों तथा सर्वसाधारण प्रजावर्ग को उसका पता लगा, तो उन सबका रोष एक भयंकर प्रलयंकारी रूप धारण कर उठा। कुशल यह हुई कि इस समाचार के फैलने से पहले ही, राज्य के कुछ दूरदर्शी हितैषी तथा चतुर कर्मचारियों ने पापिनी राजमाता सुखोबाई को पकड़कर एक सुरक्षित स्थान में कैद कर दिया था, नहीं तो न जाने क्या से क्या हो जाता, और क्रोधोन्मत्त प्रजा उस डायन के साथ क्या सलूक करती?

सारांश, इस प्रकार एकान्त कारावास के कठिन कष्ट झेलते हुए उस महापापिनी स्त्री को नितान्त दुःखी अवस्था में ही इस असार संसार से प्रस्थान करना पड़ा और उसकी इस घोर पापमय दुष्कृति की कथा सदा के लिए शेष रह गई।

लीलामय भगवान की यह लीला भी कितनी विचित्र तथा आश्चर्यजनक है कि इस पाषाणहृदया सन्तानघातिनी स्त्री के ही परिवार में महारानी लक्ष्मीबाई जैसी पूज्यास्पदा, अमरयश-कीर्ति-विभाजिता, कर्तव्य-परायणा, देशसेविका देवी का प्रादुर्भाव हुआ, जिसके परम पवित्र शुभ नाम की स्मृति में आज भी उसके असंख्य देशभक्त देशवासी नर-नारियों के सिर सम्मानपूर्वक झुक जाते हैं, और जिसकी जय-जयकार-ध्वनि से आज भी भारतवर्ष के धरती-आकाश गुंजायमान होकर थर-थर कांपने लगते हैं।

इधर झांसी में जब उपर्युक्त रोमांचकारी नाटक हो रहा था, तो उधर पूना में लीलामय भगवान की गुप्त शक्तियां अयोग्य, हठी तथा अदूरदर्शी बाजीराव दूसरे पेशवा के शासन का तख्ता उलटने का नक्शा जमा रही थीं। परिणाम यह हुआ कि दूरदर्शी अंग्रेज व्यापारियों ने धीरे-धीरे सब शासन-अधिकार उसके हाथों से छीनकर 13 जून, सन् 1817 को एक सन्धि-पत्र द्वारा, उसे शासन-शक्ति से सर्वथा वंचित कर दिया और बुन्देलखण्ड के समस्त शासनाधिकार अपने हाथों में ले लिये।

17 नवम्बर, 1817 को उन्होंने सीपारी की छावनी में झांसी के अल्पायु राजा रामचन्द्रराव के सर्वेसर्वा राजमन्त्री से एक सन्धि करके राजा शिवराव भाऊ की पिछली सेवाओं के उपहार-स्वरूप झांसी राज्य उनके अल्पवयस्क पौत्र (पोते) रामचन्द्रराव और वंश-परम्परा से उनके उत्तराधिकारियों के नाम लिख दिया।

फिर सन् 1825 में मध्यभारत के पिंडारों ने जो उपद्रव फैलाया उसे राजा रामचन्द्रराव ने तुरन्त दबा दिया। इसके कुछ काल पीछे ही नानापन्त नामक एक मनचले महाराष्ट्र सरदार ने अंग्रेजों के विरुद्ध विद्रोह पर कमर कसी, और उनके प्रान्तों पर अपना अधिकार जमाकर कालपी नगर को भी स्वाधीन कर लिया।

झांसी के पोलिटिकल एजेंट मि. एनसले भी नानापन्त की दिनोंदिन बढ़ती शक्ति को देखकर घबरा उठे और अकेले ही उसको दमन करने की शक्ति अपने में न पाकर उन्होंने राजा रामचन्द्रराव से सहायता मांगी। राजा रामचन्द्रराव ने तुरन्त ही अपने रिसाले के 400 सवार और 1,000 पैदल सेना तथा दो तोपें उनकी सहायता के लिए भेज दीं। इस सहायक सेना ने ठीक समय पर पहुंचकर, कालपी पर फिर अंग्रेजी राज्य स्थापित करा दिया। इससे एनसले साहब बहुत ही प्रसन्न हुए; कारण, उस समय अंग्रेजों की विजय यदि असम्भव नहीं तो दुःसाध्य अवश्यमेव थी।

परिणाम यह हुआ कि तत्कालीन गवर्नर-जनरल लार्ड विलियम बैंटिंक ने भी अपने सरकारी पत्रों में स्पष्ट रूप से रामचन्द्रराव के इस कार्य की सराहना की और यह लिखा, "यदि झांसी की सेना समय पर हमारी सहायता के लिए न आ पहुंचती, तो कालपी पर हमारी विजय असम्भव थी।"

इसीलिए उक्त गवर्नर-जनरल साहब ने सन् 1832 ई. में झांसी में एक दरबार करके राजा रामचन्द्रराव को 'महाराजाधिराज' और 'फिदवी बादशाह जान-जाने इंगलिस्तान' की सर्वमान्य उपाधियों से सम्मानित किया। परन्तु महाराजा रामचन्द्रराव कुछ अधिक काल तक इन शाही सम्मानों का उपभोग न कर सके, और सन् 1835 में ही काल भगवान ने उनका जीवन-नाटक समाप्त कर दिया।

महाराजा रामचन्द्रराव के कोई सन्तान न होने के कारण उन्होंने अपने देहान्त से पहले कृष्णराव नामक एक युवा को अपना दत्तक पुत्र बना लिया था, परन्तु पीछे से यह दत्तक-विधान न्यायसंगत नहीं माना गया। अतः महाराजा रामचन्द्रराव के देहान्त के उपरान्त झांसी के तत्कालीन पोलिटिकल एजेंट मिस्टर बैगबी ने राजा शिवराव भाऊ के दूसरे पुत्र और महाराजा रामचन्द्र के चाचा रघुनाथराव को झांसी का महाराजा बनाकर राजगद्दी पर बिठा दिया।

परन्तु रघुनाथ दुराचारी और विलासी सिद्ध हुआ। इन कारणों से राज्य की आय के बहुत घट जाने के अतिरिक्त प्रजा भी बहुत दुःखी और बेचैन रहने लगी। अतः सन् 1837 में ही उसे गद्दी से उतारकर, अंग्रेजों ने अस्थायी रूप से रियासत का प्रबन्ध अपने हाथ में ले लिया।

संयोगवश 1837 में ही रघुनाथराव परलोक सिधार गए, और फिर राज्यसिंहासन के उत्तराधिकारियों की खोज आरम्भ हुई। चार मनुष्य इसके दावेदार हुए। (1) रघुनाथराव के छोटे भाई गंगाधरराव, (2) महाराजा रामचन्द्रराव के दत्तक पुत्र

कृष्णराव, (3) रघुनाथराव की रखेल बांदी गजरा का पुत्र अलीबहादुर और (4) रघुनाथराव की अपनी महारानी।

इन सब दावेदारों के अधिकारों पर विचार करने के लिए ग्वालियर के रेजीडेण्ट, लेफ्टिनेण्ट स्पीयर्स के प्रधानत्व में एक कमीशन बैठा, और उस कमीशन ने कुंवर गंगाधरराव के अधिकारों का सबसे श्रेष्ठ तथा उन्हें सर्वोत्तम और योग्यतम अधिकारी समझकर झांसी का सिंहासन उन्हीं को भेंट कर दिए जाने की सिफारिश कर दी और वह सिफारिश भी बड़ी सुगमता से स्वीकृत हो गई।

यही महाराजा गंगाधरराव हमारी लक्ष्मीबाई जी के पतिदेव हैं, जिनके शुभ विवाह का संक्षिप्त वृत्तान्त हम गत पृष्ठों में अपने पाठकों को भेंट कर चुके हैं।

महाराजा गंगाधरराव

एक निर्धन दरिद्र ब्राह्मण-परिवार में उत्पन्न मातृहीना, अल्पायु कन्या अपनी समझ-बूझ, जन्मसिद्ध योग्यता तथा चतुराई और असाधारण रूप-सौन्दर्य एवं सबसे बढ़-चढ़कर अपने शुभ नक्षत्रों तथा सौभाग्य के पुण्य प्रभाव से मनूबाई उपनाम छबीली से महाराजा गंगाधरराव की महारानी लक्ष्मीबाई बन गई और दिनोंदिन अपने पतिदेव की हृदयेश्वरी तथा नयन-ज्योति बनने लगी। केवल यही नहीं, अपने स्नेहमय स्वभाव तथा सुशीलता आदि शुभ गुणों से वह राजमहल में धीरे-धीरे सब प्रकार से सर्वप्रियता प्राप्त करने लगी।

उधर उसके शुभातमन के प्रताप से झांसी राज्य में फैले हुए सभी उपद्रव शनैः-शनैः मिट गए और महाराजा गंगाधरजी के सुप्रबन्ध तथा दूरदर्शिता ने सारी प्रजा के मन पर अपना साम्राज्य जमा लिया। वे आस-पास के सभी रईसों, राजाओं और उनसे बढ़-चढ़कर अंग्रेजी सरकार के पोलिटिकल एजेंट करनल स्लीमन के भी प्रेमपात्र बन गए।

परिणामतः, इस विवाह से कुछ ही दिन पीछे करनल साहब ने अंग्रेजी सरकार से महाराजा साहब को शासन-अधिकार दिलवाते हुए यह शर्त भी स्वीकार करा ली कि वे बुन्देलखण्ड प्रान्त की रक्षा के लिए अपने खर्च से कुछ अंग्रेज़ी फौज भी अपने राज्य में रख सकें। अतः उन्होंने इस फौज के लिए अपनी रियासत की वार्षिक आय में से 2,27,458 रुपये अलग करके दो पैदल पलटन और तोपखाने के दो दस्ते अपनी रियासत में रख लिये।

तत्पश्चात् जब महाराजा गंगाधर जी के सिंहासनारोहण का शुभ दिन नियत हुआ और इस महोत्सव पर नगर को दुलहिन के समान सजाया गया, तो उसी दिन पोलिटिकल एजेंट साहब ने रियासत के कोष में जमा हुए 3,00,000 रुपये महाराजा साहब को भेंट करके उन्हें अंग्रेजी सरकार की ओर से एक बहुमूल्य सरोपा (खिलअत) भी भेंट किया।

रियासत के सभी जमींदारों और जागीरदारों ने अपनी-अपनी ओर से उचित

तथा बहुमूल्य उपहार महाराज को भेंट किए, जिससे यह स्पष्ट सिद्ध होता है कि महाराज गंगाधर ने इस थोड़े-से ही मध्यकाल में, जब वे राज्य के भावी शासक के रूप में अपनी योग्यता प्रकट कर रहे थे, अपने शुभ गुणों के कारण राज्य-सुप्रबन्ध के उत्तरदायी अंग्रेज अफसरों में ही नहीं, वरन् अपनी रियासत के सब अमीरों, सब वज़ीरों और आसपास के सभी रईसों तथा सरदारों में भी कितनी सर्वप्रियता तथा कैसा सम्मान प्राप्त कर लिया था।

शासन-अधिकार प्राप्त होने पर आपने अपने प्रजापालन और दूरदर्शिता के कारण अपनी प्रजा को नाना प्रकार के सुख देकर, जनता का प्रेम और भी जीत लिया, और सभी शासन-विभागों में अपनी गुणग्राहकता से पूरे-पूरे अनुभवी, ईमानदार, निर्लोभी, परिश्रमी, दूरदर्शी, सारग्राही, न्यायप्रिय कर्मचारियों को ढूंढ़-ढूंढ़कर नियत किया। श्री राघोरामचन्द्र सन्त जी को, जो उस प्रान्त में अपनी बुद्धिमत्ता, विशालहृदयता तथा उच्च भावों के लिए विशेषरूप से प्रसिद्ध थे, अपना महामन्त्री बनाया और उन्हीं की सुसम्मति से श्री नरसिंहराव को राज्य-पाल का पद प्रदान करके, न्याय-विभाग के सर्वोत्तम आसन को नामधन्य न्यायप्रिय श्री नाना भूपतकर जी से सुशोभित किया।

जहां-जहां बुन्देले ठाकुर और दूसरे विद्रोही सरदार उद्दण्डता तथा विद्रोह किया करते थे, वहीं राजसेना की चौकियां स्थापित करके उनकी देख-रेख का पूरा-पूरा प्रबन्ध कर दिया, जिसके कारण झांसी राज्य में शीघ्र ही चारों ओर सुख-शान्ति स्थापित हो गई, और प्रजा सब प्रकार प्रसन्न दिखाई देने लगी।

महाराजा गंगाधरराव जी को अपने राजसी ठाठ और सम्मान का बड़ा ही ध्यान था। वे उसे दिन दूना और रात चौगुना बढ़ाने का प्रयत्न करते थे। राजा रघुनाथराव तृतीय की अदूरदर्शिता, कुप्रबन्ध, अन्याय, आचरण, धींगा-धींगी और व्यर्थ व्यय के कारण राज्य के गौरव तथा वैभव में जो कमी हुई थी, उसके दुष्प्रभाव को शीघ्र ही दूर करने की ओर उन्होंने विशेष ध्यान दिया।

दूसरी ओर महारानी लक्ष्मीबाई जी ने अल्पवयस्क होने पर भी अपनी स्वाभाविक तीक्ष्णता और विचारशीलता से यथार्थ रूप में राजलक्ष्मी सिद्ध होकर अपने पतिदेव की मान-मर्यादा में और भी चार चांद लगा दिए।

महाराजा गंगाधर जी को हाथी-घोड़ों का बड़ा शौक था और उन्हें उनके गुणों तथा दोषों की भी विशेष पहचान थी। इधर महारानी लक्ष्मीबाई को, एक निर्धन ब्राह्मण के घर उत्पन्न होने पर भी, पेशवा जी की छत्र-छाया में लालन-पालन होने के कारण भगवान ने इस विषय में एक विशेष विज्ञान प्राप्त करने का सुअवसर दे दिया था, जिससे उन्होंने पेशवा जी के होनहार कुमारों के साथ-साथ, अज्ञात रूप से ही बहुत कुछ सीख लिया था। परिणामतः उन्होंने अपने पतिदेव के हस्तीगृह के बाईस हाथियों में से उनके सर्वश्रेष्ठ तथा सुन्दरतम हाथी को अपनी सवारी के लिए पसन्द करके,

अपनी पूर्वोक्त भविष्यवाणी को एक प्रकार से कार्यरूप में सिद्ध कर दिखाया, जो पांच-छः वर्ष की एक अबोध किन्तु उद्दण्ड कन्या के रूप में अनायास ही अपने पूज्य पिता के सामने उनके मुख से निकल गई थी।

महाराज ने उनके उस चुनाव से प्रसन्न होकर, उस हाथी की मखमली झूलों को सर्वोत्तम सुनहरी-रुपहरी जरी के काम से सुसज्जित करा दिया और उसके हौदे को भी सोने-चांदी की गंगा-जमनी, मनमोहक बेल-बूटों से खूब सजवा दिया। केवल यही नहीं, वरन् इसी हाथी के सुन्दर चमकते हुए श्वेत दांतों को भी सोने के पत्रों से मढ़वाकर उनके गले में सुनहरी हंसली आदि आभूषण तथा टांगों में चांदी की वजनी झांबरें आदि पहनवा दीं। गले में दर्जनों छोटे-बड़े घण्टे लटकवा दिए और इस प्रकार उसमें एक विचित्र दर्शनीय राजसी शान पैदा कर दिखाई, जिससे महारानी लक्ष्मीबाई जी की राजसी सवारी के शुभागमन से पहले ही सब ओर धूम मच जाया करती थी और उसे देखने के लिए बालक, बूढ़े, पुरुष, स्त्री दूर-दूर से खिंचे चले आते थे।

यही दशा महारानी जी की सवारी के विचित्र घोड़ों की सजावट की थी। इसके साथ ही उन्होंने महारानी जी की सवारी के लिए एक विचित्र और अद्वितीय चित्रकारी वाला बड़ा ही बहुमूल्य तामझाम (पालकी) विशेष प्रबन्ध के साथ काशी जी के सर्वश्रेष्ठ कार्यकुशल कारीगरों से तैयार करा मंगवाया था। उसको उठाने वाले एक दर्जन कहारों की जगमगाती वर्दियां और सजावट का अन्य सामान देखने वालों की आंखों में चकाचौंध-सी पैदा कर देता था।

केवल यही नहीं, वरन् अपनी महाराजाई शान को और भी चार चांद लगाने और ईर्ष्या-पात्र बनाने के लिए उन्होंने अपनी रियासत में से बड़े ही सुन्दर, सुशील, रूपवान, मनचले साहसी राजपूत युवा छांट-छांटकर 500 यौवनोन्मत्त सैनिकों की एक पैदल सेना और 500 सवारों का एक अपूर्व सुन्दर रिसाला भी बना लिया। इनके अतिरिक्त 2,000 पुलिस के सिपाहियों का दल और 100 सुन्दर मनोहर जवानों का एक अंगरक्षक (बॉडीगार्ड) दस्ता भी तैयार कर लिया। फिर इनकी शान को और भी बढ़ाने के लिए अपने तोपखाने के भी चार दस्ते सुसज्जित कर लिये।

परन्तु महाराजा गंगाधर जी के अपने स्वभाव में जितनी नम्रता और दीनता थी, उतना ही उन्हें अपनी राजसी आज्ञाओं के पालन कराने का भी विशेष ध्यान रहता था। इसलिए कुछ लोग उन्हें क्रोधी भी समझने लगते थे। साधारण-से-साधारण अथवा आवश्यक काम भी, जो वे किसी कर्मचारी को सौंप देते थे, उसका ठीक समय पर और उत्तम रीति से पूर्णता को पहुंचना भी परमावश्यक ही नहीं वरन् अनिवार्य समझा जाता था; अन्यथा उस व्यक्ति की महाराज के क्रोध से कोई भी रक्षा न कर सकता था।

ओरछा, दतिया, समथर, चरखारी, पन्ना, छतरपुर आदि सभी छोटी-बड़ी रिसायतों के सभी राजा तथा रईस उन्हें 'काका साहिब' (चाचा साहिब) कहकर ही सम्बोधन किया करते थे, और उन सबकी दृष्टि में उनका बड़ा सम्मान था। उनकी बुद्धिमत्ता, दूरदर्शिता, सारग्राहकता, न्यायप्रियता, दानशीलता, गुण-परीक्षण आदि अनेकानेक गुणों की दूर तथा समीप चर्चा रहा करती थी। अंग्रेज अफसरों की दृष्टि से उनकी मान-मर्यादा किसी भी दूसरे नृपति से कम न थी और सब बड़े-बडे अफसरों के साथ भी उनके सम्बन्ध बड़े घनिष्ठ तथा मित्रवत् थे और वे सभी उनका बड़ा सम्मान किया करते थे।

तीर्थ-यात्रा

कुछ वर्षों में ही राजदरबार का सब प्रबन्ध यथेष्ट रूप से ठीक-ठाक हो जाने पर महाराजा गंगाधरराव जी के मन में तीर्थ-यात्रा की इच्छा उत्पन्न हुई। अतः उन्होंने गवर्नर-जनरल साहब से इसका उचित प्रबन्ध कर देने की प्रार्थना की, फिर इस प्रार्थना-पत्र का सन्तोषजनक उत्तर आने पर माघ सुदी सप्तमी, सम्वत् 1907 विक्रमी, तदनुसार सन् 1850 ई. को आपने राज-परिवार सहित काशी जी की ओर प्रस्थान किया। इस यात्रा में अंग्रेजी राज्य की ओर से आपके उचित स्वागत और आतिथ्य के सब प्रबन्ध पहले से ही ठीक-ठीक कर दिए जाने के सम्बन्ध में आवश्यक आज्ञाएं जगह-जगह के कर्मचारियों को भेज दी गई थीं। कारण आपका स्वभाव इतना उग्र तथा तेजोमय था कि यदि आपके आदर-सत्कार में किसी प्रकार से भी कुछ न्यूनता रह जाती या त्रुटि दिखाई देती थी तो आप उसे कदापि सहन नहीं कर सकते थे।

काशी जी में किसी सरकारी अफसर ने आपको न पहचानने के कारण पहले तो आपके आदर-सत्कार की ओर उचित रूप से ध्यान नहीं दिया, परन्तु जब उसे अपनी इस भूल का पता लगा तो वह बहुत घबराया और तुरन्त ही महाराज की सेवा में उपस्थित होकर इस भूल के लिए क्षमायाचना करके अपनी जान बचाई।

इसी प्रकार एक जगह राजेन्द्र बाबू नामक एक अभिमानी बंगाली नागरिक ने खड़े होकर महाराज का सम्मान नहीं किया तो आपने उसे दण्ड दिलाए बिना नहीं छोड़ा। जब राजेन्द्र बाबू ने (उनकी अंग्रेजों में बड़ी पहुंच थी) अंग्रेज अफसरों से महाराज की शिकायत की तो उन्होंने राजेन्द्र बाबू को उत्तर दिया, "महाराजा गंगाधरराव एक बहुत बड़े राजा हैं जिनका उचित आदर-सत्कार करना सभी का कर्तव्य है। यदि तुम इसके लिए उद्यत नहीं थे तो तुम्हें अपने घर में बैठे रहना चाहिए था और उनके मार्ग में पड़ना उचित न था।"

इसीलिए महाराजा गंगाधर का साहस और उनका तेज-प्रताप विशेष रूप से प्रसिद्धि पा चुके थे। कहा जाता है कि जब आपने अपनी रियासत में अंग्रेजी सेना रखने के सम्बन्ध में शर्तनामा किया था तो उसमें एक शर्त यह भी कर ली थी कि उस सेना को दशहरे के शुभ अवसर पर अपने सभी अस्त्र-शस्त्र आदि से सुसज्जित

होकर, प्रतिवर्ष महाराज को सलामी देनी पड़ेगी। दैवयोग से एक वर्ष दशहरे का शुभ त्यौहार रविवार के दिन आ पड़ा। इसलिए अंग्रेज कप्तान ने महाराज को यह सूचना भिजवा दी कि रविवार को छुट्टी होने के कारण अंग्रेजी सेना सलामी के लिए नहीं आ सकेगी।

यह सूचना पाते ही महाराज रोष में भर गए और तुरन्त अपनी शेष सेना सजाकर अंग्रेजी फौज की छावनी में जा पहुंचे। वहां आपने उस धृष्ट कप्तान को सामने बुलाकर उससे उसकी इस धृष्टता का उत्तर मांगा। विवश हो उसने महाराज से क्षमा मांगकर उन्हें शान्त किया और तुरन्त अपनी फौज से महाराज को यथारीति सलामी दिलवाकर अपनी जान छुड़ाई।

इस यात्रा में महाराज ने प्रयागराज, काशी जी, गया जी और अन्य सभी बड़े-वड़े तीर्थों में स्नान किया और वहां के देवमन्दिरों में भगवान के दर्शन करके अपनी मान-मर्यादानुसार ब्राह्मणों तथा दीन-दरिद्र भिखारियों में दान-दक्षिणा वितरित की।

महारानी लक्ष्मीबाई जी भी इस यात्रा में आपके साथ थीं। उन्होंने भी अपनी जन्मभूमि काशी जी के दर्शनों से बड़ा आनन्द प्राप्त किया।

महाराजा तथा महारानी की इस तीर्थयात्रा से वापसी पर उनकी राजधानी में खूब धूमधाम मची। यज्ञ किए गए, लोगों में पुरस्कार-पारितोषिक और दान-दक्षिणा भी खूब बांटी गई। नगरी दुलहिन के समान सजाई गई और समस्त सेना तथा मन्त्रियों और अन्य कर्मचारियों को हाथियों, घोड़ों और दूसरी सवारियों में बिठाकर, महाराजा साहब तथा महारानी के पीछे-पीछे जुलूस निकाला गया।

हा शोक! राज्य में यह आनन्द-उत्सव चिरकाल तक स्थिर नहीं रह सका और शीघ्र ही इसका अन्त हो गया।

उसी वर्ष आसौज (अगहन) सुदी एकादशी सम्वत् 1908 विक्रमी तदनुसार सन् 1851 ई. को महारानी लक्ष्मीबाई जी ने एक पुत्र-रत्न को जन्म देकर महाराज की मनोकामना पूर्ण की। इसके उपलक्ष्य में सारे राज्य में खूब आनन्द-मंगल मनाए गए। महाराज की ओर से सबको जी खोलकर पुरस्कार दिए गए, दान-दक्षिणा बांटी गई। परन्तु शोक! महाशोक!! तीन महीने के अन्दर-ही-अन्दर महाराजा की सब मंगलमंयी कल्याणी आशाओं पर पानी फिर गया, और उनका आशातरु अच्छी तरह से फूलने-फलने से पहले ही मुरझा गया। महाराज और महारानी को अपने हृदयाधार शिशु युवराज के इस बिछोह से जो दारुण तथा असह्य दुःख और कष्ट हुआ, लेखनी में इतनी शक्ति कहां, जो उसका वर्णन कर सके।

शोक-व्याधि

जब परम दुःखिनी महारानी लक्ष्मीबाई राजमाता का परम सौभाग्य प्राप्त करके भी इस महान सम्मान से वंचित हो, पुत्र-शोक के हृदय-विदारक परम दुःख का शिकार हुई, उस समय उनकी आयु केवल पन्द्रह वर्ष की थी। उन्हें मातृरूप से अपने इस महान दुर्भाग्य पर जो दुःख तथा सन्ताप हुआ उसका तो वर्णन ही क्या? महाराजा गंगाधरराव को भी इस अप्रत्याशित दुःख और भयानक वज्रपात से जो आघात पहुंचा उसका वर्णन भी सर्वथा असंभव है। परन्तु पिता होते हुए भी उनका यह सब दुःख तथा सन्ताप स्वाभाविक तथा प्राकृतिक ही था।

कारण, उन्होंने अपने पूज्य पुरुषों का नाम तथा वंश स्थिर रखने और उनकी बेल चलाने के लिए और अपने असाधारण सौभाग्य से आशातीत रूप में जो यह विशाल राज-पाट पाया था, उसकी समस्त शोभा तथा महत्त्व को स्थिर रखने की उच्च आकांक्षा से एक सर्वोत्तम उत्तराधिकारी प्राप्त करने की प्रबल अभिलाषा को अपने हृदय में स्थान देकर ही तो इस उतरते जीवन में यह विवाह रचाया था। किसी नीच विषय-भोग-लालसा से नहीं, वरन् अपने इस सर्वश्रेष्ठ धार्मिक तथा मानुषिक कर्तव्य की पूर्ति के निमित्त ही उन्होंने एक ऐसी रमणी-रत्न की खोज की थी, जो अपने शुभ तथा सर्वोत्तम गुणों की सहायता से उनकी इस हार्दिक इच्छा को यथेष्ट रूप से पूरा करने के लिए सब प्रकार से सुयोग्य समझी जा सकती थी।

फिर उन्होंने अपने हिन्दू-धर्मशास्त्र के परम पवित्र तथा सर्वोत्तम नियमों की पालना में जिस धैर्य, शान्ति, सावधानी, श्रद्धा तथा प्रयत्न से सात-आठ साल तक उस सुन्दरी के राजमाता बनने के योग्य होने की प्रतीक्षा की, वह तो उन्हीं जैसे धर्मपरायण और कर्तव्यपालक तपस्वी पति का ही भाग्य कहा जा सकता है। अन्यथा कोई अपने पाशविक विषय-भोग की लालसाओं में फंसा हुआ मनुष्य न तो इस विचार से किसी सात-आठ वर्षीय अल्पायु कन्या के साथ विवाह ही कर सकता था और न इतने दिन तक उसके एक सदृढ़, स्वस्थ तथा पुष्ट सन्तान की माता होने की योग्यता प्राप्त करने की, ऐसे अनुपम धैर्य तथा शान्ति से प्रतीक्षा ही कर सकता था।

इसीलिए जब उनकी यह सर्वोत्तम तथा परमप्रिय धार्मिक तथा सांसारिक अभिलाषा इस प्रकार पूरी हो जाने पर भी, उसका अन्तिम परिणाम शुभ तथा कल्याणकारी न हुआ, और कराल काल के निर्दय हाथों ने उनकी सभी प्यारी-से-प्यारी, पवित्र-से-पवित्र, शुभ-से-शुभ तथा उत्तम-से-उत्तम अभिलाषाओं और आकांक्षाओं पर यूं पानी फेर दिया तो उस अभागे पिता के मन में समस्त धैर्य तथा शान्ति के लोप हो जाने और उसके इस प्रकार निराश तथा पुत्रशोक के अगाध समुद्र में डूब जाने पर आश्चर्य ही क्या हो सकता है!

परिणाम, इस हृदयविदारक घटना ने महाराजा गंगाधरराव के कोमल हृदय पर एक ऐसा भयानक आघात किया कि वे उसे सहन न कर सके और विह्वल होकर रोगशय्या पर गिर पड़े एवं फिर पूर्ण रूप से कभी न संभल सके।

अपने प्राणाधार, जीवनसर्वस्व पतिदेव की इस अचानक और निराशामय व्याधि से व्याकुल होकर महारानी लक्ष्मीबाई अपने मातृहृदय के सारे दुःख और सन्ताप को भूल गईं, और अपने महादुःख कातर भग्न हृदय पर धैर्य तथा सहनशीलता का भारी पत्थर रखकर, अपने प्राणप्यारे जीवन-सर्वस्व पतिदेव की टहल-सेवा में जी-जान से लग गईं। अब वह अपने सब दुःख तथा चिन्ताएं छोड़, अपनी ज्ञान-ध्यान तथा धार्मिक श्रद्धा-भक्ति-भरी मीठी-मीठी बातों से, अपने पतिदेव के इस शोक तथा महादुःख के भारी बोझ को सब प्रकार से हलका करने का प्रयत्न करने लगी।

एक दिन उन्हें इस पुत्रशोक-पूरित लम्बी बीमारी से असह्य कष्ट से बहुत ही निढाल देखकर, बड़े धैर्य तथा प्रेम-भरे स्वरों में अपने पतिदेव से बोली, "प्राणनाथ! आप तो एक वीर पुरुष होकर भी इस दुर्भाग्य के आघात को सहन करने में ऐसी दुर्बलता प्रकट कर रहे हैं कि कुछ कहा नहीं जा सकता। तनिक मुझ अभागिन की ओर तो देखिए! मैं एक मन्दभाग्य माता होकर भी, कैसे धैर्य तथा दृढ़ता से इस हृदयविदारक दुःख तथा वेदना को सहन कर रही हूं! इस संकट-भरे संसार में जीवन के साथ मृत्यु तो सदा ही से ऐसे लगी हुई है, जैसे दिन के साथ रात या वसन्त के साथ पतझड़! कोई बालक हो या वृद्ध, पुरुष हो या स्त्री, जिसने भी जगत में जन्म लिया है, उसे एक-न-एक दिन मरना अवश्यमेव है। आप तो मुझसे बहुत अधिक गीता, उपनिषद् आदि धर्मग्रन्थों के पवित्र ज्ञान के ज्ञाता हैं, फिर इस दारुण दुःख के समय यह क्यों भूल बैठे हैं कि सब ही इस असार संसार में अपने-अपने पिछले जन्मों के भले-बुरे कर्मों का फल भोगने के लिए आए हैं। अतः जो जीव भी अपने कर्म-भोग भोगकर इस संसार से जल्दी ही चले जाते हैं, वे उन अभागों से बहुत श्रेष्ठ तथा उत्तम हैं, जो वर्षों—बहुत वर्षों तक यहां जीवित रहकर—नाना प्रकार के दुःख-सुख भोगते हुए, असंख्य पाप-पुण्य के बन्धनों में फंसकर, इस लोक के साथ-ही-साथ अपना परलोक भी बिगाड़ते या बनाते रहते हैं। कारण, इन्हीं भले या बुरे कर्मों से ही तो उन्हें अपने उन बुरे-भले कर्मों का फल भोगने के लिए पाप तथा

दुःख-भरे संसार में बार-बार जन्म लेना और जीना-मरना पड़ता है। अतः जो पवित्र जीव इस असार संसार में आकर थोड़े ही दिन अथवा कुछ ही महीने या वर्ष तक जीवित रहकर शिशु-अवस्था ही में परलोक सिधार जाता है, उससे बढ़कर भाग्यशाली तो शायद और कोई हो ही नहीं सकता। कारण, वह तो सर्वथा उस बन्दी के समान है, जो केवल थोड़े से समय के लिए कारागार में आकर और अपने दुःख-भरे बन्दी-जीवन के दिन काटकर शीघ्र ही फिर स्वाधीनता तथा स्वतन्त्रता प्राप्त कर लेता है।''

सन्तप्तहृदय, दुःख से व्याकुल महाराजा गंगाधरराव कुछ देर तक तो चुपचाप बैठे हुए, एक निर्जीव पाषाण मूर्ति के समान रानी लक्ष्मीबाई की ये ज्ञान और उपदेश-भरी बातें ध्यान से सुनते रहे, किन्तु अन्त में एक हृदय-विदारक ठंडी मांस भरकर बोले, ''प्राणेश्वरी! जो धर्मज्ञान-भरी बातें तुम कर रही हो, वे मेरे लिए कुछ नई नहीं और न मैं उन्हें भूला ही हूं। मुझे सब कुछ ज्ञात है और उसके महत्त्व तथा गूढ़ तत्त्व को भी भली प्रकार समझता हूं, किन्तु क्या करूं! मेरा यह सांसारिक मोह-माया के पाप-पंक में फंसा हुआ पापी मन नहीं मानता और किसी भी प्रकार समझाए नहीं समझता। रह-रहकर मुझे यही पछतावा आता है कि देखो, मैं वर्षों तक एक अभागे प्यासे मृग के समान कैसे इस झूठे जग के मृगतृष्णा-जाल में फंसा हुआ यह समझता रहा कि मैं ही अपने पूज्य पुरखाओं के वंश को चला सकता हूं और स्थिर रख सकता हूं। मैं ही अपने किसी असाधारण सौभाग्य से, बिल्कुल आशातीत रूप से प्राप्त हुए इस विशाल राज्यसिंहासन के लिए एक ऐसा योग्य उत्तराधिकारी पैदा कर सकता हूं, जो मेरे और पूज्य पुरखाओं के शुभ नाम को वर्षों, नहीं, नहीं, शताब्दियों अपितु युग-युग तक स्थिर रख सके। मैं अपने इस मिथ्या अभिमान और अहंकार में फंसकर अपने अज्ञान और कुबुद्धिवश यह सर्वथा भूल गया कि यह सब सौभाग्य तो भगवान की देन है और यह सब कुछ उन्हीं के सर्वशक्तिमान हाथों में है, मेरे हाथ में तो कुछ भी नहीं। यदि उन्हें हमारा वंश चालू रखना होता, तो मेरी पहली स्वर्गवासिनी रानी की इतनी संतानों में से क्या कोई भी सुपुत्र जीवित न रहता? हाय, इस झूठी लालसा में मैंने अपने साथ तुम्हारे पवित्र जीवन को भी नष्ट-भ्रष्ट कर दिया! राज-ज्योतिषी के मुख से तुम्हारे उच्च नक्षत्रों और शुभ गुणों की महिमा सुनकर, तुम जैसी सर्वगुण-सम्पन्ना माता से ऐसी ही गुण-भरी सन्तान प्राप्त करने की लालसा को अपने हृदय में स्थान देकर मैं धर्मशास्त्र की सारी मान-मर्यादा भूल गया! हाय, मैंने उसके सर्वथा विरुद्ध मनमाने तौर पर तुम्हारे साथ विवाह रचा लिया! नहीं तो क्या तुम सात-आठ वर्षीय, अल्पायु, अज्ञान, अबोध, भोली-भाली बालिका मुझ जैसे अधेड़ दूल्हे की दुलहिन बनाए जाने योग्य थीं? हाय! हाय!! मैंने अपनी इस अन्धी स्वार्थ-भरी लालसा में फंसकर यह कैसा घोर अन्याय और महापाप कर डाला! बस यही पछतावा मुझे रह-रहकर मार रहा है और अवश्यमेव यह इसी पाप का कड़वा फल है जो आज मुझे इस प्रकार भोगना पड़ रहा है।''

महारानी—(महाराज की बात बीच में ही काटकर, बड़े व्याकुलता-भरे स्वर में) नाथ! नाथ!! यह आप क्या कहते हैं? आपने तो मुझ दरिद्र ब्राह्मण-कन्या को दरिद्रता तथा कंगाली के महानरक से निकालकर राज्यसुख के स्वर्ग में पहुंचाने का महापुण्य कमाया है! यदि आप मुझे अपनाकर मुझ पर यह कृपा न करते तो मैं इस विशाल राज-पाट का यह समस्त सुख सौभाग्य कैसे पा सकती थी? क्या आपकी यह कृपा भी किसी प्रकार से कोई पाप समझी जा सकती है?

महाराज—(आवेश में भरकर और पश्चात्ताप से हाथ मलते हुए) क्यों नहीं! क्यों नहीं! संसार में इससे बड़ा पाप कोई और क्या हो सकता है कि मुझ जैसा कोई अधेड़ बूढ़ा व्यक्ति अपने धन-माल और सम्पत्ति-सौभाग्य के अनुमान से उन्मत्त होकर किसी सात-आठ वर्षीय दुधमुंही कन्या के लोभी संरक्षकों को लोभ-जाल में फंसाकर उस अभागिनी अबला को सदा के लिए अपनी दासी बना ले और उसके यौवन-उपवन को निर्दयता से रौंद डाले! रही तुम्हें निर्धनता और दरिद्रता के महानरक से निकालकर राज-सुख के स्वर्ग में पहुंचाने की बात, सो इसमें भी मैंने तुम्हारा क्या उपकार किया है! यह भाग्य-विधाता ने तुम्हारे भाग्य में लिख ही दिया था तभी तो राज-ज्योतिषी जी को तुम्हारी जन्म-कुण्डली से स्पष्ट रूप से यह पता लग गया। यदि उनकी बातें सुनकर मैं तुम्हारे रूप-सौन्दर्य, शुभ गुणों और उच्च ग्रहों के लोभ से अन्धा होकर दुर्दम्य राहु के समान बीच में न कूद पड़ता और तुम्हारे साथ विवाह न रचा बैठता, तो न जाने तुम किस, अपने समान आयुवाले, नवयुवा राजा या राजकुमार के महलों की शोभा बढ़ातीं और आज मुझ अभागे के साथ मिलकर अपने ज्येष्ठ पुत्र के शोक में विह्वल हो यूं छिप-छिपकर लहू के आंसू कदापि न बहातीं। हाय! हाय!! मेरे दुर्भाग्य और पापों की घनघोर घटाओं ने तुम्हारे सुख-सौभाग्य के चमकते-दमकते सूर्य को भी अपने दुर्भाग्य के परदे में छिपाकर, तुम्हारे उज्ज्वल भविष्य को भी मेरे साथ कितना तिमिरमय बना दिया! इस महापाप के प्रायश्चित्त-रूप ही तो आज मैं यह महान नरक-यातना भोग रहा हूं और न जाने कब तक भोगता रहूंगा!

महारानी—(बड़े नम्र और दीनता-भरे स्वर में) प्राणेश्वर! प्राण-नाथ! इस भ्रममय विचार को अपने मन से दूर—बहुत दूर भगा दें ताकि यह फिर आपके मन में कभी सिर न उठा सके! जब भगवान ने मेरे किसी पिछले जन्म के पुण्यफल से मेरा संयोग ही आपके साथ कर दिया था, जब मेरे और आपके पूर्व-जन्म-जन्मान्तर के सब कर्म ही परस्पर ऐसे मिले-जुले थे कि हम दोनों इस जन्म में एक-दूसरे के सुख-दुःख में साथी होकर अपनी आयु बिताएं, तो मैं आपके सिवाय किसी दूसरे के पल्ले कैसे बंध सकती थी! भगवान जाने, मैंने तो अब तक कभी स्वप्न में भी यह विचार अपने मन में नहीं आने दिया कि आपके साथ मेरा विवाह होने में मेरे साथ किसी प्रकार का कोई अन्याय या अत्याचार हुआ है। मैंने तो सदा ही आपको अपना पूज्य देवता समझा है और जब तक जीवित रहूंगी, सदा समझती रहूंगी। अब रही सन्तान-शोक

की बात! तो क्या यदि मैं आपकी जगह किसी अन्य युवा पति के साथ ब्याही जाती, तो निश्चय ही यह दुर्दिन मुझे न देखना पड़ता? क्या युवा माता-पिता की संतान अमर होकर संसार में जन्म लेती है, या किसी भी युवा माता-पिता को कभी सन्तान-शोक में फंसना नहीं पड़ता? यह तो अपने-अपने भाग्य की बात है! जिन्हें यह दुःख भोगना होता है, उन्हें तो अवश्यमेव भोगना पड़ता है, चाहे वे वृद्ध हों या युवा! वे किसी प्रकार भी इस महादुःख से कदापि नहीं बच सकते। फिर यह भी कैसे कहा जा सकता है कि यदि यह अभागा बालक जी भी जाता, तो किसी बड़ी आयु में जब यह सर्वगुणों से सम्पन्न हो जाता, तब हमें इसकी मृत्यु का महाशोक भोगना ही न पड़ता? क्या उस अवस्था में उस दुःख तथा शोक का जो पहाड़ मेरे और आपके सिर पर टूटता, उसकी आज के दुःख के साथ कोई भी तुलना हो सकती है? फिर अभी तो आप और मैं दोनों ही, प्रभुकृपा से सब प्रकार सन्तान उत्पन्न करने के योग्य हैं, न जाने अभी और कितने बच्चे पैदा होंगे, अतः इतनी निराशा की बात ही क्या है? किसी प्रिय से प्रिय स्वजन की मृत्यु का यह शोक तो केवल थोड़े ही दिनों का हुआ करता है। ज्यों-ज्यों दिन बीतते जाते हैं, उस दुःख तथा शोक का बोझ भी मनुष्य की छाती पर से हलका होता जाता है और एक दिन वह अपने दूसरे काम-काज में इतना निमग्न हो जाता है कि उसका ध्यान तक भी कभी उसके मन में नहीं आता।

अपनी शुद्धहृदया, दुःख-सुख की संगिनी महारानी के इन सांत्वना तथा ढाढ़स-भरे मीठे वचनों से यद्यपि उस समय तो महाराजा के पुत्र-शोक-सन्तप्त मन को बहुत कुछ शान्ति प्राप्त हुई, परन्तु फिर भी इस हृदयवेधक आघात का दुष्प्रभाव महाराजा गंगाधरराव के मन से पूर्णतया दूर न हो सका और सब प्रकार के औषधोपचार से भी उनका स्वास्थ्य कभी पूरा-पूरा नहीं संभला। कुछ-न-कुछ शारीरिक कष्ट बराबर चलता ही रहा।

दत्तक-विधान

महाराजा गंगाधरराव का स्वास्थ्य दिनोंदिन बिगड़कर उनका रोग लम्बा ही होता चला गया। दिनों से सप्ताह, सप्ताहों से महीने, और महीनों से वर्ष बन-बनकर बीतते गए। यद्यपि अगले ही वर्ष अर्थात् सन् 1852 में, नित नये औषधोपचार से नीरोगता की कुछ आशा अवश्य उत्पन्न हुई, परन्तु शोकातुर ज्येष्ठ पुत्र के वियोग का यह घुन जो लग चुका था, उसके कारण उनके रोग-जर्जर शरीर में फिर पूरी-पूरी शक्ति तथा स्फूर्ति कभी भी नहीं आ सकी और उनकी शारीरिक निर्बलता ज्यों-की-त्यों बनी रही।

अक्टूबर, सन् 1853 की विजयदशमी का शुभ दिन आ पहुंचा। इस मंगल अवसर पर झांसी राज्य में देवी महालक्ष्मी की पूजा का महोत्सव सदा से ही विशेष प्रबन्ध और बड़े समारोह तथा धूमधाम से मनाया जाता था। इस वर्ष यद्यपि महाराज का शरीर बड़ा दुर्बल था, परन्तु फिर भी उन्होंने अपने राज्यकुल की अधिष्ठात्री देवी की वार्षिक पूजा में विशेष श्रद्धा, भक्ति तथा प्रयत्न प्रकट किया और यह महोत्सव खूब जी खोलकर मनाया। विजयदशमी का दरबारे-आम भी उचित धूमधाम और बड़ी शान से लगाया।

इस शुभ अवसर पर अपनी प्राणप्रिय प्रजा को अपने आनन्दोत्सव में पूरा-पूरा भाग लेता हुआ देखकर महाराज बड़े प्रसन्न हुए और प्रजा ने भी रामराज्य का-सा आनन्द उपभोग किया। केवल यही नहीं, वरन् समस्त प्रजा ने अपने-अपने घरों में तथा सम्मिलित उत्सवों में श्री महाराज के स्वास्थ्य और चिरायु-प्राप्ति के लिए सच्चे हृदय से प्रार्थनाएं कीं।

परिणाम यह हुआ कि पूजा-उत्सव और दरबार के दिनों में महाराज के दुर्बल और अशक्त शरीर पर साधारण से कुछ अधिक परिश्रम का जो बोझ पड़ा, उसी के दुष्प्रभाव से वह शोक तथा रोग-जर्जर शरीर धीरे-धीरे अधिक-से-अधिकतर शिथिल पड़ता गया, और उसी दिन से महाराज का स्वास्थ्य और भी बिगड़ने लगा। शायद उन्हीं दिनों आहारादि में भी कोई भूल-चूक हो गई हो। इससे पहले तो आपको अजीर्ण हुआ, फिर मरोड़ लग गए और फिर कुछ दिनों में ही उन्होंने असाध्य संग्रहणी महारोग

का विकराल रूप धारण कर लिया। चिकित्सा के लिए दूर-दूर से चतुर-से-चतुर और अनुभवी वैद्यराज तथा हकीम बुलाए गए, सभी ने अपनी योग्यता दिखाने का पूरा-पूरा प्रयत्न किया और बहुमूल्य औषधियां सेवन कराईं, परन्तु किसी की एक न चली।

अन्त में झांसी के असिस्टेंट पोलिटिकल एजेंट मेजर ऐलिस ने पोलिटिकल एजेंट मेजर मैलकम हेली को महाराज की इस अवस्था से सूचित किया। उन्होंने भी इस सम्बन्ध में विशेष सहायता दी; परन्तु व्यर्थ ही सिद्ध होती रही।

सारांश, जप-तप, पूजा-पाठ, यज्ञ-अनुष्ठान सभी कुछ किए गए, परन्तु किसी से भी कोई लाभ की सूरत पैदा होती हुई दिखाई न दी। सच है–'करम गति टारे नाहिं टरे!'

उन दिनों पतिप्राणा सती महारानी लक्ष्मीबाई जी की दशा अवर्णनीय थी। वे दिन-रात अपने पति की शय्या के पास बैठी हार्दिक श्रद्धा और भक्ति-भरे मन से अपने सुख-सौभाग्य तथा अपने प्राणपति की जीवन-रक्षा के लिए प्रार्थना करती रहती थीं। उनकी सब प्रकार की टहल-सेवा भी वे आप ही अपने हाथ से किया करती थीं। उनके लिए खाना, पीना, सोना, विश्राम करना सभी कुछ असम्भव-सा हो गया था। यहां तक कि उनका यह अथक परिश्रम और पति-सेवा की यह लगन देखकर राजभक्त कर्मचारियों को उनके स्वास्थ्य की भी चिन्ता होने लगी थी; परन्तु उन्हें तो अपने जीवन की कुछ भी चिन्ता न थी, मानो उनकी दृष्टि में उसका कुछ भी मूल्य न था।

विजयदशमी के पश्चात् तीसरे सप्ताह से महाराज की दशा और भी अधिक निराशाजनक-सी दिखाई देने लगी। परन्तु महाराजा अपने जीवन से कुछ अधिक निराश नहीं थे। किन्तु फिर भी उन्होंने अपनी स्वाभाविक दूरदर्शिता से एक दिन अपने प्रधानमन्त्री श्री नरसिंहराव और अपने श्वसुर अर्थात् महारानी लक्ष्मीबाई जी के पूज्य पिता मोरोपन्त जी को बुलाकर उनसे कहा, "यद्यपि मैं अपने जीवन से निराश नहीं हो गया और मुझे यह विश्वास है कि उचित औषधोपचार से मैं अवश्यमेव बच जाऊंगा, फिर भी मेरी यह इच्छा है कि मैं अपने वंश के वासुदेव नेवालकर के सुपुत्र आनन्दराव को नियमपूर्वक गोद ले लूं, जिससे यह राजपाट हमारे वंश में स्थिर रह सके और मेरे पीछे इसके उत्तराधिकार का कोई झगड़ा उत्पन्न न हो।"

आनन्दराव की आयु उस समय प्रायः पांच वर्ष की थी। वह एक सुन्दर, तीव्र-बुद्धि, होनहार बालक भी जान पड़ता था। अतः महाराज ने महारानी लक्ष्मीबाई जी की सम्मति से उसे गोद ले लेने का निश्चय किया था।

महाराज के यह इच्छा प्रकट करते ही इसका सब प्रबन्ध कर दिया गया, और झांसी के प्रसिद्ध विद्वान राजपंडित विनायकराव जी ने इस संस्कार के सम्बन्ध में,

सब शास्त्रोक्त विधान नियमपूर्वक पूर्ण कराए और झांसी राज्य के प्रधानमन्त्री श्री नरसिंहराव जी, महारानी के पिता मोरोपन्त और लाला लाहौरीमल आदि बहुत-से उच्च राजकर्मचारियों तथा दूसरे कार्यकर्ताओं, नगर के बड़े-बड़े माननीय नागरिकों तथा सेठ-साहूकारों आदि को इस संस्कार से सम्मिलित करके इसे उचित धूमधाम से सम्पादित किया गया।

इसी अवसर पर प्रधानमन्त्री श्री नरसिंहराव जी, मोरोपन्त जी और दूसरे सर्वमान्य राजकर्मचारियों आदि तथा स्वयं असिस्टेण्ट पोलिटिकल एजेण्ट मेजर ऐलिस की उपस्थिति में महाराज ने इस संस्कार के सम्बन्ध में एक सूचनापत्र लिखवाकर अंग्रेजी सरकार की सेवा में पहुंचाने के लिए मेजर ऐलिस साहब को सौंप दिया, जिसमें यह लिखा गया था:

''बुन्देलखण्ड में अंग्रेज़ी राज्य स्थापित होने से पहले मेरे पूज्य पूर्वजों ने जिस प्रकार अंग्रेज़ी सरकार की सेवा की है, वह यूरोप-भर में विदित है। स्वयं मैं भी जिस प्रकार यथाशक्ति सरकार की हर आज्ञा का पालन करता हूं, उसका भी समस्त वृत्तान्त सभी पोलिटिकल एजेण्ट महोदयों पर प्रकट है। अब एक असाध्य रोग से पीड़ित होने के कारण मुझे बड़े शोक से अपने वंशोच्छेदन की चिन्ता उत्पन्न हो गई है, किन्तु मैं सदा ही सरकार बरतानिया का सच्चा सेवक रहा हूं, और उसकी भी सदा ही मुझ पर कृपादृष्टि रही। अतः मैं सरकार का शुभ विचार उस सन्धि-पत्र की ओर आकर्षित करना चाहता हूं, जो मेरे पूज्य पूर्वजों के साथ हो चुका है। इसी सन्धि-पत्र के अनुसार मैंने एक पांच वर्षीय बालक आनन्दराव को गोद लेकर उसका नाम दामोदर गंगाधरराव रख दिया है। यह बालक मेरे ही कुल से है और सम्बन्ध में मेरा पोता लगता है। मुझे यह भी आशा है कि प्रभु-कृपा और सरकार बहादुर की दयादृष्टि से मैं शीघ्र ही नीरोग हो जाऊंगा। मेरी आयु के विचार से भी यह बहुत सम्भव है कि भविष्य में किसी समय मेरे कोई और सन्तान भी हो जाए। यदि ऐसा हुआ तो उस विषय पर उस समय फिर विचार कर लिया जाएगा। किन्तु यदि मैं इस समय ही इस रोग से न बच सका, तो जिस उत्तमता से मैं सरकार की सब प्रकार सेवा करता रहा हूं, उस पर यथोचित रूप से ध्यान देकर इस छोटी आयु के बालक पर भी सरकार की वैसी ही दयादृष्टि रहनी चाहिए, जैसी कि मुझ पर रही है और जब तक मेरी जीवनसंगिनी अर्धांगिनी जीवित रहे, वह इस राज्य की महारानी और उस बालक की माता समझी जाए। राज्य का सब प्रबन्ध उसी के हाथ में रहे जिससे मेरे पीछे उसे किसी प्रकार का कष्ट न होने पाए।''

यह पत्र मेजर ऐलिस के हवाले करते हुए महाराज की आंखों में आंसू झलक आए, उन्होंने अपनी यह अभिलाषा पूरी किए जाने के लिए मेजर ऐलिस से बार-बार आग्रहपूर्वक प्रार्थना की और उस सन्धि-पत्र की बार-बार याद दिलाई, जिसकी दूसरी

धारा में स्पष्टतया यह लिखा है था कि 'झांसी राज्य का शासन-अधिकार महाराज गंगाधरराव को वंश-परम्परा के लिए लिख दिया गया है, चाहे उनके उत्तराधिकार उनके मूल में उत्पन्न हुए हों, या गोद लिए हों।'

उधर मेजर ऐलिस साहब ने भी बड़ी सहानुभूति और सुजनता-भरे स्वर में यह कहा, "महाराजा साहब! आपका यह पत्र गवर्नमेण्ट के पास भेजते हुए जो भी सहायता मुझसे आपकी हो सकेगी, वह मैं अवश्यमेव करूंगा।"

इतनी देर तक वार्त्तालाप करते रहने तथा अन्तर भावोद्वेग से दुर्बलता बढ़ जाने के कारण, महाराज पर उस समय मूर्छा छा गई और वे बेसुध हो गए। अतः मेजर ऐलिस और कप्तान मारटिन तुरन्त ही राजा साहब को कुछ औषधि दिलवाकर वहां से अपने बंगले को चले गए।

रानी लक्ष्मीबाई जी भी महाराज की शय्या के समीप ही परदे के पीछे बैठी हुई थीं। उनके चले जाने पर वे तुरन्त ही महाराज के चरणों में पहुंच गईं। उस समय महारानी की जो व्याकुल अवस्था थी, लेखनी में इतनी शक्ति कहां जो उसे लेखबद्ध कर सके।

कुछ देर दवा-दारू होने के पश्चात् बड़ी कठिनता से महाराज कुछ-कुछ सावधान हुए; परन्तु दुर्बलता इतनी बढ़ गई थी कि तुरन्त ही फिर घोर निद्रा-सी छा गई। दुःखित महारानी शोकमूर्ति बनी, एक निर्जीव पाषाण-प्रतिमा के समान, उनके चरणों में बैठी हुई शोकातुर, अश्रु-भरे कमल-नेत्रों से बराबर उनके रोग-जर्जर तथा चिरकाल की कठिन पीड़ा से मुरझाए हुए मुखड़े को देख-देखकर अपने दुर्भाग्य पर आंसू बहाती रहीं।

राजभक्त प्रजा के समूह बड़ी गम्भीरता से चुपचाप दबे पांव आ-आकर राजमहल के सामने इकट्ठे होते और अपने सर्वप्रिय प्रजापालक महाराज का स्वास्थ्य-समाचार सुन-सुनकर उनकी चिरायु के लिए प्रार्थना करते हुए, वैसे ही चुपचाप शोकातुर भाव से वापस चले जाते थे।

अगले दिन 20 नवम्बर को प्रायः दुपहर के समय महाराज की आंखें खुलीं; परन्तु इस दीर्घ तथा घोर निद्रा से भी आपके स्वास्थ्य में कोई प्रगति न दीख पड़ी। इसके विपरीत यही जान पड़ा कि अब आपकी जिह्वा की वाक्शक्ति भी लुप्त हो गई है, और वे कुछ बोल भी नहीं सके।

यह अवस्था देखकर परमदुःखिनी महारानी और भी व्याकुल हो गईं और दुःख तथा शोक से उनका हृदय फटने लगा।

समस्त दरबारियों में सनसनी फैल गई। एक वृद्ध अनुभवी और विशेष विश्वस्त दरबारी महारानी को ढाँढ़स बंधाने और धैर्य दिलाने लगे। शेष ने महाराज के औषधोपचार की चिन्ता की। बहुमूल्य-से-बहुमूल्य औषधियां दी जाने लगीं। कुछ देर

में महाराज ने फिर आंखें खोलीं और बड़े दुर्बल तथा चिन्तापुर क्षीण स्वरों में ऐलिस साहब को याद किया।

मन्त्री जी ने तुरन्त ही एक सवार द्वारा मेजर साहब को सूचना दी। वे अपने विशेष डॉक्टर को साथ लिये तत्काल ही महल में आ पहुंचे। ये डॉक्टर साहब बड़े ही कुशल और अनुभवी समझे जाते थे। महाराज साहब ने मेजर साहब से कुछ बातचीत करनी चाही। परन्तु मेजर साहब ने उनके फिर मूर्छित हो जाने के भय से उन्हें रोकते हुए कहा, ''पहले आप भली-भांति नीरोग हो जाइए! यह सब बातचीत पीछे होती रहेगी।''

डॉक्टर साहब ने महाराज का बड़े ध्यानपूर्वक डॉक्टरी अन्वेषण करके उनके लिए एक बहुमूल्य नुस्खा लिखा; परन्तु उस समय के सभी धर्मनिष्ठ हिन्दू अंग्रेज़ी औषधियों का प्रयोग वर्जित मानते थे। अतः महाराज ने बड़ी दृढ़ता से अंग्रेज़ी औषध सेवन करने से इनकार कर दिया। इस पर सर ऐडविन आर्नल्ड जैसे कई अंग्रेज़ इतिहासकारों ने यह लिखा है, ''यदि महाराज वह औषध खा लेते तो अवश्यमेव बच जाते। केवल यही नहीं वरन् यह भी सम्भव है कि नीरोग होकर सन्तान भी उत्पन्न कर सकते और इस प्रकार यह हिन्दू राज्य विनाश को प्राप्त होने से बच जाता।'' परन्तु शायद भगवान की यह इच्छा न थी। उसी समय मेजर ऐलिस के सामने महाराजा ने बुन्देलखण्ड के पोलिटिकल एजेण्ट मेजर मैलकम हेली को एक और पत्र लिखाया, जिसमें अपने भेजे हुए पत्र के सिलसिले में निम्नलिखित बातों पर विशेष रूप से जोर दिया।

''सन् 1817 में झांसी राज्य के पूर्वज राजा रामचन्द्रराव जी से अंग्रेज़ी सरकार ने जो प्रतिज्ञापत्र किया था, उसमें स्पष्ट शब्दों में यह स्वीकार किया था कि झांसी राज्य और अंग्रेजी शासन की मित्रता दृढ़ नीवों पर स्थापित करने के अभिप्राय से बरतानिया सरकार राजा रामचन्द्र राव जी से यह प्रण करती है कि वह उनके उत्तराधिकारियों तथा उन उत्तराधिकारियों को वंश-परम्परा से उन सब प्रान्तों का शासक मानती है, जो बुन्देलखण्ड में अंग्रेज़ी राज्य की स्थापना से पहले राजा शिवराव भाऊ जी के शासन में थे, और जो उस समय झांसी राज्य में सम्मिलित समझे जाते थे। साथ ही इसके, अंग्रेज सरकार यह भी प्रण करती है कि राजा रामचन्द्रराव जी के उत्तराधिकारी उस समस्त प्रदेश के स्वतन्त्र स्वामी रहेंगे।''

यह पत्र मेजर ऐलिस के हवाले करके महाराजा गंगाधरराव के चित्त पर से एक बड़ा भारी बोझ-सा उतर गया। कारण कि उन्हें इस बात का पूरा-पूरा विश्वास हो गया था कि उनकी और उनके पूज्य पुरखाओं की समस्त वंश-परम्परा से की हुई समस्त सेवाओं का पूरा-पूरा ध्यान रखकर, अंग्रेज़ी सरकार उनकी इस अन्तिम प्रार्थना को कदापि न ठुकराएगी और अपने उक्त पवित्र सन्धि-पत्र की धाराओं की

पूर्ति तथा पालना में झांसी का राज्य-परम्परा से सब प्रकार चिरकाल तक उनके ही नियत किए उत्तराधिकारियों के अधीन बना रहेगा।

किन्तु शोक! महाशोक!! उनके नेत्र बन्द होते ही कलकत्ता के देवता और उसके पुजारियों की नीयत बदल गई, जिसका कारण अंग्रेज़ी इतिहासकार मिस्टर डब्ल्यू. एम. टौरेंस के शब्दों में यह था, ''भारतीय साम्राज्य की जड़ें अब इतनी सुदृढ़ हो गई थीं कि उन्हें अब किसी भी स्वामिभक्त शुभचिन्तक की सेवा आवश्यक अनुभव नहीं होती थी। अतः अब वे उनकी प्रत्येक सेवा की बड़ी सुगमता तथा निर्भयता के साथ अवहेलना करते तोते के समान अपनी आंखें फेर सकते थे।''

स्वर्गवास के पश्चात्

21 नवम्बर, सन् 1853 का वह दुर्दिन भी आ ही पहुंचा, जिसका इतने दिनों से भय लग रहा था। शोक-व्याधि-व्यथित रोगी महाराज का निर्बल शरीर धीरे-धीरे ठंडा पड़ने लगा, श्वास-प्रश्वास का कष्ट क्षण-क्षण बढ़ने लगा, विचार तथा ज्ञान-शक्तियां लोप होने लगीं, आंखें पथरा गईं, नाड़ी तथा हृदय की गति ठहर गई। कोई भी औषधि कण्ठ से नीचे न उतरी। राजमहल तो क्या, सारे नगर में हाहाकार मच गया। महादुःखिनी महारानी लक्ष्मीबाई के तो शीश पर दुःख, शोक तथा विपत्ति का पहाड़ ही टूट पड़ा। उनके देखते-ही-देखते, उनके परमपूज्य प्राणपति, प्राणनाथ, प्राणेश्वर सदा के लिए उनसे बिछुड़ गए। वे दुर्दैव-ग्रसित अबला इस कृतघ्न, स्वार्थी, पापमय असार संसार में उसकी कठोर-से-कठोर और अत्याचारी-से-अत्याचारी, दुर्दमनीय शक्तियों का सामना करने के लिए अकेली ही रह गई। इसके साथ ही एक विशाल राज्य तथा उसके अल्पायु उत्तराधिकारी के लिए लालन-पालन तथा रक्षण का भारी बोझ संभालने के लिए लाखों राजभक्त प्रजाजनों और सहस्रों नौकर-चाकरों और कर्मचारियों तथा सम्बन्धियों के होते हुए भी वे निस्सहास-सी रह गईं।

झांसी नगर के असंख्य नर-नारी, नंगे सिर, नंगे पैर, आंसू बहाते, छाती पीटते और हाहाकर करते सर्वप्रिय महाराजा गंगाधरराव के विमान के पीछे-पीछे श्मशान-भूमि तक गए। कारण, प्रत्येक मनुष्य का—चाहे वह कोई बड़े-से-बड़ा राजा-महाराजा, विस्तृत देश के विशाल सिंहासन का अधिपति हो या कंगाल-से-कंगाल दरिद्र-भिखारी—अन्तिम स्थान श्मशान या कब्रिस्तान के सिवाय और कोई नहीं! केवल यहीं तक उसके प्रेमी और सच्चे-से-सच्चे मित्र, सम्बन्धी, शुभचिन्तक, हितैषी, सेवक, सहायक आदि सब उसका साथ दे सकते हैं। इससे एक पग भी आगे, उसके साथ जाने की शक्ति किसी में नहीं!

अंग्रेज़ी राज्य के स्थानीय प्रतिनिधि मेजर ऐलिस, कप्तान मारटिन और अंग्रेजी पैदल सेना तथा रिसाले के अन्य अफसर तथा सैनिक भी अपने-अपने काले मातमी वस्त्रों में, शोक की साक्षात् मूर्ति बने विमान के साथ-सथ थे और इस दारुण दुःख के समय सब प्रकार अपनी सज्जनता तथा सहृदयता प्रकट कर रहे थे।

महाराज के अन्तिम संस्कार से निबटकर भी मेजर ऐलिस और उनके साथी प्रायः सभी बड़े-बड़े अफसरों ने महल में पहुंचकर, महारानी लक्ष्मीबाई जी से सब प्रकार सहानुभूति दर्शाई और उन्हें धैर्य दिलाया।

फिर दूसरे अफसर तो अपनी-अपनी कोठियों की ओर चले गए, किन्तु मेजर ऐलिस सीधे राजकोष में पहुंचे, जो दुर्ग (किले) के अन्दर ही एक बड़े सुदृढ़ और सुरक्षित भवन में, बड़े चौकी-पहरे में था। वहां पहुंचकर उन्होंने सबसे पहले राजकोष में संग्रहित धनराशि की जांच-पड़ताल की। उस समय कोष में 2,45,768 रुपये वर्तमान थे। मेजर साहब ने राज्य के कोषाध्यक्ष पण्डित ज्वालाप्रसाद के सामने सब थैलियों को नियमपूर्वक बक्सों में बन्द करवाकर तालों पर मोहर लगवा दी। फिर राज्य-भण्डार के सभी दूसरे कमरों में रखे हुए बहुमूल्य वस्त्राभूषण तथा अन्य द्रव्यों की भी खूब जांच-पड़ताल करके उनकी एक तालिका (फेहरिस्त) बनवाई और कमरों में ताले डालकर उन पर मोहरें लगवा दीं। तत्पश्चात् इस सब धनराशि की रक्षा के लिए ग्वालियर राज्य की कटिंजैंट सेना की 9वीं पलटन के प्रायः डेढ़ सौ सिपाहियों और अफसरों का वहां पहरा लगा दिया।

राज्य-भण्डार तथा कोष की रक्षा में उनकी यह उग्रता और दक्षता देखकर सबने यही समझा कि यह सब कार्य केवल इसलिए किया जा रहा है कि महाराज गंगाधरराव के स्वर्गवास से दुःखग्रसित वियोगिनी महारानी के इस प्रकार महाशोकातुर होने के कारण, किसी बदनीयत सरदार अथवा कर्मचारी को उसमें कुछ हस्तक्षेप करने या किसी बहुमूल्य पदार्थ पर अनुचित रूप से अपना अधिकार जमाने का अवसर न मिले।

सारांश यह कि महाराज का देहान्त हो जाने पर झांसी राज्य में सब प्रकार से पूर्ण शान्ति रही और इस शोक तथा दुःसह दुःख-सन्ताप में डूबी हुई रियासत में कहीं भी किसी प्रकार से कोई अशान्ति अथवा उपद्रव न होने पाया। परन्तु वास्तव में अंग्रेज़ों की ओर से इस सब देखभाल और प्रबन्ध का गुप्त आशय कुछ औग ही था, जो अगले पृष्ठों में स्पष्टतया प्रकट हो जाएगा।

इन सब कामों से निवृत्त होते ही जब मेजर साहब अपनी कोठी में पहुंचे तो सबसे पहला काम जो उन्होंने किया वह यह था कि बुन्देलखण्ड के पोलिटिकल एजेण्ट मेजर मैलकम हेली को महाराज गंगाधरराव के स्वर्ग-वास का समाचार भेजने के साथ-ही-साथ उन्होंने अपने इस समस्त कार्य-व्यवहार की भी एक विस्तृत रिपोर्ट उन्हें लिख भेजी।

मेजर मैलकम भी महाराज गंगाधर के असाध्य रोग का समाचार पाकर उनके देहान्त से पहले ही भारत सरकार के विदेशी विभाग के उच्च कर्मचारियों द्वारा गर्वनर-जनरल को महाराज के इस कठिन रोग की सूचना दे चुके थे। अब मेजर

ऐलिस से महाराज के स्वर्गवास का समाचार पाकर उन्होंने गवर्नर-जनरल की सेवा में जो पत्र भेजा, उसका सारांश यह था:

''मुझे श्रीमान को यह समाचार देते हुए महान दुःख होता है कि गत 21 नवम्बर को झांसी के महाराजा गंगाधरराव जी का देहान्त हो गया। परमात्मा उनकी आत्मा का कल्याण करें।

''श्रीमान को विदित हो कि स्वर्गवासी महाराज ने अपनी मृत्यु से एक दिन पहले ही अपने राज्य-वंश के पांच वर्षीय बालक को गोद लेकर उसका नाम दामोदर गंगाधरराव रख दिया है, यद्यपि उन्होंने इस बालक को अपना (पोता) प्रकट किया है परन्तु मुझे यह ज्ञात हुआ है कि यह बालक महाराजा के पूर्वज राजा रघुनाथराव की पांचवीं पीढ़ी से है। अतः अंग्रेज़ी रीति-नीति से महाराज का चचेरा भाई सिद्ध होता है।

''इस पत्र के साथ ही मैं ये सब पत्र भी भेज रहा हूं, जो मेरे सहायक मेजर ऐलिस ने मुझे इस सम्बन्ध में लिखे हैं। उनमें उन्होंने महाराज के बीमारी के दिनों में उनसे अपनी मुलाकातों और उनकी शोक-भरी मृत्यु का सब वृत्तान्त सविस्तार लेखबद्ध किया है। साथ ही इनके, वह प्रार्थना-पत्र भी भेजा जाता है, जो स्वर्गीय महाराज ने इस दत्तक-विधान के सम्बन्ध में भेजा है। आशा है, श्रीमान इन सब पर पूरा-पूरा विचार करेंगे।

''इस दत्तक-विधान के सम्बन्ध में, जहां तक मैं समझता हूं, स्वर्गीय महाराज ने बड़ी चालाकी से काम लिया है। मेरा विचार है कि झांसी की समस्त प्रजा महाराज से यह आशा रखती थी कि वे अंग्रेज सरकार से प्रार्थना करेंगे कि उनके देहान्त के पश्चात् महारानी लक्ष्मीबाई को उनकी रियासत तथा उनकी सब सम्पत्ति की उत्तराधिकारिणी निश्चित किया जाए। अतः सम्भव है कि महाराज को अपनी मृत्यु से एक दिन पहले इस प्रकार एक बच्चे को अपना दत्तक बनाते हुए देखकर उन्हें बड़ा आश्चर्य हुआ हो।

''यदि यह सत्य है तो मैं बड़े जोर से यह कह सकता हूं कि महाराज ने भली-भांति यह समझ लिया था कि झांसी के सूबेदार राजा शिवराव भाऊ के वंश से, जिनके साथ अंग्रेज सरकार ने सबसे पहले सन्धि-विधान किया था, अब कोई उत्तराधिकारी नहीं और न उनके अपने ही कुल में कोई उचित योग्य उत्तराधिकारी या निकटवर्ती सम्बन्धी रह गया है। इस आपत्ति के विचार से ही महाराज ने इस प्रकार अचानक ही अपनी मृत्यु से ठीक एक दिन पहले, आनन्दराव नामक इस अल्पायु बालक को गोद में ले लिया है।

''श्रीमान के विचारार्थ झांसी के स्वर्गवासी महाराज के कुल का एक वंशतरु (शजरा) भी भेज रहा हूं जिससे श्रीमान पर यह प्रकट हो जाएगा कि यह गोद लिया हुआ बालक महाराज के पूर्वज राजा रघुनाथराव प्रथम के वंश से है।

"गत दो तारीख को मैंने अपने सहायक मेजर ऐलिस को झांसी राज्य के प्रबन्ध-सम्बन्धी जो पत्र भेजा था, उसकी नकल दो तारीख को ही भारत सरकार के सूचनार्थ भेज दी गई थी, उसमें उपर्युक्त मेजर साहब को स्पष्ट शब्दों में यह लिख दिया गया था कि जब तक भारत सरकार झांसी राज्य के भावी प्रबन्ध में कोई निश्चय न करे, तब तक स्वर्गीय महाराज के इस दत्तक-विधान पर कुछ भी ध्यान नहीं दिया जाएगा और इस मध्यकाल में, हमें ही भारत सरकार की ओर से उसके प्रतिनिधि रूप, राज्य का सब प्रबन्ध चलाना पड़ेगा। इस संकेत के अनुसार ही ऐलिस साहब उचित रूप से सब कार्य कर रहे हैं।

"श्रीमान के विचारार्थ कुछ ऐसे पत्र भी भेज रहा हूं जिनसे श्रीमान को अंग्रेज़ी सरकार और झांसी राज्य के सब पारस्परिक सम्बन्धों का स्मरण हो जाएगा और श्रीमान उन्हें देखते ही यह निर्णय कर सकेंगे कि इस प्रकार स्वर्गीय महाराज को अपने राज्य का किसी को उत्तराधिकारी बनाने का कोई अधिकार प्राप्त है, अथवा नहीं।

"श्रीमान! बुन्देलखण्ड से हम अंग्रेज़ों का सबसे पहला सम्बन्ध सन् 1804 में स्थापित हुआ। उस समय झांसी के सूबेदार शिवराव भाऊ, पेशवा के नौकर और मण्डलीक थे। यही देखकर अंग्रेज़ों ने उनके साथ यह सन्धि-पत्र किया था। उस समय भी अंग्रेज़ों की यह कृपा ही थी कि उन्होंने अपने पुराने सन्धि-पत्र के विचार से झांसी राज्य के सभी अधिकार शिवराव भाऊ के पोते रामचन्द्रराव को वंश-परम्परा के लिए लिख दिए और सन् 1832 ई. में उन्हें 'सूबेदार' के बदले राजा की पदवी से सम्मानित कर दिया।

"सन् 1838 में जब इन राजा रामचन्द्रराव का देहान्त हुआ, तो इनके अपनी कोई सन्तान नहीं थी। अतः जहां तक मुझे याद है, उस समय अंग्रेज़ सरकार ने झांसी राज्य को अपने शासनाधिकार में लेने का कुछ विचार किया था। परन्तु फिर न्यायप्रिय सरकार ने यह देखा कि शिवराव भाऊ के दो पुत्र रघुनाथराव तथा गंगाधरराव अभी जीवित हैं। अतः दयालु सरकार ने अपना यह विचार बदल लिया और दोनों को ही झांसी की राजगद्दी पर क्रमशः बिठा दिया। परन्तु अब, जबकि दुर्भाग्यवश गंगाधरराव भी निःसन्तान ही परलोक सिधार गए हैं तो न्याय की दृष्टि से इस वंश का सदा के लिए ही अन्त हो चुका है।

"इनके अतिरिक्त एक बात और भी मैं श्रीमान के समक्ष रख देना चाहता हूं, वह यह कि सन् 1835 ई. में जब राजा रामचन्द्रराव का देहान्त हुआ, तब राजा रामचन्द्रराव के दत्तक पुत्र और उनकी रानी ने भी अपना-अपना अधिकार जताया था, किन्तु सरकार ने इन दोनों को ही अनधिकारी समझा। मेरे विचार में यही उचित तथा न्यायसंगत भी था।

"उस समय उनका सरकार से जो पत्र-व्यवहार हुआ था, उससे यह सिद्ध होता है कि झांसी का शासन जिन शर्तों पर अंग्रेज़ों के हाथ आया है, उनमें यह स्पष्ट रूप से लिखा है कि झांसी की किसी भी रानी अथवा राजा को यह अधिकार प्राप्त नहीं कि वह अंग्रेज सरकार की आज्ञा के बिना किसी को अपना दत्तक पुत्र बना ले।

"मैं यह मानता हूं कि महाराजा गंगाधरराव ने अपने पीछे जिस स्त्री को शासनाधिकार दिए जाने की इच्छा प्रकट की है वह सब प्रकार से इस बोझ को संभालने की योग्यता रखती है, परन्तु हमारे महान उद्देश्य तथा वर्तमान स्थिति पर विचार करते हुए श्रीमान से मेरा यही नम्र निवेदन है कि इस समय यही उचित है कि इस प्रान्त को अपने अधिकार में ले लिया जाए और ऐसा सुनहरा अवसर हाथ से न खोया जाए।

"यदि श्रीमान आज्ञा दें तो स्वर्गीय महाराज की महारानी की प्रसन्नता के लिए महाराजा की निजी सम्पत्ति और झांसी का राजमहल उन्हें दे दिया जाए और साथ ही इसके, मैं श्रीमान से यह भी प्रार्थना करता हूं कि महारानी के परिवार के निर्वाह के लिए उन्हें एक मासिक पेंशन भी प्रदान कर दी जाए।

"मैं यह तो नहीं कह सकता कि यह मासिक पेंशन कितनी हो। परन्तु जहां तक महारानी की स्थिति पर मैं विचार कर सका हूं, वहां तक मेरी मति यह है कि मात्र पांच हजार रुपये से कम न हो। कारण, यह तो श्रीमान पर प्रकट ही है कि समस्त बुन्देलखण्ड में महाराष्ट्रों का केवल-मात्र यही एक अन्तिम राजवंश है। अतः इस राज्य के जिन पालित जनों को पेशवा तथा दामोदरराव से दानरूप में कुछ अधिक सहायता पाने की आशा थी वह अब सब मिट गई है, अतः यह सम्भव है कि वे सभी महारानी की ही छत्रछाया में आश्रय प्राप्त करें। ऐसी अवस्था में मुझे महारानी के निर्वाह के लिए इस मात्रा की स्वीकृति परमावश्यक तथा अनिवार्य जान पड़ती है।

"वैसे भी झांसी राज्य पर चिरकाल से अंग्रेज़ों का ही शासन है। अब तक उसका समस्त प्रबन्ध मेजर ऐलिस बड़ी उत्तमता से करते रहे हैं। इस अवस्था में यदि मेरी उपर्युक्त प्रार्थना पर विचार करके सरकार झांसी राज्य को अपने शासन में ले ले, तो उसके निकटस्थ ग्वालियर राज्य के समान ही, इसका प्रबन्ध करने में भी कोई अड़चन हमारे सामने न आएगी।

"यदि श्रीमान का यही निर्णय हो कि राज्य का समस्त प्रबन्ध भी मैं ही करूं, तो भी मुझे इसमें कोई आपत्ति न होगी, वरन् मैं इसे अपना परम सौभाग्य ही समझूंगा। किन्तु प्रश्न केवल यही रह जाता है कि मुझे और मेरे सहायक मेजर ऐलिस को 'माल-विभाग' का कुछ अनुभव नहीं। इसके अतिरिक्त मुझे ग्वालियर तथा बुन्देलखण्ड में, बार-बार सिर उठाने वाले झगड़ों का निर्णय करने के लिए, प्रायः दौरे पर ही

रहना पड़ता है। अतः यही उचित जान पड़ता है, कि इस प्रान्त को भी बुन्देलखण्ड के अन्य जिलों के समान जबलपुर के कमिश्नर कप्तान अर्सकिन के ही अधीन करके, उसमें ही मिला दिया जाए।''

संक्षेप में, इस प्रकार मेजर मैलकम हेली अभागे झांसी राज्य के भविष्य का अपनी ओर से पूरा-पूरा निर्णय करके, बिना किसी लड़ाई-भिड़ाई के ही झांसी राज्य को बिल्कुल शान्ति से हड़प कर जाने के सुख-स्वप्न देखने लगे और इन सुख-स्वप्नों की पूर्ति के लिए अपने उच्च अधिकारियों की स्वीकृति की प्रतीक्षा करने लगे। इसी नीयत से उन्होंने ग्वालियर कंटिंजेंट सेना की 9वीं पलटन की एक टुकड़ी और बंगाल नेटिव-इन्फैंटरी नामक एक पूरी पलटन की छावनी भी झांसी में डलवा दी। इसके अतिरिक्त उन्होंने झांसी तथा क्रेरा के दुर्गों की रक्षा के लिए ब्रिगेडियर पारसंज से चार-चार पलटनें और भी मंगवा लीं।

महारानी की व्याकुलता

इधर तो पोलिटिकल एजेण्ट मेजर मैलकम हेली अभागे झांसी राज्य को अंग्रेज़ी सरकार के शासनाधिकार में लाने के लिए जाल फैला रहे थे, उधर पति-पुत्र-शोक-सन्तृप्ता, दुःखिनी महारानी लक्ष्मीबाई अपने सर्वथोचित प्रार्थनापत्र की स्वीकृति आने की बड़ी ही व्याकुलता से प्रतीक्षा कर रही थीं और एक-एक दिन गिन-गिनकर काट रही थीं। कारण, अपने स्वाभाविक भोलेपन तथा विश्वासी प्रकृति के वशीभूत होकर, मेजर मैलकम हेली की संरक्षकोचित सहायता पर वे पूरा-पूरा भरोसा रखती थीं और उन्हें अपने दत्तक-विधान के सर्वथा न्यायसंगत होने का भी पूर्ण विश्वास था।

जब आए दिन की प्रतीक्षा की यह वेदना उन्हें असह्य हो गई और महाराजा के देहान्त को भी कई सप्ताह बीत गए, तो उन्होंने एक दिन घबराकर अपने पूज्य पिता मोरोपन्त जी को बुलाया और उनसे यह कहने लगीं, ''पिताजी! स्वर्गीय महाराज के प्रार्थनापत्र का अभी तक कुछ भी उत्तर नहीं आया। न जाने क्या कारण है?''

मोरोपन्त–पुत्री! सरकार के कामों में प्रायः ऐसी ही देर हो जाया करती है, अतः चिन्ता की कोई बात नहीं। मैंने अभी कुछ ही दिन हुए, मेजर साहब से पूछा था, उन्होंने यही कहा कि अभी कलकत्ता से कोई उत्तर नहीं आया। तुम जानो, दूर की बात ठहरी। फिर सरकारी दरबार के कार्य भी ऐसे ही धीरे-धीरे होते हैं। बेटी, घबराओ मत! 'सहज पके सो मीठा होय' की लोकोक्ति क्या तुम भूल गईं?

महारानी–वह तो सब ठीक है पिताजी! परन्तु इतने दिनों से हमारे सभी राजकोष तथा भंडारों पर अंग्रेजों के ताले भी तो पड़े हुए हैं। भला इस प्रकार काम कैसे चल सकता है? मन्त्री जी को तो बुलवाइए। उनसे ही कुछ सलाह करें कि अब क्या करना चाहिए?

मन्त्री जी आए। देर तक परामर्श होता रहा। अन्त में यही निश्चित हुआ कि लाट साहब की सेवा में एक और प्रार्थनापत्र भेजकर पहले पत्र की याद दिलाई जाए और उसका शीघ्र उत्तर मांगा जाए। फिर बड़े सोच-विचार से एक प्रार्थना-पत्र तैयार किया गया, जिसका सार यह थाः

''श्रीमान जी! हमारे झांसी राज्य के पत्रों से यह स्पष्ट सिद्ध होता है कि इस

प्रान्त में अंग्रेज़ी शासन स्थापित होने से पहले मेरे पूज्य श्वसुरदेव श्रीमान शिवराव भाऊ जी अंग्रेज़ी सरकार को सब प्रकार पूरी-पूरी सहायता देते रहे हैं। और इसमें भी कुछ सन्देह नहीं कि उनकी उसी सहायता के परिणामस्वरूप, अंग्रेजी सरकार की भी हम पर अब तक सब प्रकार कृपादृष्टि रही है। साथ ही इसके, श्रीमान को यह भी स्मरण होगा कि सन् 1842 ई. में मेरे स्वर्गीय पतिदेव महाराजा गंगाधरराव जी के साथ कर्नल स्लीमन साहब ने जो सन्धि-पत्र किया था, उसमें भी वे शर्तें रद्द नहीं की गई थीं, जो 1817 में हमारे पूर्वज राजा रामचन्द्रराव जी से निश्चित हुई थीं। वरन् उस नए सन्धि-पत्र के समय भी मेरे पतिदेव को यह विश्वास दिलाया था कि भविष्य में भी इन शर्तों का उसी प्रकार पालन किया जाएगा, जैसा कि उस समय तक होता रहा है। उन्हें यह भी निश्चय दिलाया गया था कि इन शर्तों से प्राप्त होने वाले समस्त अधिकारों से पूरा-पूरा लाभ उठाने के स्वत्त्व भी झांसी-नरेश को सदा प्राप्त रहेंगे।

''श्रीमान जी! मैं यह भी जानती हूं कि दयालु सरकार ने हमारे पूज्य पूर्वज सूबेदार शिवराव भाऊ जी के पश्चात् 1817 में उनके वंशज राजा रामचन्द्रराव जी को झांसी राज्य पर शासन करने के समस्त अधिकार, वंश-परम्परा से प्रदान करके उनसे जो सन्धि-पत्र किया था, उसका एकमात्र कारण हमारे पूज्य पूर्वज स्वर्गीय शिवराव भाऊ जी के हृदय में, अंग्रेज़ों के प्रति गहरा प्रेम था और वे आयु-भर भक्तिभाव से अंग्रेज़ी राज्य की पूरी-पूरी सहायता करते रहे थे। तत्पश्चात् अंग्रेज अधिकारियों ने राजा रामचन्द्रराव को भी उनके प्रकाशमान प्रेम के पुरस्कार-रूप झांसी के पूरे-पूरे शासनाधिकार प्रदान करके उनकी इस अन्तिम इच्छा की पूर्ति की थी। यह भी मैं भली प्रकार से स्वीकार करती हूं कि अंग्रेज़ी सरकार ने झांसी राज्य को अपना सुदृढ़ प्रेमी और सच्चा मित्र बनाने के लिए ही यह सन्धि-पत्र लिखा था, और इसमें यह बात स्पष्ट रूप से स्वीकार की थी कि स्वर्गीय शिवराव भाऊ के शासित प्रान्त पर उनके उत्तराधिकारी राजा रामचन्द्र जी, तथा उनके उत्तराधिकारियों का वंश-परम्परा से पूरा-पूरा शासनाधिकार बना रहेगा। इससे यह भी स्पष्टतया सिद्ध होता है कि यदि कभी दुर्भाग्यवश झांसी का कोई नृपति निस्सन्तान रह जाने के कारण अपने वंश को स्थिर रखने के लिए, अपने किसी निकट सम्बन्धी को गोद लेना पसन्द करेगा, तो अंग्रेज़ी सरकार उसे भी राज्य का न्यायसंगत उत्तराधिकारी स्वीकार करेगी और हमारे इस वंश-परम्परा से प्राप्त राज्य का कभी अन्त न होने देगी। कारण, हमारे हिन्दू धर्म-शास्त्रों में, जैसे औरस पुत्र को अपने स्वर्गीय पिता तथा दूसरे पूर्वजों के पिण्डदान तथा श्राद्ध आदि करने का अधिकार प्राप्त है, वैसे ही दत्तक पुत्र के लिए भी वे सभी अधिकार पूरे-पूरे प्राप्त हैं और न्यायदृष्टि से औरस तथा दत्तक पुत्र में कोई भी भेद तथा अन्तर नहीं माना गया है।

''यही कारण है कि हमारे भारतवर्ष में दत्तक लिये जाने का विधान किसी

प्रकार भी न्याय अथवा धर्म के विपरीत नहीं समझा जाता, और हममें जिन सद्गृहस्थ दम्पति के कोई औरस पुत्र नहीं होता, वह किसी अन्य निकट सम्बन्धी के पुत्र को गोद ले लिया करते हैं, और वही गोद लिया दत्तक पुत्र ही उन्हें पिण्डदान करके उनकी समस्त सम्पत्ति का उत्तराधिकारी माना जाता है। इस प्रकार हमारे आर्यधर्म ने भी हिन्दू समाज को इसकी पूरी-पूरी आज्ञा दे रखी है और इसमें कभी किसी को कोई आपत्ति नहीं होती।

''श्रीमान जी! हिन्दू-धर्मशास्त्र की इसी सर्वमान्य आज्ञा को शिरोधार्य कर, मेरे स्वर्गीय पतिदेव, श्रीमान महाराजा गंगाधरराव जी ने, जब यह देखा कि हम दोनों के दुर्भाग्य से हमारे कोई भी औरस सन्तान नहीं, और उनका जीवन-दीप भी अब शीघ्र ही बुझने वाला है, तो उन्होंने अपना वंश स्थिर रखने की इच्छा से और मृत्यु के उपरान्त स्वर्ग-प्राप्ति की सुखमय कामना को अपने हृदय में स्थान देकर, किसी बालक को गोद लेने का निश्चय कर लिया।

''परिणामतः 19 नवम्बर को जब वे अपने जीवन से पूर्णतः निराश हो गए, तो उन्होंने अपनी इस एकमात्र अभिलाषा की पूर्ति के लिए मुझे तथा अपने राजमन्त्री श्री नरसिंह जी अप्पा, लाला लाहौरीमल और लाला तटीचन्द आदि कई सुप्रतिष्ठित सेठों, साहूकारों, राजकर्मचारियों एवं अन्य सम्मानित सज्जनों को अपनी मृत्यु-शय्या के समीप बुलाकर उन सबके सामने अपनी यह अन्तिम इच्छा प्रकट कर दी।

''इन सबने देर तक मन-ही-मन, महाराज के सगोत्र सुयोग्य बालकों की खोज करके उनके नाम प्रस्तावित किए और प्रत्येक दृष्टिकोण से उनके गुण, स्वभाव तथा योग्यता पर घंटों विचार करके, अन्त में सर्वसम्मति से महाराज के ही वंश के आनन्दराव नामक बालक को, इस अभिप्राय की पूर्ति के लिए सर्वोत्तम तथा सुयोग्य समझा। मेरे पतिदेव जी ने भी इस चुनाव को पसन्द करके उसके पक्ष में ही अपनी सम्मति प्रकट की।

''अन्ततः अगले ही दिन सबकी सहानुभूति तथा सर्वसम्मति से स्वर्गीय महाराज गंगाधरराव जी ने उस बालक को हिन्दू-धर्मशास्त्र की पूर्ण रीति-नीति के अनुसार, नियमपूर्वक अपना दत्तक पुत्र बना लिया।

''झांसी के प्रसिद्ध राजपण्डित तथा पुरोहित पं. विनायकराव जी ने इस शुभ संस्कार का संकल्प कराया और आनन्दराव के पूज्य पिता वासुदेव ने अपने पुत्र को शास्त्र-विधि के अनुसार महाराज की गोद में दे दिया।

''इस संस्कार के समय बुन्देलखण्ड के सहायक पोलिटिकल एजेण्ट मेजर ऐलिस और कप्तान मारटिन भी दरबार में विराजमान थे। उस समय महाराज ने स्वयं अपने हाथ से अंग्रेजी सरकार के नाम एक पत्र लिखकर, सरकार से यह प्रार्थना की कि

सरकार बहादुर उनके इस दत्तक-विधान को स्वीकृत कर लें और फिर यह प्रार्थनापत्र मेजर ऐलिस के हवाले कर दिया गया।

''मेजर साहब ने भी बड़ी कृपापूर्वक उन्हें यह विश्वास दिलाया कि वे इस दत्तक-विधान को अंग्रेज़ी सरकार से स्वीकार करवाकर झांसी राज्य के शासकों के वंश-तरु को सब प्रकार से सुरक्षित रखेंगे और उसकी जड़ों को पुष्ट करते रहेंगे।

''उससे अगले ही दिन अर्थात् 21 नवम्बर को मेरे प्राणपति देवता महाराजा गंगाधरराव जी ने पूर्ण सुख तथा आत्मिक शांति से प्राण-त्याग कर स्वर्ग की ओर प्रस्थान किया। उनका अन्तिम संस्कार पुत्र आनन्दराव ने ही यथाविधि, शास्त्रानुसार पूर्ण रीति तथा मर्यादा से किया, जिसका नाम इस दत्तक-संस्कार के उपरांत दामोदर गंगाधरराव हो गया है।

''श्रीमान जी, अब मेरा हाथ जोड़कर नम्र निवेदन है कि जिस दत्तक पुत्र को अपना मानकर, अंग्रेजी सरकार के सच्चे शुभचिन्तक और स्नेही मित्र स्वर्गीय महाराजा गंगाधरराव जी ने, आपकी तथा अंग्रेजी सरकार की छत्रछाया में पूर्ण शान्ति और सच्चे विश्वास के साथ सौंपकर यह नश्वर शरीर त्याग किया है, उसके स्वत्त्वों की सब प्रकार से रक्षा करना तथा उस पर पूर्ण दयादृष्टि रखना आप भी अपना तथा अंग्रेज़ी सरकार का सबसे उत्तम तथा प्रमुख कर्तव्य ही नहीं, वरन् सच्ची राजनीति समझें।

''इसके साथ ही, यदि आप मुझे क्षमा करें, तो मैं श्रीमान जी का ध्यान अपने निकटवर्ती दतिया राज्य के राजा परीक्षितराव, जालौन के नरेश राजा बालीराव तथा ओरछा-नृपति राजा तेजसिंह के उदाहरणों की ओर भी दिलाकर यह प्रार्थना करना चाहती हूं कि जिस प्रकार दयालु सरकार बहादुर ने इन राजाओं के दत्तक पुत्रों को स्वीकार कर लिया है, वैसे ही मेरे स्वर्गीय पतिदेव के दत्तक पुत्र को भी स्वीकार किया जाए।

''श्रीमान जी! आप स्वयं बड़े दूरदर्शी तथा विशालहृदय नीतिज्ञ हैं, अतः यह भलीभांति जानते हैं कि हमारा झांसी राज्य अपनी सेवाओं के कारण, अंग्रेजी सरकार की दयादृष्टि का जितना अधिकारी है, उतना उन उपर्युक्त राज्यों में से कोई भी नहीं। अतः मुझे यह पूर्ण विश्वास है कि इस राज्य को भी श्रीमान की कृपादृष्टि से कभी वंचित नहीं रखा जाएगा। कारण, इन राजाओं से सरकार बहादुर के जो भी सन्धि-पत्र हुए हैं, उनमें और झांसी राज्य के सन्धि-पत्रों में धरती-आकाश का अन्तर है, अर्थात् झांसी राज्य के सन्धि-पत्र में सरकार ने 'दायम'—सदा सर्वदा—का सारगर्भित शब्द का प्रयोग किया है; वह उनमें से किसी सन्धि-पत्र में नहीं पाया जाता। इस अवस्था में श्रीमान जी स्वयमेव यह समझ सकते हैं कि दत्तक लेने का अधिकार हमें अन्य सब राजाओं से बहुत बढ़-चढ़कर प्राप्त है। अतः उसके स्वीकार करने में सरकार को कोई भी आपत्ति नहीं होनी चाहिए।''

महारानी लक्ष्मीबाई जी के इस सर्वथा न्यायसंगत तथा युक्तिमूलक प्रार्थनापत्र की पुष्टि में मेजर ऐलिस ने भी बड़ी ज़बरदस्त सिफारिश की। कारण, इससे पहले भी अपनी 24 दिसम्बर की चिट्ठी में, वे बड़े स्पष्ट शब्दों में लिख चुके थे, ''झांसी राज्य की समाप्ति अथवा उसके दत्तक-अधिकार की अस्वीकृति, कोर्ट आफ डायरेक्टर्ज़ (कम्पनी के नेतामण्डल) के उस पत्र की 16-27 की धाराओं के सर्वथा विरुद्ध होगी, जो उपर्युक्त कोर्ट ने 20 मार्च, 1836 ई. को झांसी राज्य के नाम भेजा है। अतः मेरे विचार में, यदि गवर्नमेंट इस दत्तक-विधान को अस्वीकार करके झांसी राज्य का अन्त कर देगी, तो वह अपनी विशाल राजनीति का अपने हाथों आप ही रक्तपात करेगी।''

परन्तु कहा जाता है कि यह विचार मेजर मैलकम हेली के निजी भावों के विरुद्ध होने के कारण मेजर का यह पत्र चिरकाल तक मेजर हेली के दफ्तर में ही दबा पड़ा रहा, अतः इस पर यथासमय विचार न हो सका।

कुछ गम्भीर विचारवान ऐतिहासिकों और नीतिकुशल लेखकों का विचार है कि मेजर हेली के इस दुराग्रह का कारण यह था कि उस समय उत्तरी भारत में, आगरा और सागर के मध्यवर्ती प्रान्त में, केवल झांसी ही एक ऐसा केन्द्रीय स्थान था (और अब भी है,) जहां से समय आ पड़ने पर, ग्वालियर के सिन्धिया राजा को ही नहीं, वरन् अन्य कई राज्यों के नरेशों को भी बड़ी सुगमता से परास्त किया जा सकता था।

इन्हीं कारणों से प्रेरित होकर मेजर हेली ने इस दत्तक पुत्र के निषेध की क्रूर कूटनीति का आश्रय लेकर झांसी राज्य को इस प्रकार हड़प कर जाने की सम्मति दी थी। फिर आगे कलकत्ता तथा लन्दन में तो उनसे भी कई दरजे बढ़े-चढ़े सर्वग्राही परम लोभियों का राज्य था, जैसा कि अगले पृष्ठों में विस्तार रूप में दर्शाया जाएगा। वे भला एक बार यह अमोघ अस्त्र हाथ आ जाने पर, इसके बार-बार प्रयोग में कोई कोर-कसर रखने वाले कब थे?

फिर यह भी तो कुछ असम्भव नहीं समझा जा सकता कि स्वयं मेजर हेली ने भी इन्हीं कलकत्ता तथा लन्दन निवासी देवताओं की प्रसन्नता का पात्र बनने के लिए ही यह घोर अन्यायपूर्ण प्रस्ताव उनके समक्ष रखा हो, क्योंकि पीछे तो उन्हें भी अपने इस प्रस्ताव के अन्यायाचरण का कुछ अनुभव हुआ और इसीलिए उन्होंने अपना यह दुर्विचार बदल भी लिया था। परन्तु तब कलकत्ता निवासी देवताओं ने उनकी एक न सुनी, जिस पर सम्भव है कि उन्हें सतोगुणी भावों की प्रबलता के क्षणों में कभी-कभी कुछ खेद भी आ दबाता हो।

नया झंझट

इधर तो स्वर्गीय महाराजा गंगाधरराव के दत्तक-विधान की स्वीकृति खटाई में पड़ गई थी और उसमें जितनी भी देर होती जाती थी, उतनी ही पति-पुत्र वियोगिनी सती महारानी लक्ष्मीबाई जी की व्याकुलता बढ़ती जा रही थी। उधर इस सम्बन्ध में एक और नया झंझट उत्पन्न हो गया। वह यह कि महाराजा गंगाधराव के पूर्वजों के प्राचीन उदूगम-स्थान 'खानदेश' में अभी तक उनके कुछ दूर-पार के सम्बन्धी वर्तमान थे। उन्हीं में सदाशिव राव नामक एक व्यक्ति, महाराज के निःसन्तान परलोक सिधार जाने का समाचार सुनकर झांसी राज्य का दावेदार बन बैठा और उसने इस आशय का एक प्रार्थना-पत्र भी मेजर मैलकम हेली की सेवा में भेज दिया।

इससे मेजर मैलकम हेली को महारानी लक्ष्मीबाई के विरोध का एक और शस्त्र हाथ आ गया और उन्होंने अपनी उपर्युक्त 21 नवम्बर की रिपोर्ट के सिलसिले में ही 13 दिसम्बर को लोर्ड साहब की सेवा में यह लिख भेजा, "यदि सरकार झांसी का राजसिंहासन स्थिर ही रखना चाहे और महाराजा के वंश के ही उत्तराधिकारी को यह राज्य देना चाहे, तो यह सदाशिवराव उनका विशेष रूप से निकट सम्बन्धी और झांसी राज्य का योग्यतर उत्तराधिकारी जान पड़ता है।"

इससे यह विचार उत्पन्न हो सकता है कि मेजर हेली किसी विशेष कारण से महाराजा गंगाधरराव अथवा महारानी लक्ष्मीबाई जी से रुष्ट थे और इसीलिए वे उनको राज्य में वंचित करने के लिए उनके दत्तक-विधान को अस्वीकृत करके ही, उनके प्रति अपने क्रोध को शान्त करना चाहते थे। अतः अब इस इच्छापूर्ति के लिए, यह एक नया साधन और भी उनके हाथ आ गया, तो इसे भी उन्होंने अपने हाथ से खोना पसन्द नहीं किया और लगे हाथ सदाशिवराव की भी सिफारिश झांसी की राजगद्दी के लिए कर दी।

किन्तु उस समय लार्ड डलहौज़ी की दृष्टि में, मेजर हेली की इस शिफारिश का भी कुछ मूल्य नहीं पड़ा। कारण, उसकी अपनी कूटनीति इससे भी बड़ी थी, जिस पर यहां कुछ प्रकाश डालना अनुचित न होगा।

भारत के इतिहास से कुछ साधारण-सी भी रुचि रखने वालों को यह भलीभांति

विदित होगा कि प्रथम गवर्नर-जनरल लार्ड वारेन हेस्टिंग्ज़ के घोर अत्याचार और काली करतूतों के विरुद्ध बरतानिया शासक-दल के विरोधी उसके शासन-दोष दिखाने के लिए सदैव अवसर ढूंढ़ते रहते थे। अतः उन्होंने लार्ड वारेन हेस्टिंग्ज़ की शासन-नीति और उनके दुष्कार्यों के विरुद्ध इंग्लैंड में जो कोलाहल मचाया था और उस समय के प्रसिद्ध ऐतिहासिक व्यक्ति मिस्टर ऐडमण्ड वर्क ने हेस्टिंग्ज़ की कुकृतियों का जो भण्डाफोड़ किया था, उससे घबराकर शासक-दल अपनी भारतीय राजनीति के सम्बन्ध में यह घोषणा कर देने पर विवश हो गया था कि वे भारत में अपना शासन फैलाना या वहां के किसी भी प्रान्त पर अपना अधिकार जमाना नहीं चाहते, क्योंकि ऐसे कुकृत्य अंग्रेज़ी सरकार की राजनीति, उसकी इच्छा तथा न्यायप्रियता के लिए उसकी ख्याति के सर्वथा प्रतिकूल हैं।

परन्तु शासक-दल अपनी इस प्रतिज्ञा पर छः-सात वर्ष से अधिक न टिक सका और सन् 1790 में ही लार्ड कार्नवालिस ने मैसूर-नरेश सुलतान टीपू का आधा राज्य हड़प कर लिया। फिर 1799 में लार्ड वेलेज़ली उनके शेष आधे राज्य को भी डकार गए। इसके कुछ ही काल उपरान्त अवध के नवाब की भी बारी आ गई। तत्पश्चात् कर्नाटक राज्य को भी चट कर लिया गया और अपनी इस मनोरथ-सिद्धि पर, सर्वग्राही ईस्ट इण्डिया कम्पनी के महालोभी कर्णधारों के घरों में घी के दीपक जल उठे।

परन्तु साथ ही फिर किसी दुर्घटना के भय से उनका हृदय भी कांप उठा और उन्हें यह घोषणा करने में ही अपना कल्याण सूझा कि 'भविष्य में भारत में कम्पनी-शासन को और अधिक बढ़ाने का प्रयत्न न किया जाए।' किन्तु फिर इससे कुछ ही वर्ष पीछे लार्ड मेयो ने नेपाल राज्य से युद्ध की छेड़छाड़ आरम्भ करके उसके एक बड़े भाग को हथिया लिया और उसके उपरान्त आसाम, कुर्ग, सिन्ध, पंजाब आदि को भी क्रमशः हड़प कर लिया।

उन्हीं दिनों अर्थात् सन् 1848 में जब लार्ड डलहौज़ी ने शासन-डोर संभाली, तो प्रायः समस्त भारत में अंग्रेज़ों के पैर बड़ी सुदृढ़ता से जम चुके थे। परन्तु फिर भी अभी तक वे मुगल-सम्राट के समान भारत-सम्राट नहीं माने जाते थे। अब यह लालसा भी उनके मन में जाग उठी। उसकी पूर्ति के लिए ही उन्होंने अपनी गृद्ध-दृष्टि इधर-उधर दौड़ानी आरम्भ की और सभी प्रकार अपना उल्लू सीधा करते रहने का निश्चय कर लिया।

बस फिर क्या था, 'फूट फैलाओ और शासन करो' की दुर्नीति का अमोघ चक्र चलना आरम्भ हो गया। सिक्किम, दार्जिलिंग, अरकाट, तंजौर, सम्बलपुर, नागपुर आदि कई छोटे-छोटे दुर्बल राज्य इस दुर्नीत का शिकार होकर सदा के लिए अपना स्वतन्त्र अस्तित्व खो बैठे। केवल यही नहीं, वरन् बड़ौदा, ग्वालियर, हैदराबाद (दक्षिण) जैसे बड़े-बड़े और बलशाली राज्यों को भी, किसी-न-किसी रूप में, अंग्रेज़ी गुलामी का जुआ अपने कन्धों पर रखना पड़ा। इसके कारण भारत-भर में चारों ओर रोष

तथा अशान्ति की एक ऐसी भयंकर लहर फैल गई, जिसने धीरे-धीरे सन् 1857 के प्रलयंकारी विप्लव का रुद्र रूप धारण कर लिया।

परन्तु इसका समस्त दायित्व लार्ड डलहौजी के सिर थोपना भी किसी प्रकार न्यायसंगत न होगा। कारण, वे भी तो अन्ततः कोई स्वेच्छाचारी और स्वाधीन शासक नहीं थे। उनके लिए भी तो कोर्ट आफ डायरेक्टर्ज़ के प्रत्येक संकेत पर नाचना और उसकी प्रसन्नता-प्राप्ति के प्रयत्नों में दिन-रात लगे रहना ही परम आवश्यक था और कोर्ट आफ डायरेक्टर्ज़ की बागडोर थी उसके प्रधान मिस्टर हौबहाउस के हाथों में!

उन्होंने शायद पहले ही लार्ड डलहौजी को यह सब कुछ सुझा-बुझाकर भेजा था कि भविष्य में किसी भी राज्य के राजा को यह आज्ञा न देना कि वह निःसन्तान रह जाने पर किसी को अपना दत्तक पुत्र बनाकर अपने राजवंश को चालू रख सके। उसके संकेत का पालन लार्ड डलहौजी तथा उनके सभी अधीनस्थ उच्च अफ़सरों का परम धर्म था—यह तो स्वयंसिद्ध ही है।

मेजर ऐलिस की गणना शायद उच्च कर्मचारियों में न होने के कारण उन्हें इस रहस्य का कुछ ज्ञान न था, इसीलिए उन्होंने अपने उच्च अधिकारियों की इच्छा के विरुद्ध झांसी का यह दत्तक विधान स्वीकार किए जाने पर जोर दिया था।

परन्तु इस पर यह भी प्रश्न उठ सकता है कि मेजर मैलकम हेली ने झांसी राज्य का अन्त कर दिए जाने के सम्बन्ध में जो सम्मति दी थी, क्या वह भी इसी गुप्त संकेत के आधार पर थी? यदि थी, तो उनसे यह भूल कैसे हुई कि उन्होंने अपनी 13 दिसम्बर की चिट्ठी में गवर्नर-जनरल लार्ड डलहौजी से झांसी राज्य के इस नए दावेदार सदाशिवराव की सिफारिश कर डाली, जो अन्ततः जैसा कि हम पहले लिख चुके हैं, सर्वथा व्यर्थ तथा निष्प्रभाव सिद्ध हुई।

इस प्रश्न का उत्तर यही हो सकता है कि मानस-सागर में प्रतिक्षण अनेकानेक तरंगें उठती रहती हैं। इसे भी उन्हीं तरंगों में से एक तरंग समझ लीजिए।

परिणाम यह हुआ कि लार्ड डलहौजी ने फरवरी 1845 में अपनी लखनऊ यात्रा से कलकत्ता वापस पहुंचते ही, अपने विदेशी सचिव मिस्टर जी. पी. ग्राण्ट को झांसी राज्य के सब नए-पुराने सन्धि-पत्रों तथा दूसरे पत्रों की भारी-भरकम मिसल पर पूरा-पूरा विचार करके, उन पर अपनी की रिपोर्ट पेश करने आज्ञा दे दी।

गवर्नर-जनरल का विष-बुझा तीर

लार्ड डलहौजी के विदेशी सचिव मिस्टर ग्राण्ट बड़े पुराने घाघ थे। वे उड़ती चिड़िया पहचानने में बड़े कुशल तथा सिद्धहस्त समझे जाते थे। उन्होंने लार्ड डलहौजी की इच्छानुसार उसी दृष्टिकोण से समस्त पत्रों का अध्ययन आरम्भ कर दिया और कुछ ही दिनों में अपनी उस सारी खोज का सारांश एक रिपोर्ट के रूप में लार्ड साहब के सामने रख दिया।

लार्ड डलहौजी ने इस रिपोर्ट पर पूर्ण विचार करके उसे अपने सहयोगी सहायकों की कौंसिल में पेश किया और सबने कई दिन तक उस पर विचार करके अन्त में सर्वसम्मति से अपना यह निर्णय लिखाः

"नवम्बर सन् 1853 ईस्वी में झांसी राज्य के अन्तिम राजा महाराज गंगाधरराव का देहान्त हो गया। उनके कोई सन्तान नहीं थी, अतः उन्होंने अपनी मृत्यु से एक दिन पहले आनन्दराव नामक एक बालक को गोद लेकर उसे अपना उत्तराधिकारी बना लिया। अब उनकी विधवा महारानी लक्ष्मीबाई यह प्रार्थना करती हैं कि अंग्रेज़ी सरकार भी इस दत्तक-विधान को स्वीकार करके इस बालक को झांसी राज्य का उत्तराधिकारी मान ले।

"हमने उनके इस प्रार्थना-पत्र पर विचार करते हुए झांसी राज्य के सम्बन्ध में इस रिपोर्ट को पढ़ा जिसमें मन्त्री महोदय ने इस राज्य का सारा इतिहास संक्षिप्त रूप में दिया है। उससे हम पर यह स्पष्ट हो गया है कि झांसी राज्य और अंग्रेजी सरकार के सम्बन्ध क्या हैं।

"झांसी राज्य से अब तक जो भी पत्र-व्यवहार होता रहा है, उसे अपने ध्यान में रखते हुए, हमें यह सम्मति प्रकट करने का पूरा-पूरा अधिकार है कि जो प्रान्त झांसी के स्वर्गीय महाराज के अधीन था, उसका प्रबन्ध अब किस प्रकार किया जाए। हमें झांसी राज्य से सम्बन्ध रखने वाले सभी पत्रों पर पूरा-पूरा विचार करने के पश्चात् यही उचित जान पड़ता है, कि अंग्रेज़ी सरकार को इस वर्तमान अवस्था में इस राज्य पर अधिकार कर लेने का पूरा-पूरा हक है। कारण, झांसी राज्य का इतिहास स्पष्ट शब्दों में यह प्रमाण दे रहा है कि सन् 1817 में शिवराव भाऊ और उसके उत्तराधिकारियों

ने बाजीराव दूसरे पेशवा से जो राज्य प्राप्त किया था, उस पर अब तक उनका अधिकार स्थिर रखना, अंग्रेज सरकार की इच्छा और कृपा पर ही निर्भर था, परन्तु अब इसका रूप कुछ और ही हो गया है।

''महाराज गंगाधरराव शिवराव भाऊ के ही पुत्र थे। इसीलिए अंग्रेज सरकार ने अपने स्वर्गीय मित्र की मित्रता का सम्मान करके उन्हें झांसी राज्य का अधिकार प्रदान कर दिया था। यदि उनकी कोई औरस सन्तान होती तो यह भी सम्भव था कि उसे भी अंग्रेज सरकार वह स्वत्त्व प्रदान कर देती किन्तु इस समय कोई ऐसी सन्तान वर्तमान नहीं, अतः हमारे विचार में यही उचित जान पड़ता है कि अब झांसी राज्य के समस्त शासन अधिकार अंग्रेज सरकार के हाथ में देना किसी प्रकार भी अनुचित और अन्यायसंगत न होगा।

''अभी पिछले दिनों टिहरी आदि राज्यों के सम्बन्ध में विचार करते हुए जब झांसी राज्य के भविष्य पर भी विचार किया गया, तो यही निर्णय हुआ कि लेफ्टिनेण्ट गवर्नर सर चार्ल्स मैटकाफ ने बुन्देलखण्ड की छोटी-छोटी रियासतों के सम्बन्ध में जो नियम बनाए हैं और जिन्हें सन् 1817 में अंग्रेज़ी सरकार ने भी स्वीकार कर लिया है तथा जिन्हें 1846 में भारतीय अंग्रेजी शासन की ओर से कोर्ट आफ डायरेक्टर्ज़ भी स्वीकार कर चुका है, उन्हें देखते हुए स्पष्ट जान पड़ता है कि अंग्रेज सरकार को सब प्रकार यह अधिकार प्राप्त है कि वह झांसी राज्य को रियासतों की तालिका से निकालकर अपने शासन में ले ले।

''इसके अतिरिक्त झांसी राज्य के पत्र देखने और उस राज्य के जन्मदाता शिवराव भाऊ से सं. 1804 ई. में जो प्रतिज्ञापत्र हुआ था, उस पर विचार करने से यह स्पष्ट हो जाता है कि झांसी राज्य सदा से ही अंग्रेजों के अधीन रहा और यह कभी भी स्वतन्त्र तथा स्वाधीन नहीं रहा अर्थात् इसे टिहरी राज्य जितनी भी स्वतन्त्रता कभी प्राप्त नहीं हुई। अंग्रेज़ी सरकार ने शिवराव भाऊ से जो प्रतिज्ञापत्र किया था, उसमें यह स्पष्ट लिखा है कि झांसी का सूबेदार पेशवा के अधीन हैं। स्वयं भाऊ साहब ने भी सन् 1803 ई. में लार्ड लेक के नाम एक 'वाजिब-उल-अर्ज़' (वर्णन योग्य पत्र) में यह लिखा है कि 'हम पेशवा जी की आज्ञा के अनुसार झांसी प्रान्त के शासन की देखभाल करते रहे हैं।'

''शिवराव भाऊ ने स्वयं इस शासन-भार को अपने कन्धे से उतारते हुए, अंग्रेज सरकार से यह प्रार्थना की थी, कि 'हमारे साथ जो प्रतिज्ञापत्र हुआ है, उसके अनुसार हमारे पोते को झांसी की गद्दी दे दी जाए।'

''उस समय सरकार ने उन्हें यही उत्तर दिया था कि 'झांसी राज्य पेशवा के अधीन होने के कारण, हमें उनकी आज्ञा के बिना, झांसी का शासन वंश-परम्परा से चलाने की आज्ञा देने का कोई भी अधिकार प्राप्त नहीं।'

''इसी न्यायसंगत नीति के अधीन सन् 1815 ई. में भी अंग्रेज़ सरकार ने रामचन्द्रराव को स्वयं झांसी का शासनाधिकार देकर पेशवा का जी दुखाना और उनके राज्याधिकारों में हस्तक्षेप करना उचित नहीं समझा। यद्यपि पेशवा ने सन् 1815 में अपने सारे प्रान्त का शासन भी तत्पश्चात् अंग्रेज़ों को दे दिया, और इस प्रकार वे सभी छोटी-छोटी रियासतें भी, जो पेशवा के अधीन थीं, अंग्रेज़ों के हाथ आ गईं, तो भी अंग्रेज़ों का अधिकार, वंश परम्परा से, स्वीकार नहीं किया। परन्तु उस समय अंग्रेज़ सरकार को झांसी राज्य पर पूरे-पूरे अधिकार प्राप्त होने के कारण और शिवराव भाऊ से उनके सदैव गहरी मित्रता के सम्बन्ध रहने के कारण, अंग्रेज सरकार ने शिवराव भाऊ के पोते, रामचन्द्रराव को कुछ शर्तों के अधीन झांसी की गद्दी वंश-परम्परा के लिए लिख दी।

''इस प्रकार यद्यपि सन् 1832 ई. तक झांसी के सूबेदारों को यह गद्दी वंश-परम्परा से मिलती चली गई, किन्तु फिर भी उनका दर्जा सदा छोटा ही रहा, और वे कभी राजा के सम्मान को प्राप्त नहीं कर सके।

''सन् 1835 ई. में रामचन्द्रराव का देहान्त हो गया। उन्होंने भी कोई और सन्तान न होने के कारण, अपनी मृत्यु से एक दिन पूर्व, एक बालक को गोद ले लिया। परन्तु सरकार ने उसे स्वीकार नहीं किया और उनके पश्चात् झांसी की गद्दी उनके चाचा रघुनाथराव को दे दी।

''सन् 1839 ई. तक रघुनाथराव राज्य करते रहे। तत्पश्चात् यह राज्य उनके छोटे भाई गंगाधरराव को मिला, जिनका अभी पिछले दिनों देहान्त हुआ है और जिनकी उत्तराधिकारिता का यह झगड़ा है।

''अब न तो गंगाधरराव की ही कोई औरस सन्तान है और न रामचन्द्रराव की ही, जिन्हें ब्रिटिश सरकार ने वंश-परम्परा के लिए झांसी की गद्दी लिख दी थी। ऐसी अवस्था में यह स्पष्ट है कि इस राज्य को वंश-परम्परा से चलाने वाला जब कोई भी उत्तराधिकारी नहीं, तो इसे अंग्रेज़ी शासन में ले लेना ही परमोचित है।

''महारानी लक्ष्मीबाई ने दत्तक बालक की उत्तराधिकारिता स्वीकार किए जाने की प्रार्थना करते हुए टिहरी, दतिया, जालौन आदि रियासतों के उदाहरण दिए हैं। परन्तु उन्हें यह ज्ञात होना चाहिए कि टिहरी और दतिया स्वाधीन रियासतें हैं। उनके साथ झांसी जैसे अधीन राज्य की कोई भी तुलना नहीं हो सकती। कारण, स्वाधीन राजाओं और अधीन रईसों के लिए नियभ अलग-अलग हैं।

''हां, जालौन की बात अवश्य इनसे पृथक् है। वह भी अवश्य एक अधीन रियासत है। परन्तु उसे अंग्रेज़ी सरकार ने किसी विशेष प्रेम अथवा राजनीति के विचार से बालक गोद लेने की आज्ञा दे दी है। वह सरकार की अपनी इच्छा तथा मति की बात है। इससे महारानी को यह न समझ लेना चाहिए कि इस रियासत का दत्तक स्वीकार हो जाने से, सभी रियासतों का यह अधिकार मान लिया जाएगा।

"इसके अतिरिक्त हमारे विचार में किसी के लिए यह मान लेने का भी अभी कोई ठीक अवसर नहीं, कि ज़ालौन को यह अधिकार मिल ही गया है। कारण, जब से जालौन को दत्तक बना लेने की आज्ञा मिली है, तब से वह राज्य सर्वथा अंग्रेज़ों के अधीन समझा जाने लगा है।

"साथ ही इसके, महारानी जी ने, अपने स्वर्गीय पति के दत्तक पुत्र की स्वीकृति के लिए एक प्रमाण यह भी दिया है कि सन् 1817 के सन्धि-पत्र में यह स्वीकार किया है कि रामचन्द्रराव, उनके उत्तराधिकारी और उनके पीछे, झांसी की गद्दी पर बैठने वाले सभी राजा झांसी रियासत के वंश-परम्परा से जागीरदार हैं। किन्तु इसके ये अर्थ नहीं कि सरकार उन सब अधिकार प्रकट करने वाले उत्तराधिकारियों को भी स्वीकार करती है जो औरस सन्तान न होने के कारण दत्तक विधान द्वारा उत्तराधिकारी बन गए हैं।

"महारानी को यह तो ज्ञात ही है कि रामचन्द्रराव के पश्चात् झांसी की गद्दी पर दो व्यक्ति बिठाए गए। पहले रघुनाथराव को गद्दी दी गई, किन्तु उन्हें कोढ़ हो गया और वे सर्वथा शासन करने के अयोग्य सिद्ध हुए। उनके पहले झांसी की वार्षिक आय अठारह लाख रुपये थी जो उनके समय में घटकर दो-तीन लाख रुपये रह गई। तत्पश्चात् महारानी के पति गंगाधरराव गद्दी पर बिठाए गए। किन्तु वे भी राज्य करने के योग्य न थे। अतः चिरकाल तक झांसी राज्य के शासन की देख-रेख अंग्रेज़ी सरकार के ही सिर पड़ी रही।

"महारानी जी ने अपने प्रार्थना-पत्र में जिस जालौन राज्य का उदाहरण दिया है उसकी दशा भी इस समय बड़ी शोकजनक है। अंग्रेज़ सरकार ने उसे भी दत्तक बना लेने की आज्ञा देने में बड़ी भूल की है, इसमें कुछ भी सन्देह नहीं। कारण, 1822 ई. में जब इस राज्य को दत्तक लेने की आज्ञा दी गई थी, तो उसकी वार्षिक आय 15,00,000 रुपए थी, परन्तु अब 8 वर्ष में ही यह आधे से भी कम रह गई है। अपव्यय के कारण उस पर 30,00,000 रु. का ऋण भी चढ़ गया है। ऐसी दशा में सरकार फिर यह भूल दोहराने के लिए सर्वथा निःशक्त है और वह यही उचित समझती है कि झांसी को रियासतों की तालिका से निकालकर अंग्रेज़ी शासन में ले लिया जाए।

"किन्तु आपके स्वर्गीय झांसी-नरेश महाराज गंगाधर की महारानी होने के कारण, बुन्देलखण्ड के पोलिटिकल एजेण्ट साहिब ने यह सिफारिश की है कि आपको एक उचित पेंशन दे दी जाए। अतः उनकी यह सिफारिश मंजूर की जाती है और यह आज्ञा दी जाती है कि झांसी राज्य के अधीन जो प्रान्त हैं, उनका सब प्रबन्ध लेफ्टिनेण्ट गवर्नर साहब के हाथ में दे दिया जाए। इति। तिथि 17 फरवरी, सन् 1854।"

यद्यपि लार्ड डलहौजी और उनके सलाहकारों तथा अधीनस्थ अफसरों ने झांसी राज्य के भाग्य का यह निर्णय करने में सब प्रकार की युक्तियों से काम लेकर अपने

इस निर्णय को सब भांति उचित तथा न्यायसंगत सिद्ध करने का प्रयत्न किया है, परन्तु कई तत्कालीन न्यायप्रिय निष्पक्ष इतिहासकारों ने इसे सर्वथा अन्यायपूर्ण सिद्ध करके, उसकी सभी बोदी युक्तियों की खूब धज्जियां उड़ाई हैं। उदाहरणस्वरूप, मेजर इवालिसबेल ने अपनी पुस्तक 'एम्पायर इन इण्डिया' अर्थात् 'भारत में साम्राज्य' में इस घटना पर तर्क-वितर्क करते हुए लिखा हैः

"सन् 1817 में पेशवा के साथ अंग्रेज़ों ने जो सन्धि-पत्र किया था उसमें बड़े स्पष्ट शब्दों में यह लिखा था कि 'झांसी राज्य के प्रेम तथा शुभचिन्तक को दृढ़ करने के लिए अंग्रेज़ी सरकार यह स्वीकार करने पर सहमत है, और इस सन्धि-पत्र के अनुसार रामचन्द्रराव, इनके उत्तराधिकारियों तथा स्थानापन्नों को वंश-परम्परा से उस समस्त प्रान्त के पुश्तैनी शासक बनाती है, जो उस समय स्वर्गीय शिवराव भाऊ के शासन में था जबकि अंग्रेज़ी राज्य का आरम्भ हुआ।

"इन शब्दों के होते हुए लार्ड डलहौजी के इस धींगा-धींगी के तर्क-वितर्क पर किसे विश्वास आ सकता है कि अंग्रेज़ी सरकार ने रामचन्द्रराव और उनकी उत्तराधिकारी सन्तान को झांसी का राज्य केवल परोपकार के भाव से ही भेंट कर दिया था। कारण उस सन्धि-पत्र में स्पष्टतया यह माना गया है कि अंग्रेज़ी राज्य होने से पहले ही शिवराव भाऊ झांसी राज्य के सारे प्रान्त पर शासन कर रहे थे, और झांसी के इस समस्त प्रान्त पर जो शासनाधिकार अंग्रेज़ी सरकार की ओर से उन्हें फिर दिए गए थे, वे उनके उत्तराधिकारियों और स्थानापन्नों—दोनों को वंश-परम्परा के लिए ही मिले थे।"

अंग्रेजी सरकार के इन सन्धि-पत्रों की साधारण भाषा और उनके वास्तविक आशय तथा अभिप्राय के सम्बन्ध में अंग्रेज़ी पार्लियामेण्ट के सदस्य मिस्टर डब्ल्यू. एम. टारमैन्स लिखते हैंः

"इन सन्धि-पत्रों की भाषा प्रत्येक काल में ही प्रायः बड़ी संक्षिप्त हुआ करती है और इनमें ऐसे पारिभाषिक शब्दों का प्रयोग होता है, जो निश्चित रूप से एक ही भाव को प्रकट करने वाले हुआ करते हैं। उनका आशय इतना विस्तृत नहीं होता कि किसी भी विचारणीय आवश्यकता के अनुसार, उनके मनमाने अर्थ लगा लिये जाएं वरन् ऐसा होता है कि उनसे विशाल हृदयता के साथ बड़ी साधारण भाषा में शुभचिन्तन तथा मेलजोल के उभय पक्ष भी साधारण समझ-बूझ में आ सकें, या जिनके सम्बन्ध में कोई भी निष्पक्ष न्यायाधीश सुगमतापूर्वक अपना निर्णय दे सके।

"अन्तर्जातीय अधिकारों के इस स्पष्ट नियम की कसौटी पर परखने से यह प्रकट होता है कि इस सन्धि-पत्र में निःसन्देह रूप से सदा के लिए ही उत्तराधिकरण-स्वत्त्व प्रदान किए जाने का विचार स्वीकृत था, और निःशंक भाव से इसका यही सार था कि समय-समय पर जो भी उत्तराधिकारी होते रहें, या जो भी व्यक्ति अपने उत्तराधिकार को न्यायसंगत सिद्ध करते रहें, उन्हें ही वह सम्मान, उपाधि तथा अधिकार प्राप्त

होते रहें, जिनका इन सन्धि-पत्रों में वर्णन है। इस उत्तराधिकरण के सत्य और सिद्ध होने का निर्णय सन्धि-पत्र के उस विदेशी तथा सम्बन्धित (फारेन ऐंड एलाइड) पक्ष के दृष्टिकोण से नहीं वरन् उस राज्य के दृष्टिकोण से होना चाहिए जिनकी स्वतन्त्रता को स्वीकार करने या जिसकी रक्षा करने के लिए वह सन्धि-पत्र किया गया हो।"

इसके अतिरिक्त इंगलिस्तान के महाराज जार्ज तृतीय की ओर से ईस्ट इण्डिया कम्पनी को जो प्रमाण-पत्र प्रदान हुआ था, उसमें भी भारतवासियों के नागरिक अधिकारों और उनकी धार्मिक रीति-नीति को स्थिर रखने के लिए बड़े स्पष्ट शब्दों में आग्रहपूर्वक यह लिखा था कि 'इसलिए कि उपर्युक्त देशवासियों के नागरिक तथा धार्मिक रीति का भी सम्मान हो यह निश्चय किया जाए कि परिवारों के पिताओं तथा कर्ताओं (फादर्ज़ ऐंड मास्टर्ज़) के अधिकारों और स्वत्त्वों को हिन्दू तथा मुसलमान कानूनों के अनुसार, उनके अपने-अपने परिवारों में बराबर सुरक्षित रखा जाना चाहिए, इत्यादि।'

इन, तथा ऐसे ही अन्य बहुत-से प्रमाणों से, जो खोजने पर सहज में ही मिल सकते हैं, यह स्पष्ट सिद्ध होता है कि लार्ड डलहौज़ी और उनके मन्त्रीगण तथा अधीन कर्मचारियों का यह निर्णय कि 'झांसी-नरेश महाराज गंगाधरराव के अल्पायु दत्तक पुत्र महाराजा दामोदरराव गंगाधर तथा उनकी राजमाता और संरक्षिता महारानी लक्ष्मीबाई जी को उनके शासनाधिकार से सर्वथा वंचित करके झांसी राज्य को अंग्रेजी शासन में ले लिया जाए,' कैसा घोर अन्याय और कितना उद्दण्डतापूर्ण कार्य था।

दुःखित हृदय की दुःख-भरी पुकार

3 दिसम्बर, 1853 को वियोगिनी दुखितात्मा महारानी लक्ष्मीबाई अपना उपर्युक्त प्रार्थना-पत्र लाट साहब महोदय की सेवा में भेज दिए जाने के लिए मेजर ऐलिस के हवाले करके, फिर उसके उत्तर की प्रतीक्षा बड़ी व्याकुलता तथा बेचैनी से एक-एक दिन गिनकर काटने लगीं। कलकत्ता से महाराज दामोदरराव के दत्तक-विधान की स्वीकृति आने में जितनी भी देर होती जा रही थी, उतनी ही महारानी जी की व्याकुलता दिन दूनी रात चौगुनी बढ़ती जा रही थी। मानो प्रकृति माता की ओर से उनके पवित्र तथा निष्पाप हृदय को गुप्त रूप से ही यह हृदय-विदारक सन्देशा दिया जा रहा था कि उनके तथा उनके प्राणप्रिय और राजसिंहासन के उत्तराधिकारी के भविष्य का निर्णय, जिन शक्तियों के निर्दय तथा स्वार्थी हाथों में है, उनके हृदय कलुषित हैं, पवित्र नहीं; इसलिए वे अपने निर्णय में इतनी देर लगा रहे हैं।

इधर शायद 16 फरवरी को लॉर्ड डलहौजी ने मिस्टर ग्राण्ट की रिपोर्ट पढ़कर उसके सम्बन्ध में अपने निर्णय तथा आगामी कार्यक्रम का कुछ निश्चत किया। उधर महारानी लक्ष्मीबाई इस दीर्घ प्रतीक्षा से व्याकुल हो उठीं, और उन्होंने पुनः अपने पूज्य पिता तथा शुभचिन्तक राजमन्त्री नरसिंहराव अप्पा जी को बुलाकर, उन पर अपनी इस दिनोंदिन बढ़ती हुई चिन्ता को प्रकट किया और उनकी सम्मति के अनुसार अपने पिछले प्रार्थना-पत्रों की फिर स्मृति दिलाने के लिए एक और पत्र लिखकर मेजर ऐलिस के पास भिजवा दिया तथा उनसे आग्रहपूर्वक यह प्रार्थना की कि 'कृपया आप तुरन्त ही यह पत्र पोलिटिकल एजेण्ट, अर्थात् मेजर मैलकम हेली साहब के पास भेजकर मेरी ओर से उनसे यह प्रार्थना करें कि तुरन्त ही, किसी अनुचित विलम्ब के बिना, वे इस पत्र को लाट साहब की सेवा में कलकत्ता भेज दें।

महारानी जी के इस पत्र की मेजर मैलकम ने 28 फरवरी को ही एक विशेष पत्रवाहक सवार के हाथ, गवर्नर-जनरल महोदय की सेवा में भेज दिया। न जाने इस बार उनके मन में भगवान का क्या भय आया कि उन्होंने इस पत्र को लाट साहब के पास भेजते हुए महारानी की यह प्रार्थना स्वीकार करने की भी शिफारिश कर दी।

परन्तु वहां तो एक दिन पहले, अर्थात् 27 फरवरी को ही, लाट साहब और

उनका मन्त्रिमण्डल महारानी के भविष्य का वह विनाशकारी निर्णय कर चुका था, जिसका पिछले परिच्छेद में वर्णन आ चुका है, और जो अब एक ऐतिहासिक लेख का पद प्राप्त कर चुका है। अतः अब मेजर मैलकम हेली की यह सिफारिश भी सर्वथा ऐसी ही थी, जिस पर हिन्दी के अमर कवि श्री गोस्वामी तुलसीदास जी का यह अमर वाक्य लागू होता हैः 'का वर्षा जब कृषि सुखानी?'

सारांश, भोली महारानी अपनी इस मानसिक व्यथा तथा हार्दिक चिन्ता के होते हुए भी अभी पूर्णतः निराश नहीं हुई थीं और बराबर यह आशा बांधे बैठी थीं कि एक-न-एक दिन स्वीकृति आ ही जाएगी। उस दीन, निरीह अबला के पवित्र तथा निष्काम मन में कभी स्वप्न में भी यह सन्देह न आने पाया था कि अंग्रेज़ी सरकार किसी-न-किसी बहाने से उसके पूज्य पतिदेव की उस अन्तिम आकांक्षा को भी ठुकरा सकती है, जो उन्होंने इस प्रकार अपनी मृत्यु-शय्या पर प्रकट की है।

कारण, जब तक महाराज जीवित थे, तब तक तो अंग्रेजी सरकार—जैसा कि गत पृष्ठों से विदित है—उनकी किसी भी इच्छा को ठुकराना तो बड़ी दूर की बात है, उनकी पूर्ति में भी किसी प्रकार से टालमटोल प्रकट नहीं होने देती थी। इसलिए अब भी स्वभावतः केवल महारानी जी के ही नहीं, वरन् उनके सभी मन्त्रियों तथा अन्य विश्वस्त कर्मचारियों के मन में भी कभी यह विचार उत्पन्न न होने पाया था कि जब स्वर्गीय महाराज की यह सर्वथा उचित तथा न्यायसंगत अन्तिम प्रार्थना निर्दयता के साथ ठुकरा दी जाएगी।

कारण, तत्कालीन भारतवर्ष में अभागे निस्सन्तान नृपतियों तथा नरेशों में ही नहीं, वरन् सभी साधारण खाते-पीते गृहस्थियों में भी, अपना वंश चलाने और अपने पूर्वजों का शुभ नाम स्थिर रखने के लिए दत्तक पुत्र लेने की प्रथा ऐसी प्रचलित थी कि दुर्भाग्यवश इसकी आवश्यकता पड़ने पर कोई भी गृहस्थ उसका अनुकरण करने में किसी प्रकार से कोई संकोच नहीं करता था। इसका प्रमुख कारण तो यह था कि सर्वसाधारण हिन्दू गृहस्थ प्रतिवर्ष मृतक-श्राद्ध के दिनों में अपने मृत-पितरों के श्राद्धादि करने और यथावकाश गया जी आदि तीर्थस्थानों में पहुंचकर उनके पिण्ड भरने की प्रथा को, एक परम आवश्यक धार्मिक कृत्य समझते थे। अतः कोई साधारण आर्थिक स्थिति का गृहस्थ भी जिसके घर में उत्तराधिकारियों के लिए पीछे छोड़ने का चार बर्तनों के सिवाय और कुछ भी नहीं होता था, यह दुर्विचार तक भी कभी ठण्डे जी से अपने मन में नहीं ला सकता था कि उस अभागे के निस्सन्तान ही काल-कराल के गाल में चले जाने पर, न केवल यह स्वयं ही परलोक में श्राद्ध तथा पिण्डदान के पुण्यमय फल से वंचित रह जाएगा, वरन् वह अपनी कई पीढ़ियों तक के पूज्य पुरखाओं को भी इस परम सौभाग्य से सदा के लिए वंचित रखने का एकमात्र कारण बन जाएगा। अतः एक हिन्दू गृहस्थ के लिए, उस समय, इससे बड़ा दुर्भाग्य और कोई भी नहीं समझा जाता था और यह एक ऐसा भयंकर दुर्विचार था जिसके

मन में आते ही प्रत्येक धर्मपरायण हिन्दू गृहस्थ का हृदय कांप उठता था।

यही कारण था कि जब किसी भी उचित कारण की अनुपस्थिति में अंग्रेज़ी सरकार ने केवल अपनी धींगा-धींगी से ही, झांसी राज्य के, न्यायदृष्टि से सर्वथा उचित उत्तराधिकारियों अर्थात् स्वर्गीय महाराजा गंगाधरराव के दत्तक सुपुत्र और उनकी सर्वप्रिया महारानी को जिन्हें उनकी समस्त प्रजा साक्षात् देवी समझकर पूजती थी, और अपनी जननी जन्मदायिनी माता से भी बढ़कर दयालु और कृपालु समझती थी, इस प्रकार उनके नितान्त न्यायसंगत स्वत्त्वों और शासनाधिकारों से सदा के लिए वंचित कर दिया; तो उससे केवल महारानी जी को ही नहीं, वरन् उनकी समस्त राजभक्त प्रजा के मन को भी एक ऐसा कठोर आघात पहुंचा, जिसकी अनुपम कठोरता का कुछ अनुमान लगाना किसी के लिए भी कठिन न होगा।

जब से श्री महाराज का स्वर्गवास होने पर, महारानी जी इस प्रकार अपने राज्य-प्रबन्ध के सभी उत्तरदायित्व से यों अलग कर दी गई थीं, तभी से वे अपने समय का एक बहुत बड़ा भाग पूजा-पाठ, धार्मिक सद्ग्रन्थों के स्वाध्याय तथा विद्वान पण्डितों और साधु-महात्माओं द्वारा उनकी कथाएं और व्याख्यान सुनने में ही बिताने लगी थीं।

एक दिन वे अपने इस दैनिक कृत्य से अभी निवृत्त भी न होने पाई थीं कि राजमहलों के चौकीदारों के प्रमुख अफसर ने आकर यह सूचना दी कि 'राजमन्त्री तथा मेजर ऐलिस महारानी जी के दर्शनार्थ आ रहे हैं।'

यह समाचार सुनकर महारानी के मन में नाना प्रकार की आशाएं और इच्छाएं जागरित हो उठीं। अपने स्वाभाविक भोलेपन से उन्होंने यही समझा कि मेजर साहब अवश्यमेव कोई शुभ समाचार लेकर ही आ रहे हैं और मेरे मन की वह शुभ अभिलाषा, जिसकी पूर्ति के लिए मेरा मन चिरकाल से एक जलहीन मछली के समान व्याकुल हो रहा है, अब शीघ्र ही पूरी होने वाली है।

अतः वे अपने नित्य-कर्म का शेष कार्यक्रम भी शीघ्र ही समाप्त करके तुरन्त अपने दरबार-गृह में जा पहुंचीं। वहां ही मेजर ऐलिस, राजमन्त्री, महारानी के पिता मोरोपन्त तथा अन्य माननीय विश्वस्त कर्मचारीगण महारानी के शुभागमन की प्रतीक्षा कर रहे थे।

महारानी जी ने वहां पहुंचते ही एक गहन गम्भीर खोज-भरी दृष्टि उन सबके मुखों पर डाली। परन्तु किसी के भी मुखकमल पर हर्ष तथा आनन्द की कोई एक रेखा तक भी ऐसी दिखाई नहीं दी, जो किसी शुभ समाचार की सूचक समझी जाती।

अतः उनका मन भी विषाद-सागर में डूब गया। पैर लड़खड़ाने लगे। अभी कुछ क्षण पहले उनके पति-पुत्र वियोग से दुखित और मुर्झाए हुए मुखकमल पर, आशापूर्ति की सम्भावना के हर्षदायक विचार से जो प्रफुल्लता छा गई थी, वह तत्क्षण ही लोप हो गई और उस पर निराशा से उत्पन्न होने वाला पीलापन दौड़ गया।

परन्तु फिर भी उन्होंने अपने इस उग्र व्याकुलता से धड़कते हुए हृदय तथा निराशा-सिन्धु में डूबते हुए मन को संभाला और अपने दुर्दैव का प्रत्येक हृदय-विदारक कठोर निर्णय सुनने को तैयार होकर अपने राजसिंहासन पर जा बैठीं।

मेजर ऐलिस ने बड़े ही सहानुभूति-भरे स्वर में महारानी जी को सम्बोधन करके कहा, "महारानी जी! मुझे इस बात का बड़ा ही दुःख है कि मैं आपको वह शुभ समाचार नहीं सुना सकता, जिसके सुनाने की इच्छा चिरकाल से मेरे मन में उठ रही थी, और जिसकी पहुंच की अब तक मैं बड़ी व्याकुलता से प्रतीक्षा कर रहा था। अपितु उसके सर्वथा विरुद्ध तथा आशातीत रूप से आज मैं आपको सरकार की एक दुर्घोषणा सुनाने के लिए विवश हूं, जो अंग्रेज़ी सरकार ने आपकी प्रजा के नाम जारी की है। वह इस प्रकार है:

"झांसी राज्य की समस्त प्रजा को इस आज्ञा-पत्र द्वारा आज अंग्रेज़ी सरकार यह सूचना देती है कि झांसी के अन्तिम शासक महाराज गंगाधर-राव का 21 नवम्बर, सन् 1853 को स्वर्गवास हो गया। ये महाराजा अंग्रेज़ों के प्रतिनिधि रूप से झांसी राज्य की देखभाल किया करते थे और कभी स्वतन्त्र तथा स्वाधीन शासक नहीं थे। इनके पूर्वजों को पेशवा साहब के दरबार से झांसी प्रदेश की सूबेदारी मिली थी और वे पेशवा साहब के अधीन थे। 1817 में पेशवा साहब ने अंग्रेजों से जो सन्धि-पत्र किया है, उसमें उन्होंने झांसी प्रान्त के सभी शासनाधिकार अंग्रेज़ों को दे दिए। तब से अंग्रेज़ी सरकार ही झांसी प्रान्त के शासन का यथार्थ अधिकारिणी है। उस समय से जो भी महाराज झांसी की गद्दी पर बैठे हैं, वे सभी अंग्रेज सरकार के अधीन और उनके प्रतिनिधि रूप से ही बैठे हैं। अंग्रेज़ सरकार ने अपने शासन-काल में अपने किसी भी अधीन राजा को कभी यह अधिकार नहीं दिया, कि वह किसी बालक को गोद ले ले, और न किसी से कोई ऐसी शर्त ही स्वीकार की है, जिससे यह स्पष्ट सिद्ध हो सके कि यदि किसी अधीन राजा के अपनी कोई सन्तान न हो और उसकी जगह वह कोई बालक गोद ले ले तो वे सभी स्वत्त्व उसे प्रदान कर दिए जाएंगे, जो राजा के अपने औरस राजकुमार को उत्तराधिकारी रूप में प्राप्त होंगे।

"अतः महाराज गंगाधरराव का कोई औरस राजकुमार न होने तथा उनका स्वर्गवास हो जाने के कारण, गवर्नर-जनरल साहब उनके दत्तक पुत्र को अस्वीकार करते हैं और बरतानवी सरकार की 7 मार्च, सन् 1854 की आज्ञा के अनुसार यह घोषणा करते हैं कि झांसी राज्य के समस्त प्रदेश को बुंदेलखण्ड के असिस्टेण्ट पोलिटिकल एजेण्ट मेजर ऐलिस के अधीन कर दिया गया है।

"अब से इस समस्त देश पर अंग्रेज सरकार का ही शासन समझा जाएगा और झांसी राज्य की सारी प्रजा बरतानवी सरकार के अधीन मानी जाएगी। इसलिए झांसी राज्य की प्रजा को समझ लेना चाहिए कि भविष्य में यह अंग्रेजी राज्य के

अधीन है और उन्हें अपने सभी कर आदि अंग्रेज़ी सरकार के उपुर्यक्त प्रतिनिधि मेजर ऐलिस को ही अदा करने होंगे।''

गवर्नर-जनरल हिन्द की घोषणा के ये कठोर और हृदयविदारक शब्द मेजर ऐलिस के सहानुभूति-भरे मुख से निकलकर भी पति-पुत्र-वियोग-पीड़िता महारानी लक्ष्मीबाई के हृदय में कैसे-कैसे घाव डाल रहे होंगे और उस समय उनके परम दुःखित, दीन तथा विवश मन की क्या दशा होगी, तुच्छ लेखनी में वह शक्ति कहां, जो इसका लेश-मात्र भी वर्णन कर सके! सहानुभूतिशील पाठक महारानी के इस परम दुःख तथा महाशोक का कुछ अनुमान केवल इस बात से लगा सकते हैं कि पहले तो वे संगमरमर पत्थर की एक निर्जीव मूर्ति के समान चुपचाप बैठी इस महादुःख-भरी तथा हृदयविदारक घोषणा के शब्दों को पूर्ण शान्ति और धैर्य से सुनती रहीं, जो अपने घातक प्रभाव में हलाहल विष से बुझे हुए तीरों और गोलियों से किसी प्रकार भी कम नहीं थे। परन्तु जब यह घोषणा समाप्त हो गई तो वे तत्काल एक प्राणान्तकारी चीख मारकर, एक निर्जीव लोथ के समान, वहीं अपने सिंहासन पर गिर पड़ीं।

स्वामिभक्त सेविकाओं और विश्वस्त दरबारियों ने महारानी जी को होश में लाने के बहुतेरे प्रयत्न किए, परन्तु जब वे सफल न हुए, तो राजवैद्य को बुलाया गया। कोई घंटे-भर में उन्हें कुछ-कुछ होश आया, तो मेजर ऐलिस ने इस परम दुःख में उनके साथ हार्दिक सहानुभूति प्रकट करते हुए और धैर्य बंधाते हुए कहा, ''आप घबराएं नहीं, पोलिटिकल एजेण्ट साहब की आज्ञानुसार आपके सम्मानपूर्वक निर्वाह का पूरा-पूरा प्रबन्ध कर दिया जाएगा।''

मेजर ऐलिस के इन शब्दों के उत्तर में दुखियारी, विपदा की मारी बेबस रानी ने एक हृदयविदारक ठण्डी सांस भरी और 'मैं झांसी कदापि नहीं दूंगी' कहकर फिर से बेसुध होकर गिर पड़ीं।

संसार जानता है कि उनके इन शब्दों में कितना सार भरा पड़ा था और उनके क्या अर्थ हो सकते थे? परन्तु उस समय तो उनके ये शब्द एक दुःखित हृदय की व्यथा-भरी पुकार से अधिक कुछ भी अर्थ नहीं रखते थे। अतः उनकी ओर किसी ने कुछ ध्यान नहीं दिया।

परन्तु लार्ड डलहौजी की इस धींगा-धींगी से अंग्रेज़ों के भारतीय शासन पर एक ऐसा कलंक लग गया, जो अब तक भी किसी प्रकार धोए नहीं धुल सका और अन्त में निष्पक्ष न्यायाधीश ऐतिहासिकों तथा लेखकों को इतिहासों के पृष्ठों में अंग्रेज़ी शासन के विरुद्ध ही अपना निर्णय देना पड़ा। जैसा कि 'विप्लव सन् 1857 का इतिहास' नाम की पुस्तक में उसके प्रसिद्ध लेखक मिस्टर केन ने लिखा हैः

''स्वर्गीय महाराजा की विधवा महारानी जी ने, जिन्हें पोलिटिकल एजेण्ट ने एक उत्तम आचरण वाली ऐसी देवी (लेडी) लिखा है जिसका झांसी राज्य में सभी प्रजाजन सम्मान करते थे, बरतानवी सरकार की इस सारी निर्णय प्रणाली के विरुद्ध

अपना रोष प्रकट करते हुए यह कहा कि मेरे पतिदेव सदा से अंग्रेज़ी सरकार के शुभचिन्तक और सेवक रहे हैं।' उन्होंने अंग्रेज़ी सरकार का उन सब सेवाओं की ओर ध्यान दिलाया जो उनके पतिदेव ने भूतकाल में इस सरकार की थीं और जिनको हमारे (अंग्रेज़) शासकों ने खुले दिल से स्वीकार भी किया था। इसके साथ ही उन्होंने सन्धि-पत्र की उन शर्तों की ओर भी संकेत किया जो उनकी भोली-भाली समझ के अनुसार महाराज को उनके देश की रीति-नीति के अनुसार कोई दत्तक पुत्र गोद लेने से नहीं रोकती थीं तथा ऐसे उदाहरण भी पेश किए जिनमें दूसरी रियासतों को भी वही अधिकार और सुभीता प्रदान किया जा चुका था, जिसके लिए महारानी प्रार्थना कर रही थीं, परन्तु उनके किसी भी विनय-अनुनय का कुछ प्रभाव न पड़ा। उनका प्रत्येक प्रयत्न व्यर्थ तथा निष्प्रभाव सिद्ध हुआ। कारण, अंग्रेज़ी सरकार का वह निर्णय अटल था और किसी प्रकार भी नहीं बदला जा सकता था। उस निर्णय में यह प्रकट किया गया था कि बरतानवी सरकार और झांसी राज्य दोनों के ही लाभ की यह दृढ़ मांग है कि रियासत को अंग्रेज़ी राज्य में मिला लिया जाए।

"अपने इस निर्णय की पुष्टि में लार्ड डलहौजी ने यह भी कहा था कि यह रियासत हमारे दूसरे अंग्रेज़ी ज़िलों के मध्य में स्थित है; इस पर अधिकार कर लेने से हमें बुन्देलखण्ड में अपने अधीनस्थ प्रदेश के सभी साधारण प्रबन्धों में यथोचित रूप से उन्नति करने का सुभीता रहेगा। इस सम्मिलन से झांसी की प्रजा को क्या-क्या लाभ पहुंचेगा, वह इस कार्य के परिणाम ही पर्याप्त रूप से सिद्ध कर देंगे। परन्तु झांसी की प्रजा ने इस सम्मिलन को कितना पसन्द किया, यह इस कार्य के परिणाम ने तत्पश्चात् स्वयमेव सिद्ध कर दिखाया और वह परिणाम यही था कि झांसी की प्रजा ने अवसर पाते ही अंग्रेज़ी शासन के विरुद्ध विद्रोह कर दिया।"

मिस्टर बेल नामक एक और अंग्रेज़ इतिहासकार तथा लेखक ने अपनी एक पुस्तक में लिखा है:

"झांसी का छोटा-सा राज्य प्रकट रूप से बरतानवी सरकार के साथ अपनी स्वामिभक्ति का प्रकाशन करके लाभदायक सेवाएं करता रहा है। इस प्रकार औरस पुत्र न होने के बोदे बहाने से उस राज्य को हड़प जाना एक ऐसा कार्य था जो सभी देशी नरेशों और उनके अमीरों-वज़ीरों की दृष्टि में न केवल अत्यन्त घृणित और दिल दुखाने वाला ही था, वरन् उनकी समझ-बूझ से भी सर्वथा परे था, और वे इसे बदनीयती के सिवाय और कुछ भी नहीं समझ सकते थे।"

यद्यपि लार्ड डलहौज़ी ने निर्णय और अपनी घोषणा में यह दावा किया था कि 'झांसी राज्य को अंग्रेज़ी शासन में शामिल करते हुए केवल अंग्रेज़ी सरकार के हित पर ही ध्यान नहीं रखा गया है, वरन् झांसी राज्य की देशी प्रजा की हितों पर भी पूर्ण दृष्टि रखी गई है', परन्तु उनसे इस दावे की कलई मि. जान सैसविन नामक

एक और न्यायप्रिय अंग्रेज़ इतिहासकार तथा लेखक ने अच्छी प्रकार खोलकर उसकी वास्तविक रूपरेखा को भलीभांति प्रकट कर दिया है। वे लिखते हैं:

"किसी भी रियासत के छीने जाने पर अंग्रेज़ अफसर उसके राजा का स्थान ले लेते थे और कमिश्नर तथा उसके तीन-चार सहकारियों के नाम से कई दर्जन अंग्रेज़ वहां के सज्जन देसी कर्मचारियों को अलग कर देते थे। फिर हमारे कुछ सौ सिपाही, उन हजारों स्वामी-सेवक सैनिकों का स्थान जा घेरते थे, जिनका प्रत्येक देसी राजा पालन किया करता था। इसका परिणाम यह होता था कि किसी छोटे-से राज-दरबार का अस्तित्व मिटते ही उस प्रान्त का सब व्यापार मारा जाता था और उसकी पूंजी धीरे-धीरे समाप्त होकर प्रजा कंगाल होती जाती थी। इसके विपरीत अंग्रेज़ फूलता-फलता जाता था और एक सुपुत्र के समान गंगा का सब धन-द्रव्य चूस-चूसकर उसे टेम्ज़ के किनारे ला-लाकर निचोड़ता जाता था।"

यद्यपि झांसी राज्य को इस धींगा-धींगी से अंग्रेज़ी शासन में मिला लिया गया था और उसका प्रबन्ध करने के लिए मेजर स्कीन कमिश्नर रूप में नियत भी हो गए थे, परन्तु महारानी लक्ष्मीबाई जी को अंग्रेज़ों की न्यायप्रियता पर और अपने स्वत्त्वों की सत्यता पर इतना निश्चय था कि वे यही विश्वास करती थीं कि अंग्रेज मेरे साथ अवश्यमेव न्याय करेंगे। अतः इसी विचार से उन्होंने बा. उमेशचन्द्र बैनर्जी नामक एक बंगाली वकील तथा एक अन्य यूरोपियन को साठ हजार रुपये देकर, ईस्ट इण्डिया कम्पनी के कोर्ट आफ डायरेक्टर्ज़ के समक्ष अपनी अपील दायर करने के लिए लन्दन भेज दिया। परन्तु वे दोनों रुपया लेकर ऐसे लोप हुए जैसे गधे के सिर से सींग, और उनका कुछ भी पता नहीं चला और किसी को यह भी ज्ञात नहीं कि उन्होंने क्या किया।

कारण, 4 अगस्त, 1854 को लन्दन के इन देवताओं ने भी झांसी राज्य को अंग्रेज़ी शासन में मिला लेने के निर्णय पर अपनी स्वीकृति की मुहर लगा दी और नियमपूर्वक उसकी घोषणा भी कर दी।

सती का तप-तेज

उपर्युक्त घटना के कुछ ही दिन पीछे बुन्देलखण्ड के पोलिटिकल एजेण्ट मेजर मैलकम हेली ने महारानी जी के पास यह सूचना भेजी कि आपके गुज़ारे के लिए निम्नलिखित प्रस्तावों का निर्णय करके लाट साहब की स्वीकृति के लिए कलकत्ता भेज दिया गया है। आशा है कि आपको इनके मानने में कोई आपत्ति नहीं होगीः

(1) जब तक महारानी जी जीवित रहें, तब तक उनके गुज़ारे के लिए झांसी राज्य के कोष से या जहां से भी वे लेना स्वीकार करें, उन्हें 5,000 रु. मासिक पेंशन रूप से दिया जाए।

(2) झांसी के राजमहल पर महारानी जी का पूरा-पूरा अधिकार रहे और उन्हें वहां रहने की आज्ञा दी जाए।

(3) जब तक महारानी जी जीवित रहें, तब तक उन्हें अथवा उनके सेवकों के किसी भी कार्य-व्यवहार में अंग्रेज़ी न्यायालयों का कोई हस्तक्षेप न हो।

(4) स्वर्गीय महाराज गंगाधरराव जी की सम्पत्ति में से राज्य के लेन-देन का सब हिसाब चुकता करके जो कुछ भी शेष रहे, वह सब धन तथा राज्य के समस्त रत्नाभूषण आदि महारानी जी को दे दिए जाएं।

इन सब प्रस्तावों को सुनकर महारानी जी घृणापूर्ण विवशता से एक दुःख-भरी हँसी हँसते हुए चुप हो गईं।

परन्तु संकीर्ण हृदय लार्ड डलहौज़ी ने मेजर हेली के इन साधारण से प्रस्तावों को भी, उनके पूर्ण रूप में स्वीकार न करके उत्तर में लिखा कि 'यद्यपि कानून के अनुसार महाराजा गंगाधर का दत्तक पुत्र उनके राज-पाट का उचित अधिकारी नहीं हो सकता, परन्तु फिर भी उनकी निजी सम्पत्ति और रियासत के समस्त रत्नाभूषणों का उत्तराधिकारी वही है, अतः यह सम्पत्ति महारानी लक्ष्मीबाई को देना न्यायसंगत न होगा।'

इससे यह स्पष्ट है कि लाट साहब, उनके सलाहकारों तथा अधीन उच्च कर्मचारियों का वास्तविक अभिप्राय तो शोकातुर दुःखिनी महारानी का सब राज-पाट

हड़प जाने के सिवाय और कुछ भी न था। कारण, वे उस समय अपने इस मद-भरे यौवनकाल में अपने एकमात्र ज्येष्ठ पुत्र और प्राणेश्वर महाराज गंगाधरराव जी के विरह-रूपी अथाह दुःखसागर में डूब रही थीं और उन्हें अपने स्त्री-सुलभ कोमल-प्राकृतिक स्वभावानुसार अश्रुपात करने और छाती पीटने, या अपनी भावी विवशता तथा निस्सहायावस्था का ध्यान करके, अपनी इस असीम पराधीनता पर शीश धुनने के सिवाय लाट साहब की इस दुरेच्छा का प्रतिरोध करने के लिए और कुछ भी नहीं सूझ सकता था। नहीं तो, वैसे उनके दत्तक पुत्र के इस दत्तक-विधान को सर्वप्रकारेण उचित तथा न्यायसंगत मानने में लार्ड डलहौज़ी और उनके अधीनस्थ, 'जी हुजूरी' सलाहकारों को भी कोई विशेष आपत्ति नहीं थी। कारण, यदि होती, तो अब वे कदापि यह न लिखते, कि महाराजा गंगाधरराव जी कि 'निजी सम्पत्ति और रियासत के समस्त रत्नाभूषणों' की उत्तराधिकारिणी महारानी लक्ष्मीबाई नहीं, वरन् उनका वही दत्तक पुत्र है जिसको वे कुछ दिन पहले ही अस्वीकार करके अपने घृणित प्रलोभनों का इस प्रकार शिकार बना चुके थे, और उनके समस्त शासनाधिकारों, अर्थात् स्वामित्व-स्वत्त्व से उसे अपने स्वार्थ के लिए ही कुछ मास पहले यूं वंचित कर चुके थे।

और फिर अब भी वे अपनी इस सर्वथा अनुचित तथा अन्यायसंगत धींगा-धींगी अत्याचार पर लज्जित न होकर, अपने इस घोर अन्याययुक्त दुराग्रह का कोई भी उचित प्रायश्चित्त करने के लिए, किसी प्रकार भी उद्यत नहीं थे। केवल इसलिए कि उसमें उनके कुकृत्यों को रोकने के लिए कुछ भी सामर्थ्य नहीं थी।

सारांश, कलकत्ता की इस आज्ञा का परिणाम यह हुआ कि तदनुसार मेजर मालकम हेली ने झांसी राज्य-कोष से 6 लाख रुपया निकालकर, राजा दामोदरराव के नाम से अंग्रेज़ी कोष में जमा करा दिया और महारानी को यह सूचना दे दी कि यह 'राशि राजा दामोदरराव को , उनके युवावस्था को प्राप्त हो जाने पर ब्याज-सहित दे दी जाएगी। भविष्य में झांसी दुर्ग पर भी आपका कोई अधिकार न होगा और केवल राजमहल को ही आपकी सम्पत्ति समझा जाएगा।'

इस प्रकार अंग्रेज सरकार ने किसी भी युद्ध अथवा मार-काट के बिना ही, केवल कपट-चातुरी की नीति से न केवल झांसी के सुदृढ़ और अजेय दुर्ग पर ही, उसके वास्तविक स्वामियों के वंश-परम्परा से संग्रहीत सब धन-माल सहित अपना प्रभुत्व जमा लिया, वरन् उस विशाल राज्य के समस्त प्रदेश को भी अपने अधिकार में लेकर उसके उचित उत्तराधिकारियों को उससे सर्वथा वंचित कर दिया।

अब इस नए प्रबन्ध में, राज्य पर अपने प्राण तक न्यौछावर कर देने वाली स्वामिभक्त सेना के सब सैनिक तथा अफसरों को छः-छः मास का वेतन पेशगी देकर सदा के लिए अलग कर दिया। अपनी इस अकारण मौकूफी से उनके दिलों को जो आघात पहुंचा, वह अवर्णनीय है। कारण, उनमें से प्रायः प्रत्येक योद्धा के मन

में अपनी महारानी के प्रति जो असीम सम्मान तथा प्रेम था, वह उनकी इस विपत्ति में उन सबको ही उनके साथ ऐसी हार्दिक सहानुभूति रखने के लिए विवश कर रहा था कि वे सब उनके एक संकेत पर ही उनके पसीने की जगह अपना लहू बहाने के लिए तैयार थे।

किन्तु दुखिनी महारानी उस समय इस शोक-सन्ताप के भारी बोझ से दबी हुई ऐसी बेसुध-सी हो रही थीं कि उन्हें आंसू बहाने के सिवाय और कुछ सूझता ही न था। कारण, अपने पतिदेव और ज्येष्ठ पुत्र के अनन्त वियोग से संसार-भर में उनके लिए अंधेरा छा गया था और उन्हें कहीं भी ज्योति की कोई किरण दिखाई न देती थी। परिणाम यह हुआ कि त्याग तथा वैराग्य के पवित्रतम भावों ने उनके मन पर कुछ ऐसा साम्राज्य जमा लिया था कि उन्हें यह सब राजसी ठाट-बाट अब एक असह्य भार-सा ज्ञात होने लगा था।

यदि महाराज गंगाधरराव के निष्पाप अल्पायु दत्तक पुत्र दामोदरराव के लिए एक तीव्र मातृ-प्रेम, और उसके द्वारा अपने पतिदेव का वंश स्थिर रखने तथा उन्हें और उनके पूज्य पितरों की पुण्य आत्माओं को सुख और शान्ति पहुंचाने का शुभ तथा पवित्र प्रबल विचार उनके मन में जागरित न हो जाता तो सम्भवतः वे भी महाराज के साथ ही चितारोहण करके अपनी सती-धर्म पालन कर गई होतीं, या अब राज-पाट स्वयं ही छोड़-छाड़कर संन्यासिनी हो जातीं।

अब भी उनके दैनिक जीवन के कार्य में किसी भी कर्मवीर धर्मपरायण संन्यासी के जीवन-क्रम से कुछ बहुत अधिक विभिन्नता नहीं थी। अब उन्होंने अपना सारा ध्यान जप, तप, पूजा-पाठ, ईश्वर-भक्ति और उपासना में ही लगा दिया था। वे प्रतिदिन बड़े सवेरे मुंह-अंधेरे ब्रह्ममुहूर्त में उठकर स्नानादि से निवृत्त होने के पश्चात् अपनी पूजा-साधना में बैठ जाती थीं। प्रायः आठ बजे तक निवृत्त होकर अपने राजमहल के बाहर वाले मैदान में ही कुछ देर घोड़ा दौड़ाकर व्यायाम करतीं और कोई 11 बजे स्नान करके तुलसी-पूजन में लीन हो जातीं, जो सती कुलदेवियों के लिए एक विशेष पूजा समझी जाती है। फिर प्रतिदिन दीन-दरिद्रों को कुछ अन्न या धन दान करतीं, और 12 बजे के उपरान्त कुछ साधारण सतोगुणी भोजन करके, कुछ देर योगियों के समान बाईं करवट लेटकर विश्राम करतीं।

इसके उपरान्त शाम को गीता, महाभारत, रामायण, मनुस्मृति आदि पवित्र धर्म-ग्रन्थों की कथा का क्रम आरम्भ हो जाता था, जो रात के आठ बजे तक रहता था। फिर कोई दस बजे कुछ हल्का-सा आहार करके वे रात को विश्राम करती थीं।

स्वभावतः उनके इस समस्त जप-तप और साधना आदि में निष्पाप बालक दामोदरराव भी प्रायः उनके साथ रहा करता था और अज्ञात रूप से उसके संस्कार भी वैसे ही पवित्र होते जा रहे थे। कारण, जैसी प्रीति महारानी जी को उसके साथ

थी वैसी ही उसे भी धीरे-धीरे महारानी जी के साथ होती जा रही थी। शनैः-शनैः दोनों के मन में एक-दूसरे के लिए गहरा प्रेम और सहानुभूति बढ़ती जाती थी और दोनों आपस में, सब प्रकार से एक-दूसरे के दुःख-दर्द के साथी बनते जा रहे थे।

राजमहल की सब देखभाल और समस्त आवश्यकता पूरी करने का काम महारानी जी के पूज्य पिता मोरोपन्त तांबे जी के सुपुर्द था। और वही अब भृत्यों तथा कार्यकर्ताओं के कर्तव्यों की देखरेख करते तथा उनसे कामकाज लिया करते थे।

सारांश, इस प्रकार बड़े धैर्य, सहनशीलता तथा शान्ति के साथ महारानी लक्ष्मीबाई एक परम साध्वी तथा तपस्विनी के समान ज्ञान, ध्यान, वैराग्य और तप-त्याग में अपना दुःखमय जीवन व्यतीत करती हुई, धीरे-धीरे इस माया-मोह, जाल-जंजाल से छुटकारा पा रही थीं और अपनी मानसिक तथा आध्यात्मिक शक्तियों को बढ़ाती जा रही थीं। पूर्ण ब्रह्मचर्य का तप-तेज उन्हें धीरे-धीरे अपने पुण्यमय जीवन के उस कार्यक्रम को पूरा करने के लिए पूरा-पूरा तैयार कर रहा था, जो सर्वज्ञ तथा त्रिकालदर्शी भगवान ने अपनी अनन्त शक्ति से भविष्य में उनके लिए नियत कर दिया था।

परन्तु फिर भी इस परम शान्त और गम्भीर जीवन-यात्रा में कभी-कभी उनकी यह विवशता और पराधीनता उन्हें बहुत ही व्याकुल तथा अधीन कर दिया करती थी, किन्तु फिर वे शीघ्र ही संभलकर अपनी उस रीति के अनुसरण से वैसी ही शान्त हो जाया करती थीं।

उदाहरणस्वरूप, ऐसा ही एक समय उनके सामने तब आया जबकि उनके दत्तक पुत्र राजकुमार दामोदरराव की आयु सात साल के लगभग पहुंच जाने पर उनके मन में उस बालक का यज्ञोपवीत संस्कार पूरी शास्त्रोक्त विधि और राजसी समारोह के साथ करने की एक तीव्र इच्छा पैदा हुई। तब उनके अथाह सागर के समान शान्त मन में, तूफानी तरंगें उठ-उठकर उन्हें बहुत ही अशान्त तथा बेचैन करने लगीं।

अन्ततः उन्होंने एक दिन अपने पूज्य पिताजी को बुलाकर उनसे यह कहा, "पिताजी! आपके दामोदर को अब सातवां वर्ष लग गया है। अतः वंश-परम्परा के अनुसार उसका यज्ञोपवीत संस्कार शीघ्र ही हो जाना चाहिए।"

भोले मोरोपन्त ने आनन्द तथा उत्साह-भरे स्वर में उत्तर दिया, "अवश्य! फिर सोच-विचार ही क्या? बेटी! जब भी तुम कहो, पुरोहित जी को बुलाकर शास्त्रोक्त संस्कार कर दिया जाए!"

यह सुनकर महारानी जी चिन्तातुर स्वर में बोलीं, "परन्तु इस संस्कार के लिए धन कहां से आएगा पिताजी?"

इस प्रश्न के उत्तर में वृद्ध मोरोपन्त ने कुछ चकित-सा होकर कहा, "इस पर लगेगा ही क्या जो तुम इतनी चिन्तित हो? पांच सौ न सही, हजार सही।"

अभी मोरोपन्त जी कुछ और भी कहना चाहते थे कि महारानी चौंककर बड़े ही व्यथित स्वर में बोलीं, "हैं! पिताजी! यह आपने क्या कहा? स्वर्गीय स्वनामधन्य महाराज झांसी नरेश के राजकुमार का यज्ञोपवीत संस्कार और केवल हजार-पांच सौ रुपये में! आपके इन दीन शब्दों से महाराज की पुण्यात्मा को स्वर्ग में भी कैसा आघात पहुंचा होगा! आज महाराज इस असार संसार में जीवित होते तो क्या आप ऐसा विचार कभी स्वप्न में भी अपने मन में ला सकते थे?"

मोरोपन्त—(दुःख भरे स्वर में एक लम्बा और ठण्डा श्वास भरकर) तब की तो बात ही क्या थी? तब तो अपना ही सब अधिकार होता! जो कुछ भी करते, थोड़ा ही था।

महारानी—(आग्रह-भरे गम्भीर स्वर में) अब भी तो भगवान की कृपा से सब कुछ है। राजमहल है, राज्य-भण्डार है, नौकर-चाकर, दास-दासी, हाथी-घोड़े सभी कुछ हैं। इन सबसे बढ़-चढ़कर मेरी प्राण-प्यारी प्रजा भी अभी तक वर्तमान है! क्या नहीं है? फिर भी आप क्यों दुखित होते हैं औरे ऐसे दीन-दुर्बलता-भरे विचार अपने मन में लाते हैं?

मोरोपन्त—परन्तु बेटी, यह सब कुछ होते हुए भी राजकोष पर तो अपना अधिकार नहीं!

महारानी—(बड़े धैर्य और साहस से) नहीं है, तो न सही! जिनका अधिकार है, क्या वे ऐसे उचित तथा न्यायसंगत और परमावश्यक शुभ कार्य के लिए भी मुझे पर्याप्त धन देने से इनकार करने का कभी साहस कर सकते हैं?

मोरोपन्त—दूसरों के मन की बात मैं क्या कह सकता हूं? बेटी! प्रकटतः तो ऐसा ही जान पड़ता है कि वे हमारी यह मांग कभी स्वीकार न करेंगे।

महारानी—यह विचार भी हमारी अपनी आत्मिक दुर्बलता का ही फल है, जिसने हमें इतना अशक्त तथा साहसहीन बना दिया है कि हम अत्याचारियों से अपने न्यायसंगत अधिकार मांगने तक का भी साहस नहीं कर सकते! कृपया मन्त्री महोदय को बुलवाइए। मैं अभी कमिश्नर साहब को एक पत्र लिखवाकर उनसे इस शुभ कार्य के लिए एक लाख रुपया मांगती हूं। देखूं, वे मेरी इस मांग को कैसे अस्वीकार करते हैं!

महारानी जी की ये साहस-भरी बातें सुनकर और उनका यह तप-तेज देखकर मोरोपन्त जी चकित रह गए और चुपचाप मन्त्री जी को बुलाने के लिए स्वयंमेव चले गए।

जब मन्त्री जी आए तो महारानी जी ने उन्हें सब कुछ सविस्तार समझा-बुझाकर अन्त में यह कहा, "जब हमारा छः लाख रुपया, इतने दिनों से दामोदरराव के नाम से अंग्रेज़ी राजकोष में धरा है, तो हम उसी में से एक लाख रुपया लेकर क्यों न

उसका यज्ञोपवीत संस्कार ऐसी शान से कर डालें, जो उसके राजवंश की मान-मर्यादा के यथानुकूल हो?''

मन्त्री जी ने सारी स्थिति पर पूर्ण रूप से विचार करके, समयोचित गम्भीरता से हिर हिलाते हुए सादर कहा, ''महारानी जी! बात तो आपने ठीक ही सोची है, परन्तु इसे कोई चलने भी दे, तब न! हमें तो कमिश्नर साहब आपकी प्रार्थना स्वीकार करते दिखाई नहीं देते और हममें अब इतनी शक्ति कहां कि अपनी कोई बात उनसे बलपूर्वक मनवा लें!''

मन्त्री जी के इस दीनता तथा निर्बलता-भरे उत्तर से महारानी जी का मुखारविन्द फिर कुछ-कुछ रक्त-वर्ण धारण करने लगा। अन्त में वे बड़े आवेश-भरे स्वर में बोली, ''हम कमिश्नर को कदापि यह आज्ञा नहीं दे सकते कि वे ऐसे परमावश्यक तथा धार्मिक शुभ कार्य के लिए भी, हमारे ही रुपये में से हमें कुछ भी न दें। वह हमारा रुपया है! हमारी सन्तान के कल्याणार्थ, धरेज धरा गया है! क्या इस परम पवित्र धार्मिक संस्कार से बढ़कर भी कोई और कार्य उसके लिए कल्याणकारी हो सकता है! हम अपने किसी भोग-विलास अथवा अन्य अपव्यय के लिए तो उनसे यह धन नहीं मांगते, जो देने से इनकार कर देंगे। यदि ऐसा भी हो, जो जब इनकार कर देंगे, तब देखा जाएगा! आप उनसे यह मांग करते हुए भी क्यों घबराते हैं! यह बात मेरी समझ में नहीं आती! मैं तो यह मांग अवश्यमेव करूंगी। आप अभी पत्र लिखिए। फिर उनका जो उत्तर आएगा, देखा जाएगा।''

यह कहकर महारानी जी ने कागज़-कलम आदि लाने का संकेत किया। जब सब सामान आ गया तो आपने पत्र लिखवाना प्रारम्भ किया, जिसका सार निम्न था–

''श्रीमान जी!

''आपको यह ज्ञात होना चाहिए कि हमारे राजकुमार श्री दामोदर गंगाधरराव को अब सातवां वर्ष लग गया है। अतः हम यह चाहते हैं कि धार्मिक वंश-परम्परा तथा कुल मर्यादानुसार इसी वर्ष में उनका यज्ञोपवीत संस्कार करा दिया जाए, जिससे वे शीघ्र ही अपनी सब प्रकार की शिक्षा पाना आरम्भ कर सकें और अपने धार्मिक तथा पारिवारिक कृत्यों, यज्ञादि में भी, शास्त्र मर्यादानुसार, पूरा-पूरा भाग ले सकें। इस संस्कार के व्यय का अनुमान एक लाख रुपया लगाया है। कारण, यह संस्कार उनके उच्च राजवंश की शान और मर्यादानुकूल ही होना परमावश्यक है और इसमें ही उनका सब प्रकार से परम कल्याण है।

''अतः आप कृपा करके उस 6 लाख रुपये में से, जो राजकुमार के नाम से अंग्रेज़ी कोष में धरेज है, एक लाख रुपया शीघ्र ही हमारे पास भिजवा दें, जिससे हम इस पवित्र संस्कार के सम्बन्ध में सभी आवश्यक प्रबन्ध अभी से आरम्भ कर दें।

"आशा है कि आप इस परमावश्यक कार्य में कोई अनावश्यक विलम्ब कदापि न होने देंगे और हमारी यह प्रार्थना शीघ्र स्वीकार करके हमें कृतज्ञ करेंगे।

आपकी शुभचिन्तक
लक्ष्मीबाई
(महारानी झांसी)"

कमिश्नर साहब की सेवा में यह पत्र भेजकर महारानी जी बड़ी व्याकुलता से उनके उत्तर की प्रतीक्षा करने लगीं। कुछ ही दिनों में उत्तर भी आ गया, परन्तु उसका आशय यह थाः

"आपके पतिदेव स्वर्गीय महाराज गंगाधरराव जी की समस्त निजी सम्पत्ति पर उनके दत्तक पुत्र दामोदर गंगाधरराव का ही अधिकार है। उनके अल्पायु होने के कारण उनकी यह समस्त सम्पत्ति उनकी युवावस्था प्राप्ति तक के लिए अंग्रेज़ी सरकार की देखरेख में है। अतः जब तक वे युवावस्था को प्राप्त न हो जाएं, उस सम्पत्ति में से एक पाई भी उन्हें, अथवा उनके किसी सम्बन्धी को नहीं दी जा सकती।

"अंग्रेज़ी सरकार के राजकोष में उनके 6 लाख रुपये, जो धरेज हैं, वे उनकी युवावस्था-प्राप्ति पर ही उन्हें ब्याज-सहित मिल जाएंगे, अतः अभी कोई ऐसा प्रबन्ध नहीं किया जा सकता, जैसाकि आप चाहती हैं।"

कोई और होता तो कमिश्नर साहब से यह कोरा उत्तर पाकर अवश्यमेव निराश हो जाता और साहस हारकर चुपचाप बैठ जाता, परन्तु महारानी लक्ष्मीबाई जी हत-साहस तथा निराश होना तो जानती ही नहीं थीं। अतः उन्होंने यह उत्तर सुनकर तुरन्त ही अपने पिताजी और मन्त्रीजी से यह कहा कि "यद्यपि कमिश्नर साहब का यह उत्तर निश्चय ही बड़ा निराशाजनक है, परन्तु मैं सुगमता से उनका यह निर्णय कदापि स्वीकार न करूंगी।"

यह सुनकर मोरोपन्त जी ने विस्मयचकित-सा होकर गम्भीर भाव से कहा, "नहीं मानोगी, तो और क्या करोगी बेटी! हम तो यह जानते हैं कि अन्त में जब एक-न-एक दिन मानना ही पड़ेगा तो यही ठीक है कि अभी मान लें।"

मन्त्री जी ने भी मोरोपन्त जी की हां-में-हां मिलाते हुए कहा, "इसके अतिरिक्त हम निर्बल और कर भी क्या सकते हैं? बलवान मारे और रोने न दे! फिर व्यर्थ रार बढ़ाने में भी तो मुझे कोई लाभ दिखाई नहीं देता! वह भी इन अभिमानी अंग्रेज़ों से, जो अपने सिवाय अन्य किसी को कुछ समझते ही नहीं। और जो शब्द भी एक बार उनके मुख से निकल जाए उसे ही पत्थर की लीक मानकर फिर सुगमतापूर्वक उससे टलना ही नहीं जानते।"

महारानी जी ने अपने पूज्य पिताजी और नीतिवान राज्यमन्त्री जी के ये शब्द सुनकर मुस्कराते हुए कहा, "तो हम भी उनका यही गुण क्यों न धारण करें? आप

पुरुष होकर भी कैसी साहसहीन बातें करते हैं! क्या आप यह भूल गए कि,

जहां साहस तहां मान है, जहां साहस तहां प्राण।
निस्साहस को जगत में, मिले सदा अपमान॥
साहसी नर संसार में, पुजते सिंह समान।
निस्साहसी दर-दर पिटें, ज्यूं शूकर ज्यूं श्वान॥
साहस से ही जगत में, सभी बनें सिरमौर।
बिना साहस के किसी को, मांगी मिली न ठौर॥
साहस तजे न सूरमा, जो चाहे कल्याण।
बिना साहस के नर रहे, जगत में पशु समान॥
'नारायण' साहस बिना, मिले कहीं ना मान।
निस्साहस नर का वृथा, जीवन जग में जान॥

''हम भी अंग्रेज़ों के ये गुण धारण कर उनका अनुकरण कर सकते हैं। अतः हमने एक बार उनसे जो मांग कर ली है, उससे क्यों फिरें और उसे पूरी कराने के लिए ही बार-बार दृढ़ प्रयत्न क्यों न करें? मैं यह मानती हूं कि हमारे वंश में कुछ नहीं और यदि उन्होंने हमारी बात न मानी, तो अन्त में हमें ही उनकी बात मानकर चुप रह जाना पड़ेगा, किन्तु फिर भी प्रयत्न करने में क्या दोष है?

''मंत्री जी! जो होना था वह तो हो लिया, और जो होना है वह भी अवश्यमेव होगा। फिर भी हम हाथ-पर-हाथ रखकर क्यों बैठे रहें? यथाशक्ति प्रयत्न तो हमें अवश्यमेव ही करते रहना चाहिए! अतः कमिश्नर साहब से यह कोरा उत्तर पाकर भी मैं चुपचाप बैठे रहना पसन्द नहीं करती। आप एक पत्र कमिश्नर साहब को और लिखिए, फिर जो होगा देखा जाएगा!''

बस फिर क्या था! तुरन्त ही कागज, कलम, दवात मंगवाकर महारानी जी ने कमिश्नर साहब के नाम पत्र लिखवायाः

''श्रीमान जी!

''आपका कृपापत्र मिला। मुझे यह जानकर बड़ा सन्तोष हुआ कि राजा दामोदरराव जी का जो 6 लाख रुपया अंग्रेज सरकार के पास धरेज है, वह उनके युवावस्था को प्राप्त होने पर उन्हें ब्याज-सहित मिल जाएगा, परन्तु फिर भी मैं आपका यह निर्णय किसी प्रकार भी उचित नहीं समझती कि राजा दामोदरराव के किसी भी कल्याण-कार्य के लिए, उसमें से एक पाई भी उन्हें या उनके किसी संरक्षक को नहीं दी जा सकती। हां! यह अवश्य है कि उन्हें या उनके किसी संरक्षक या सम्बन्धी को किसी ऐसे कार्य के लिए धन न दिया जाए, जो दामोदरराव जी के लिए कल्याणकारी और हितकर न हो, या जिसमें उस धन के अपव्यय का भय हो।

''इसके साथ आपको यह भी ज्ञात होना चाहिए कि हम हिन्दुओं और विशेषतः ब्राह्मणों तथा क्षत्रियों में, यज्ञोपवीत संस्कार का इतना महत्त्व है और इसे ऐसा पवित्र तथा आवश्यक समझा जाता है कि इसके बिना किसी भी बालक की यथार्थ रूप से न तो कोई शिक्षा ही आरम्भ हो सकती है और न उसे अपने पूज्य पितरों के इहलोक अथवा परलोक के कल्याणार्थ कोई यज्ञ-श्राद्धादि धर्म-कर्म करने का ही अधिकार प्राप्त होता है।

''इस विशेष स्थिति में आपका यह प्रथम कर्तव्य है कि आप राजा दामोदरराव के अपने और उनके पूज्य पितरों के भावी कल्याण को दृष्टि में रखकर, उनके यज्ञोपवीत संस्कार के लिए हमें अपनी अंग्रेज़ी सरकार से एक ऐसी उचित मात्रा में धन दिलाएं, जिससे उनका यह संस्कार उनकी राजसी मर्यादानुसार पूरी धूमधाम से किया जा सके। मेरे विचार में तो यह मात्रा एक लाख रुपये से किसी प्रकार भी कम न होनी चाहिए।

''यदि किसी भी प्रकार से आपकी सरकार को हमें यह रकम देनी स्वीकार न हो तो कम-से-कम राजा दामोदरराव की धरेज में से तो यह हमें तुरन्त ही मिल जानी चाहिए, जिससे हम अपने इस परमावश्यक कर्तव्य से शीघ्र ही निवृत्त हो सकें।

''यदि आपने मेरी यह विनय स्वीकार करने में किसी भी प्रकार से कुछ अवहेलना अथवा अनुचित देरी की तो मुझे सब प्रकार यह अधिकार प्राप्त हो जाएगा कि मैं स्वर्गीय महाराजा गंगाधरराव की ओर से, राजकुमार दामोदरराव की नियमपूर्वक निश्चित की हुई संरक्षिका के रूप में, राजकुमार दामोदरराव के इस परम पवित्र संस्कार के लिए यह मात्रा जिस प्रकार और जहां से भी हो सके, प्राप्त कर लूं। उस अवस्था में इसके सभी बुरे-भले परिणामों का उत्तरदायित्व पूर्णरूप से आपके और आपकी अंग्रेज़ी सरकार के सिर होगा, मेरे नहीं।

''मुझे पूर्ण विश्वास है कि मेरी एक पुकार पर ही, मेरी प्राणप्रिय प्रजा एक लाख तो क्या कई लाख रुपया अपने स्वर्गवासी महाराज के राजकुमार के यज्ञोपवीत संस्कार के लिए भेंट रूप से मुझे सहर्ष इकट्ठा कर देगी।

''किन्तु मैं कोई ऐसा कार्य करना नहीं चाहती, जिससे आपके अथवा आपकी अंग्रेजी सरकार के साथ मेरे जो सम्बन्ध हैं, वे और भी कड़वे हो जाएं।

''अतः मुझे विश्वास है कि आप पूर्ण बुद्धिमत्ता तथा दूरदर्शिता से काम लेकर, मेरी इस सर्वथोचित प्रार्थना को अवश्यमेव स्वीकार करेंगे और मुझे अपना आभारी बनाएंगे तथा मुझे इस बात के लिए कदापि बाधित न करेंगे कि मैं अपनी हार्दिक इच्छा के विरुद्ध अपने स्वर्गीय पतिदेव की प्राण-प्यारी प्रजा पर यह प्रकट करूं कि इस समय मुझे इस शुभ कार्य के लिए कुछ धन की आवश्यकता है और अंग्रेजी सरकार उसे पूरा करने को उद्यत नहीं।

आपके उत्तर ही प्रतीक्षा में
—लक्ष्मीबाई (महारानी)''

महारानी लक्ष्मीबाई के इस आग्रह तथा युक्तिपूर्ण पत्र का कमिश्नर साहब पर कुछ ऐसा प्रभाव पड़ा कि उन्होंने महारानी जी को इसका यही उत्तर देना उचित समझा कि 'यदि आपको राजा दामोदरराव के यज्ञोपवीत संस्कार के लिए एक लाख रुपये की ऐसी ही आवश्यकता है, तो आप नगर के चार प्रसिद्ध धनपतियों की ज़ामिनी पर सरकार से यह रुपया ऋण रूप में ले सकती हैं।'

महारानी जी ने इसको ही यथेष्ट समझा। ज़ामिनी का प्रबन्ध तो कुछ कठिन था ही नहीं! तुरन्त ही कई राजभक्त सेठ इसके लिए उद्यत हो गए और महारानी जी ने सरकार से एक लाख रुपया, ऋण रूप में लेकर अपने प्राणप्रिय राजकुमार का यज्ञोपवीत संस्कार खूब धूमधाम से किया तथा यथेष्ट दान-दक्षिणा देकर अपने मन की सब साध पूरी की।

1857 का विप्लव

भारत-इतिहास के प्रायः सभी इतिहासकार इस निर्णय से सहमत हैं कि लार्ड डलहौज़ी तथा उनके सूत्रधार स्वामीमण्डल अर्थात् ईस्ट इण्डिया कम्पनी के अंग्रेज़ व्यापारियों के बोर्ड आफ डायरेक्टर्ज़ की सर्वभक्षी लोभनीति ही सन् 1857 ई. के आरक्त विप्लव का (जिसे भारतीय देशभक्त 'भारत का प्रथम स्वातंत्र्य-युद्ध' कहते हैं) प्रमुख तथा मूल कारण थी। क्योंकि लार्ड डलहौज़ी, उनके सलाहकारों तथा सहायक कर्मचारियों ने सतारा, नागपुर, तंजौर, झांसी, अवध आदि के भारतीय राज्यों को अंग्रेज़ी शासन में लाकर, सभी भारतीय नरेशों के हृदयों में एक भयंकर आतंक और व्याकुलता पैदा कर दी थी। उसी ने अन्त में इस रक्तरंजित विप्लव का भयानक रूप धारण कर लिया।

केवल यही नहीं, वरन् प्रत्येक छोटे-बड़े, धनी-निर्धन हिन्दू गृहस्थ को, अपना वंश स्थिर रखने और निस्सन्तान मर जाने के कलंक से बचने के लिए किसी भी बालक को गोद लेकर उसे अपना दत्तक पुत्र तथा न्यायसंगत उत्तराधिकारी बना लेने का जो अधिकार, हिन्दू-धर्मशास्त्रों ने परम्परा से प्रदान कर रखा था, उससे भी हिन्दू राजाओं, महाराजाओं को वंचित करके उनके धार्मिक भावों पर घोर कुठाराघात किया गया। अतः इस सम्बन्ध में 'अंग्रेज़ी भारत में लार्ड डलहौज़ी का शासनकाल' नामक ऐतिहासिक ग्रन्थ के लेखक तक को भी यह लिखना पड़ा है:

''इस विप्लव का सबसे प्रथम तथा प्रमुख कारण तो यह था कि सितारा, नागपुर और झांसी की रियासतों का जो अन्त हुआ, उसने न केवल भारत-भर के सभी नरेशों के हृदयों में, गवर्नर-जनरल (लार्ड डलहौज़ी) की ओर से यह भय उत्पन्न करके उन्हें भयभीत कर दिया कि अंग्रेज़ सरकार सारे ही देश में एक ऐसा केन्द्रीय शासन स्थापित करना चाहती है, जिसके सामने कोई भी नृपति कभी सिर न उठा सकेगा, अपितु इसके साथ ही लार्ड डलहौज़ी ने हिन्दू-धर्मशास्त्र के दत्तक-विधान सम्बन्धित सर्वोत्तम तथा सुगम नियमों की जड़ों पर भी कुठाराघात करके और उन्हें निरर्थक बनाकर, भारतवासियों को अंग्रेज़ी शासन के विरुद्ध कर दिया था।

''इस सार्वजनिक व्याकुलता का दूसरा कारण यह भी था कि अंग्रेजों ने दूसरे

बाजीराव पेशवा से जो सन्धि-पत्र किया था, उसके अनुसार बाजीराव पेशवा के देहान्त पर, उनके दत्तक पुत्रों, राव साहब तथा नाना साहब को—जो अपने बाल्यकाल में महारानी लक्ष्मीबाई के साथ खेलते-कूदते और शिक्षा पाते रहे थे—आठ लाख रुपये की वार्षिक पेंशन बराबर मिलती रहनी चाहिए थी, किन्तु अंग्रेज़ी सरकार ने अपने इस सन्धि-पत्र और उसकी शर्तों का कुछ भी सम्मान न करके उनकी यह पेंशन बन्द कर दी।

"जब नाना साहब ने इस निर्णय के विरुद्ध अपील की, तो उसके उत्तर में लार्ड डलहौज़ी ने लिखा कि पेशवा बाजीराव को तीस वर्ष से अधिक समय तक 8 लाख रुपया वार्षिक पेंशन मिलती रही है; अतः इस अवधि में वे दो करोड़ पौंड से अधिक प्राप्त कर चुके हैं। उसमें से उन्हें व्यय भी कुछ बहुत अधिक नहीं करना पड़ा। फिर उनका कोई अपना औरस पुत्र भी नहीं और उन्होंने अपने परिवार के लिए 28 लाख रुपये की सम्पत्ति छोड़ी है। जो लोग उनके परिवार से सम्बन्ध रखते हैं उनका अब सरकार की दया अथवा दान पर किसी प्रकार का कोई भी अधिकार नहीं। कारण, जो भी सम्पत्ति उन्हें मिली है उसकी ही आय, उनकी समस्त आवश्यकताओं से बहुत अधिक है। यदि यह भी मान लिया जाए कि यह आय उनके लिए पर्याप्त नहीं, तो भी पेशवा की सम्पत्ति जितनी प्रकट की जाती है, उससे भी वह बहुत अधिक है।"

लार्ड डलहौज़ी के इस निर्णय के विरुद्ध बार-बार अपील करने पर भी ईस्ट इण्डिया कम्पनी के कोर्ट आफ डायरेक्टर्ज़ ने नाना साहब की एक न सुनी। परिणाम यह हुआ कि उनके हृदय में भी अंग्रेजों के विरुद्ध प्रतिहिंसा की एक तीव्र ज्वाला भड़क उठी और उपर्युक्त पुस्तक 'लार्ड डलहौज़ी का शासनकाल' के लेखक महोदय के शब्दों में "सन् 1857 में कानपुर की भयानक घटना ने, संसार पर यह प्रकट कर दिया कि एक हिन्दू राजकुमार के हृदय पर लार्ड डलहौज़ी की करतूतों का क्या प्रभाव पड़ सकता था।"

पेशवा बाजीराव से अंग्रेज़ों का जो सन्धि-पत्र सन् 1802 ई. में हुआ था, उसका वर्णन करते हुए 'एम्पायर इन एशिया' अर्थात् 'एशिया में अंग्रेज़ी साम्राज्य' नामक पुस्तक के लेखक ने लिखा है:

यद्यपि उस सन्धि-पत्र में यह लिखा था कि 'यह तब तक स्थिर रहेगा जब तक धरती पर सूर्य-चन्द्र स्थिर हैं।' किन्तु यह कौन जानता था कि वह दिन इतना शीघ्र ही आने वाला है, जब इस अनन्त काल के लिए की हुई दृढ़ प्रतिज्ञा का भी इस प्रकार उपहास किया जाएगा और यह कुम्हलाए हुए फूलों के समान निरर्थक होकर रह जाएगा। फिर भी यह प्रतिज्ञापत्र जो आरम्भ से अन्त तक गवर्नर-जनरल साहब के अपने कर-कमलों से लिखित है, अब तक वर्तमान है और यद्यपि पेशवा

तथा उनके सितारा राज्य, दोनों का ही अन्त हो चुका है, परन्तु फिर भी उनकी इस वसीयत (अर्थात् सन्धि-पत्र) के शब्दों का कभी अन्त न होगा।''

लार्ड डलहौज़ी के ऐसे ही अनेक प्रतिज्ञा-भंग और काली करतूतों के कारण भारत में अंग्रेज़ी शासन के विरुद्ध जो रोष तथा घृणा के भाव उत्पन्न हुए, उनका वर्णन करते हुए 'मेमोरियल्ज़' (अपीलें) नामक पुस्तक के अंग्रेज़ लेखक ने लिखा है:

''हमारे शासन के विरुद्ध सर्वव्यापी अशान्ति पैदा हो जाने का सबसे बड़ा कारण यह था कि कई एक रियासतों का अन्त करके हमने उनके सम्बन्ध में जो कार्यक्रम प्रचलित किया, उससे सब राजाओं तथा भारतीय समाज के प्रमुख नेताओं के हृदय बिल्कुल टूट गए। इसके अतिरिक्त भूमिकर से मुक्त ज़मीनों के सम्बन्ध में परम्परा से जो दानपत्र चले आ रहे थे, वे भी रद्द कर दिए गए और उन ज़मीनों पर सरकारी अधिकार जमा लिया गया, अथवा उनका स्वामित्व केवल उनके वर्तमान स्वामियों के जीवन तक ही सीमित कर दिया गया। तत्पश्चात् उनके सभी उत्तराधिकारियों के उन भूमियों पर से सभी स्वत्त्व मिट गए। फिर जिस भी किसी जमींदार का लगान बाकी पड़ गया, अथवा जिसे भी किसी ज़मींदार के विरुद्ध कोई डिग्री हो गई, उसी को अपनी ज़मींदारी से वंचित हो जाना पड़ा, और भविष्य में किसी को कोई भी ऐसी ज़मींदारी अथवा जागीर प्रदान नहीं की गई, न सरकार की कोई महान-से-महान सेवा करने पर ही किसी को पारितोषिक रूप से कोई जागीर अथवा अन्य सम्मान-पद प्रदान किया गया। हमारी 'अंग्रेज़ी सरकार की इस कूटनीति से उत्साहित होकर हमारे अंग्रेज़ तथा देसी कर्मचारी, भारतीय नरेशों तथा समाज के दूसरे प्रमुख नेताओं के पारस्परिक झगड़ों में गुप्त रूप से हस्तक्षेप करने लगे अथवा उनमें खुल्लमखुल्ला भाग लेने लगे। इन सब और ऐसे ही अन्य अनेक कारणों ने देश-भर में हमारे विरुद्ध एक प्रबल आतंक और घोर घृणा फैला दी।''

सारांश यह है कि इन और ऐसे ही अन्य अनेक बेलाग अंग्रेज ऐतिहासिकों तथा लेखकों की निष्पक्ष पुस्तकों के इन उदाहरणों से यह सिद्ध होता है कि सन् 1857 के विप्लव से पहले कुछ पुराने साधु-स्वभाव, न्यायप्रिय अंग्रेज़ कर्मचारियों की दूरदर्शिता, न्याय-प्रेम, मेल-जोल, सहानुभूति तथा सच्चे धार्मिक भावों आदि सद्गुणों के कारण सर्वसाधारण भारतीय जनता और विशेषकर समाज के प्रमुख नेताओं तथा देशाधिपतियों के हृदय में अंग्रेज़ों के लिए जो विश्वास और प्रेम पैदा हो चुका था, वह उनके पीछे आने वाले अंग्रेज़ अधिकारियों तथा उनके अधीनस्थ सहकारियों और कर्मचारियों की लोलुपता, स्वार्थपरता, संकीर्ण-हृदयता, अदूरदर्शिता आदि दोषों के कारण धीरे-धीरे सभी कम हो गया और लार्ड डलहौज़ी की सर्वग्राही कूटनीति ने तो उसे सर्वथा मिटाकर ही रख दिया।

तत्पश्चात् यद्यपि सहानुभूतिशील लार्ड केनिंग ने अपने शासनकाल में लार्ड डलहौज़ी की इस विनाशकारी दुर्नीति में यथोचित संशोधन कराने का भी बहुत कुछ

प्रयत्न किया, परन्तु लन्दन में बैठे हुए ईस्ट इण्डिया कम्पनी के भाग्यविधाता देवताओं की लोभवृत्ति ने लार्ड केनिंग तथा उनकी इन सद्भावनाओं को भी पूर्णरूप से सफल न होने दिया।

इस पर भी विशेषता यह हुई कि अंग्रेज़ी सेना के उच्च अधिकारियों ने अपने उन भारतीयों—हिन्दू-मूसलमान—सैनिकों की उस जगविख्यात स्वामिभक्ति तथा आत्मत्याग को सर्वथा भुला दिया, जिसने उन कर्तव्य-परायण-त्यागशील सैनिकों द्वारा इस स्वार्थमय संसार के सामने ऐसे-ऐसे असाधारण दृश्य उपस्थित कर दिखाए थे कि उन्होंने अनेक सैनिक घेरों के कठिन समय में, दिनों-दिन बढ़ते हुए आहार-संकट को अनुभव करके, आप चावलों की मांड़ पी-पीकर लड़ाई लड़ी और सुन्दर खिले हुए सुस्वादु चावल अपने गोरे सहयोगियों की भेंट करके, समस्त जगत् को चकित कर दिया। यह सब केवल इसलिए कि उन्हें उनके परम पवित्र धर्म ने परम्परा से ही विशाल मनुष्य-प्रेम, अतिथि-सेवा, स्वार्थ-त्याग, हार्दिक सहानुभूति की वह पवित्र शिक्षा प्रदान की थी, जो आज हमारे दुर्भाग्य तथा समय के दुष्प्रभाव से, प्रायः लोप-सी होती जा रही है।

इन स्वामिभक्त और स्वार्थ-त्यागी हिन्दू-मुसलमान सैनिकों को उनके उच्चे गोरे अफसरों की अदूरदर्शिता और संकीर्ण हृदयता ने इस बात पर विवश करना आरम्भ कर दिया कि वे भी नये बाँटे गए कारतूसों को अपने गोरे साथियों के समान दांतों मे दबाकर बन्दूकों में लगाए। इससे अंग्रेज़ों के प्रतिद्वन्द्वियों और विरोधियों को (जिनमें फ्रांसीसियों, पुर्तगीज़ों, डचों आदि यूरोपियनों की भी कुछ कमी नहीं थी और जो भारत-भर में प्रायः सभी जगह न्यूनाधिक फैले हुए थे) अंग्रेज़ों के विरुद्ध सभी प्रकार का अविश्वास तथा अशांति फैलाने का सुअवसर मिल गया।

कारण, जैसा कि हम पहले भी प्रकट कर चुके हैं, इस सर्वव्यापी अशान्ति तथा अविश्वास के युग में, धार्मिक रूप से कट्टर, अंधविश्वास तथा धर्मभीरु हिन्दू-मुसलमान सैनिक, उन दिनों खान-पान सम्बन्धी पवित्र-अपवित्र, खाद्य-अखाद्य (हलाल-हराम), उचित-अनुचित आदि अनेक भेद-भावनाओं में अन्धाधुन्ध फंसे हुए थे। अतः उनके दुखित हृदयों पर अंग्रेज़ों के विरोधियों की फैलाई हई प्रत्येक किंवदन्ती का जादू सहज में ही चल जाना कोई भी असम्भव अथवा आश्चर्यजनक बात न थी।

परिणाम यह हुआ कि अंग्रेज़ी शासन तथा अंग्रेज़ जाति के विरुद्ध उनके धार्मिक तथा सामाजिक द्वेष-भाव और अन्य कारणों से—जिनमें से कुछ एक का वर्णन ऊपर किया जा चुका है—भारतीय सैनिकों और जनसाधारण के दुःखी दिलों से शत्रुता की वह अग्नि, जो वर्षों से राख में दबी हुई चिनगारी के समान गुप्त थी, कुछ काल तक धीरे-धीरे सुलगकर अन्त में एकदम भड़क उठी और भयंकर दावानल का रूप धारण कर गई।

सबसे पहले इस अग्नि ने धर्मभीरु बंगाल प्रान्त की बुरहानपुर छावनी में अपना भयानक रूप दिखाया, जहां 16वीं हिन्दुस्तानी पलटन ने अपने अंग्रेज़ अफसरों के

विरुद्ध विद्रोह कर डाला। फिर इस विद्रोह-अग्नि को दूरदर्शिता और यत्नशीलता के शीतल जल से बुझाने की जगह, हिंसा तथा अत्याचार से दबाने का जो अज्ञानतापूर्ण प्रयत्न किया गया, उसने इस ज्वाला पर मिट्टी के तेल का काम करके इसे और भी भीषण रूप दे दिया और इस प्रकार यह विनाशकारी अग्नि शीघ्र ही समस्त उत्तरी भारत में फैल गई।

किं बहुना, 25 अप्रैल 1857 को मेरठ छावनी में तीसरे देशी रिसाले ने अंग्रेज़ सरकार के विरुद्ध विद्रोह-पताका ऊंची कर दी! बस! फिर क्या था! सभी दूसरी भारतीय सेनाएं भी एक-एक करके उसके साथ मिलती गईं और मई मास में उन सबने मिलकर स्वातन्त्र्य-यज्ञ की वह रक्तरंजित प्रलय-अग्नि दूर तथा निकट प्रज्वलित कर दी, जिसकी ज्वाला उत्तरी भारत में शतमुख होकर धरती से आकाश तक फैल गई और चहुं ओर एक हाहाकर मच गया। बरेली, मुरादाबाद, शाहजहांपुर, लखनऊ आदि बहुत से नगर उसकी लपेट में आ गए।

अन्त में सैनिकों ने दिल्ली पर भी अपना अधिकार जमा लिया। मुगल-वंश के अन्तिम (नाम-मात्र) सम्राट् बहादुरशाह को हस्तगत करके उन्हें अपने साथ मिल जाने के लिए विवश कर दिया। जिसका अन्तिम परिणाम यह हुआ कि कुछ काल उपरान्त जब विद्रोह की अग्नि शान्त हो गई, तो अंग्रेज़ों ने बहादुरशाह को बन्दी बनाकर ब्रह्मदेश की राजधानी रंगून में निर्वासित कर दिया। और वे वहीं, अति दीन-हीन और दुःखित अवस्था में, इस असार संसार से परलोक सिधार गए। वहां ही आज से कुछ वर्ष पहले उनका टूटा-फूटा मकबरा (समाधि) भारत के दिग्विजयी मुगल सम्राटों के इस दुःख भरे अन्त पर रक्ताश्रु बहाकर, संसार के सभी अहंकारी तथा अभिमानी, अहंमन्यता के मद में चूर मुकुटधारियों को अपनी मूक वाणी में संसार की असारता का सन्देश दे रहा था।

कहा जाता है कि वर्तमान भारत के वीर शिरोमणि नेता श्री सुभाषचन्द्र बोस की देशभक्त 'स्वतन्त्र भारत सरकार' (आजाद हिन्द हकूमत) ने, ब्रह्मदेश में अपने संक्षिप्त-से शासन-काल में ही, इस मकबरे की यथोचित मरम्मत करा दी थी और उनका यह भी शुभ विचार था कि देश की स्थिति सुधर जाने पर, मुगल-वंश के इस अन्तिम मुकुटधारी की शेष अस्थियों को फिर दिल्ली के लालकिले में स्थान देकर वहां ही उनकी कोई ऐसी यादगार स्थापित की जाए, जो उनकी राजसी शान तथा मान-मर्यादा के अनुरूप समझी जा सके। किन्तु न जाने वह स्वर्णमय दिवस स्वतन्त्र भारत के क्षितिज पर कब उदय होगा?

अस्तु, राज्य-विप्लव के ये समाचार धीरे-धीरे झांसी भी पहुंच गए। उस समय तक वहां एक बड़े तोपखाने, बंगाल नेटिव इन्फैण्ट्री की 12वीं पलटन और इर्रैग्युलर कैवलरी के 14वें रिसाले की छावनी स्थापित हो चुकी थी। कप्तान डनलप इस समस्त

सेना के प्रधान अफसर थे। उन्हें इस बात का पूर्ण विश्वास था कि उनकी झांसी स्थित सेना सब प्रकार शान्त तथा राजभक्त है और वह विद्रोहियों से कदापि नहीं मिल सकती।

न जाने तत्कालीन अंग्रेज़ अफ़सरों के हृदयों से उस समय यथार्थ सत्य किस प्रकार मिट गया कि प्रत्येक साधारण-से-साधारण समझ-बूझ रखने वाला मनुष्य तो क्या, पशु भी स्वतन्त्रता-प्राप्ति के लिए एक ऐसी असाधारण तड़प अपने हृदय में रखता है जो उसे औरों की गुलामी और दासता के जुए से शीघ्रातिशीघ्र छुटकारा पाने के लिए सदा ही व्याकुल रखती है; चाहे वह जुआ कितना ही हलका क्यों न हो और इस गुलामी से उसे खाने-पीने और अपनी अनेकानेक अन्य आवश्यकताएं पूरी करने की भी सुगमता क्यों न प्राप्त हो? कारण, वह उन सबसे ऐसा सन्तुष्ट कदापि नहीं हो सकता कि जब कभी उसे उसकी वर्तमान दासता के अभिशाप से मुक्त होने का कोई शुभावसर मिलता हुआ दिखाई दे तो उससे यथेष्ट लाभ उठाने के लिए उसका मन व्याकुल न हो उठे। तभी तो अमरकवि गोस्वामी तुलसीदासजी ने यह कहा है कि:

यह विचार रखो मन माहीं।
पराधीन सपनेहुँ सुख नाहीं॥

यद्यपि मई मास के आरम्भ से ही संयुक्त प्रान्त, जो उन दिनों पश्चिमोत्तर प्रान्त कहलाता था, की अनेक छावनियों में विद्रोह की भयंकर ज्वाला भड़क उठने के समाचार लगातार झांसी पहुंच रहे थे, किन्तु 28 मई तक वहां ऐसी शांति छाई रही कि तत्कालीन कमिश्नर मि. स्कीन ने उस दिन गवर्नर-जनरल को जो रिपोर्ट भेजी उसमें स्पष्ट शब्दों में यह लिखा है कि 'झांसी की सेनाएं सब प्रकार सन्तुष्ट, शान्तिप्रिय और पूरी-पूरी राजभक्त हैं। उन्हें मेरठ, देहली तथा अन्य नगरों के विद्रोहियों और उनकी काली करतूतों से हार्दिक घृणा है। मुझे यहां किसी प्रकार से कोई उपद्रव होने का लेश-मात्र भी भय नहीं। केवल यही नहीं, अपितु बुन्देलखण्ड की छोटी-छोटी अधीन रियासतों की ओर से भी ऐसे भय को मन में स्थान देना सर्वथा निरर्थक है। कारण, इस समय बुन्देलखण्ड की बड़ी-बड़ी तीन रियासतों अर्थात् ओरछा, छत्रपुर और अजयगढ़ के राजा, सबके सब, अल्पायु (नाबालिग) हैं। मेरा विश्वास है कि इस प्रान्त में कोई भी उपद्रव सिर न उठा सकेगा और हम यहां सब प्रकार से सुरक्षित हैं।'

इतना ही नहीं, अपितु अपनी 30 मई की रिपोर्ट तक में भी मि. स्कीन ने यही लिखा कि 'झांसी में अब भी सब प्रकार से शान्ति है और सब सेनाएं पूरी-पूरी राजभक्त हैं।'

फिर अपनी 3 जून की रिपोर्ट में भी उन्होंने यही समाचार दिया, परन्तु साथ

ही इसके यह भी लिख दिया कि 'गत सोमवार को कुछ ठाकुरों ने यहां के 'कोंच' नामक ग्राम पर आक्रमण करने का निश्चय किया था, किन्तु हमने तुरन्त ही कप्तान डनलप को सूचित कर दिया और उन्होंने तत्काल कुछ सेना वहां भेज दी, जिसे देखते ही सब विद्रोही ठाकुर ठण्डे पड़ गए।'

कमिश्नर साहब ने अपनी रिपोर्ट के अन्त में यह भी लिखा है कि 'मुझे इस बात का पूरा-पूरा विश्वास है कि सारे पश्चिमोत्तर प्रान्त (संयुक्त प्रान्त) में विद्रोह की जो ज्वाला भड़क रही है, हमारा झांसी प्रदेश उससे सर्वथा सुरक्षित है और यहां के लोग सरकार के विरुद्ध कभी सिर न उठाएंगे।

विद्रोह-सम्बन्धी घटनाओं के विषय में मि. स्कीन की 'सिपॉए-वार अर्थात् 'सिपाही-युद्ध' के नाम से जो पुस्तक छपी है, उसमें यह सब रिपोर्ट सविस्तार पाई जाती है।

कुछ ऐतिहासिकों का यह भी विचार है कि 'उस समय भी जबकि देश में समीप तथा दूर अंग्रेज़ों के विरुद्ध विद्रोह-ज्वाला शतमुख होकर आकाश तक पहुंच रही थी, झांसी प्रान्त में यह असाधारण शान्ति बने रहने का कारण इसके अतिरिक्त और कुछ भी नहीं था कि त्याग तथा वैराग्य की जीवित प्रतिमा, साध्वी-स्वभाव महारानी लक्ष्मीबाई ने अपने सिर पर आए हुए उन सभी दुःखों तथा संकटों को, जो लार्ड डलहौज़ी और उनके अधीनस्थ कर्मचारियों की ओर से उन पर ढाए गए थे, एक सच्ची धर्मपरायणा विधवा देवी के समान प्रभु-इच्छा ही समझकर पूर्ण हार्दिक शान्ति तथा धैर्य के साथ सहन किया था और अपने धार्मिक कृत्यों का आश्रय लेकर उन्होंने उस समय तक अपने मन में कभी भी कोई अशान्तिमय विकार न आने दिया था, अपितु जब कभी भी कोई अवसर मिला, तो यही कहा कि 'मुझे अंग्रेज़ जाति की न्यायप्रियता से यह पूर्ण विश्वास है कि वह अन्ततः मेरे साथ अवश्यमेव न्याय करेगी।'

यही कारण था कि झांसी की राजभक्त प्रजा भी अपनी सर्वप्रिया महारानी के इस स्वर्णमय उदाहरण से प्रभावित होकर, ऐसी शान्तिमयी बनी रही कि कमिश्नर साहब भी वहां अपने शासन को सब प्रकार सुरक्षित समझने लगे।

यही कारण है कि यद्यपि मई मास में भारत के एक बड़े भाग में विद्रोह तथा विप्लव-ज्वाला की शतमुखी लपटें देश-भर में चहुंओर फैल रही थीं, किन्तु फिर भी झांसी प्रान्त उनसे किसी प्रकार भी प्रभावित दिखाई नहीं देता था। परन्तु कहां तक?

4 जून को अकस्मात् ही झांसी स्थित 7वीं पैदल पलटन के एक विद्रोही अफसर गुरुबख्श ने अपने बहुत-से साथियों-सहित 'स्टार-फोर्ट' नामक स्थान में प्रविष्ट होकर वहां के सारे मैगनीज (शस्त्रागार) पर अपना अधिकार जमा लिया और इस प्रकार झांसी में अंग्रेज़ी शासन के विरुद्ध एकदम ही भयंकर विद्रोह-अग्नि धधक उठी।

यह समाचार सुनते ही झांसी छावनी के प्रमुख फौजी अफसर कप्तान डनलप साहब ने अपनी शेष सेना एकचित्र करके 'स्टार-फोर्ट' पर धावा कर विद्रोही दल

को नीचा दिखाना चाहा। परन्तु प्रायः सारा गोला-बारूद तथा युद्ध का अन्य सामान तो 'स्टार-फोर्ट' के साथ विद्रोहियों को हस्तगत हो चुका था, उसके बिना वे कर ही क्या सकते थे? विवश, मन मारकर बैठे रहे। अन्ततः अपनी असावधानी तथा वर्तमान पंगुता पर देर तक पछता कर, झांसी के कमिश्नर मि. स्कीन के परामर्श से, अन्य अंग्रेज़ अफसरों और उनके स्त्री-बच्चों-सहित झांसी के प्रसिद्ध दुर्ग में जा पहुंचे, जो अभी तक अंग्रेज़ों के ही अधिकार में था और वास्तव में छावनी के अन्य भागों की अपेक्षा बहुत बढ़-चढ़कर सुरक्षित भी था।

तत्पश्चात् कुछ धैर्य प्राप्त होने पर कप्तान डनलप ने नौगांव छावनी में, इस भयंकर घटना का समाचार भेजने और वहां से अपनी सहायतार्थ कुछ सेना तथा युद्ध सामग्री मंगवाने के लिए एक पत्र लिखा, जो आज भी झांसी-विद्रोह के सम्बन्ध में एकमात्र लिखित साक्षी रूप में वर्तमान है। कारण, 1857 के विद्रोह-सम्बन्धी सभी पत्रादि में इसके अतिरिक्त और कोई भी ऐसी लिखित रिपोर्ट नहीं मिलती जिससे यह सिद्ध हो सके कि झांसी में भी कभी कोई विद्रोह हुआ था। अतः इस विषय में जो भी पुस्तकें अथवा पत्रादि हैं, वे सभी या तो उन अंग्रेज़ों के उद्‌गार हैं, जो इस प्रलयकारी विप्लव में कहीं-न-कहीं किसी प्रकार फंस गए थे; या उन लोगों के, जिन्होंने उनसे या किसी और से इस सम्बन्ध में कुछ बातें कहीं सुनसुना ली हैं अथवा उनके लेख ही कहीं-कहीं पढ़कर उनके आधार पर अपने विचार प्रकट कर दिए हैं।

अतः स्पष्ट है कि उन सब पर कितना विश्वास किया जा सकता है!

झांसी का घेरा तथा भीषण हत्याकाण्ड

अगले दिन अर्थात् 5 जून को स्कीन साहब कमिश्नर झांसी और उनके सहायक (डिप्टी कमिश्नर) कप्तान गौर्डन ने बड़े सवेरे आकर कप्तान डनलप से भेंट की। देर तक इन तीनों में परामर्श होता रहा। तदनन्तर वे दोनों तो दुर्ग में लौट गए और डनलप कहीं कुछ गोला-बारूद खोजने और अपनी रात को तैयार की कुछ रिपोर्ट नौगांव छावनी भेजने के लिए डाकखाने जा पहुंचे। वहीं मि. रेलर भी उन्हें मिल गए और वे दोनों छावनी तथा अपनी बिगड़ी सेना का कुछ हालचाल जानने के लिए 'परेड मैदान' की ओर चले। परन्तु वहां पहुंचते ही दुर्भाग्यवश वे दोनों विद्रोही सैनिकों के एक जत्थे में फंसकर उनके हाथों अपने प्राण खो बैठे।

उस समय जो यूरोपियन तथा यूरेशियन अफसर और आश्रित कुटुम्बीजन अपने प्राण बचाने के लिए दुर्ग में पहुंचे थे उनकी कुल संख्या 45 अथवा इसके लगभग कही जाती है। वहां स्कीन साहब ने कहीं से कुछ गोला-बारूद आदि का प्रबन्ध भी करके, सम्मिलित रूप से सबको कुछ न कुछ सुरक्षित कर लिया था। अतः उन्होंने भविष्य में दुर्ग पर आक्रमण करने वाले विद्रोही दल का खूब डटकर सामना करने की तैयारियां आरम्भ कर दीं और दुर्ग के सभी द्वारों को दृढ़तापूर्वक बन्द करके अपनी इस गिनी-चुनी संख्या में से ही उनके चौकी पहरे का भी यथेष्ट प्रबन्ध कर लिया था।

किन्तु फिर भी असंख्य विद्रोहियों के सामने ये अंग्रेज़ कब तक दुर्ग रक्षा कर सकेंगे, यही सोचकर उन्होंने अन्ततः उन्हीं महारानी लक्ष्मी बाईजी से इस कठिन समय में कुछ सहायता मांगने का निश्चय किया, जिनके पैतृक राज्य पर उनकी अंग्रेज़ सरकार ने ऐसी धींगा-धींगी से छापा मारकर अपना अधिकार जमा लिया था।

इसी हेतु से उन्होंने मि. स्काट तथा मि. परसिल नामक दो अंग्रेज़ अफ़सरों को अपना पत्रवाहक बनाकर महारानीजी की सेवा में भेजा, परन्तु दुर्भाग्यवश वे बेचारे मार्ग में ही विद्रोहियों के हत्थे चढ़कर मारे गए।

कमिश्नर स्कीन साहब ने भी नागोद, ग्वालियर और कई अन्य स्थानों पर सहायतार्थ पत्र भेज दिए थे, परन्तु यह सहायता पहुंचने से पहले ही विद्रोही सेनाओं

ने दुर्ग पर एक भीषण आक्रमण कर दिया। अतः इन थोड़े-से अंग्रेज़ों को ही अपनी प्राण-रक्षा के लिए वहां जी तोड़कर प्रयत्न करना पड़ा। दोनों ओर से दनादन गोले और गोलियां चलने और तीर आदि बरसने लगे। कहा जाता है कि इस अवसर पर अंग्रेज़ वीर महिलाओं ने भी पुरुषों की अच्छी सहायता की। वे प्रत्येक मोर्चे पर उनके पास डटी हुई उन्हें बन्दूक भर-भरकर देती रहीं और जो भी अन्य कार्य उनसे हो सका, सभी करती रहीं। अतः विद्रोहियों की इतनी अधिक संख्या होने पर भी उन्हें दुर्ग पर अधिकार पाना कठिन हो गया और वे विवश हो दुर्ग में प्रवेश पाने के लिए कोई गुप्त मार्ग खोजने लगे।

विद्रोहियों के सौभाग्य तथा दुर्ग-बन्द अंग्रेज़ों के दुर्भाग्य से ठीक उसी समय, जबकि विद्रोहियों को दुर्ग प्रवेश के लिए कोई गुप्त मार्ग ढूंढ़ने की आवश्यकता हुई, झांसी प्रान्त के असिस्टेण्ट सर्वेयर मि. पाविस कुछ राजभक्त सेना-सहित वहां आ पहुंचे। दुर्ग-बन्द अंग्रेज़ों ने उनके सैनिकों को विश्वासपात्र समझकर एक गुप्त मार्ग से दुर्ग में प्रविष्ट करा लिया। परन्तु तत्पश्चात् उन सैनिकों में से कई एक की नीयत बदल गई। पाविस साहब ने अपनी भूल अनुभव करके उन्हें बहुत कुछ समझाने और अपने वश में रखने का प्रयत्न किया और अन्ततः इसी प्रयत्न में वे अपने प्राण भी खो बैठे।

8 जून को विद्रोही सैनिक तथा दुर्ग-बन्द अंग्रेज़ दोनों ही पूरी-पूरी वीरता से यह युद्ध करते रहे। अंग्रेज़ों का प्रयत्न यह था, विद्रोही किसी प्रकार भी दुर्ग के पास न फटक सकें और विद्रोही यह चाहते थे कि चाहे जो हो और चाहे कितने भी वीर भेंट चढ़ जाएं, दुर्ग पर शीघ्रातिशीघ्र अधिकार हो जाए।

उस दिन कप्तान गौर्डन विद्रोहियों के आक्रमण रोकने में बड़ा अनथक परिश्रम तथा वीरता दिखा रहे थे। वे एक खिड़की में से एक ताक-ताककर निशाने लगाते थे कि उनकी प्रत्येक गोली किसी-न-किसी आक्रमणकारी का अन्त कर देती थी। अतः विद्रोहियों ने भी उन्हें अपना निशाना बनाने की सोची और उनके कई निशानेबाज ताक-ताककर उसी खिड़की की ओर गोलियां तथा तीर बरसाने लगे। परिणाम यह हुआ कि एक तीर आकर गौर्डन साहब की छाती में ऐसा छिदा कि वे धरती पर गिरते ही ठण्डे हो गए।

गौर्डन साहब के गिरते ही दुर्ग-बन्द अंग्रेज़ों में हाहाकर मच गया। ठीक उसी समय उन्हें यह भी पता लगा कि अब गोला-बारूद आदि भी समाप्त होने को ही है। उधर मि. पाविस के साथियों के विश्वासघात के कारण, दुर्ग-प्रवेश के गुप्त मार्ग का भी विद्रोहियों को पता लग गया था और वे एक बड़ी संख्या में दुर्ग में प्रविष्ट होकर उसके अनेक भागों पर अपना अधिकार जमाते जा रहे थे। अतः दुर्ग-बन्द अंग्रेज़ वीर सब प्रकार हताश हो गए और उन्होंने विद्रोहियों से अपनी प्राण-रक्षा का प्रण लेकर उनके सामने हथियार डाल देने का निश्चय कर लिया।

सन्धि-प्रार्थना-सूचक सफेद झण्डी दिखाते ही विद्रोहियों की ओर से उनका एक रईस नेता हकीम सुलेमान सन्धि-निर्णय के लिए दुर्ग की ओर बढ़ा और दुर्ग-बन्द अंग्रेज़ों की ओर से झांसी के कमिश्नर मि. स्कीन दुर्ग से बाहर आकर उस विद्रोही नेता से बोले कि 'हम अभी दुर्ग खाली करने को तैयार हैं, परन्तु शर्त यह है कि हमें सब स्त्रियों और बच्चों-सहित शान्तिपूर्वक दुर्ग से बाहर निकल जाने दिया जाए।'

हकीम साहब ने बड़ी सहानुभूति दिखाते हुए अपनी धर्मपुस्तक 'कुरान शरीफ' की शपथ लेकर स्कीन साहब को यह निश्चय दिलाया कि आपमें से किसी एक का भी कोई बाल बांका न होने पाएगा।'

विवश हो अंग्रेज़ों ने उनके इस वचन पर विश्वास कर लिया और सबके सब निःशस्त्र हो, दुर्ग के बाहर निकल आए। परन्तु उन्हें इस प्रकार विवश तथा निरुपाय देखकर, कुछ सिरफिरे विद्रोहियों के हृदयों में फिर ऐसी तीव्र प्रतिशोधाग्नि भड़क उठी कि हकीम साहब भी उन्हें काबू में न रख सके। इन निर्दयी विद्रोहियों ने अपने नेता तथा प्रतिनिधि के किसी भी प्रण तथा वचन का कुछ विचार न करके उन सब अंग्रेज़ पुरुषों, स्त्रियों तथा बच्चों को अपना बन्दी बना लिया, और 'दीन-दीन' चिल्लाते हुए उन सबको 'जोगन बाग' की ओर ले चले। परन्तु नगर तक पहुंचते-ही-पहुंचते इन प्रतिशोध और आवेश से उन्मत्त तथा पागल-से हुए विद्रोहियों के निष्ठुर सरदार काले खां ने सभी निःशस्त्र वीर अंग्रेज़ बन्दियों की हत्या का नादिरशाही हुक्म चला दिया।

बस, फिर क्या था! यह आज्ञा सुनते ही झांसी जेल के दारोगा बखशीशअली ने सबसे आगे बढ़कर, सबसे पहले झांसी के कमिश्नर मि. स्कीन का ही सिर उड़ा दिया। फिर उस हत्यारे की देखा-देखी, दूसरे विद्रोही भी शेष निहत्थे अंग्रेज़ पुरुषों, स्त्रियों तथा बच्चों पर टूट पड़े और सबने उन बेचारों को गाजर-मूली के समान काट डाला।

अंग्रेज़ ऐतिहासिकों तथा लेखकों का इन निर्दोष मारे जाने वाले अभागों की संख्या के विषय में मतभेद है। कोई तो इनकी संख्या 60 बताते हैं और कोई 67। जबलपुर के मेजर अर्सकिन ने यह संख्या 76 लिखी है, किन्तु इन्दौर के एक साहब ने उनमें 75 पुरुष, 15 स्त्रियां और 23 बच्चे गिनवाए हैं। अस्तु उपर्युक्त घटनाओं तथा उनसे पीछे की बातों पर विचार करने से यही स्पष्ट है कि महारानी लक्ष्मीबाईजी का झांसी के घेरे अथवा वहां के इस निदर्यतापूर्ण भीषण हत्याकांड में कुछ भी हाथ न था और उनसे सहायता मांगने के लिए जो दूत दुर्ग-बन्द अंग्रेज़ों ने महारानीजी की सेवा में भेजे थे, उनके मार्ग में ही मार डाले जाने के कारण, शायद महारानी जी को, जो अपने राजमहल की चारदीवारी में ही तप-त्याग और पूजा-पाठ में दिन-रात निमग्न रहा करती थीं, इन सब रक्तरंजित घटनाओं का देर तक कुछ भी ज्ञान नहीं हुआ हो। न इनमें उन्हें कुछ आकर्षण ही था; कारण, अपने पतिदेव के वियोग पर

उन्होंने अपने दैनिक जीवन का जो कार्यक्रम बना रखा था, उसका परिणाम सतोगुणी त्याग तथा वैराग्य के सिवाय और कुछ हो ही नहीं सकता था।

परन्तु फिर भी बहुत-से अंग्रेज़ ऐतिहासिक और लेखक पक्षपात तथा प्रतिशोध-वृत्ति के वशीभूत होकर, महारानी जी के तत्कालीन शान्त स्वभाव और पवित्र विचारों का कुछ भी अनुमान नहीं कर पाए। झांसी दुर्ग के इस घेरे तथा हत्याकाण्ड का सब दोष महारानी लक्ष्मीबाईजी के सिर पर थोपने का वृथा प्रयास किया गया है। वह भी केवल इस बोदी नींव पर कि वे अंग्रेज़ों के अन्याय, अत्याचार का शिकार होकर अपने पैतृक राज्य से वंचित हो गई थीं, अतः उनके हाथों अति दुःखित थीं और अंग्रेज़ी राज्य के विरुद्ध उनके मन में अतिशय द्वेष तथा प्रतिशोध-अग्नि भड़क उठनी सर्वथा स्वाभाविक थी।

इस सम्बन्ध में मि. राबर्ट मोण्टगुमरी मारटिन ने तो अपनी पुस्तक 'इण्डियन एम्पायर' अर्थात् 'भारतीय साम्राज्य' में यहां तक लिख मारा है किः

''महारानी को अंग्रेज़ों के हाथों जो हानि सहन करनी पड़ी थी, उसके लिए किसी भी प्रकार का क्षमा-भाव उसके धार्मिक विचारों में सम्मिलित नहीं था, क्योंकि वह एक 'हीदिन' (मूर्तिपूजक) स्त्री थी। वह अपने-आपको इस विषय में बड़ी अन्यायभाजन समझती थी कि हिन्दू-सम्पत्ति-विधान (कानून-विरासत) के अनुसार उसे जो अधिकार प्राप्त थे, अंग्रेज़ों ने उनकी ओर कुछ भी ध्यान न दिया। इसलिए उसने भी अपनी स्त्री-स्वभावोचित समस्त दया तथा क्षमा-भावों को अपने सुकोमल नारी-हृदय से निकालकर दूर फेंक दिया। अतः वह हमारी महान् सरकार के विरुद्ध एक ऐसे रक्तरंजित प्रयत्न में सम्मिलित हो गई, जिसके सम्बन्ध में वह स्वयमेव यह भली-भांति जानती थी कि उसका अन्तिम परिणाम प्रत्येक मानुषिक सम्भावना के विचार से इसके अतिरिक्त और कुछ भी नहीं हो सकेगा कि अन्त में उसे भी अपने प्राणों से अपने सब घोर पापों का प्रायश्चित्त करना पड़ेगा।''

इन पंक्तियों में महारानी के 'गैर-ईसाई' (हीदिन, मूर्तिपूजक) होने के कारण उनके धार्मिक भावों के 'सब प्रकार के दया तथा क्षमा के विचारों से वंचित' रह जाने की थोथी युक्ति पढ़कर, किस सत्यप्रिय न्यायशील मनुष्य को, इस पक्षपात से अन्धे हुए ऐतिहासिक की मन्द बुद्धि पर हँसी न आएगी, जिसने केवल ईसाइयों को ही धार्मिक रूप से सब प्रकार के दया तथा क्षमा-भावों का एकमात्र ठेकेदार समझ लिया है। अन्यथा यथार्थ रूप से तो ईसाई शासकों और गृहस्थों का ही नहीं, वरन् उनके धर्म-धुरन्धर धार्मिकों का इतिहास भी, मुक्त कण्ठ से पुकार-पुकारकर, प्रलय-काल तक यही घोषणा करता रहेगा कि धर्म के नाम पर घोर हत्याकाण्ड की जो घृणित गाथाएं ईसाई मत के विरुद्ध विद्यमान हैं, वे संसार के किसी भी मत-मतान्तर की गाथाओं से किसी प्रकार कम भयानक नहीं समझी जा सकतीं।

मि. मोण्टगुमरी मारटिन की इस बोदी और सारहीन युक्ति के सामने तो दूसरे

लेखक मि. मैलसन ने इस सम्बन्ध में जो भाव प्रकट किया है वह भी यद्यपि पूर्णतः निर्विवाद तो नहीं परन्तु फिर भी, बहुत कुछ न्यायसंगत कहा जा सकता है। उन्होंने अपनी पुस्तक 'हिस्ट्री आफ दी इण्डियन म्यूटिनी,' अर्थात् 'भारतीय विद्रोह का इतिहास' में महारानी लक्ष्मीबाई के विषय में यह लिखा हैः

"अंग्रेज़ी सरकार ने रानी के रोष तथा दीन पुकार की ओर कुछ भी ध्यान नहीं दिया। इससे भी बुरी बात यह थी कि उनके उस अपमान में यह कमीनापन भी शामिल कर दिया (ऐडिड मीननेस टु इन्सल्ट) कि रियासत छीन लेने पर विधवा रानी को केवल साठ हजार रुपये की ही वार्षिक पेंशन दी। पहले तो रानी ने यह पेंशन लेने से साफ इनकार कर दिया, परन्तु फिर उसे विवश होकर इसे स्वीकार करना ही पड़ा। रानी के हार्दिक विचारों का इस बात से और भी अनुमान लगाया जा सकता है कि जब उससे यह मांग की गई कि वह इस छोटी-सी पेंशन में से ही, जिसे वह अपने निर्वाह-मात्र के लिए भी पर्याप्त न समझती थी, अपने स्वर्गीय पतिदेव का ऋण भी चुकाए, तो उसके दिल पर क्या कुछ बीती होगी? तत्पश्चात् उसे और भी बहुत-सी शिकायतें पैदा हो गईं, जैसा कि हिन्दू बस्ती में गो-हत्या की जाने लगी, पूर्व-शासकों ने हिन्दू मन्दिरों के सहायतार्थ जो 'माफियां' लगा रखी थीं, वे भी बन्द कर दी गईं, इत्यादि। इनके कारण सारी प्रजा में बड़ा असन्तोष फैल गया और रानी ने भी इस पर रोष प्रकट किया। इन सबसे भी बढ़-चढ़कर, जो बात उसकी छाती में शूल के समान गहरी चुभी, वह यह अपमान था जो उन्हें स्वयं अंग्रेज़ों के हाथों सहन करना पड़ा। इसीलिए जब 1857 के आरम्भ में अंग्रेज़ी शासन के विरुद्ध तीव्र रोष के चिह्न दीख पड़े और हमारे भारतीय सैनिकों के मन में भी अंग्रेज़ों के प्रति तीक्ष्ण घृणा का भाव प्रकट हो उठा, तो रानी ने भी इन सभी उपद्रवों का धन्यवादपूर्वक स्वागत किया और स्वभावतः उनसे पूरा-पूरा लाभ उठाना चाहा।"

इसी सम्बन्ध में कुछ भारतीय ऐतिहासिक तो आग्रहपूर्वक यह कहते हैं कि किसी भी सरकारी लेख से यह स्पष्ट सिद्ध नहीं होता कि महारानी लक्ष्मीबाई ने अंग्रेज़ों से कभी कोई पेंशन लेनी स्वीकार कर ली थी, या वे पेंशन पाती रही थीं या स्वर्गीय महाराजा गंगाधरराव ने ही अंग्रेज़ों से कोई ऋण लिया था, जिसे महारानी का अपनी पेंशन से उतारना पड़ा। उन्हें तो इस बात पर आश्चर्य आता है कि अंग्रेज़ ऐतिहासकों और लेखकों ने ये बेसिर-पैर की बातें, किसी प्रमाण के बिना कैसे लिख मारीं? इसके विरुद्ध वे बड़े आग्रहपूर्वक यह कहते हैं, "महारानी लक्ष्मीबाई ने कभी एक पैसा भी अंग्रेज़ों से पेंशन रूप में नहीं लिया और न महाराज गंगाधरराव के सिर ही किसी का कोई ऋण था। हां, यह अवश्य सम्भव है कि उस समय झांसी में कुछ घटनाएं ऐसी हुई हों, जिनका विद्रोहियों से कुछ सम्बन्ध हो। परन्तु बिना विशेष साक्षी और पक्के प्रमाण के, उन सभी घटनाओं का उत्तरदायित्व महारानी जी के सिर थोपना

किसी भी निष्पक्ष तथा न्यायप्रिय ऐतिहासिक अथवा लेखक के लिए कोई गौरव की बात नहीं।"

कारण, जैसा कि पूर्व लिखा जा चुका है, कमिश्नर झांसी की रिपोर्टों से यह स्पष्ट है कि 6 जून तक झांसी में विद्रोह का कोई भी भय न था और महारानी जी सब प्रकार विश्वासपात्र तथा राजभक्त समझी जाती थीं। तभी तो जब झांसी में विद्रोह हो जाने पर अंग्रेज़ पुरुष, स्त्री तथा बच्चे दुर्ग में आ गए और वहां भी उन्होंने अपने-आपको सुरक्षित नहीं समझा, तो उनके मन में महारानी जी से सहायता मांगने का विचार उत्पन्न हुआ। केवल यही नहीं, अपितु यह भी कहा जाता है कि झांसी में विद्रोह के प्रारम्भिक चिह्न प्रकट होते ही, कप्तान गौर्डन ने स्वयं महारानीजी के पास जाकर उनसे यह प्रार्थना की कि 'यदि झांसी में भी, अन्य स्थानों के समान अंग्रेज़ों पर कोई आपत्ति आ पड़े और उनके जीवन संकट में फंस जाएं, तो झांसी में शान्ति स्थिर रखने और यहां की प्रजा से अंग्रेज़ों की रक्षा करने में हमें सहायता दें।'

महारानी जी ने कप्तान गौर्डन की यह प्रार्थना स्वीकार करते हुए कहा, "आपने न तो हमारे पास कोई युद्ध सामग्री ही छोड़ी है और न हमारी वीर तथा राजभक्त सेना ही रहने दी है। अतः मुझे बड़ा सन्देह है कि मैं आपकी कुछ अधिक सहायता कर सकूंगी! किन्तु आप मेरे पास यह प्रार्थना लेकर आए हैं, अतः मैं आपको निराश भी नहीं कर सकती। अपने मनुष्य-धर्म का विचार करके तथा मानुषिक सहानुभूति और भ्रातृ-भाव के नाते भी मैं सब प्रकार से अवश्यमेव आपकी सहायता करूंगी और जो कुछ भी मेरी तुच्छ शक्ति में होगा, उससे आपकी सेवा करने में कदापि कुछ उठा न रखूंगी।"

अपनी इस वीरोचित प्रतिज्ञा को महारानी जी ने भविष्य में अपने वीर कार्यों से कैसे निभाया, यह आगामी पृष्ठों में आप ही भलीभांति प्रकट हो जाएगा। उनके इस कर्तव्यपालन का अंग्रेज़ों की ओर से उन्हें जो पारितोषिक मिला है, वह तो विश्वविदित है ही!

महारानी जी के इस उत्तर से सब प्रकार सन्तुष्ट होकर गौर्डन साहब अपने बंगले पर चले गए। परन्तु अगले ही दिन फिर आकर बड़े नम्र स्वर में बोले कि 'इस समय हम सब नर-नारियों के प्राण बड़े संकट में हैं। कहा नहीं जा सकता कि हमारा क्या अन्त होने वाला है। हम तो फिर भी पुरुष हैं, अतः हमें अपनी तो कुछ चिन्ता नहीं, चिन्ता केवल इस बात की है कि हमारे बाल-बच्चों पर कुछ आंच न आए!'

कप्तान गौर्डन के ये दीन वचन सुनकर महारानी जी ने बड़े सहानुभूतिपूर्ण शब्दों में कहा कि 'आप उनकी कुछ भी चिन्ता न करें! उन सबको मेरे राजमहलों में भेज दें! मैं उनका बाल भी बांका न होने दूंगी।'

यह सुनकर कप्तान गौर्डन बड़े कृतज्ञतापूर्ण स्वर में बोले, "हम आपका यह उपकार जन्म भर न भूलेंगे।"

तत्पश्चात् अंग्रेज़ों के सब बाल-बच्चे महारानीजी के राजमहल में आकर उनकी छत्रछाया में निश्चिन्ततापूर्वक रहने लगे। किन्तु ज्यों ही झांसी छावनी में विद्रोह की चिनगारियां कुछ-कुछ भड़कीं और नगर में भी उपद्रव के कुछ चिह्न प्रकटे, तो सब अंग्रेज़ छावनी से भागकर दुर्ग में आ गए। वहां उन्होंने अपने-आपको छावनी की अपेक्षा अधिक सुरक्षित समझकर अपने बाल-बच्चों को भी महारानीजी के महलों से अपने पास ही दुर्ग में बुला लिया, जो अपने सैनिक प्रबन्धों तथा सुदृढ़ प्राचीर के कारण, निःसन्देह महारानी जी के महलों की अपेक्षा कहीं अधिक सुरक्षित था।

कहा जाता है कि उस समय भी महारानी जी ने उन्हें उनकी रक्षा का सब प्रकार निश्चय दिलाया, परन्तु सबके सिर पर होनी सवार थी, किसी ने उनकी एक भी न सुनी।

उन सबके राजमहलों से दुर्ग में चले जाने पर भी महारानी जी सब प्रकार अंग्रेज़ महिलाओं तथा उनके बालकों को गुप्त रूप से आहार आदि की सहायता देती रहीं और सम्भवतः इसीलिए फिर उन दुर्गबन्द अंग्रेज़ों के मन में महारानीजी से सहायता मांगने का विचार भी उत्पन्न हुआ। परन्तु उनके दूत मार्ग में ही मारे गए, अतः वह विचार कार्य-रूप धारण न कर सका। अन्यथा यदि उन्हें महारानी जी की ओर से, लेश-मात्र भी कोई अविश्वास अथवा संशय होता, तो वे कदापि उनसे कुछ सहायता मांगने का कोई विचार अपने मन में न आने देते।

उपर्युक्त वृत्तान्त की पुष्टि तथा प्रमाण में मारटिन नामक एक न्यायशील अंग्रेज़ का—जो झांसी के इस हत्याकाण्ड से किसी प्रकार बच निकला था—वह पत्र भी साक्षी रूप से उपस्थित किया जाता है, जो उसने 20 अगस्त, सन् 1889 को महारानी जी के दत्तक पुत्र महाराजकुमार दामोदर राव के नाम इसलिए भेजा था कि उन दिनों बहुत-से संकीर्णहृदय अंग्रेज़ निर्दोष महारानी लक्ष्मीबाई जी के पवित्र नाम पर नाना प्रकार के ऐसे लांछन लगा रहे थे, जो उसके लिए असह्य हो उठे थे। अतः उसने उन पर अपना हार्दिक खेद प्रकट करते हुए लिखा था:

"आपकी निर्दोष तथा निरुपाय माता जी के साथ घोर अन्याय हुआ है, और उनसे बड़ा निर्दयतापूर्ण व्यवहार किया गया है। इस यथार्थ सत्य से मुझसे अधिक और कोई भी परिचित नहीं होगा कि उनकी झांसी के यूरोपियनों के उस हत्याकाण्ड से कुछ भी सम्बन्ध नहीं था जो जून 1857 में हुआ। अपितु इसके विपरीत जब वे लोग दुर्द-बन्द हो गए, तो वे दो दिन तक उन्हें बराबर आहार पहुंचाती रहीं। उन्होंने 'कुरेरह' से एक सौ बन्दूकची बुलाकर हमारी सहायता के लिए भेजे। परंतु हमने ही उन सबको एक दिन दुर्ग में रखकर, संध्या समय वापस भेज दिया। इस पर उन्होंने मेजर स्कीन और कप्तान गौर्डन को यह सन्देश भेजा कि आप तत्काल झांसी

से भागकर दतिया चले जाएं और वहां के राजा से शरण मांगें। किन्तु उन्होंने यह भी न माना और अन्त में सबके सब हमारे अपने ही सैनिकों के हाथों मारे गए। हमारी अपनी पुलिस, जेल और दूसरे विभागों के नौकर भी विद्रोहियों के साथ मिल गए।''

झांसी के घेरे में फंसे हुए इस न्यायप्रिय अंग्रेज़ की इस आंखों-देखी साक्षी के अनन्तर यदि किसी को किसी और भी साक्षी की आवश्यकता प्रतीत हो, तो वह प्रसिद्ध ऐतिहासिक मि. 'के' के ये शब्द विचारपूर्वक पढ़ लें:

'मुझे एक विश्वस्त सूत्र से यह ज्ञात हुआ है कि झांसी के इस हत्याकाण्ड के समय रानी के नौकरों में से कोई भी वहां उपस्थित नहीं था। यह सब कुछ तो हमारे अपने ही पुराने नौकरों की करनी-करतूत थी। हमारी ही 'ईर्रेग्युलर कैवलरी' (अनियमित रिसाले) के लोगों ने इस रक्तपात की आज्ञा दी और हमारे ही दारोगा-जेल ने सबसे आगे बढ़कर यह बूचड़पने का कार्य आरम्भ किया।''

इन अकाट्य तथा निर्णयात्मक साक्षियों से यह स्पष्ट है कि महारानी इस दोष से सर्वथा मुक्त हैं कि झांसी का विद्रोह अथवा हत्याकाण्ड उनके किसी संकेत से हुआ है। हां, यह बात निस्सन्देह कही जा सकती है कि पीछे की घटनाओं और कुछ अंग्रेज़ों की अपनी भ्रम तथा संशय-भरी बुद्धि ने अन्ततः उन्हें विद्रोह के लिए विवश कर दिया। नहीं तो आरम्भ में वे सभी प्रकार से अंग्रेजों की सहायक तथा शुभचिन्तक थीं और उन्हें विद्रोहियों की अपेक्षा अंग्रेज़ों की सद्भावनाओं पर बहुत अधिक विश्वास था।

महारानी जी के राजमहल का घेरा

झांसी के विद्रोही सैनिकों के सिर पर खून सवार था। अंग्रेज़ स्त्रियों तथा लड़कों के इस घृणित हत्याकाण्ड के उपरान्त तो वे सर्वथा पागल होकर भयानक जन्तुओं के समान लहू के प्यासे बन गए। उनकी यह रक्तपिपासा दिनोंदिन बढ़ती ही गई। यहां तक कि उन्होंने झांसी दुर्ग लेकर, महारानीजी के राजमहल को भी जा घेरा और उनसे दिल्ली जाने के मार्ग-व्यय के लिए 3 लाख रुपये की मांग की। महारानीजी ने उन्हें बहुतेरा समझाया-बुझाया और अपनी विवशता प्रकट की, किन्तु ये किसी की कोई उचित-से-उचित बात भी कब सुनने वाले थे? उनके सिर पर तो हत्या तथा लूटमार का भूत सवार था। वे राजमहल में आग लगा देने और लूट मचाने की धमकियां देने लगे।

इन मतिमन्द पागलों की ये बदली आंखें देखकर महारानीजी भी कुछ भयभीत-सी हो गईं। कारण, उस समय उनके पास इन रक्तपिपासु नरपशुओं का सामना करने के लिए न तो कोई सेना ही थी और न युद्ध-सामग्री ही। निरुपाय होकर उन्होंने अपने बहुत-से आभूषण विद्रोही सरदारों को भेंट कर दिए, और इस प्रकार अपने राजमहल को उनके कोपानल से बचा लिया तथा अपने स्वामिभक्त साथियों तथा दास-दासियों की भी प्राण-रक्षा की।

महारानीजी के इन आभूषणों का मूल्य भी कोई लाख-सवा लाख रुपया था। विद्रोही सरदारों ने इसे ही बहुत समझा और वहां से 'खल्क खुदा की, मुल्क बादशाह देहली का और अधिकार महारानी लक्ष्मीबाई का' चिल्लाते तथा 'महारानी जी की जय' ध्वनि लगाते सब दिल्ली की ओर चल दिए।

अब महारानी जी को यह चिन्ता पड़ी कि इस बार तो हमने इन रक्तप्यासे नर-पशुओं को अपने बहुमूल्य आभूषण भेंट करके, जैसे-तैसे अपने राजमहल तथा अपने और अपने आश्रितों के प्राण बचा लिये हैं, किन्तु 2-4 दिन पीछे यदि उनका ऐसा ही कोई और जत्था आ पहुंचा और ऐसी ही कुछ मांग करने लगा, तो उसका क्या उपाय किया जाएगा। अतः यही उचित है कि भविष्य में ऐसे सब संकटों से

बचने के लिए अपनी शक्ति को ही सुदृढ़ किया जाए, जिससे यों सहज में ही सिर झुकाने और गला कटवाने की भंयकर स्थिति ही सामने न आए।

परन्तु कठिनाई यह थी कि उस समय उनके साथियों और सम्मतिदाताओं में भी कोई ऐसा धीर, गम्भीर, साहसी, वीर और पराक्रमी पुरुष न था, जो इस कठिन समय में उनकी कुछ सहायता करता अथवा कुछ आश्वासन देता। ये तो केवल मोरोपन्तजी, मन्त्रीजी या ऐसे ही दो-चार सज्जन और थे जिनके साहस तथा बुद्धि को वे पहले ही कई बार परख चुकी थीं। अतः विवश हो उन्होंने प्रभु परमात्मा पर ही विश्वास रख, अपना सब कार्य अपनी ही वीर बुद्धि से सिद्ध करने का निश्चय कर लिया। तुरन्त ही उन्होंने अपने कतिपय पूर्व विश्वासी तथा राजभक्त कर्मचारियों और कार्यकर्ताओं को , जो उस समय नगर में अथवा आस-पास ही कहीं-कहीं उपस्थित थे, बुलवाकर उनकी सहायता तथा परामर्श से सब प्रबन्ध की धारणा दृढ़ कर ली और झांसी राज्य के भूतपूर्व फौजदारी अफसर पं. गोपालराव लघाटे और माल-विभाग के प्रमुख कर्मचारी मुंशी एहसान अली आदि कई सज्जनों को निमन्त्रण भेज दिए और उनके सामने सारी स्थिति खोलकर रख दी। वे सभी महानुभाव इस लोकसेवा के शुभ कार्य में महारानीजी को अपना सहयोग देने के लिए सहर्ष उद्यत हो गए।

अन्ततः उनके शुभ परामर्श से झांसी की सभी उपर्युक्त दुर्घटनाओं की सूचना, सागर के अंग्रेज़ कर्मचारियों को भेज दी गई और उन्हें यह भी लिख दिया गया कि 'आप भी अपनी रक्षा का पूरा-पूरा प्रबन्ध कर लें। यदि हो सके तो झांसी दुर्ग, राजमहल तथा नगर को भी विद्रोहियों से सुरक्षित रखने में महारानी जी को कुछ सहायता दें।'

महारानी जी और उनके परामर्शदाताओं की भेजी हुई यह सूचना, सागर के अंग्रेज़ अफसरों के लिए बड़ी उपयोगी सिद्ध हुई। केवल इसी के कारण वे अपनी तथा अपने नगर और प्रजा की रक्षा के लिए पहले से ही सब प्रबन्ध करके वहां सब प्रकार शान्ति स्थिर रख सके। महारानी जी की इस रिपोर्ट के उत्तर में सागर के प्रमुख अंग्रेज़ अधिकारी ने महारानी जी के इस शुभेच्छा-भरे कार्य पर बड़ा सन्तोष प्रकट करते हुए कुछ सहायता न भेजकर केवल यही लिख भेजा कि 'जब तक झांसी का सब प्रबन्ध संभालने के लिए कोई और अनुभवी अफसर वहां न पहुंचे तब तक आप ही सब प्रबन्ध करती रहें।'

इस प्रकार महारानी जी को एक बार फिर अपना पूजा-पाठ, कथा-वार्त्ता आदि का कार्यक्रम कुछ बदलकर, केवल अपनी तथा अपनी प्राणप्यारी प्रजा के प्राणों के लिए पुनः इस रियासती झंझट में फंस जाना पड़ा और फिर ऐसी फंसीं कि अन्तिम श्वास तक भी इससे छुटकारा न मिला। कारण, उस समय वहां इस विद्रोह तथा उपद्रवाग्नि का जो वायुमण्डल चहुंओर फैल रहा था, उससे किसी के भी प्राण तथा सम्पत्ति सुरक्षित नहीं थी, अतः महारानी लक्ष्मीबाई जैसी स्वभावतः दूरदर्शी, मर्मज्ञ,

साहसवती, उद्यमशीला, दयावती, प्रभुभक्त देवी के लिए यह सर्वथा असम्भव था कि वे किसी भी स्वार्थ के मायाजाल में फंसकर, ऐसे कठिन तथा भयंकर समय में, अपने देश तथा प्रजा की इस प्रमुख सेवा से जी चुराकर अलग बैठ जाएं और अपनी तथा अपने सभी आश्रितों और सारी प्रजा के प्राणों तथा सम्पत्ति को संकट में डाल दें।

इसके साथ ही उन्होंने उस समय की अस्थिर अवस्था को दृष्टि में रखते हुए अंग्रेज़ों से भी अपने सम्बन्ध नहीं बिगाड़े। वे निरंकुश विद्रोहियों की अपेक्षा, अंग्रेज़ को फिर भी अधिक विश्वासपात्र समझती थीं। अतः उन्होंने उनकी सहयता करने और उनसे सहायता पाने का कोई भी अवसर हाथ से नहीं खोया। खेद यही है कि इस पर भी उन्हें अंग्रेज़ों से कभी कोई सहायता नहीं मिल सकी और वे महारानीजी के स्वार्थी तथा छलिया शत्रुओं के बहकावे में आकर, उलटे उनके लहू के प्यासे बन बैठे।

इससे भी बड़ा दुर्भाग्य तो यह था कि उनके अपने सहयोगियों तथा सहायकों में भी बहुत कम पुरुष विश्वासपात्र तथा दूरदर्शी थे। विशेषतः ओरछा राज्य के जिन लोगों से उनका सम्पर्क था, उनमें बहुत से अधिकतर स्वार्थी और अंग्रेज़ों के कट्टर विरोधी थे। अतः वे उन्हें बराबर धोखा देते रहे और अनुभवहीन महारानी, इतनी तीव्रबुद्धि तथा चौकन्नी होते हुए भी, उनकी शरारतों को पूरा-पूरा न जान सकीं। कप्तान पिंक नामक एक उच्च अंग्रेज़ अधिकारी ने इस विषय पर अपने एक लेख में लिखा है:

"मुझे बड़े ही विश्वस्त सूत्रों से ज्ञात हुआ है कि महारानी हमारी सरकार से अपनी मित्रता बनाए रखने के लिए बराबर प्रयत्न करती रहीं और कमिश्नर जबलपुर तथा दूसरे अफसरों को पत्र लिख-लिखकर, हमारे देशवासी बन्धुओं की अमानुषिक हत्या पर खेद प्रकट करके यह कहती रहीं कि मैं तो केवल उसी समय तक झांसी का प्रबन्ध कर रही हूं, जब तक अंग्रेज़ सरकार उसे फिर न संभाल ले।"

इसके अतिरिक्त मि. मारटिन भी, जिन्होंने स्वयं अपने हाथ से महारानी के पत्र अंग्रेज़ों को पहुंचाए थे, अपने एक लेख में लिखते हैं:

"महारानी ने जबलपुर में कर्नल अर्सकिन के पास तथा कर्नल फ्रेजर, चीफ कमिश्नर-आगरा के पास भी पत्र भेजे। कर्नल फ्रेजर को मैंने स्वयं उसका यह पत्र दिया, जिससे महारानी के कथन पर भी कुछ विचार किया जा सके, परन्तु उस समय 'झांसी' तो सबके लिए एक अप्रिय शब्द बना हुआ था, अतः वह कुछ भी सुनवाई हुए बिना ही दोषी ठहरा दी गई।"

आश्चर्य तो यह है कि महारानी जी के विरोधी अंग्रेज़ ऐतिहासिकों ने अपने न्यायप्रिय देशवासियों के इन सब लेखों की ओर भी कुछ ध्यान नहीं दिया, जो किसी प्रकार भी महारानी के पक्ष का कुछ समर्थन कर सकते थे और सब उनके द्वेषी बन बराबर उनके विरुद्ध विष उगलते रहे।

सारांश, सागर के प्रमुख अधिकारी से उपर्युक्त आज्ञा पाकर ही महारानी जी ने झांसी राज्य का सब प्रबन्ध अपने हाथों में लिया और उनके प्रत्येक विभाग की देखभाल के लिए योग्य अधिकारी नियत करके, वहां का लगान उगाहने लगीं। स्थान-स्थान पर न्यायालय स्थापित करके न्याय-वितरण का सुप्रबन्ध भी कर दिया, क्योंकि झांसी के अंग्रेज़ अफ़सर तो सभी विद्रोह में ही मारे जा चुके थे और विद्रोहियों अथवा चोरों और डाकुओं ने उनका स्थान संभाल लिया था, जिन्हें भगाकर सारे प्रदेश में फिर शान्ति-स्थापन करना परमावश्यक था। इस शान्त वातावरण को पुष्ट तथा दृढ़ करने के लिए ही महारानी जी ने कुछ सेना भी एकत्रित कर ली। उसी की सहायता से वे कई सप्ताह तक स्वयं स्थान-स्थान पर घूम-फिरकर शान्ति-स्थापन करने और चोरों-डाकुओं आदि को मार भगाने के प्रयत्नों में निमग्न रहीं।

उनकी यह लगन तथा सुप्रबन्ध देख-देखकर सभी लोग चकित थे कि राजमहल की प्राचीर में चौबीसों घण्टे बन्द रहने वाली इस महिला ने किस प्रकार इतने थोड़े से समय और भयंकर कठिन अवसर पर, अपने सारे राजकाज को संभाल लिया है। कारण, अपने स्वर्गवासी पतिदेव के जीवन-काल में तो वे अपनी यह योग्यता किसी प्रकार प्रकट ही न कर पाई थीं।

इस प्रकार झांसी का शासनाधिकार एक बार हाथ में आते ही महारानी जी ने राज्य-प्रबन्ध के सम्बन्ध में अपने सब गुप्त स्वाभाविक गुण प्रकट करने आरम्भ कर दिए और ऐसे कामों का कोई विशेष अनुभव न होते हुए भी, अपनी सारी बेचैन और व्याकुल प्रजा को अपने इस सुप्रबन्ध से शीघ्र ही अपनी मुट्ठी में कर लिया।

केवल यही नहीं, वरन् इस प्रदेश की आर्थिक उन्नति के लिए उन्होंने स्थान-स्थान पर सब प्रकार के कारखाने भी खुलवाकर, उनमें भांति-भांति का माल भी तैयार कराना आरम्भ कर दिया और अपनी सैनिक शक्ति को सुदृढ़ करने के लिए गोला-बारूद आदि युद्ध-सामग्री की तैयारी की ओर भी पूरा-पूरा ध्यान दिया, जिससे कोई कठिन समय आ पड़ने पर, इन पदार्थों के लिए उन्हें औरों की कृपा पर निर्भर न रहना पड़े।

उन दिनों के उनके दैनिक जीवन का कार्यक्रम उनके एक विशेष सेवक ने इस प्रकार वर्णन किया है।

"महारानी जी प्रतिदिन ब्रह्ममुहूर्त में 5 बजे उठकर स्नान आदि से निवृत्त होकर पूजा-पाठ में बैठ जाती थीं। तत्पश्चात् गायनाचार्य आकर कुछ देर भजन-कीर्तन करतीं और विद्वान् पण्डितगण आकर आपको महाभारत आदि धर्मग्रन्थों की कुछ कथा-वार्त्ता भी सुनाया करते थे। इतने ही में दरबारी तथा उच्च राज-कर्मचारी आ पहुंचते और अपने राजकार्यों के सम्बन्ध में उनसे आज्ञा प्राप्त करते। फिर भोजन पाकर आप कुछ देर विश्राम करतीं। कभी-कभी तो वे बिना विश्राम किए ही उपहारों और भेंट

आदि को देखने में लग जातीं, जो प्रायः प्रतिदिन आपके शुभचिन्तक तथा अनुगृहीत मित्र, सरदार और धनी-मानी प्रेमी प्रजागण समय-समय पर आपकी सेवा में भेजते थे। उनमें से केवल दो-चार पदार्थ अपनी पसन्द और आवश्यकतानुसार रखकर, आप शेष सभी पदार्थ अपने आश्रितों, दूसरे अधिकारी अनुचरों अथवा दीन-दरिद्र भिखारियों में बंटवा दिया करती थीं। प्रतिदिन प्रायः तीन बजे दरबार लगा करता था, जिसमें आप स्वयं सबकी प्रार्थनाएं और दीन-पुकार सुनकर उचित न्याय किया करती थीं। तत्पश्चात् राज्य के अन्य आवश्यक कार्यों की ओर ध्यान देतीं और उनके सम्बन्ध में उचित आज्ञाएं जारी किया करती थीं।

सारांश यह कि, प्रायः राज्य के प्रत्येक विभाग की देखरेख आप स्वयंमेव किया करती थीं। इसके लिए आपने एक विशेष स्थान कार्यालय रूप से नियत कर रखा था जिसके द्वार पर दो चोबदार, सुनहरी बल्लम हाथ में लिये सदा खड़े रहा करते थे। राजमन्त्री लक्ष्मणरावजी का आसन भी वहीं महारानी के सिंहासन से कुछ दूर पर था। जो आज्ञा महारानी जी लिखवाती थीं, वे तुरन्त लिख लिया करते थे।

महारानी जी की बुद्धि इतनी तीव्र और कुशाग्र थी कि जो भी दुःसाध्य, सूक्ष्म प्रश्न आपके समक्ष उपस्थित होते थे, उन्हें आप तत्काल ही समझकर, उनके सम्बन्ध में उचित निर्णय दे दिया करती थीं।

मि. टेलर नामक एक अंग्रेज़ लेखक लिखते हैं, "महारानी जी परदे के बहुत विरुद्ध थीं, आप सदैव अपने पतिदेव के सिंहासन पर शोभायमान हुआ करती थीं। और सब प्रार्थना-पत्र आप ही लेकर, उन पर उचित आज्ञाएं लिखवाया करती थीं। सारांश, जिस दायित्वपूर्ण कार्य को आपने अपने हाथ में लिया था, उसे सब प्रकार बड़ी उत्तमता से निभाया करती थीं।"

प्रति शुक्रवार को महारानी जी, कभी घोड़े पर सवार होकर और कभी उसी सुन्दर पालकी (तामझाम) में बैठकर, जिनका पीछे वर्णन किया जा चुका है, अपनी कुलदेवी महालक्ष्मी जी के दर्शनार्थ मन्दिर जाया करती थीं। आपकी सवारी के पीछे-पीछे पांच सौ शस्त्रधारी सवार रहा करते थे। जब कभी तामझाम में जाया करती थीं, तो पांच-छः सुन्दर दासियां, रेशमी ज़रीदार वस्त्र पहने, रत्न जड़ित सोने-चांदी के आभूषणों से सुभूषित, पालकी के साथ-साथ दोनों ओर चला करती थीं। इनका एक हाथ पालकी के पाए पर रहता था और दूसरे हाथ से वे चंवर झलती जाती थीं। सवारी के आगे-आगे फौजी बाजा रण-गीत बजाता हुआ चला करता था और पीछे-पीछे सभी दरबारी और उच्च कर्मचारी हुआ करते थे।

घोड़े पर सवारी के समय महारानी जी के वस्त्र वीर पुरुषों के समान होते थे। शरीर पर चुस्त कुरता, टांगों में पाजामा, पैरों में जूते, कमर में ज़रीदार पटका, उस पर सुनहरी पेटी, पेटी में एक चौड़े फलवाली लंबी तलवार, सिर पर टोपी और

उस पर जरीदार तुर्रेवाली पगड़ी। तामझाम में सवारी के समय आपके वस्त्र महाराष्ट्र-राजमहिलाओं के समान हुआ करते थे।

महारानी जी की सवारी के दुर्ग से चलते ही, दुर्ग तथा मन्दिर में बाजे बजने लगते थे और जब तक आप लौट न आती थीं तब तक ये बाजे बराबर बजते ही रहते थे। मार्ग-भर आप दीन-भिखारियों को दान-दक्षिणा बांटती जाया करती थीं।

आपकी इस दानशीलता के सम्बन्ध में भांति-भांति की दन्तकथाएं विख्यात हैं। कहते हैं कि एक दिन जब आप मन्दिर से वापस आ रही थीं तो द्वार के समीप ही बहुत से भिखारियों की भीड़ देखकर आपने उसका कारण पूछा। ज्ञात हुआ कि वे सर्दी के कष्ट से छुटकारा दिलाए जाने की प्रार्थना करने को इकट्ठे हुए हैं।

यह सुनते ही महारानी जी ने दुर्ग में पहुंचते ही नगर भर के दर्जियों को बुलवाकर, चार दिन के अन्दर-अन्दर असंख्य रुईदार कुर्तियां और कनटोप तैयार कराए जाने की आज्ञा दी और पांचवें दिन नगर में यह डोंडी पिटवा दी कि 'जिस भी दीन भिखारी को सर्दी सताती हो, वह संध्या समय राजमहल के सामने वाले मैदान में आकर वस्त्र ले जाए!'

कहा जाता है कि उस दिन प्रायः दो सहस्त्र दीन-दुःखी भिखारियों में महारानी जी ने उन कुर्तियों और कनटोपों के अतिरिक्त एक-एक कम्बल भी बंटवाया और सबको खूब स्वादिष्ट भोजन भी करवाया।

इसी प्रकार यह भी सुना गया है कि एक दिन काशीजी से एक विद्वान ब्रह्मचारी ने आकर यह विनय की कि 'मैं विवाह करना चाहता हूं, किन्तु कन्या का पिता अपनी कन्या के लिए चार सौ रुपये के आभूषण मांगता है। मेरे पास इतना धन नहीं! यदि सौ रुपया भी हो तो सम्भवतः काम चल जाए।' महारानी जी ने तुरन्त ही रुपया मंगवाकर ब्राह्मण देवता को भेंट कर दिया और कहा कि 'विवाह निश्चित हो जाने पर हमें भी निमन्त्रण देना!' जब ब्राह्मण ने निमन्त्रण भेजा, तो राजकाज से अवकाश न मिलने के कारण, आप विवाह में तो सम्मिलित न हो सकीं किन्तु आपने विवाह के दिन अपने एक विशेष विश्वासपात्र सेवक के हाथ नववधू के लिए 500 रु. उपहार रूप में भेज दिए।

उस समस्त प्रदेश में दूर तथा समीप ऐसी दन्तकथाएं इतनी बहुलता से फैली हुई हैं कि यदि उन्हें एकत्रित किया जाए, तो एक बड़ा पोथा बन सकता है, परन्तु फिर भी हम एक और दन्तकथा का वर्णन किए बिना यह परिच्छेद समाप्त नहीं कर सकते। कारण, उससे महारानी जी की अपूर्व तीक्ष्ण बुद्धि और उनके असाधारण अश्व-ज्ञान पर प्रकाश पड़ता है। हा शोक! अन्त समय दुर्भाग्यवश उनका यह अश्व-विज्ञान भी उनकी कुछ सहायता न कर सका, जैसा कि इस पुस्तक के अन्त में प्रेमी पाठकगण को अवगत होगा।

प्रसिद्ध है कि एक दिन घोड़ों का एक व्यापारी महारानी जी की सुख्याति सुनकर, दो बड़े ही सुन्दर और मनमोहक घोड़े साथ लिये महारानीजी की सेवा में उपस्थित हुआ। महारानी जी ने इन घोड़ों को बड़े ध्यान से देखकर कहा, "इनमें से एक घोड़ा तो एक हजार रुपये का है और दूसरा केवल 50 रु. का।" दोनों एक ही समान सुन्दर घोड़ों के मूल्य में, इतना भारी अन्तर सुनकर, सभी श्रोतागण चकित रह गए। कारण पूछने पर महारानी जी ने उत्तर दिया, "एक घोड़ा सर्वगुण-सम्पन्न और पूर्ण निर्दोष है, परन्तु दूसरे घोड़े की छाती में चोट आई है, जो दुस्साध्य है!" व्यापारी ने यह सब सुनकर मुस्कराते हुए सब कुछ स्वीकार कर लिया और महारानीजी की परख की बड़ी प्रशंसा की और दोनों घोड़े भेंट कर चला गया।

विद्रोहियों से दो-दो हाथ

सागर के प्रमुख अंग्रेज़ कार्य-अधिकारी की आज्ञा से महारानी लक्ष्मीबाईजी ने झांसी प्रदेश की शासन-डोर फिर अपने हाथों में लेते ही सबसे पहले तो अपना सारा ध्यान और अपनी पूर्ण शक्ति झांसी नगर और उसके आस-पास के सभी प्रदेश में सब प्रकार शान्ति-स्थापना करने में लगा दी। उन्होंने वहां के निवासियों को उनके सब भांति सुरक्षित हो जाने का निश्चय कराने का पूरा-पूरा प्रयत्न किया। इससे राजभक्त प्रजा को, एक बार फिर, अपनी प्यारी महारानी जी छत्रछाया में आ जाने का परम सौभाग्य प्राप्त करके बड़ा सन्तोष तथा आनन्द मिला और उसने इसे अपना महत्तम सौभाग्य समझा।

महारानी जी ने यथाशक्ति, दिन-रात परिश्रम करके बड़े साहस तथा धैर्य से उनके साधारण कष्ट को भी शीघ्रातिशीघ्र दूर करने में अपनी जान तक लड़ा दी। जहां कहीं भी उन्हें किसी प्रजापीड़क, अन्यायी, अत्याचारी पुरुष का पता लगा, तुरन्त ही अपनी वीर सेना सहित वहां पहुंच गईं और या तो उसे किसी प्रकार समझा-बुझाकर सन्मार्ग पर ले आईं, अन्यथा उसका सिर कुचलने में कुछ भी देर न लगाई और कोई भी कसर न छोड़ी। इससे शीघ्र ही उस सारे प्रदेश में, सुख-शान्ति फैल गई और सभी शान्तिप्रिय प्रजागण हार्दिक शान्ति तथा विश्वास के साथ अपने-अपने कार्य में लग गए।

यदि किसी को कुछ चिन्ता थी, तो महारानी लक्ष्मीबाई जी और उनके प्रजासेवक कार्यकर्ताओं को, जो दिन-रात इसी चिन्ता और प्रयत्न में रहा करते थे कि उनकी प्रजा को किसी भी प्रकार से कोई कष्ट न हो और कोई भी दीन पुकार महारानी जी के कानों तक न पहुंचने पाए या फिर उन दुर्जन और प्रजाद्रोहयों को जिन्हें प्रजा की सुख-शान्ति एक आंख नहीं भाती और जो सदा कुछ-न-कुछ उपद्रव फैलाने की धुन में ही दिन-रात रहा करते थे।

इन्हीं दिनों महारानी जी को यह समाचार मिला कि महाराजा गंगाधरराव जी के स्वर्गवास पर उनके जिस दूर-पार के सम्बन्धी सदाशिव नारायण ने मेजर मैलकम हेली की सिफारिश से लार्ड डलहौज़ी के सामने झांसी का राज्य पाने के लिए अपना

अधिकार प्रकट किया था, उसने अब इस प्रदेश में अंग्रेज़ी शासन की समाप्ति पर फिर अपने दांव-पेंच आरम्भ कर दिये हैं। अब वह अंग्रेज़ी सेना के कुछ विद्रोही सैनिकों तथा उनके अफसरों के साथ मिल गया है और उन्होंने 23 जून को झांसी के समीपवर्ती 'करेरा' दुर्ग पर अपना अधिकार जमा लिया है। इसके साथ ही उस प्रदेश में अंग्रेज़ों की ओर से जो थानेदार, तहसीलदार आदि अधिकारी काम कर रहे थे, उन सबको वहां से मार भगाया है, या अपने अधीन कर लिया है। अतः वह सारा प्रदेश उन लोगों की लूट-मार से बड़ा दुःखित हो रहा है।

इससे कुछ ही दिन पीछे यह भी सुना गया कि अब सदाशिव ने कुछ थोड़ी-बहुत धूमधाम करके अपने राज्याभिषेक का ढोंग भी रचा लिया है और अपने झांसी-नरेश होने की घोषणा कर दी है। अतः अब वह उस प्रदेश के नगर-नगर तथा ग्राम-ग्राम में अपने राजत्व की धाक जमाने के लिए अपने नाम से आज्ञापत्र निकाल रहा है। आषाढ़ वदी अष्टमी को उसने राजपुर के थानेदार मुहम्मद गुलामहुसैन के नाम भी यह आज्ञा जारी की है, "हम आपको राजपुर का थानेदार नियत करते हैं, अतः आप भविष्य में हमारी ओर से उस प्रदेश में सारे प्रबन्ध की देखभाल तथा हमारे आज्ञापालन से अपने कर्तव्य की पूर्ति करते रहें। आपकी उचित सम्मानवृद्धि की जाएगी।"

परन्तु मुहम्मद गुलामहुसैन ने यह पद अस्वीकार कर दिया, अतः सदाशिव ने उसे पदच्युत करके उसकी सारी सम्पत्ति जब्त किए जाने की आज्ञा दे दी। सदाशिव के ऐसे नित नए अत्याचारों से उस प्रदेश की समस्त प्रजा 'त्राहि माम्, त्राहि माम्' कर रही थी।

यह समाचार पाते ही महारानी लक्ष्मीबाई जी ने तुरन्त ही करेरा दुर्ग पर चढ़ाई कर दी, जो उन दिनों सदाशिव की राजधानी बना हुआ था। राजा सदाशिव अपने बहुत-से साथियों को रणभूमि में काम आया अथवा वहां से भागता हुआ देखकर आप भी भागकर रियासत ग्वालियर के नरवर नामक ग्राम में जा छिपा।

वहां उसने फिर कुछ जोड़-तोड़ लगाकर और कुछ सहायक पैदा करके फिर सिर उठाया और झांसी के निकटवर्ती प्रदेश में लूट-मार आरम्भ कर दी। परन्तु इस बार महारानी जी की विजयी सेना ने उसे भाग जाने का भी अवसर न दिया और उसे पकड़कर चिरकाल के लिए कारागार में डाल दिया।

अभी इस घटना को कुछ अधिक दिन न बीते थे कि महारानी को एक और शत्रु का सामना करना पड़ा, जो इस पहले शत्रु से कहीं अधिक बली तथा महाधूर्त था और राजनीतिक शतरंज का भी बड़ा प्रवीण खिलाड़ी था। वह था ओरछा राज्य का विद्रोही दीवान नत्थे खां।

उसने जब झांसी के विशाल राज्य को बलिष्ठ अंग्रेज़ों के शासनाधिकार से मुक्त देखा और उसकी सब बागडोर एक नववयस्का महिला के दुर्बल तथा अनुभवहीन

हाथों में पाई, तो उसके मुंह में पानी भर आया और वह 20 सहस्र सैनिकों की एक प्रबल सेना लेकर, इस राज्य को हस्तगत करने के लिए उस पर चढ़ आया।

यद्यपि महारानी लक्ष्मीबाई की सेना, नत्थे खां की अपेक्षा बहुत कम थी, परन्तु उन्होंने साहस नहीं हारा और वे उससे भी दो-दो हाथ करने को कटिबद्ध हो गईं। इन्होंने सबसे पहले तो नत्थे खां के इस आक्रमण के सूचना रूप एक पत्र अंग्रेज़ों के पोलिटिकल एजेण्ट के नाम लिखकर उनसे कुछ सहायता मांगी। परन्तु चालाक नत्थे खां ने महारानी के पत्रवाहक को मार्ग में मरवाकर, वह पत्र अपने हस्तगत कर लिया और पोलिटिकल एजेण्ट तक उसे पहुंचने ही नहीं दिया। फिर महारानी को यह सन्देशा भेजा, 'आप झांसी का दुर्ग तथा नगर हमारे हवाले कर दें। हम भी आपका वैसा ही सम्मान तथा वैसे ही रक्षा करते रहेंगे जैसे अंग्रेज़ किया करते थे।'

विवश हो, महारानी जी को अपनी ही सेना पर निर्भर होकर रणक्षेत्र में आना पड़ा। उन्होंने अपने मन में यह निश्चय कर लिया कि जो भी हो, मैं नत्थे खां के सामने कदापि शस्त्र नहीं डालूंगी, अपितु उसे उसकी इस धृष्टता का ऐसा मजा चखाऊंगी कि वह भी जन्म-भर याद रखेगा। परन्तु कठिनाई तो यह भी कि नत्थे खां ने महारानी के उन सलाहकारों और कर्मचारियों में से भी कई एक को (जिनका सम्बन्ध ओरछा से था) गुप्त रूप से अपने साथ मिला लिया था। उन्होंने महारानी की उलटी सीख दे-देकर उनका साहस तोड़ना चाहा, किन्तु वे उनकी बातों में कब आने वाली थीं!

अतः उन्होंने नत्थे खां के पत्र का यह उत्तर भेजा, "तुम्हें पुरुष होकर भी एक अबला स्त्री को विवश समझकर, ऐसे महा नीच विचार रखने में लज्जा नहीं आती! क्या तुम्हें यह ज्ञात नहीं कि मैं वीर शिरोमणि शिवराव भाऊजी के वीर वंश की प्रतिनिधि और महाराजा गंगाधरराव जी की अर्धांगिनी हूं? अतः प्रत्येक अभिमानी अहंकारी शत्रु का मान-मर्दन करके उसे उसकी धृष्टता का मजा चखाना खूब जानती हूं! तुम्हें यह भी विदित रहना चाहिए कि एक महाराष्ट्र-वीरपत्नी या तो अपने शत्रु को मिटाकर रणक्षेत्र से मुख मोड़ती है या आप ही इस प्रयत्न में प्राण दे देती है।"

नत्थे खां के पत्रवाहक को विदा करते ही महारानीजी ने अपने सभी विश्वासपात्र सलाहकारों और सरदारों की एक सभा बुलाई। उनमें ओरछा नरेश के जामाता (जंवाई) दीवान दलीप सिंह, उनके मित्र दीवान रघुनाथ सिंह, झांसी राज्य के दीवान जवाहर सिंह आदि सभी थे। उनके सामने महारानी जी ने सारी स्थिति का वर्णन करते हुए एक बड़ी आवेश भरी वक्तृता की, जिसके अन्त में आपने यह कहाः

"मैं तो अपने सम्बन्ध में यह निर्णय कर चुकी हूं कि मर मिटूंगी, परन्तु नर-पशु नत्थे खां के सामने शीश झुकाकर अपने पूज्य पतिदेव और उन महाराज के सर्वमान्य, स्वनामधन्य, पूर्वपुरुष, वीरशिरोमणि शिवराव भाऊजी के पूज्य नाम तथा पवित्र कुल को कभी लाज न लगाऊंगी। अब आप सब अपने लिए क्या निर्णय करते हैं? आप

इस जीवन-मरण में मेरा साथ देकर अमर नाम तथा अक्षय यश-कीर्ति प्राप्त करेंगे, अथवा..."

महारानी जी अपना यह ओजपूर्ण वक्तव्य पूर्ण भी न कर पाई थीं कि सभी वीर योद्धाओं की बगलों में लटकी हुई लम्बी-लम्बी तलवारें, अपनी मियानों में तड़प उठीं और उनकी खड़ाखड़ाहट की गूंजती हुई शब्द-ध्वनि में सब वीरों ने एक स्वर से यह उत्तर दिया, "निस्सन्देह! पूज्यास्पदा महारानी जी! निस्सन्देह हम सब आपके पसीने की जगह अपना रुधिर बहा देंगे और अपने तथा अपने पूज्य पूर्वजों के पवित्र नाम को कभी कलंकित न होने देंगे।"

अपने शूरवीर सरदारों के इन वीरोचित शब्दों से महारानी जी का साहस और भी दस गुना बढ़ गया और उन्होंने सभा-भंग करने से पूर्व तत्काल यह आज्ञा दी, "जिन प्राचीन तोपों को अंग्रेज़ों ने अपनी लूट की तालिका से निकालकर दुर्ग में ही दबवा दिया था, उन सबको फिर निकलवाकर शीघ्र ही साफ कराया जाए और शीघ्रातिशीघ्र उचित मरम्मत कराके दुर्ग के बुर्जों पर चढ़ा दिया जाए। साथ इसके गोले-बारूद आदि के कारखानों में नफरी बढ़ाकर अधिक-से-अधिकतर सम्भव मात्रा में युद्ध-सामग्री तैयार करानी आरम्भ कर दी जाए।"

केवल यही नहीं, अपितु महारानी जी ने उन सब वीर योद्धा सरदारों के सम्मुख, उनके सर्वमान्य वयोवृद्ध शिरोमणि नेता दीवान जवाहर सिंह कटीलेवाले की कलाई में रण-कंगन बांधकर उन्हें अपना धर्मभाई और अपनी संक्षिप्त-सी गिनी-चुनी परन्तु वीर रणोन्मत्त रणबांकुरी सेना का सेनापति बनाकर यह कहा, "वीरशिरोमणि भाई! भगवान् की पवित्र प्रेरणा से मैंने अपनी लाज अब आपके शक्तिशाली हाथों में सौंप दी है। मैं स्वयं भी पुरुष-वेश धारण कर, रणक्षेत्र में आपके पीछे-पीछे एक साधारण सैनिक के समान लड़ती हुई, यदि विजय न पा सकी, तो वीरगति तो अवश्य पाऊंगी। इसमें मुझे सन्देह नहीं है।"

कुछ ही दिनों पीछे जब नत्थे खां की सेना, झांसी-विजय के भ्रमात्मक मदभरे विचारों से उन्मत्त-सी हुई दुर्ग प्राचीर के समीप तोपों की मार में आ पहुंची, तो महारानी जी ने तुरन्त अपने तोपची दस्ते के सरदार गुलाम गौस खां को गोले बरसाने का संकेत कर दिया। बस फिर क्या था! आज्ञा पाते ही, मोर्चों में छिपी हुई तोपों ने, अकस्मात ही, हृदय-कम्पायमानकारी 'दनादन-दनादन' के भयंकर शब्द से, नत्थे खां की निश्चिन्त आगे बढ़ती हुई सेना का स्वागत करके उस पर प्रलयंकर अग्निवर्षा आरम्भ कर दी। प्रायः एक घण्टे तक वह आग बरसाती रही कि नत्थे खां तथा उसकी वीर सेना के छक्के छूट गए और उन्हें अपने सैकड़ों क्या सहस्रों वीर साथियों के शव वहीं रणक्षेत्र में छोड़कर, अपने-अपने प्राण बचाने की चिन्ता में इधर-उधर भाग जाना पड़ा।

परन्तु इतने पर भी नत्थे खां ने साहस नहीं हारा, अपितु रात के समय उसने अपनी बची-बचाई सेना के चार भाग करके, दुर्ग के छहों द्वारों पर गोले बरसाते हुए एकदम बड़ा प्रबल आक्रमण कर दिया। कारण, उसे यह समाचार मिल चुका था कि दुर्ग-बन्द सेना, संख्या में कुछ बहुत अधिक न होने के कारण, सभी द्वारों की समान रूप में रक्षा न कर सकेगी।

इस आक्रमण में सबसे अधिक ज़ोर ओरछा द्वार पर डाला गया और इसकी देखरेख नत्थे खां ने अपने ही हाथ में रखी। यहां वह चार तोपों से खूब गोले बरसवाने लगा।

इस द्वार की रक्षक सेना को घोर संकट में फंसा देखकर महारानी जी स्वयमेव उसकी सहायता को वहां जा पहुंचीं और अपने वीर सैनिकों तथा तोपचियों का साहस बढ़ाने लगीं। ठीक उसी समय महारानी के एक शूरवीर सरदार लालाभाऊ बख्शी ने अपने प्राण का मोह त्यागकर, झांसी दुर्ग की प्रसिद्ध तोप 'कड़क बिजली' को ओरछा द्वार के बुर्ज पर पहुंचवा दिया। बस, फिर क्या था! इस भयंकर तोप के मोर्चे पर चढ़ते ही शत्रुदल पर गोलों की वह भयानक वर्षा होने लगी कि उस ओर का सारा वायुमंडल, सिर पर पैर रखकर भागती हुई शत्रु-सेना के चीत्कार से गूंज उठा। नत्थे खां ने अपनी पलायनोन्मुख सेना को बहुतेरा रोकना चाहा, परन्तु सिवाय कुछ विशेष विश्वस्त सरदारों और उनके सैनिकों के किसी ने उसकी एक न सुनी और जिधर भी जिसका मुख उठा, उधर ही भागकर अपने प्राण बचाने में ही कुशल समझी।

एक दूसरे मोर्चे पर वीर सरदार रघुनाथ सिंह ने गुप्त रूप से अपने कुछ वीर सैनिकों के साथ एक पहाड़ी पर पहुंचकर अपनी तोप जमा दी, और वहां से नत्थे खां की आक्रमणकारी सेना को आगे-पीछे की दोहरी मार में रखकर भून डाला। परिणाम यह हुआ कि इन साहसतोड़ पराजयों से घबराकर नत्थे खां की सेना के किसी स्थान पर भी पैर न जम सके और अन्त में वह अपनी भारी-भारी तोपें और बहुत-सी युद्ध-सामग्री वहीं छोड़कर भाग निकला।

अपनी इस आशातीत विजय से प्रसन्न होकर महारानी लक्ष्मीबाई जी ने अपने सभी शूरवीर योद्धा सरदारों—दीवान जवाहर सिंह, दीवान रघुनाथ सिंह, तोपची सरदार गुलाम गौस खां, सरदार लालाभाऊ बख्शी आदि तथा उनके अधीन अफसरों और सिपाहियों की, जिनके सिर इस विजय का सेहरा था, सब प्रकार मानवृद्धि करके और खूब बहुमूल्य पारितोषिक दे-देकर उन्हें सब प्रकार सन्तुष्ट, हर्षित और गौरवान्वित किया।

इस दुर्ग में झांसी दुर्ग पर पेशवाई पताका के साथ-ही-साथ अंग्रेज़ों का वह पुराना 'यूनियन जैक' झण्डा भी बराबर फहराता रहा, जो किसी समय अंग्रेज़ों ने

पेशवाजी को भेंट किया था। महारानी जी स्वयं विशेष रूप से इन झण्डों की रक्षा का ध्यान रखती रहीं।

इस कठिन कार्य से निश्चिन्त होकर महारानी जी ने नत्थे खां के इस प्रबल आक्रमण और उसके विरुद्ध अपनी इस शानदार सफलता की एक विस्तृत रिपोर्ट लिखवाकर बुन्देलखण्ड के पोलिटिकल एजेण्ट मि. हैमिल्टन के पास एक विशेष पत्रवाहक द्वारा भिजवा दी। परन्तु दुर्भाग्यवश वह पत्रवाहक भी चालाक नत्थे खां के जासूसों के हत्थे चढ़कर मार्ग ही में मारा गया और यह रिपोर्ट भी उनके पहले पत्र के समान अपने निर्धारित स्थान तक न पहुंच सकी।

महारानी के हाथों इस प्रकार मुंह की खाकर नत्थे खां और भी चिढ़ गया। अब वह अपनी शैतानी चालों से महारानी को सब प्रकार से हानि पहुंचाने के लिए कटिबद्ध हो गया। यह तो वह जानता ही था कि झांसी में बहुत-से अंग्रेज़ों और उनके बाल-बच्चों की निर्दयतापूर्ण हत्या होने के कारण सभी अंग्रेज़ों के मन महारानी की ओर से फिर चुके हैं, यद्यपि महारानी ने अंग्रेज़ों पर अपनी भक्ति प्रकट करने में अपनी ओर से कोई कसर उठा नहीं रखी थी और अंग्रेज़ों को अपने से शिकायत का कोई अवसर भी अभी नहीं दिया था, परन्तु दुर्भाग्यवश इस सम्बन्ध में जो भी पत्र-व्यवहार महारानी जी ने समय-समय पर अंग्रेज़ों के साथ किया, वह सभी प्रायः नत्थे खां के जासूसों की कार्यदक्षता के कारण, अंग्रेज़ कर्मचारियों तक नहीं पहुंचा और मार्ग में ही नत्थे खां के हत्थे चढ़कर नष्ट हो जाता रहा। अतः अब नत्थे खां को यह शैतानी चाल सूझी कि अब अंग्रेज़ों को महारानी के विरुद्ध भड़काकर उन्हें उसका और भी जानी दुश्मन बना दे और इस प्रकार सुगमता से अपना उल्लू सीधा कर ले। कुछ दुर्बुद्धि अंग्रेज़ अफसरों के आन्तरिक द्वेष-भाव तथा अदूरदर्शिता के कारण, वह अपनी इस चाल में सफल हो गया।

परिणाम यह हुआ कि वही महारानी लक्ष्मीबाई, जो अब तक अंग्रेज़ों की परम भक्त बनीं अपने प्राण तक भी उनको समर्पित करके उनकी सब प्रकार सहायता करती रही थीं और जो अंग्रेज़ी झण्डे की रक्षा भी अपना एक बड़ा कर्तव्य समझती रही थीं, वही अब अंग्रेज़ों की दृष्टि में उनके शासन की सबसे भयानक शत्रु समझी जाने लगीं। इसके विपरीत नत्थे खां जैसा धूर्त विद्रोही अंग्रेज़ों का हितैषी मित्र समझा जाने लगा और उसकी शैतानी चाल तथा कपट-जाल में फंसे हुए अंग्रेज़ अफसर महारानी के प्राणों के ग्राहक बन बैठे।

सारांश यह है कि धूर्तशिरोमणि नत्थे खां ने रणक्षेत्र में महारानी से पराजित होकर अपनी धूर्तता और कपट-चातुरी से उन्हें नीचा दिखाने की सोचकर अंग्रेज़ अफसरों की सेवा में यह पत्र लिख भेजाः

''बहुत दिनों से महारानी लक्ष्मीबाई ने विद्रोहिणी होकर झांसी राज्य पर अपना

अधिकार जमा लिया था, परन्तु अब तो उसने खुल्लमखुला अंग्रेज़ों के विरुद्ध लड़ाई छेड़ दी है। पहले झांसी के विद्रोह में अंग्रेज़ पुरुषों, स्त्रियों और बच्चों की जो हत्या हुई है, वह भी वास्तव में महारानी के ही इशारे पर हुई है। मैं सदा से ही अंग्रेज़ी सरकार का सच्चा शुभचिन्तक और हितैषी मित्र रहा हूं। इसलिए मैंने महारानी से युद्ध छेड़ रखा है। मैंने जब भी अवसर पाया है, मैं अपने मित्र अंग्रेज़ों की सहायता में खड्ग उठाने से कभी नहीं चूका। अतः मुझे भी सब प्रकार से सहायता देना इस समय अंग्रेज़ों का मुख्य कर्तव्य है ताकि मैं महारानी को नीचा दिखाकर उन सब अंग्रेज़ों की हत्या का बदला ले सकूं। अन्यथा महारानी के प्रबल हो जाने का भय है, तब वह बड़ी कठिनाई से वश में आएंगी।''

नत्थे खां का जादू अंग्रेज़ों पर

उपर्युक्त पत्र भेजकर नत्थे खां के मनचाहे कार्य सिद्ध हो गए। जिस महारानी लक्ष्मीबाई ने नत्थे खां के वाग्जाल में फंसकर अंग्रेज़ों के विरुद्ध उसके साथ मिल जाने और झांसी का दुर्ग तथा नगर उसके हवाले करने से साफ इनकार कर दिया था, जिस महारानी नें अपनी सेना के दुर्बल होते हुए भी, झांसी दुर्ग पर यूनियन जैक की जी-तोड़ रक्षा की थी और नत्थे खां को नीचा दिखाया था, जिस महारानी लक्ष्मीबाई के पक्ष की पुष्टि करते हुए ऐतिहासिक मि. मारटिन को ये शब्द लिखने पड़े:

"इसमें सन्देह नहीं, विद्रोही सैनिकों के झांसी से चले जाने पर रानी ने अपने राज्य पर अधिकार पा लिया था। किन्तु टिहरी (ओरछा) और दतिया की दोनों रियासतें यदि चाहतीं तो हमारे आदमियों की बड़ी सुगमता से रक्षा कर सकती थीं। किन्तु उन्होंने हमारी सहायता और रक्षा में अपनी उंगली तक भी नहीं हिलाई। ओरछा, झांसी के परेड मैदान से केवल 1-2 मील पर था और दतिया केवल 6 मील पर। इन दोनों रियासतों की बड़ी-बड़ी प्रबल शस्त्रधारी सेनाएं अपनी-अपनी सीमा पर खड़ी हमारे आदमियों के साहस भरे कार्य को देखती रहीं, परन्तु यह विचार करती रहीं कि रानी तो अभी युद्ध के लिए तैयार हैं ही नहीं, अतः हम बड़ी सुगमता से उसका राज्य छीन सकेंगी। फिर इन दोनों की सम्मिलित सेनाओं ने सचमुच रानी पर आक्रमण कर दिया, वह वीरांगना उन्हें बार-बार मार-मारकर पीछे ही भगा देती रहीं।"

वही अंग्रेज़ों की हितैषिणी तथा शुभेच्छुका महारानी, जो अपने-आपको विद्रोहियों का क्रोधपात्र बनाकर भी दुर्गबन्द अंग्रेज़ों को भोजन तथा अन्य सामग्री से सहायता पहुंचाती रहीं, और जिसने मि. मारटिन के शब्दों में 'अंग्रेज़ों के सहायतार्थ करेरा दुर्ग से एक सौ बन्दूकची मंगवाकर झांसी के दुर्गबन्द अंग्रेज़ों की सहायता की,' वही अब नत्थे खां की एक झूठी और निर्मूल चिट्ठी के आधार पर अंग्रेज़ों की क्रोधपात्र बन गईं और उन्हें ही कुलचने के लिए उन्होंने सर ह्यू रोज़ जैसे वीर तथा अनुभवी जनरल को तार भेजकर विलायत से भारत बुला लिया।

सर ह्यू रोज ने भी 16 सितम्बर, सन् 1857 को बम्बई पहुंचकर इस सम्बन्ध में कोई उचित छानबीन करने से पहले ही बुन्देलखण्ड के पोलिटिकल एजेण्ट सर

राबर्ट हैमिल्टन, जिन्होंने शायद नत्थे खां की उपर्युक्त चिट्ठी गवर्नर जनरल के पास भेजी थी, और तत्कालीन कमाण्डर-इन चीफ की सम्मति से महारानी झांसी पर एक प्रबल आक्रमण की तैयारियां आरम्भ कर दीं, और यहां तक भी नहीं सोचा कि यदि नत्थे खां की चिट्ठी में कुछ भी तथ्य होता तो ओरछा निवासी दीवान रघुनाथ सिंह जैसे अंग्रेज़ों के शुभचिन्तक, जिन्होंने सर विलियम हेनरी स्लीमन के समय में अपनी वीरोचित सेवाओं के उपहार में 'विक्टोरिया क्रास' जैसा सर्वोत्तम तथा सर्वमान्य पदक प्राप्त किया था और जिनकी सहायता से महारानी को नत्थे खां पर यह शानदार विजय प्राप्त हुई थी, इस अवसर पर कदापि चुप न बैठे रहते। वे महारानी के इस निर्मूल विद्रोह का समाचार नत्थे खां से भी पहले अंग्रेज़ अफसरों के पास अवश्यमेव भेजते। परन्तु जान पड़ता है कि उस समय की वास्तविक स्थिति से सर्वथा अनभिज्ञ अंग्रेज़ अफसरों के हृदयों में महारानी के विरुद्ध कुछ ऐसी घृणा तथा शत्रुता उत्पन्न हो गई थी कि वे उनके सम्बन्ध में प्रत्येक निराधार समाचार और किंवदन्ती पर तत्काल ही विश्वास कर लिया करते थे और उसके सम्बन्ध में कुछ भी खोज करने या उचित न्यायात्मक समझ-बूझ से काम लेने की कोई भी आवश्यकता न समझते थे। तभी तो सर ह्यू रोज़ ने सर राबर्ट हैमिल्टन और कमाण्डर इन चीफ़ जनरल कैम्पबेल के समान नत्थे खां के निर्मूल कथन को आकाशवाणी मान लिया और उसी के आधार पर महारानी लक्ष्मीबाई के लहू के प्यास हो गए।

कमाण्डर इन चीफ ने इस आक्रमण के लिए बम्बई तथा मद्रास जैसे दूरस्थ प्रान्तों की सेनाएं बुलाकर सर ह्यू के हवाले कर दीं। सर ह्यू ने 17 दिसम्बर को अपनी सेना के दो भाग किए। उनमें से एक भाग में बम्बई का तीसरा रिसाला 14वीं लाइट ड्रैगून नामक पलटन, निज़ाम हैदराबाद कंटिंजैट सेना के दो रिसाले, 16वीं पलटन के दो दस्ते, बम्बई नेटिव इनफैंटरी की 21वीं पलटन और तीन तोपखाने सम्मिलित थे। और दूसरे भाग में बम्बई रिसाले का सबसे बड़ा भाग, हैदराबाद कं. सेना का पूरा रिसाला और एक पूरी पैदल पलटन, बम्बई की तीसरी यूरोपियन रेजीमेण्ट, बम्बई नेटिव इनफैंट्री की 24वीं पलटन, भोपाल रियासत का बड़ा तोपखाना और मद्रास सैपर्ज की एक कम्पनी।

इससे यह स्पष्ट है कि उन दिनों नाना प्रकार से फैली हुई बहुत-सी झूठी सच्ची किंवदन्तियों ने अंग्रेज़ों के हृदयों में झांसी और वहां की महारानी के सम्बन्ध में कितना भय तथा आतंक उत्पन्न कर दिया था। नहीं तो एक ऐसी छोटी-सी अधीन रियासत के विरुद्ध ऐसी प्रबल तथा महान् सैनिक तैयारियों के और क्या अर्थ हो सकते थे?

सर ह्यू रोज़ ने अपनी इस भीषण सेना का एक भाग महू छावनी की ओर चलता किया और दूसरा सीहोर की ओर। फिर 6 जनवरी, 1858 को उन्होंने आप भी सर राबर्ट हैमिल्टन सहित सीहोर की ओर प्रस्थान किया। मार्ग में ही बेगम भोपाल

के भेजे हुए आठ सौ सैनिक और भी उनके साथ आ मिले और वे सब झांसी के नाम-मात्र विद्रोहियों का सिर कुचलने के लिए सागर की ओर बढ़े।

सागर से प्रायः 24 मील इधर ही, उन्होंने रहटपुर दुर्ग के सम्मुख ही अपना डेरा जा डाला। यह दुर्ग उस समय कई एक मुलसमान विद्रोही सरदारों के अधिकार में था। उन्होंने चार दिन तक सर ह्यू का खूब डटकर सामना किया, परन्तु अन्त में उन्हें दुर्ग से भागकर अपने प्राण बचाने पड़े।

अब बानपुर-नरेश की बारी आई। यह रहटपुर दुर्ग के समीप ही एक छोटी-सी रियासत थी। उसके राजा ने उस प्रदेश के बहुत-से विद्रोहियों को आश्रय दिया था। अतः सर ह्यू ने उसे भी दंड देना उचित समझा। राजा उस समय रहटपुर से कोई 15 मील की दूरी पर ही बरोदिया नामक एक ग्राम में डेरा डाले पड़ा था। सर ह्यू की सेना ने उसे वहां ही जा घेरा। उसने भी कुछ देर तो डटकर सामना किया, परन्तु अन्त में जान बचाकर भाग निकला और इस विजय का सेहरा भी सर ह्यू के सिर रहा। किन्तु इस युद्ध में उनके सहयोगी कप्तान नेवली मारे गए।

यह विजय प्राप्त करके सर ह्यू सागर की ओर बढ़े और 3 फरवरी को, उन्होंने सागर के विद्रोहियों को भी भगाकर वहां अपना अधिकार जमा लिया। तदन्तर गढ़कोटा दुर्ग पर धावा बोल दिया, जो सागर से 25 मील पर था और जिस पर उस समय बंगाल की 51वीं तथा 52वीं पैदल पलटन के विद्रोहियों ने अपना प्रभुत्व जमा रखा था। वे भी अधिक काल तक सर ह्यू की विजयी सेना का सामना न कर सके और अन्त में दुर्ग छोड़कर भाग निकले।

इस प्रकार स्थान-स्थान पर बड़ी सुगमतापूर्वक विजय प्राप्त करते और विद्रोहियों को मार-मारकर भगाते हुए सर ह्यू ने धीरे-धीरे नर्मदा नदी के उत्तरी तट का सारा प्रदेश अपने हस्तगत कर लिया। अब उन्हें झांसी की चिन्ता पड़ी, जिसे वे बुन्देलखण्ड में विद्रोहियों का सबसे बड़ा केन्द्र समझ चुके थे। इसीलिए उन्होंने कमाण्डर-इन-चीफ जनरल कैम्पबेल से यह कहा था, ''जब तक झांसी विजित न होगी, तब तक उत्तरी भारत में विद्रोहियों का नाम-निशान मिटाना असम्भव ही बना रहेगा।''

उस समय उन्हें झांसी पहुंचने के मार्ग में नाना प्रकार की कठिनाइयां दीख रही थीं। कारण, सागर से कानपुर तक सारा-का-सारा ही प्रदेश विद्रोही सेनाओं से अटा पड़ा था और मालचून, मदनपुर, नारूत, धमोली आदि नाम की कई संकीर्ण घाटियां भी इसी मार्ग में पड़ती थीं, जहां से अपनी सेनाओं को सुरक्षित रूप से निकाल ले जाना कोई हँसी-खेल न था। वहां पग-पग पर विद्रोही सेनाओं के जी तोड़कर युद्ध करने का भी भय था और सर ह्यू रोज इन सभी अड़चनों को भलीभांति जानते थे। अतः उन्होंने अपनी सेना को कई भागों में विभाजित करके उन्हें भिन्न-भिन्न

मार्गों से निकाल ले जाने का निश्चय किया और आप अपनी सेना के सबसे बड़े भाग को साथ लेकर नारूत घाटी की ओर पग बढ़ाया।

किन्तु जब उन्होंने इस मार्ग पर बानपुर के राजा को युद्ध के लिए उद्यत पाया, तो अपना यह विचार बदलकर उन्होंने शाहगढ़ राज्य के मदनपुर घाट वाले मार्ग से जाने की सोची। परन्तु इस मार्ग में भी यह भय था कि कहीं अंग्रेज़ी सेना के उधर मुख करते ही, बानपुर का राजा भी शाहगढ़ नरेश की सहायता के लिए वहीं न पहुंच जाए और वहां दोनों की सम्मिलित सेनाओं से ही टक्कर न लेनी पड़े। अतः उन्होंने अपनी सेना के एक भाग को तो नारूत घाटी की ओर बानपुर के राजा को युद्ध में संलग्न रखने के लिए भेज दिया, और दूसरा भाग अपने साथ लेकर मदनपुर घाटी की ओर प्रस्थान किया। परन्तु मार्ग वह भी साफ नहीं था।

कारण, बानपुर के राजा ने इस घाटी पर भी युद्ध की खूब तैयारियां कर रखी थीं। अतः यहां ऐसी जमकर लड़ाई हुई कि सर ह्यू भी घायल हो गए और उनका घोड़ा भी मारा गया। परन्तु उनकी सेना संख्या में बहुत अधिक होने के कारण विजय उन्हीं की रही और अपने शत्रु-दल को पीछे धकेलते-धकेलते वे सराय दुर्ग के पास जा पहुंचे, जो एक छोटी-सी पहाड़ी पर बना हुआ था। उसके समीप ही शाहगढ़-नरेश का एक बड़ा सुन्दर बगीचा था; सर ह्यू ने उसमें ही अपना डेरा जमाया और अगले दिन ही मोरोबरा ग्राम पर आक्रमण करके वहां के विद्रोहियों को भी मार भगाया।

बुन्देलखण्ड के पोलिटिकल एजेण्ट सर राबर्ट हैमिल्टन इस विजयी सेना के साथ ही थे। उन्होंने शाहगढ़ राज्य के भी अंग्रेज़ी शासनाधिकार में कर लिये जाने की घोषणा कर दी। कारण, वहां का राजा तो अंग्रेज़ों के भय से अपनी राजधानी छोड़कर पहले ही भाग गया था, जो सरदार वहां मिले उन्हें और एक राजज्योतिषी को, जिसने अंग्रेज़ों की हार की भविष्यवाणी करके विद्रोहियों का साहस बढ़ाया था, फांसी दे दी गई।

इधर जब बानपुर के राजा ने अंग्रेज़ों की विजय का समाचार सुना, तो उसने भी साहस हार दिया और रणक्षेत्र से भागकर अपनी जान बचा लेने में ही कुशल समझी। विजयी अंग्रेज़ी सेना के अफसर मेजर वायलोन ने बानपुर के राजमहल के एक भाग को तोप से उड़ाकर और दूसरे को अग्निदेव की भेंट करके अपना क्रोध शान्त किया और बानपुर के दुर्ग पर 'यूनियन जैक' लहरा दिया।

अगले ही दिन एक क्षुद्र-सी लड़ाई के उपरान्त ह्यू ने तालबीहट का दुर्ग भी विद्रोहियों से खाली करा लिया और फिर 17 मार्च को चन्देरी के प्रसिद्ध ऐतिहासिक दुर्ग को भी अपने अधिकार में लेकर, 19 मार्च को झांसी से 14 मील इधर चंचनपुर नामक ग्राम में अपना डेरा जा डाला। उस समय उनके अधीन 60 हज़ार से अधिक सेना थी।

उससे दूसरे ही दिन उन्होंने झांसी की नाकाबन्दी करने के लिए एक प्रबल तोपखाना तैयार कर दिया और सब प्रकार के अस्त्र-शस्त्रों से सुसज्जित रिसाला झांसी की ओर भेज दिया और आप झांसी दुर्ग पर आक्रमण करने की तैयारी में निमग्न हो गए।

ठीक उसी समय सर ह्यूरोज़ को गवर्नर-जनरल की ओर से यह आज्ञापत्र पहुंचा कि झांसी पर आक्रमण करने से पहले आप अंग्रेज़ सरकार के श्रद्धालु मित्र चरखारी के राजा रत्नसिंह की सहायता के लिए चल दीजिए। कारण, तात्या टोपे ने, जिसकी वीरता की उन दिनों चहुं ओर धाक मच रही थी, चरखारी पर आक्रमण कर दिया था।

अतः सर ह्यूरोज़ इस असमंजस में फंस गए कि क्या करें और क्या न करें?

महावीर तात्या टोपे

महावीर तात्या टोपे, नाना साहब की वीर सेना के सेनापति थे। जान पड़ता है, नाना साहब जब मेरठ और उसके समीपस्थ स्थानों में अंग्रेज़ी सेना के विद्रोह के समाचार सुनकर, उसके नेतृत्व के लिए अपनी सेना का कुछ भाग लेकर उस ओर प्रस्थान कर गए, तो पेशवाई गद्दी और तत्सम्बन्धी जागीर आदि तथा सेना का सब प्रबन्ध अपने भाई राव साहब तथा अपने सेनापति तात्या टोपे के ही हवाले कर गए थे। इसलिए जहां कानपुर तथा युक्तप्रान्त के अन्य कई नगरों से सम्बन्ध रखने वाली विद्रोही घटनाओं में नाना साहब का बार-बार वर्णन आता है और उनके साथ उनका घनिष्ठ सम्बन्ध प्रकट होता है, वहां झांसी और उसके समीपस्थ प्रदेश के संग्राम में नाना साहब की जगह राव साहब और तात्या टोपे का वर्णन ही बहुत मिलता है, अथवा हमारे इस उपन्यास की नायिका महारानी लक्ष्मीबाईजी का, जिनके सम्बन्ध में उनके कट्टर-से-कट्टर शत्रुओं और विरोधियों को भी एक स्वर से यह निर्णय देना पड़ा है कि समस्त प्रदेश के भीषणतम संग्राम की प्राण वही थीं।

इधर महारानी लक्ष्मीबाई भी अपनी स्वाभाविक वीरता तथा प्राकृतिक उत्साह से, जो उनमें कूट-कूटकर भरा था, सब प्रकार अंग्रेज़ों का सामना करने को उद्यत हो गईं, और जैसा कि आगामी पृष्ठों से प्रकट होगा, उन्होंने अंग्रेज़ों की उद्दण्ड सैनिक शक्ति के सम्मुख कभी भी सिर न झुकाकर अपने लहू के प्यासे शत्रुओं को भी एक बार अपनी प्रशंसा करने के लिए विवश कर दिया।

उदाहरणरूप, उनके परम शत्रु सर ह्यू रोज़ को भी, जो झांसी को मटियामेट कर देने की शपथ खाकर ही बम्बई से चले थे, महारानी लक्ष्मीबाईजी के सम्बन्ध में अन्ततः अपनी यही सम्मति प्रकट करनी पड़ी, ''समस्त विद्रोही सरदारों में रानी झांसी सबसे अधिक शूरवीर तथा सर्वोत्तम सुयोग्य सेनाध्यक्ष सिद्ध हुई।''

केवल ह्यू ने ही नहीं, अपितु महारानी के सबसे कट्टर विरोधी इतिहासकार को भी, जिसने उनके विरुद्ध कटु-से-कटु विष उगलने का कोई भी अवसर अपने हाथ से कभी नहीं जाने दिया, अपनी कृति 'विद्रोही इतिहास' अर्थात् 'हिस्ट्री ऑफ

म्यूटिनी' के 5वें भाग में झांसी के रणक्षेत्र में काम करने वाले विद्रोही नेताओं की योग्यता की तुलना करते हुए, यह लिखना पड़ा हैः

"इन विद्रोही नेताओं अर्थात् राव साहब, नवाब बांदा, तात्या टोपे और रानी झांसी के कृत्यों पर विचार करते हुए, इनमें से पहले दो अर्थात् राव साहब और नवाब साहब को तो वैसे ही अलग कर देना पड़ता है। कारण, इनमें न आचार-व्यवहार के ही वे गुण थे और न वह तीव्र बुद्धि तथा दूरदर्शिता ही थी, जो किसी विशाल सैनिक भावना अथवा साहसयुक्त युद्ध-नीति को सोचने और चलाने के लिए परमावश्यक समझी जाती है। अब रह गए तात्या टोपे और रानी झांसी। इन दोनों में से यह नहीं कि तात्या टोपे को इसलिए विचारणीय न समझते कि वह स्वयं कोई ऐसी रणकुशलता-युक्त चालें सोचने के सर्वथा अयोग्य था, वरन् केवल इसलिए कि उसने स्वयं अपनी आत्मकथा में अपने सैनिक जीवन का सबसे अधिक सफल घटनाओं को अपनी समझ-बूझ का परिणाम प्रकट करके, उनके श्रेय का अधिकारी अपने-आपको कभी प्रकट नहीं किया। किन्तु इनमें से चौथे विद्रोही रानी झांसी में स्वभावतः वह तीक्ष्ण बुद्धि, वह साहस और वह वीरोत्साह विद्यमान था, जो निराशा के समय विशेषतः अपना प्रकाश प्रकट करता है और जो किसी महान् कार्य की पूर्ति के लिए अनिवार्य रूप से आवश्यक समझा जाता है। प्रतिशोध की प्रबल इच्छा और रक्तरंजित आत्मा के कारण रानी के हृदय में हमारे प्रति एक ऐसी प्रबल घृणा उत्पन्न हो गई थी, जो बराबर उसके मन में यह विचार दृढ़ करती रहती थी कि जब तक भी उसे कोई अवसर मिलता रहे, वह पूरी-पूरी शक्ति से हम पर कठोर-से-कठोर वार करती रहे। इसके लिए जो भी अवसर उसके सामने आता था, उसे वह पहचान भी खूब सकती थी; अपितु इसके साथ ही वह यह आशा कर सकती थी कि यदि उसका कोई एक वार भी सफल हो जाए, तो शायद वहीं से सारे संग्राम का भाग्यचक्र बदल दे, जो उस समय उसके सामने बड़ी तेज़ी से चल रहा था। फिर उसे कम-से-कम अपने एक साथी अर्थात् राव साहब पर भी असीम प्रभाव प्राप्त था, जिससे वह पूरा-पूरा काम लेने से कभी न चूकती थी।"

यद्यपि मैलकम साहब ने अपने इस लेख में नाना साहब के सेनापति तात्या टोपे के कृत्यों की ओर बड़े ही संक्षिप्त शब्दों में संकेत किया है और यह भी लिखा है कि उनका श्रेय भी तात्या के अपने वचनानुसार स्वयं उसे प्राप्त नहीं किन्तु फिर भी जैसा कि हम पहले भी लिख चुके हैं, तात्या टोपे की धाक अंग्रेज़ी संसार में दूर-दूर तक फैल चुकी थी। उदाहरणरूप, लन्दन के प्रसिद्ध दैनिक पत्र 'डेली न्यूज़' ने उनके सम्बन्ध में लिखा थाः

"तात्या टोपे महाराष्ट्र के एक अकुलीन ब्राह्मण वंश से सम्बन्ध रखता है। उसकी आयु प्रायः 25 वर्ष की है। वह बड़ा साहसी, उद्यमी, धीर, गम्भीर, वीर योद्धा है। उसका शरीर सुडौल, गठा हुआ और मंझले कद का है। मस्तक चौड़ा तथा ऊंचा और रंग गोरा है। वह सदैव साधारण वस्त्र पहनता है और साधारण ही आहार खाता

है। डाके डालना और लूट-मार करना ही उसका काम है। वह यद्यपि अशिक्षित है परन्तु फिर भी बड़ा धूर्त तथा बुद्धिमान है। अपने साथियों से उसे विशेष प्रेम है, इसीलिए सहस्त्रों शूरवीर योद्धा उसके साथ रहते हैं। वह अकेला कभी नहीं घूमता। सदैव 20-25 योद्धा अंगरक्षक रूप से उसके साथ रहते हैं। उसकी बातों में वह जादू है कि वह जिसे भी चाहता है, अपने वश में कर लेता है। दीन-निर्धनों को गुप्तदान देने और धनपतियों को लूटने की भी उसे विशेष साध (शौक) है। वह दिन-रात घोड़े पर सवार रहने से भी नहीं थकता। एक दिन में घोड़े की पीठ पर सौ-सवा सौ मील की दौड़ लगा लेना उसके लिए साधारण-सी ही बात है। वह अपने-आपको नाना साहब का प्रतिनिधि प्रकट करता है।''

लन्दन के दूसरे प्रसिद्ध दैनिक पत्र 'टाइम्स' में उसके भारतीय संवाददाता मि. रसेल ने अपनी 4 दिसम्बर की चिट्ठी में लिखा थाः

''हमारा विचित्र मित्र तात्या टोपे इतना चतुर और कठोर है कि मैं उसकी सराहना किए बिना भी नहीं रह सकता। उसने हमारे बहुत-से नगर उजाड़ दिए। खज़ाने लूट लिये। युद्ध-सामग्री के गोदाम खाली कर दिए। सेनाएं इकट्ठी कीं और कटवा डालीं। राजाओं से तोपें छीन लीं और खो दीं, फिर छीनीं और फिर खो दीं। अपनी द्रुतगति में तो वह विद्युत् से भी बढ़-चढ़कर है। कई-मई सप्ताह तक प्रतिदिन 30-30, 40-40 मील की चाल से यात्रा करता है। हमारी सेना के आगे-आगे रहता हुआ, अचानक ही विद्युत के समान पीछे जा पहुंचता है। कोई यन्त्र भी अपनी सर्वोत्तम मशीनरी की सहायता से यह कार्य शायद ऐसी तेज़ी से न कर सकेगा। पर्वतों की चढ़ाई पर, नद-नदियों के बहाव पर, कन्दराओं में, घाटियों में, दलदलों में, सारांश कहीं भी; आगे-पीछे, ऊपर-नीचे, इधर-उधर उसके आने-जाने में कोई भी रोक-टोक बाधा नहीं डाल सकती। पेंचीले-से-पेंचीले चक्करदार मार्गों में चक्कर काटता हुआ वह अकस्मात् ही बाज़ के समान हमारी गाड़ियों पर झपट्टा मारकर कभी तो हमारी बम्बई की डाक उड़ा ले जाता है, कभी कोई ग्राम लूट-लाटकर फूंक जाता है। और फिर भी उस छलावे को कोई पकड़ नहीं सकता।''

इसी वीर तात्या टोपे के सम्बन्ध में मेजर एवालिस बैल ने अपनी सुविख्यात पुस्तक 'एम्पायर इन इण्डिया' में यह लिखा है, ''तात्या टोपे ने अपने रक्षात्मक रणकार्यों के जो उच्च कोटि की रणकुशलता प्रकट की है, यदि वह कुछ और साहस तथा वीरता करके उनमें आक्रमणात्मक रंग भी भर देता तो निश्चय ही वह हिन्दू गेरीबाल्डी[1] का उच्च पद प्राप्त कर सकता था।''

1. गेरीबाल्डी के सम्बन्ध में हमारे पाठकों को यह ज्ञात होना चाहिए कि इटली देश के इस वीर जातिसेवक ने वहां के शूरवीर जातीय नेता मेज़िनी के सहयोग में, तत्कालीन पराधीन इटली की स्वतन्त्रता के लिए कार्य करके इटली के जातीय इतिहास में अपने लिए अमर पद प्राप्त कर लिया है।

ऐसे थे ये वीर तात्या टोपे, जिनके चरखारी राज्य की ओर मुख करने का समाचार सुनते ही, गवर्नर-जनरल साहब को अपने मित्र चरखारी नरेश की चिन्ता पड़ गई थी। वास्तव में बात यह कही जाती है कि तात्या टोपे के पूज्य पिताजी उस समय वहीं चरखारी में या उसके आस-पास ही कहीं थे और वे उनके ही दर्शनों के लिए वहां गए थे। सम्भवतः इसीलिए गवर्नर जनरल ने यह सोचकर सर ह्यू को यह आज्ञापत्र भेज दिया था कि कहीं झांसी पर हमारे आक्रमण का समाचार पाकर तात्या पहले हमारे मित्र चरखारी नरेश का ही अन्त करके महारानी की सहायता के लिए झांसी न आ पहुंचे। फिर झांसी में युद्ध छिड़ जाने पर सर ह्यू के लिए महारानी और तात्या की सेनाओं का दोनों ओर से सामना करना और भी कठिन हो जाएगा। अतः यही ठीक होगा कि पहले तात्या से निबटकर ही झांसी पर आक्रमण किया जाए।

निस्सन्देह चंचनपुर से चरखारी 80 मील था और झांसी केवल 14 मील। किन्तु गवर्नर जनरल यह भी खूब जानते थे कि तात्या के लिए एक दिन में 30-40 मील का धावा मार लेना भी कोई बड़ी बात नहीं, क्योंकि उसके सभी काम तूफान की-सी तेज़ी से हुआ करते थे।

किन्तु इधर सर ह्यू किसी और ही विचार में थे। वे पहले तो यह आज्ञा पाकर कुछ चिन्तित से हो गए, परन्तु सर राबर्ट हैमिल्टन, बुन्देलखण्ड के पोलिटिक्ल एजेण्ट ने जो उनके साथ ही थे उन्हें गवर्नर जनरल आज्ञापत्र की ओर कुछ ध्यान न देने की सलाह दी। उन्होंने सर ह्यू से कहा कि 'यदि इस समय हम गवर्नर जनरल की आज्ञा मानकर चरखारी की ओर चल दिए तो न जाने इस बीच में रानी अपने दुर्ग की रक्षा के लिए और क्या-क्या प्रबन्ध कर डाले। तब हमारे लिए यह दुर्ग जीतना और भी कठिन हो जाएगा। अतः हमें शीघ्रातिशीघ्र इस पर आक्रमण करके, इसे हस्तगत कर लेना चाहिए। कारण समस्त-बुन्देलखण्ड में यही विद्रोहियों का सबसे बड़ा केन्द्र है। इस पर अधिकार पाते ही, हम इस प्रदेश के सभी विद्रोहियों की एक प्रकार से कमर तोड़ डालेंगे। आप गवर्नर-जनरल की आज्ञा की कुछ चिन्ता न करें। मैं अपने उत्तरदायित्व पर उन्हें सब वृत्तान्त भलीभांति समझाकर लिखे देता हूं। यहां का स्थानीय अधिकारी होने के कारण इस प्रदेश की जो स्थिति मुझे ज्ञात हो सकती है, वह इतनी दूर बैठे गवर्नर-जनरल को कदापि नहीं हो सकती, इसके लिए जो उत्तरदायित्व मेरा है, यह गवर्नर-जनरल का भी नहीं। फिर यहां से निकलकर कालपी पर आक्रमण करने के सम्बन्ध में जो कार्यक्रम हम निश्चित कर चुके हैं आपके चरखारी चले जाने से वह भी तो सब मटियामेट हो जाएगा।'

सर ह्यू स्वयं भी यही चाहते थे। अतः वे झांसी पर आक्रमण की तैयारी में जी-जान से जुट गए और सर राबर्ट ने गवर्नर-जनरल के आज्ञापत्र के उत्तर में अपनी सब उपर्युक्त युक्तियां और भी विस्तृत तथा पुष्ट रूप में लिखकर अन्त में यह भी

लिख दिया कि 'यद्यपि यह मानने में भी मुझे कोई आपत्ति नहीं कि इस समय हमें चरखारी-नरेश की अवश्यमेव सहायता करनी चाहिए, परन्तु वर्तमान स्थिति में हम अपनी समस्त सेना चरखारी ले जाना किसी प्रकार भी उचित नहीं समझते। कारण, झांसी पर हमारे आक्रमण का समाचार सुनते ही चरखारी तो क्या सारे प्रदेश के विद्रोही स्वयमेव रानी की सहायता के लिए झांसी खिंचे चले जाएंगे। अतः यह आवश्यक है कि उनके यहां पहुंचने से पूर्व ही हम झांसी दुर्ग पर अपना अधिकार जमा लें, जिससे उनके सभी प्रयत्नों को निष्फल कर डालने में हमें फिर पूरी-पूरी सुगमता हो जाएगी।

किन्तु महारानी लक्ष्मीबाई के साहस तथा पराक्रम ने शीघ्र ही सर ह्यू रोज़ और सर राबर्ट हैमिल्टन पर यह प्रकट कर दिया कि झांसी दुर्ग पर अधिकार पाना कोई हँसी-खेल नहीं।

किं बहुना, 20 मार्च, 1858 को सर ह्यू रोज़ ने अपने सारे दल-बल सहित प्रातः आठ बजे, धूम-धाम से झांसी की ओर धावा बोल दिया।

पत्र-व्यवहार

यह तो हम पहले ही लिख चुके हैं कि जब विद्रोहियों ने झांसी दुर्ग जीतकर, वहां के दुर्ग-बन्द अंग्रेज़ पुरुषों, स्त्रियों तथा बालकों की हत्या से अपनी भड़की हुई रक्त-पिपासा बुझा ली तो दिल्ली जाने से पूर्व लोभ तथा तृष्णा से प्रभावित होकर, उन्होंने महारानी लक्ष्मीबाई के राजमहल को जा घेरा और उसे भी विनाश तथा विध्वंस करने के लिए उद्यत हो गए। परन्तु महारानी जी ने अपने लाख-सवा लाख रुपये के जड़ाऊ-आभूषण उनकी भेंट करके अपने राजमहल तथा उसमें निवास करनेवाले अपने सभी सम्बन्धियों और आश्रितजनों के प्राण उन भयंकर जन्तुओं की क्रोधाग्नि से बचा लिये। तदुपरान्त उन्होंने सोचा कि हम सब इस प्रकार कब तक सुरक्षित रह सकते हैं? यह विचार मन में आते ही साहसवती महारानी जी अपनी सैनिक शक्ति को धीरे-धीरे बढ़ाने लगीं। अपने इस ध्येय की पूर्ति के लिए उन्होंने जहां एक ओर अपने राज्य और उसके आस-पास के सभी मनचले वीर योद्धाओं को अपनी सेना में भरती करके उनका सब प्रकार का साहस बढ़ाया, वहां साथ ही इसके, उन्हें शान्ति-काल में भी किसी-न-किसी लाभकारी कार्य में लगाए रखने के लिए, अट्ठारह प्रकार के भिन्न-भिन्न कार्यालय खोल दिए, जिनमें उनसे गोला-बारूद, तोप-बन्दूक, बरछी-भाले, तलवार, कटार आदि सभी युद्ध-सामग्री के अतिरिक्त दैनिक आवश्यकताएं पूर्ण करने के लिए भी सभी उपयुक्त सामान तैयार कराने लगीं।

इन्हीं दिनों में उन्होंने अपनी पुरानी, प्रसिद्ध और ऐतिहासिक 'भवानी शंकर', 'कड़क-बिजली', 'घनगर्जन', 'नालदार' आदि के नमूने की और भी बहुत-सी तोपें तैयार करा लीं, जिनकी संख्या 50 से अधिक कही जाती थी। कुछ ऐतिहासिकों का तो इस सम्बन्ध में यह विचार है कि उन तोपों की मार का सामना करने वाली तोपें तत्कालीन अंग्रेज़ी सेना के पास भी नहीं थीं।

किन्तु ये सब तैयारियां देश में चहुं ओर लूटमार करती फिरती हुई विद्रोही सेनाओं की रोकथाम के लिए ही थीं। अंग्रेज़ों से कभी कोई टक्कर आ पड़ने का तो विचार तक भी उनके मन में कभी नहीं आ पाया था। कारण, जैसा कि हम पहले लिख चुके हैं, वे अंग्रेज़ों को जातीय रूप से फिर भी इन विद्रोही सरदारों तथा

उन सैनिकों की अपेक्षा कहीं अधिक सुनियमित तथा न्यायप्रिय समझती थीं और इसीलिए विद्रोहियों की अपेक्षा उनकी सदा सहायता करती रही थीं और यह समझ बैठी थीं कि कोई कठिन समय आ पड़ने पर जो सहायता हमें अंग्रेज़ों से मिल सकती है, वह किसी भी विद्रोही सरदार से कभी नहीं मिल सकती।

किन्तु दुर्भाग्यवश इस सिलसिले में वे समय-समय पर जो भी पत्र अंग्रेज़ अधिकारियों के पास भेजती रहीं, वे या तो उनके विपक्षियों के गुप्त षड्यन्त्रों के कारण अंग्रेज़ों तक पहुंचे ही नहीं, और यदि पहुंचे भी तो अंग्रेज़ों ने उनकी ओर कभी पूरा-पूरा ध्यान ही नहीं दिया और न उनकी यथार्थता पर ही कभी विश्वास किया। इसका ही परिणाम था कि अंग्रेज़ों के हृदय में महारानी जी के विरुद्ध दिनोंदिन द्वेष तथा अविश्वास बढ़ता गया और सभी अंग्रेज़ अफसर सब प्रकार उनके सर्वनाश पर कटिबद्ध होते गए।

इसलिए जब महारानी जी ने सब प्रकार अंग्रेज़ों की सहायक तथा शुभचिन्तक रहते हुए भी यह देखा कि अंग्रेज़ एक कट्टर विद्रोही तथा शत्रु के निर्मूल कथन पर विश्वास करके उनका सर्वनाश करने पर ही उद्यत हो गए हैं, तो अन्त में उन्हें भी विवश होकर, अपने छोटे भाई विद्रोही महाराष्ट्र सरदार राव साहब के साथ मिल जाना पड़ा, जो बाल्यावस्था से ही उनके साथ पले और खेल-कूदकर बड़े हुए थे और जिनके साथ ही उन्होंने सब प्रकार की प्रारम्भिक शिक्षा पाई थी। इसलिए वे भी उन्हें अपनी छोटी बहन के समान मानते थे।

यही कारण था कि पहले तो जब महारानी जी ने सर ह्यू रोज़ की इस भीषण सेना के झांसी पर आक्रमण करने का समाचार पाया तो उन्हें उस पर विश्वास ही न आया, क्योंकि अंग्रेज़ों के इस आक्रमण का कोई भी निश्चित कारण उनकी समझ में न आ सकता था, किन्तु जब उन्हें यह समाचार सत्य होने के प्रमाण भी मिलने लगे, तो उन्होंने अपने सलाहकारों की एक सभा बुलाकर उनके सामने यह प्रश्न रखा कि अब क्या करना चाहिए।

दूरदर्शी तथा अनुभवी वयोवृद्ध सरदार नाना भूपतकर ने बहुत कुछ सोच-विचार कर कहा कि 'सबसे पहले तो हमें ग्वालियर और इन्दौर के पोलिटिकल एजेण्ट महोदय की सेवा में अपना कोई चतुर विश्वस्त दूत भेजकर उन्हें यह विश्वास दिलाना चाहिए कि हम सब प्रकार अंग्रेज़ सरकार के शुभचिन्तक हैं और पिछले दस मास में हमने झांसी राज्य के प्रबन्ध की जो देखभाल की है, वह भी सागर के पोलिटिकल अफसर की उस आज्ञा से ही की है जो उन्होंने अंग्रेज़ सरकार के प्रतिनिधि के रूप में हमें दी थी। फिर झांसी के घेरे के समय अपने हाथ में कोई विशेष अधिकार अथवा शक्ति न होते हुए भी हमने अपने-आपको विद्रोहियों के भीषण क्रोध का पात्र बनाकर भी दुर्ग-बन्द अंग्रेज़ों को गुप्त-रूप से यथाशक्ति सब प्रकार की सहायता पहुंचाई है

और तत्पश्चात् भी सदाशिवनारायण तथा नत्थे खां जैसे प्रबल विद्रोहियों से युद्ध करके इस प्रदेश को हमने अंग्रेज़ी शासन के लिए सुरक्षित रखा है। ये सभी कार्य हमने अंग्रेज़ों के एक हितैषी मित्र तथा प्रतिनिधि के रूप में ही किए हैं। अतः हमें विद्रोही समझकर हमारे साथ यह संग्राम छेड़ना सरकार की बड़ी भारी भूल होगी।

महारानी जी को वृद्ध अनुभवी राजनीति-विशारद भूपतकर जी का यह परामर्श बहुत पसन्द आया। अब इस आवश्यक सेवा की यथेष्ट पूर्ति के लिए एक सुचतुर विश्वस्त वाक्पटु अंग्रेज़ी भाषाभाषी दूत की खोज हुई। अन्ततः एक योग्य व्यक्ति को ये सब बातें खूब समझा-बुझाकर और इसी आशय का एक विशेष प्रार्थना-पत्र भी उसे देकर, पोलिटिकल एजेण्ट ग्वालियर राज्य की सेवा में भेजा गया। किन्तु दुर्भाग्य से वह इन परमावश्यक सेवाओं के सर्वथा अयोग्य सिद्ध हुआ और न जाने क्यों वह ग्वालियर राज्य के ईसगढ़ प्रान्त में ही अपने सम्बन्धी रामचन्द्र बाजीराव के घर बैठा रहा। और सम्भवतः उसके परामर्श से झांसी दरबार के साथ कपट-भरे निस्सार पत्र-व्यवहार में ही व्यर्थ समय खोता रहा और महारानी जी को धोखा देता रहा।

उसकी इस विश्वासघात तथा मूर्खतापूर्ण करतूत के कारण अंग्रेज़ अधिकारियों को, जो पहले ही महारानी जी को बड़ी सन्देह-भरी दृष्टि से देखते थे, उनके विद्रोही होने का और भी दृढ़ निश्चय हो गया और स्थिति दिनोंदिन बिगड़ती ही चली गई। परिणाम यह हुआ कि (जैसा कि पहले लिखा जा चुका है) 20 मार्च को सर ह्यू ने चंचनपुर से झांसी की ओर कूच बोल दिया, जिसका समाचार पाकर झांसी में भारी व्याकुलता फैल गई और सब यही सोचने लगे कि अब क्या किया जाए।

अभी महारानीजी और उनके सलाहकार यह सोच ही रहे थे कि इतने में एक प्रहरी ने आकर यह सूचना दी कि अंग्रेज़ सेना से एक दूत कुछ सन्देशा लाया है। तुरन्त ही सम्मानपूर्वक उसे बुलाया गया। उसने उचित रूप से सैनिक सलामी देते हुए एक मोहर-जड़ित लिफाफा भेंट किया। मन्त्री जी ने लिफाफा फाड़कर पत्र निकाला और सबको सुनाया। उस पत्र का सार कुछ ऐसा था।

"चंचनपुर
20-3-1858

"रानी लक्ष्मीबाई को यह सूचना दी जाती है कि हम अपनी सेना सहित यहां पहुंच गए हैं। अच्छा यही होगा कि अपने आठों मन्त्रियों सहित तुम भी निश्शस्त्र होकर, दो दिन के अन्दर हमारे कैम्प में आकर हमें मिलो, जिससे तुम्हारे भविष्य के सम्बन्ध में कोई निर्णय किया जाए। उन सलाहकारों के नाम निम्नलिखित हैं।

"(1) दीवान लक्ष्मणराव राजमन्त्री, (2) दीवान जवाहर सिंह कटीलेवाले पंवार, (3) दीवान रघुनाथ सिंह, (4) सरदार लालाभाऊ बख्शी, (5) सरदार मोरोपन्त ताम्बे,

(6) सरदार नाना भूपतकर, (7) सरदार गुलाम गौस खां।[1]

"यदि इस आज्ञा का पालन नहीं किया गया तो कठोर दण्ड दिया जाएगा।

सर ह्यू रोज़

कमाण्डर-इन-चार्ज"

अंग्रेज़ कमाण्डर का यह सन्देश सुनते ही पहले तो महारानी जी का मुखारविन्द क्रोध से तमतमा उठा, किन्तु फिर वे लहू का घूंट पीकर चुप रह गईं। अन्ततः उन्होंने अपने पिताजी से सम्बोधन करके कहा, "कृपा कर आप दूत के विश्राम तथा आदर-सत्कार का उचित प्रबन्ध कर दीजिए, इस पत्र का उत्तर तैयार हो जाने पर उसे बुलाकर दे दिया जाएगा।"

जब दूत सलाम करके मोरोपन्तजी के साथ चला गया तो महारानीजी ने दीवान लक्ष्मणराव और अपने अन्य परामर्शदाताओं को सम्बोधन करके कहा, "वीर सज्जनो! आपने अंग्रेज कमाण्डर की मांग सुन ली है। उसने हमें नितान्त निर्बल, साहसहीन तथा निर्लज्ज समझकर ही हमसे यह अनुचित तथा अपमानजनक मांग की है, जिसे कोई भी वीर योद्धा सुनना भी सहन नहीं कर सकता, मानने की तो बात ही क्या है? उन्हें शायद यह भी ज्ञात नहीं कि हम महाराष्ट्र वीर जहां मान-सम्मान से जीना जानते हैं, वहां समय आ पड़ने पर अपनी जान और शान पर मरना भी भली प्रकार जानते हैं। हमें कदापि यह आशा न थी कि अंग्रेज़ी सरकार हमारी सभी पुरानी सेवाओं तथा इस विप्लव के समय के शुभेच्छापूर्ण कार्यों का हमें यह पारितोषिक देगी, या हमें इतना निन्दनीय, कायर, क्रूर, समझकर हमसे कोई ऐसी मांग करेगी, जिसे ठंडे हृदय से सुनना भी हमारी शक्ति से बाहर हो जाएगा। क्या आप अंग्रेज़ कमाण्डर की यह मांग स्वीकार करके साहसहीन कायरों के समान अपमानित होकर संसार में जीना या उनके अत्याचारों का शिकार होकर फांसी पर लटकना पसन्द कर सकते हैं?"

महारानी जी के ये आवेश-भरे वचन अभी पूरे भी न हो पाए थे कि सभी वीर योद्धा ऐसे जोश में आ गए कि साधारण शिष्टाचार तथा सभा के सभी नियम भूलकर महारानी जी की बात बीच में ही काटते हुए सभी एक स्वर से बोल उठे, "कदापि नहीं! कदापि नहीं!"

उनका यह वीरोचित आवेश देखकर महारानी जी ने प्रसन्नता से मुस्कराते हुए कहा, "वीर योद्धाओ! आप सबका यह आत्म-सम्मान से भरा वीरोचित आवेश देखकर

---

1. इस तालिका के पूरे-पूरे नाम किसी भी ऐतिहासिक पुस्तक में नहीं मिलते। मूल ग्रन्थों में केवल चार ही नाम मिलते हैं, परन्तु यह भी साथ ही लिखा है कि आठ सलाहकार बुलाए गए थे, अतः हमने दीवान जवाहरसिंह, दीवान रघुनाथसिंह और सरदार गुलाम गौसखां के नाम भी (पिछले युद्ध में, जो नत्थे खां के साथ हुआ था उसमें, उनकी योग्यता तथा वीरता के विचार में) तालिका में शामिल कर दिए हैं। आठवां नाम कोई समझ में नहीं आता।

हमें बड़ा ही आनन्द तथा सन्तोष हुआ है। परन्तु हम यह नहीं चाहते कि आप केवल आवेश में भरकर बिना सोचे-समझे ही कोई ऐसा निर्णय कर लें कि बाद में पछताना पड़े। अतः यह खूब सोच-समझ लें कि यदि हम अंग्रेज़ कमाण्डर की यह मांग स्वीकार करके दो दिन में उनके कैम्प में उपस्थित हो जाएं, तो भी हामरा जीवित रहना निश्चित नहीं हो सकता। सम्भव है कि वे हमारा सब घर-बार ज़ब्त करके हमें निर्वासित कर दें, या कहीं दूर अथवा समीप किसी दुर्ग या जेल में नज़रबन्द या कैद कर दें। यह भी सम्भव है कि वे हमें हमारे पड़ोसी बालपुर-नरेश के सरदारों तथा दरबारियों के समान अंग्रेज़ी सेना और हमारी प्रजा के सामने, किसी पास के पेड़ पर ही फांसी दे दें। मैंने तो अपने सम्बन्ध में यह निश्चय कर लिया है कि मैं यह कायरों की-सी मृत्यु कदापि नहीं मरूंगी। आप सब भी अपने-अपने लिए जो चाहें निर्णय कर लें! आपको पूरा-पूरा अधिकार है। मैं किसी पर भी इस अन्तिम निर्णय के सम्बन्ध में कोई दबाव डालना नहीं चाहती।''

महारानी जी के ये युक्तिपूर्ण वचन सुनकर सभी सरदार एक क्षण के लिए मौन रह गए। फिर महारानीजी ने एक-एक से अलग-अलग उसका निर्णय पूछा तो प्रत्येक ने यही उत्तर दिया, ''हम अंग्रेज़ी कैम्प में जाकर अपने-आपको अंग्रेज़ों की दया पर छोड़ने को उद्यत नहीं। कायरों के समान पराधीन होकर जीने से रणक्षेत्र में आपके पीछे-पीछे युद्ध करके वीरगति को प्राप्त होना ही हमें हज़ारों दर्जे अधिक पसन्द है।''

अपने सभी वीर योद्धाओं के मुख से यह उत्तर सुनकर महारानी जी बहुत प्रसन्न हुईं और सब प्रकार उनकी प्रशंसा करके उनका साहस बढ़ाने लगी।

तत्पश्चात् सबके परामर्श से निम्नलिखित पत्र लिखकर पत्रवाहक के हवाले कर दिया गयाः

''राजमहल झांसी,
20 मार्च, 1858

''कमाण्डर साहब!

आपका परवाना मिला। हमें कदापि यह आशा न थी कि अब तक हमारे पूर्व-पुरखाओं ने तथा हमने स्वयं (विद्रोह के कठिन दिनों में) अपने प्राणों को संकट में डालकर भी अंग्रेज़ी सरकार की जो सेवाएं की हैं, उनकी यह कदर करके हमारा इस प्रकार सत्कार किया जाएगा! सम्भवतः इससे पूर्व अंग्रेज़ी सरकार के सब प्रकार के अन्याय तथा अनुचित निर्णय चुपचाप सहन करके हमने जो दुर्बलता प्रकट की है, इससे ही आपने यह अनुमान लगा लिया है कि हम आपके इस अन्यायपूर्ण और भ्रमात्मक निर्णय को भी चुपचाप स्वीकार करके अपने और अपने योद्धा सरदारों के बहुमूल्य प्राण आपके दयाभाव की भेंट कर देंगे और किसी प्रकार से भी कोई 'ननु-नच' किए बिना आपकी सेवा में आ उपस्थित होंगे।

"किन्तु श्रीमानूजी! हम इसके लिए कदापि तैयार नहीं। कारण, जहां हम एक ओर शान्ति तथा सम्मानपूर्वक जीना चाहते हैं, वहां हम महावीर योद्धाओं के समान रणक्षेत्र में लड़ते-लड़ते और अपने इस क्षण-भंगुर शरीर का अंग-अंग कटवाते-कटवाते वीरगति को प्राप्त होना भी जानते हैं। अतः आप हमसे यह आशा कदापि न रखें कि हम आपकी सेना से, चाहे वह संख्या में कितनी भी अधिक क्यों न हो, और आपकी तोपों, बन्दूकों आदि से, चाहे वे कितनी भी भयंकर क्यों न हों, भयभीत हो जाएंगे और अपने नश्वर प्राण बचाने के लिए जान पर खेले बिना ही आपको अपने दुर्ग में पैर रखने की आज्ञा दे देंगे। नहीं! यह कदापि न हो सकेगा! आप हमारी लोथों को अपना बन्दी बना लें, तो बना लें। हमारे जीते-जागते शरीरों को कभी बन्दी न बना सकेंगे, यह हम आपको निश्चय दिलाते हैं।

"फिर आपने अपने इस परवाने में हमारे इस बुलावे का कारण भी कोई नहीं लिखा, जिसे हम स्पष्टतः अपना अपमान समझते हैं। इसके साथ ही आपने इसमें जो शर्त लिखी है, वह तो कोई भी वीर क्षत्रिय किसी प्रकार कभी स्वीकार न कर सकेगा। हम यह भी नहीं समझ सकते कि अंग्रेज़ी सरकार अपने पुराने और हितसाधक मित्रों का इस प्रकार अपमान क्यों कर रही है? ऐसी अवस्था में हम यह विश्वास कैसे कर सकते हैं कि आपके कैम्प में पहुंच जाने पर भी हमारे साथ कोई विश्वासघात नहीं किया जाएगा? कारण, दिल्ली के मुगल-सम्राट् के साथ भी अंग्रेज़ सरकार इससे पूर्व ऐसा ही विश्वासघात कर चुकी है।[1]

"किन्तु हम आपको यह विश्वास दिलाते हैं कि अपनी ओर से हम कोई झगड़ा पैदा करना नहीं चाहते और न हमने कभी इससे पहले ऐसा किया ही है, अतः यदि आप चाहें तो अपने राज्य के प्राचीन नियमानुसार, हम अपने दीवान साहब को उनके शस्त्रधारी अंगरक्षकों सहित आपके कैम्प में भेजने के लिए सदैव उद्यत हैं, जिससे कि वे आपके साथ सन्धि की उचित शर्तों का निर्णय कर लें।

"रही हमारे आने की बात! सो इस सम्बन्ध में आपको यह ज्ञात होना चाहिए कि हिन्दू धर्म तथा हिन्दू संस्कृति के अनुसार कोई भी महिला कभी किसी पर-पुरुष से इस प्रकार मिलने नहीं जा सकती, अतः हमसे भी आप यह आशा न रखें। इति।

लक्ष्मीबाई

(महारानी झांसी)"

अंग्रेज़ों के पत्रवाहक को विदा करके महारानी जी ने अपने राज्य में अंग्रेज़ों

1. मि. एन. आर. विहाई ने अपनी पुस्तक '1857' में लिखा है कि दिल्ली नगर पर अधिकार जमा लेने के उपरान्त अंग्रेज़ी फौज़ ने दिल्ली-सम्राट् के मुकदमे की सुनवाई करने के लिए एक सिविल न्यायमण्डल बिठाया, जिसमें अंग्रेज़ों ने सम्राट् बहादुरशाह को निर्वासन-दण्ड देकर, उन्हें बन्दी बनाकर, ब्रह्मदेश भेज दिया। उनके शहजादों की तो ज़रा भी सुनवाई नहीं हुई। वे बेचारे व्यर्थ ही गोलियों के शिकार बना दिए गए।

के इस आक्रमण की घोषणा करके अपनी प्रजा को सावधान कर दिया कि जो कोई किसी कारणवश इस युद्ध में भाग लेना न चाहे, वह अपने प्राण बचाने के लिए, जहां कहीं भी चाहे, भाग जाए। इसके साथ ही उन्होंने राव साहब और तात्या टोपे को भी कालपी से शीघ्रातिशीघ्र सहायता भेजने के लिए सन्देशे भेज दिए। राव साहब तो उस समय कालपी में ही थे, परन्तु तात्या टोपे, जैसा कि ऊपर लिखा जा चुका है, उस समय चरखारी चले गए थे, जिसका महारानी को कुछ पता न था।

कुछ ऐतिहासिकों ने यह भी लिखा है, "जब अंग्रेज़ झांसी के आस-पास खुल्लमखुल्ला गोहत्या करने लगे, तो रानी को बड़ा दुःख पहुंचा। उस समय उन्होंने विद्रोहियों के प्रसिद्ध नेता नाना साहब से पत्र-व्यवहार आरम्भ कर दिया।" किन्तु उनकी यह बात कपोलकल्पित ही जान पड़ती है। कारण, ऐतिहासिक साक्षी से यह स्पष्ट है कि नाना साहब महारानी के इस प्रकार विद्रोह-पताका ऊंचा करने से पूर्व ही नेपाल चले गए थे। यह पत्र-व्यवहार नाना साहब से नहीं, वरन् उनके बड़े भाई राव साहब से ही हुआ था, जैसा कि ऊपर लिखा गया है।

तत्पश्चात् तुरन्त ही महारानी जी, अपने पैतृक दुर्ग की रक्षा के कार्य में पूरी-पूरी लगन से निमग्न हो गईं। उन्होंने तत्काल सब सरदारों को यथास्थान नियत कर दिया और दुर्ग की दुर्भेद्य प्राचीर की, जो 16 से 20 फूट तक चौड़ी थी, सब प्रकार देखभाल करके, जहां-कहीं भी कोई टूट-फूट देखी, उसकी उचित रूप से मरम्मत करा दी तथा दुर्ग के प्रत्येक गगनचुम्बी बुर्ज पर तोपें चढ़ा देने की आज्ञा दे दी। इन्हीं बुर्जों में से एक बड़ा विशाल तथा सुदृढ़ बुर्ज 'गर्जन' नाम से प्रसिद्ध था; उसकी लम्बाई-चौड़ाई 20-20 गज और ऊंचाई 62-62 गज़ की कही जाती है। उसके चारों ओर के मोर्चों पर झांसी की सुविख्यात ऐतिहासिक तोपें भवानी-शंकर, कड़क-बिजली, घन-गर्जन और नालदार सजवा दी गईं, जो बड़ी-बड़ी दूर तक मार करने के लिए प्रसिद्ध थीं।

दुर्ग के चारों ओर जो खाई थी, उसे जल से लबालब भरवा दिया गया। यह खाई इतनी चौड़ी थी कि कोई भी वीर दुर्ग पर से बरसाई जाने वाली तोपों तथा बन्दूकों की अग्निवर्षा में उसे तैरकर पार जाने का कभी साहस नहीं कर सकता था। फिर उसमें स्थान-स्थान पर, विष में बुझे हुए भाले गड़े हुए थे, जिनके कारण उसको पार कर जाना और भी दुस्साध्य था।

दुर्ग के इन रक्षात्मक कार्यों के साथ-ही-साथ, गोला-बारूद तथा अन्य युद्ध-सामग्री बनाने वाले कारखानों में, जो दुर्ग की चारदीवारी में ही स्थान-स्थान पर जारी थे, दिन-रात काम होने लगा और दुर्ग-बन्द सेना के लिए चारों ओर के गुप्त मार्गों में आहार आदि आवश्यक पदार्थ खिंच-खिंचकर आने लगे, जिससे दुर्ग-बन्द सेना अधिक-से-अधिक समय तक शत्रु के आक्रमण से सुरक्षित रहकर, उसका सामना कर सके और चिरकाल तक दुर्ग पर शत्रु का अधिकार न होने दे।

इसके साथ ही राजमहल में जितने भी सोने-चांदी के आभूषण तथा बर्तन थे, उन सबको गलवाकर, रुपये और मोहरें ढलवा ली गईं, जिससे धन की कमी के कारण, कोई काम न रुक जाए। लोहा, पीतल, तांबा, कांसा, सीसा, रांगा आदि जो भी धातु कहीं से हाथ लगी, सभी एकत्रित हो-होकर, तोपों-बन्दूकों की नालियों और गोले-गोलियों के रूप में परिवर्तित होने लगी।

महालक्ष्मी जी के मन्दिर तथा दूसरे देवालयों और पूजागृहों में विजय-प्राप्ति के लिए जप-तप, पूजा-पाठ, यज्ञ-हवन भी होने लगे।

युद्ध की इन सभी तैयारियों का दुर्ग तथा नगर के निवासियों और उनके आस-पास के प्रदेश में बसने वाली वीर प्रजा पर एक विशेष आवेशोत्पादक प्रभाव पड़ा, जिससे उस प्रदेश के सभी हृष्ट-पुष्ट, युवा-वृद्ध अपनी सर्वप्रिय महारानी जी की रक्षा तथा सहायता में अपने रक्त का अन्तिम बिन्दु भी बहा देने के लिए, झुण्ड-के-झुण्ड आ-आकर महारानी जी की छत्रछाया में इकट्ठे होने लगे और सब प्रकार की सेवाएं पूरी लगन तथा उत्साह के साथ करने लगे।

भयानक आक्रमण

सर ह्यू रोज़ ने 21 मार्च के प्रातः ही झांसी के समीप पहुंचकर एक ऊंची पहाड़ी पर दूरबीन लगा दी और दुर्ग तथा नगर के चहुंओर अपनी गृद्ध-दृष्टि दौड़ाकर, जिधर से भी किसी प्रकार की कोई सामग्री अथवा सहायता, दुर्ग या नगर में पहुंचने की कोई सम्भावना देखी उधर ही अपनी नाकाबन्दी सुदृढ़ करने का प्रबन्ध कर दिया। इतने ही में ब्रिगेडियर जनरल स्टुअर्ट भी अपने पलटन सहित आकर उनके साथ मिल गए।

झांसी के घेरे में अपनी सेना की उचित रक्षा के लिए नगर तथा दुर्ग की चारदीवारी के बाहर, स्थान-स्थान पर खाइयां खोदे जाने की आज्ञा दी गई। एक स्थान से दूसरे स्थान पर समाचार आदि पहुंचाने के लिए तार लगा दिए गए। नगर तथा दुर्ग के अन्दर का सब हाल जानने के लिए बहुत ऊंची जगह देखकर वहां बड़ी तेज दूरबीनें लगा दी गईं और अपनी सेना की रक्षा और झांसी की विद्रोही सेना तथा प्रजा के सर्वनाश के लिए शीघ्रातिशीघ्र सब प्रबन्ध पूरे कर लिये गए।

सारांश, दोनों पक्षों ने, जो किसी समय परस्पर परम मित्र और हार्दिक शुभचिन्तक बने रहे थे, एक-दूसरे की अधिक-से-अधिक हानि तथा विनाश की तैयारियां करने में यथाशक्ति कोई भी कसर न छोड़ी।

23 मार्च का सूर्योदय होते ही, बिगुल के कर्कश स्वर चहुं ओर वायुमण्डल में गूंजने लगे और विजय के नशे में उन्मत्त सर ह्यू की विकट तथा बहुसंख्यक सेना झांसी दुर्ग की ईंट-से-ईंट बजाकर, उसमें दुर्ग-बन्द अल्पसंख्यक किन्तु वीर, साहसी तथा देशभक्त सेना का अस्तित्व संसार में मिटा डालने के लिए रणभेरी के आवेश-भरे स्वरों पर कदम उठाती रणक्षेत्र में चारों ओर आगे-ही-आगे बढ़ने लगी। दुर्ग के समीप पहुंचते ही यह प्रबल सेना चारों ओर से दुर्ग पर दनादन गोले बरसाने लगी और इन तोपों के पीछे-ही-पीछे पैदल और सवार सैनिक भी, नियमबद्ध पंक्तियों में दसों दिशाओं से दुर्ग तथा नगर की ओर बढ़ने लगे।

उधर दुर्ग में घिरे हुए देशभक्त सूरमा भी निश्चिन्त नहीं थे। वे रातभर अपने-अपने मोर्चों पर डटे, बड़े दृश्य निश्चय तथा अटल भाव से शत्रुदल का स्वागत

करने के लिए विकल थे। अंग्रेज़ी सेना के, दुर्ग के चारों ओर लगी हुई तोपों की मार में आते ही, और वीरशिरोमणि महारानी लक्ष्मीबाई जी का संकेत पाते ही सभी ओर से ऐसी प्रबल तथा भयंकर अग्निवर्षा होने लगी कि इन भयावनी विशालकाय शतघ्नियों के प्रलयंकर निनाद से धरती-आकाश कांप उठे और शत्रुदल के सूरमा जो अभी तक निश्चिन्त और निर्भय आगे बढ़ते चले आ रहे थे, भड़भूंजे की कड़ाही में पड़े हुए चने के समान भुन-भुनकर कराल काल के भयानक गाल में समाने लगे। घुड़सवारों के घोड़े इस प्रलयंकारी अग्निवर्षा को सहन न करके, अपने सवारों के काबू से बाहर होकर अपने सैनिकों को कुचलते हुए इधर-उधर भागने लगे, जिसके कारण उनमें भी भगदड़ मच गई।

अंग्रेज़ अफसर यह भलीभांति जानते थे कि झांसी के दुर्भेद्य दुर्ग पर हमारा सहज में ही अधिकार न हो सकेगा और तभी उन्होंने इतने दलबल से उस पर आक्रमण भी किया था, ताकि जैसे भी हो सके दुर्ग को चारों ओर से घेर लिया जाए और इतने समीप पहुंच जाएं कि दुर्ग-बन्द वीर सैनिक उन्हें किसी प्रकार दुर्ग पर विजय पाने से न रोक सकें। कारण, उन्हें इस बात का पूर्ण विश्वास था कि यदि अपने इस प्रयत्न में उन्हें एक ओर भी कुछ सफलता मिल गई तो फिर अपनी बहुसंख्यक तथा अपने नवीन महाविनाशकारी अस्त्र-शस्त्र की प्रबल शक्ति से वे दुर्ग अथवा नगर के अन्दर घुस जाने में भी अवश्यमेव सफल हो जाएंगे।

परन्तु यह बात शायद स्वप्न में भी उनके विचार में न आई थी कि वीरहृदया महारानी ने दुर्ग के अन्दर, उनकी रोक-थाम के लिए, ऐसी विकट तैयारियां कर रखी होंगी कि भयंकर तोपों की दनादन आरम्भ हो जाएगी और किसी भी ओर से प्राचीर तक पहुंचना उनके लिए इतना कठिन हो जाएगा कि उन्हें अपने असंख्य शूरवीरों को इस प्रकार रण-क्षेत्र में मृत तथा आहत छोड़कर अपने प्राण बचाने के लिए भाग जाना पड़ेगा।

परिणाम यह हुआ कि पहले ही दिन दुर्गस्थ तोपों की इस भयंकर मार से घबराकर भाग उठने से, उन्हें अपने इस प्रारम्भिक प्रयत्न में जो असफलता हुई उससे भविष्य में बचने के लिए अब उन्होंने अधिक सावधानी और दूरदर्शिता से काम लेने का निश्चय कर लिया और रात्रि के अन्धकार में ही रातोंरात चुपचाप दुर्ग और नगर की चारदीवारी से कोई 300 गज की दूरी पर फैली हुई कई पहाड़ियों और टीलों पर पीछे से पहुंचकर अपने मोर्चे पक्के कर लिये और उन पर तोपें भी चढ़ा लीं।

बस फिर क्या था! अगले दिन प्रभात होते ही फिर गोले बरसने लगे, जिन्होंने दुर्ग तथा नगर के अन्दर गिर-गिरकर चारों ओर हाहाकार मचा दिया और नगरवासियों ने उनकी मार से बचने के लिए अपने घरों से बाहर निकलना तथा नगर में फिरना छोड़ दिया।

अंग्रेज़ी तोपों के मुकाबले में दुर्ग की तोपें अधिक ऊंचे बुर्जों पर जमी हुई थीं, इसलिए उनसे छूटे हुए गोले प्रायः अंग्रेज़ी मोर्चों के ऊपर से गुजरकर दूर-दूर निर्जन स्थानों में जा-जाकर गिरते थे, और अंग्रेज़ी सेना को कुछ भी हानि नहीं पहुंचा सकते थे। यह देखकर झांसी के सुदक्ष तोपची सरदार गुलाम गौस खां ने तुरन्त ही अपनी तोप 'घनगर्जन' की बैठक नीची कर ली और फिर अंग्रेज़ी सेना पर वह गोले बरसाए कि वह शीघ्र ही घबरा उठी। कहते हैं कि इस घनगर्जन तोप में एक बड़ा गुण यह था कि इससे निकलने वाले गोले पहले धुआं नहीं देते थे, जिससे शत्रुदल को यह भी अनुमान नहीं हो सकता था कि अब गोले का मुख किधर को है और वह किधर जाने वाला है। अतः वे सुगमता से उसकी मार से नहीं बच सकते थे।

उसके साथ ही दूसरी तोपों की बैठकें शीघ्र नीचे कर ली गईं। अब उनसे भी हर एक ओर अंग्रेज़ी सेना पर गोले बरसाने लगे। इससे सर ह्यू को यह चिन्ता पड़ी कि किसी प्रकार दुर्ग की तोपों को शीघ्र ही ठंडा करके अपनी सेना को उनकी इस भयंकर मार से बचाया जाए। अतः वे चारों ओर कोई ऐसा स्थान खोजने लगे, जहां से दुर्ग की तोपों पर ठीक-ठीक मार की जा सके।

प्राचीनकाल से दुर्बल जातियों के दुर्भाग्यवश उनमें कहीं भी ऐसे देशघाती जातिद्रोहियों की कमी नहीं, जो अपने थोड़े-थोड़े-से स्वार्थ के लोभ में फंसकर, देश तथा जाति की बड़ी-से-बड़ी हानि करने से भी नहीं चूके। कहा जाता है कि ऐसे ही किसी भेदी देशद्रोही ने सर ह्यू को भी भेद जा बताया कि कहां से मार करने से उनका मनोरथ सिद्ध हो सकता है।

अगले ही दिन अर्थात् 24 मार्च को ही उन्होंने दुर्ग से पश्चिम की ओर उठे हुए टीलों पर चार नए मोर्चे बनाकर, वहां अपनी भारी भयंकर तोपें लगा दीं जिनसे 30-30, 35-35 सेर के भारी गोले निकल-निकलकर दुर्ग में बरसने लगे और एक-एक गोले की मार से दर्जनों वीर ढेर होने लगे। बहुत-से तोपची भी उन गोलों का निशाना बनकर काम आए और उन्हें अपनी-अपनी तोपों को संभालना कठिन हो गया।

अंग्रेज़ों की इन 'गिरनाली' तोपों की एक विशेषता यह थी कि उनसे निकले हुए गोले जिस छत पर जा गिरते थे, उसकी सभी मंजिलें तोड़-फोड़कर, अन्त में फटते हुए सभी आस-पास के नर-नारियों को हताहत कर डालते थे। कारण, उन गोलों में बहुत-से छोटे-छोटे चाकू, छुरियां, सूए, कांटे आदि भरे रहते थे, जो दूर-दूर तक उछलकर बहुत-से आदमियों को घायल कर डालते थे, या सदा के लिए सुख की नींद सुला देते थे। उनकी इस कठिन मार से दुर्ग की बहुत-सी तोपें भी बेकार हो गईं। कारण, उनके सभी तोपची विवश हो अपने-अपने प्राण बचाने के लिए सुरक्षित स्थान खोजने को इधर-उधर चले गए।

यह समाचार सुनकर पहले तो महारानी जी घबरा-सी गईं, परन्तु फिर सिंहवाहिनी दुर्गा के समान रक्तमुख हो, पूर्ण निर्भीकता से वीर तोपची सरदार गुलाम गौस खां

को साथ लिये वहां जा पहुंची, जहां वह प्रलय मच रही थी। उन्होंने तुरन्त ही सारी स्थिति ताड़कर, यह आज्ञा दी कि पश्चिमी बुर्ज से कड़क-बिजली नामक प्रसिद्ध ऐतिहासिक तोप उतारकर, उसे ऐसे स्थान पर लगा दिया जाए, जहां से शत्रु के मोर्चों पर सीधी मार हो सके। यह वही कड़क-बिजली तोप थी, जिसकी मार से घबराकर नत्थे खां की आततायी सेना भाग निकली थी।

वीर गुलाम गौस खां ने तुरन्त ही हाथोंहाथ कड़क-बिजली को यथास्थान ठीक जमाकर, अपनी तेज दूरबीन की सहायता से, अंग्रेज़ी तोपों के मोर्चों का पता लगाकर, सीधे उन पर ही गोलों की झड़ी लगा दी। इस मार से वे सभी तोपें शीघ्र ही बेकार हो गईं और उनके तोपची या तो ठिकाने लग गए या उन्हें भी कहीं इधर-उधर भागकर अपने प्राण बचाने पड़े।

सारांश यह कि इस प्रकार यह प्रलयकारी युद्ध बराबर 6 दिन तक जारी रहा। इन दिनों अंग्रेज़ी सेना ने कई बार दुर्ग अथवा नगर की प्राचीर तक पहुंचकर अन्दर घुसने का प्रयत्न किया, परन्तु बार-बार उसे मारकर वापस भगा दिया गया। इन संकटपूर्ण दिनों में नगर के बड़े-बड़े प्रतिष्ठित घरों की महिलाओं तक ने गोला-बारूद बनाना तथा अन्य अनेक सैनिक सेवाएं पूरी करने में महारानी जी को सब प्रकार से बहुमूल्य सहायता दी।

दुर्ग तथा नगर को सुगमता से परास्त होता हुआ न देखकर, छठे दिन अर्थात् 29 मार्च की रात को ही अंग्रेज़ों ने अपनी पूरी शक्ति के साथ दुर्ग तथा नगर पर बड़ी भयंकर अग्निवर्षा आरम्भ कर दी और मन-मन, डेढ़-डेढ़ मन के गोले बरसाने लगे। इन गोलों की भीषण वर्षा से भयभीत होकर सभी नागरिक अपने-अपने घरों में छिप गए। किन्तु तब भी उनके जीवन सुरिक्षत नहीं थे। हर ओर से गोले चलने और सुन्दर सुविशाल भवनों के धड़ाम-धड़ाम गिरने के भयानक शब्द कानों के परदे फाड़े डालते थे। विभिन्न कार्यालय भी इस प्रलयकारी अग्निवर्षा से सुरक्षित न रह सके और वहां काम करने वाले बहुत-से नर-नारी भी हताहत होकर रह गए।

परन्तु इस भयंकर अग्निकाण्ड से वीरहृदया महारानी जी भयभीत नहीं हुईं, उनमें क्षात्रतेज और भी जागरित हो उठा। यद्यपि अब तक उनके बहुत-से शूरवीर सरदार तथा सैनिक काम आ चुके थे, किन्तु उन्होंने साहस न हारा, वरन् पहले से भी अधिक दृढ़ निश्चय तथा आवेश के साथ अपने योद्धाओं के वीर हृदयों में साहसाग्नि प्रदीप्त करने लगीं। उनकी यह असाधारण दृढ़ता और असीम साहस देखकर, उनकी सभी वीर सैनिकों की वीरत्व उत्तरोत्तर बढ़ता ही जा रहा था। अतः उन्होंने 31 मार्च तक किसी प्रकार भी किसी विपक्षी को दुर्ग के पास तक भी फटकने न दिया।

परन्तु इस बीच में एक दिन सूर्यास्त के समय अकस्मात् ही दुर्ग के पश्चिमी बुर्ज से भयानक अग्नि उगलने वाली तोपों का घनगर्जन एकदम बन्द हो गया। यह समाचार पाकर महारानी जी बड़ी चिन्तित हुईं, कारण उस समय अंग्रेज़ वहां ऐसी

भीषण अग्निवर्षा कर रहे थे कि दुर्ग के तोपचियों तक को वहां ठहरना कठिन हो गया था। इतने ही में महारानी जी को यह समाचार मिला कि वह मोर्चा भग्नप्राय हो रहा है। तुरन्त ही महारानी जी अपना सिर हथेली पर लिये वहां जा पहुंचीं और रात के उस घन-तिमिर में ही उधर काले कम्बल तनवाकर उस मोर्चे की मरम्मत करवाने लगीं, और तब तक वहां से हटने का ध्यान तक अपने मन में नहीं आने दिया, जब तक वह मोर्चा मरम्मत होकर सब प्रकार से सुदृढ़ तथा सुरक्षित न हो गया। फिर वहीं से उन्होंने अपने सामने ही शत्रुदल पर वह भयानक अग्निवर्षा आरम्भ करवाई कि सब दंग रह गए।

उन दिनों की ऐसी-ऐसी भयानक अग्निवर्षाओं को देखकर ही अंग्रेज़ इतिहासकार डॉक्टर लो अपनी प्रसिद्ध कृति 'सेण्ट्रल इण्डिया' (मध्य भारत) में लिखते हैं:

''28 मार्च को हमने दुर्ग की तोपों को कई-कई बार बेकार करके ठण्डा कर दिया, किन्तु थोड़ी देर पीछे वे फिर पहले से भी अधिक भीषण रूप में गोले उगलने लगीं। इसी बीच में एक बार बड़े भयंकर धमाके का शब्द भी हुआ, और अनेक स्थानों पर गगनचुम्बी अग्निशिखाएं भी आकाश की ओर लपकती हुई दिखाई दीं। किन्तु फिर भी युद्ध उसी भीषणता से चलता रहा। 29 मार्च को मध्याह्नकाल तक यद्यपि शत्रु की ओर से कोई गोली नहीं चलाई गई, किन्तु मध्याह्न पीछे अर्थात् 3॥ बजते ही, प्रतिदिन के समान, हमारे ऊपर फिर गोले-गोलियों की भयंकर वर्षा आरम्भ हो गई।

''प्रायः प्रतिदिन 3॥ बजे से लेकर सूर्यास्त तक यही हाल रहा करता है। हमारे गरीब सिपाही यह सारा समय बड़ी ही भयातुर अवस्था में काटते हैं। बाग के तोपखाने और दुर्ग-द्वार की तोपें तो हमें बहुत ही तंग किया करती हैं। परन्तु उधर बाग के तोपखाने के समीप ही हम बीसियों नर-नारियों की वृक्षों की छाया में ऐसे शान्त भाव से घूमते-फिरते और बात करते देखते हैं, मानो युद्ध हो ही नहीं रहा और वे अपने दैनिक कार्य-व्यवहार में ही लगे हुए हैं। हमारी ओर से भी उन पर बराबर गोले बरसाए जाते हैं, परन्तु वे उनसे कुछ भी प्रभावित दिखाई नहीं देते। 30-31 मार्च को भी गोलों की वर्षा और दुर्ग-प्राचीर की तोड़-फोड़ बराबर जारी रही। शत्रु भी हम पर भयानक अग्नि बरसाता रहा। यद्यपि हमने उनके दुर्ग और प्राचीर के सभी मोर्चों को बड़ी हानि पहुंचाई परन्तु उनके द्वारा अपनी दैनिक देखभाल तथा घोर युद्ध जारी रखने के दृढ़ निश्चयों में कोई परमाणु-भर भी अन्तर पड़ता दिखाई नहीं दिया, और वे सबके साथ वैसे ही अटल तथा अचल बने रहे, अपितु इसके विपरीत यह जान पड़ा कि, हमारी ओर से दिखाया और डाला हुआ प्रत्येक भय और संकट, मानो उनके साहस और प्रयत्न को और भी बढ़ाने वाला सिद्ध हो रहा है।''

आठवें दिन अर्थात् 31 मार्च को दिन निकलते ही अंग्रेज़ों ने अपनी दूरबीनों द्वारा दुर्ग के अन्दर जल-सरोवरों के समीप पनिहारों की भीड़ देखकर, उन दीन, निरीह,

शस्त्रहीन लोगों पर भी गोले बरसाने की आज्ञा दे दी, जिससे कई कहार मारे गए और बहुत-से घायल हुए। यह नीचता देखकर महारानी जी को बड़ा दुःख हुआ। परन्तु फिर तुरन्त ही उनका कोप जाग उठा और उन्होंने क्रुद्ध होकर यह आज्ञा दे दी कि पश्चिमी बुर्जों पर जितनी भी तोपें हैं, उन सबसे एकदम गोले बरसाने आरम्भ कर दिए जाएं।

आज्ञा पाते ही दुर्ग की तोपों ने वह प्रलयंकर अग्निवर्षा की कि अंग्रेज़ी तोपें शीघ्र ही ठंडी हो गईं और पनिहारों ने फिर अपना कार्य आरम्भ करके पानी की सब टंकियां लबालब भर दीं।

कुछ ही देर पीछे अंग्रेज़ों की ओर से भी एक बड़ा भयंकर गोला चलाया गया, जो दुर्भाग्यवश महारानी जी के शस्त्रभण्डार के समीप ही आकर फटा और उसकी कुछ चिनगारियां गोला-बारूद के गोदामों तक भी जा पहुंची। बस, फिर क्या था! वह भयानक धमाका हुआ, जिसके दहला देनवाले शब्द से समीपस्थ नर-नारियों के जी दहल गए और तुरन्त ही अग्नि की लपटें उठ-उठकर आकाश की ओर जाने लगीं। इस दुर्घटना से कारखाने में काम करने वाले 30 पुरुष तथा 8 स्त्रियां सदा को सुख-नींद सो गए और कोई 40-50 नर-नारी घायल हुए।

किन्तु इस आशातीत घटना का भी साहस तथा धैर्य की जीवित प्रतिमा महारानी लक्ष्मीबाई पर कुछ अधिक प्रभाव न पड़ा, वे और भी दृढ़ संकल्प तथा उग्र आवेश से अपने वीर योद्धओं का साहस बढ़ाने लगीं और उन्हें मरने-मारने पर उद्यत करने लगीं। उनके इस प्रभावशाली उदाहरण ने सभी वीर सैनिकों पर जादू का-सा असर डालकर, उन्हें भी अपने मरने-जीने की ओर से निश्चिन्त-सा कर दिया और अब वे नये उत्साह तथा आवेश के साथ सिर हथेली पर रखकर युद्ध करने लगे।

ठीक उसी समय महारानी जी को यह समाचार मिला कि उनका सन्देशा पाकर पेशवा जी के वीर सेनापति तात्या टोपे भी पन्द्रह सहस्त्र सेनासहित झांसी के समीप ही आ पहुँचे हैं। इस शुभ समाचार ने जहां एक ओर महारानी जी और उनकी दुर्ग-बन्द सेना का उत्साह कई गुना बढ़ा दिया, वहां सर ह्यू को भी कम चिन्तित नहीं किया। कारण, आज उन्हें दुर्ग पर दिन-रात आक्रमण करते हुए लगातार 8 दिन हो गए थे, किन्तु दुर्ग-बन्द सेना के साहस तथा उत्साह में कुछ भी अन्तर नहीं पड़ा था और इसके विपरीत इस दिन-रात की मारा-मार से अंग्रेज़ी सेना घबरा उठी थी।

परन्तु इस पर भी सर ह्यू ने हिम्मत नहीं हारी और न दुर्ग के घेरे में ही स्पष्ट रूप से कोई ढील पड़ने दी, अपितु दुर्ग पर अपने गोलों की वर्षा और भी तीव्रतर करके, नगर की नाकाबन्दी भी दृढ़तर कर दी। इसके साथ ही सर ह्यूरोज़ ने अपनी प्रथम ब्रिगेड के वीर सैनिकों को रातोंरात कालपी की ओर चलता करके, उधर ही सड़क पर एक सुरक्षित स्थान में, अपनी 12-12 सेर का गोला फेंकने वाली दो तोपें जमा दीं, जिन्होंने समय पर बहुत काम दिया।

परिणाम यह हुआ कि प्रथम अप्रैल को दिन निकलते ही तात्या टोपे की सेना से अंग्रेज़ सैनिकों की टक्कर हो गई, जिसमें तात्या जी के सिपाहियों की हार हुई। कहा जाता है कि उस समय उनके साथ ग्वालियर कंटिंजेंट सेना का वह दस्ता भी था जिसने कानपुर के रण-क्षेत्र में कनरल विण्ढम साहब की सेना को मार भगाया था।

इस युद्ध में तात्या जी से भूल यह हुई कि उन्होंने अपनी सेना के एक प्रमुख भाग को बेतवा नदी के तटस्थ जंगल में विश्राम करने की आज्ञा दे दी और एक छोटे-से दस्ते को उस पार का हाल जानने के लिए आगे भेज दिया।

इधर अनुभवी वीर सर ह्यू ने जो सेना झांसी के घेरे से हटाकर कालपी की ओर भेजी थी, उसका कुछ भाग तो वही तोपों के सामने वाले जंगल में कप्तान प्रेटीजान के नेतृत्व में छिप गया और कुछ भाग तात्या जी की सेना का वीरोचित स्वागत करने के लिए आगे बढ़ा। तात्या जी के भेजे हुए अगुवा दस्ते ने एक तो अंग्रेज़ी सेना की उस मण्डली की संख्या का ठीक-ठीक अनुमान लगाने में भूल की, दूसरे जब उस मण्डली ने जान-बूझकर हटना आरम्भ किया, तो वे मूर्ख, अभिमानी उसे ही अपनी विजय समझकर फूले न समाए और नाना प्रकार के हास-उपहास करते, उसी धुन में अन्धाधुन्ध आगे बढ़ते चले गए और वहां जा पहुंचे, जहां सुचतुर अंग्रेज जनरल ने उनके लिए मृत्युपाश लगा रखा था।

वहां पहुंचते ही एक ओर से तो अकस्मात् ही सर ह्यू की छिपी हुई तोपों ने उन्हें भूनना आरम्भ कर दिया और दूसरी ओर से कप्तान प्रेटीजान के छिपे हुए सैनिक दल ने उन पर वह अग्निवर्षा की कि उन मूर्खों की भ्रमात्मक विजय का सब नशा किरकिरा हो गया और वे अपने प्राणों के मोह में फंसे हुए जिधर भी जिसका मुख उठ गया उधर ही भाग निकले।

दूसरी ओर तात्या जी महाराज अपनी शेष सेना लिये उस स्थान से, जहां उनके अगुवा दस्ते की यह दुर्गति हुई, कोई दो मील की दूरी पर, बेतवा नदी के तटवर्ती वन में आनन्द से विश्राम कर रहे थे और अपने सैनिकों के लौटने अथवा कुछ समाचार आने की प्रतीक्षा कर रहे थे कि युद्धविद्या-विशारद सर ह्यू ने अपने खोजियों से उस असावधान शत्रु-सेना का पता पाकर तुरन्त 'इर्रेग्युलर ट्रूप' की चार तोपें और 'फील्ड-बैट्री' का प्रबल दस्ता कप्तान लाइट फुट के नेतृत्व में चलता कर दिया।

दुर्भाग्य-जाल में फंसे तात्या जी को इस प्रबल अंग्रेज़ी सेना की पहुंच का समाचार भी तब मिला जबकि शत्रु-दल बेतवा नदी के तट पर ही पहुंच गया। तात्या जी ने उसे रोकने के लिए उस पार के वन में, जिधर अंग्रेज़ी सेना पहुंच चुकी थी, आग लगवा दी और उस पर अपनी तोपों से गोले बरसवाने लगे। परन्तु वह अवसर भी हाथ से निकल चुका था, अतः अंग्रेज़ी सेना किसी के रोने न रुकी और उनकी तोपों की मार का वैसा ही उत्तर देती हुई नदी पार आ पहुंची और अपनी इस विजय

से उत्साहित होकर उसने पेशवाई सेना पर एक ऐसा प्रबल आक्रमण किया कि उसके पैर न जम सके, और उसमें ऐसी भगदड़ मची कि वह नदी-तट पर जमाई हुई अपनी भारी-भरकम तोपों को भी साथ न ले जा सकी। कारण, उनके भारी-भारी पहिये रेत में ऐसे जम चुके थे कि किसी प्रकार भी उनके उखाड़े न उखड़े। इस युद्ध में तात्या जी महाराज को पन्द्रह सौ योद्धाओं को रण-क्षेत्र में ही छोड़कर भागना पड़ा। परन्तु तब से वे कुछ अधिक चौकन्ने रहने लगे।

सारांश, 23 मार्च से 3 अप्रैल तक महारानी लक्ष्मीबाई से युद्ध करते सर ह्यू की जो किरकिरी हुई थी, उसकी कसर तात्या टोपे पर यह अपूर्व विजय पाकर बहुत कुछ पूरी हो गई और इस अंग्रेज़ी सेना का गिरता हुआ साहस भी फिर उभर आया और वह नए आवेश तथा उत्साह से झांसी पर फिर आक्रमण करने के लिए उद्यत हो गई।

सर ह्यू ने इस सुअवसर से पूरा-पूरा लाभ उठाने के लिए अपनी सेना को तीन भागों में विभाजित करके एक भाग को मेजर गाल के नेतृत्व में देकर उन्हें दुर्ग के पश्चिम भाग की ओर आक्रमण करने को भेज दिया। दूसरा भाग नैल नीहेल, और कप्तान राबिन्सन के अधीन रखकर उसे दाईं ओर जाने की आज्ञा दी और तीसरे भाग को नैल बूथ तथा मेजर स्टूअर्ट के नेतृत्व में बाईं ओर चलता किया।

इन तीनों सेनाओं ने उसी दिन प्रायः 3 बजे एकदम दुर्ग पर आक्रमण कर दिया। इनमें से प्रथम सेना ने किसी-न-किसी प्रकार दुर्ग के समीप पहुंचकर अपनी सीढ़ियां प्राचीर पर जमा दीं और वह उन पर चढ़कर दुर्ग में प्रविष्ट होने का प्रयत्न करने लगी। दूसरी तथा तीसरी सेना ने बन्दूकों और तलवारों से युद्ध करते हुए दोनों ओर से दुर्ग में घुसने की ठानी।

दुर्ग के बुर्जों की ऊंची छतों पर रात-दिन डटे हुए जो वीर योद्धागण चारों ओर अपनी गृद्ध-दृष्टि दौड़ा-दौड़ाकर समस्त समाचार महारानी जी को देते थे, उन्होंने जब इस प्रकार तीनों ओर से दुर्ग पर होते हुए इस प्रबल आक्रमण को देखा तो बड़ी व्याकुलता से अपने बिगुल बजा-बजाकर और चिल्लाकर महारानी जी को तथा सभी सैनिकों और प्रजागण को इन आक्रमणों की भीषणता से सावधान कर दिया।

महारानी जी ने तो यह समाचार पाते ही अपनी बारह दिन के लगातार युद्ध से थकी हुई व्याकुल सेना के वीरों के, जो अब दिनोंदिन संख्या में कम होते जा रहे थे, तुरन्त ही एकत्र हो जाने का संकेतात्मक बिगुल बजवा दिया। यद्यपि वे सब तात्या जी की पराजय के दुःसमाचारों से कुछ हतोत्साह-से हो रहे थे, परन्तु फिर भी यह रणभेरी सुनकर सभी तत्काल इकट्ठे हो गए।

उन सबको इस प्रकार एकत्र देखकर महारानी जी ने उनके हृदयों में एक नई उमंग फूंकने के लिए कहा, ''महावीर योद्धाओ! आप सभी यह भलीभांति जानते हैं कि हमने भीषण युद्ध पेशवा जी अथवा किसी और वीर व्यक्ति की सहायता के

भरोसे पर नहीं छेड़ा है, केवल अपना क्षात्र-धर्म पालने और सर्वशक्तिमान् भगवान् के भरोसे ही अपनी स्वाधीनता तथा आत्म-सम्मान की रक्षा के लिए हम सब नितान्त विवश होकर इस युद्धाग्नि में कूदे हैं। अब तक प्रभु ने अपनी अपार कृपा से हमारी रक्षा करके हमें जीवित रखा है, जिससे हम चलती तलवारों और बरसाती गोलियों में सुरक्षित तथा युद्धरत रहे हैं; किन्तु अब वह समय आ पहुंचा है, जबकि हमें अपने इस पवित्र ध्येय-साधन के लिए शायद अपने अन्तिम बलिदान के लिए भी उद्यत हो जाना चाहिए और किसी भी अन्य विचार को इस समय अपने इस आत्म-समर्पण में बाधक नहीं होने देना चाहिए। क्या आप सब इसके लिए तैयार हैं?"

इस प्रश्न के उत्तर में तत्काल ही 'तैयार हैं! तैयार हैं!!' के आवेशपूर्ण घोर निनाद से सारा वायुमण्डल गूंज उठा।

अपने महावीर सैनिकों के इस वीरोचित उत्तर से उत्साहित होकर महारानी जी ने तुरन्त ही उन सबको तीन भागों में विभाजित करके तीन शूरवीर सरदारों के नेतृत्व में दे दिया। फिर उनका साहस और भी बढ़ाने के लिए महारानी जी ने उन तीनों सरदारों को अपने बहुमूल्य आभूषणों में से सोने के कड़ों की तीन अनुपम सुन्दर जोड़ियां निकालकर प्रत्येक सरदार को पारितोषिक रूप में भेंट कीं और बड़े प्रेम तथा उत्साह से उन्हें युद्ध-क्षेत्र की ओर विदा किया।

तत्पश्चात् महारानी जी अपनी विशेष महावीर अंगरक्षक सेना को साथ ले सभी रण-क्षेत्रों का यथोचित निरीक्षण करती हुई, सभी को यथा-समय सहायता पहुंचा-पहुंचाकर उत्साहित करने लगीं।

प्रबल शत्रु-सेना को दुर्ग के एक विशेष भाग पर भीषण आक्रमण करते देखकर महारानी जी ने तुरन्त ही अपने वीर तोपचियों को उधर ही शत्रु पर गोले बरसाने का संकेत कर दिया। तत्काल ही प्रमुख वीर गुलाम गौस खां और उनके अधीनस्थ वीर तोपचियों ने अपने-अपने मोर्चों से रिपुदल पर ऐसी भयंकर अग्निवर्षा आरम्भ कर दी कि उसके भीषण शब्द से धरती-आकाश गूंज उठे। वीर योद्धा रह-रहकर 'हर हर महादेव' और 'महारानी लक्ष्मीबाई जी की जय!' के उत्साहवर्द्धक जयकारों से, एक-दूसरे के हृदयों में आवेश फूंक-फूंककर शत्रुओं पर आक्रमण करने लगे।

उस समय युद्ध की अवस्था कुछ विचित्र, डांवाडोल-सी दिखाई दे रही थी। कभी एक पक्ष प्रबल हो जाता था, कभी दूसरा! कोई भी निश्चयपूर्वक यह नहीं कह सकता था कि विजयलक्ष्मी किसका साथ देगी। एक ओर दुर्ग से बरसने वाले गोले तथा गोलियां अंग्रेज़ी सेना का विध्वंस किए डालती थीं, तो दूसरी ओर अंग्रेज़ी सेना का आक्रमण तथा अग्निवर्षा भी दुर्ग-बन्द वीरों के लिए कुछ कम विनाशकारी नहीं थी। उनके लगातार आघात से दुर्ग तथा नगर की सुदृढ़ प्राचीर (फसील) धीरे-धीरे

छलनी होती जा रही थी और नगर के सुन्दर विशाल भवन गिर-गिरकर खण्डहरों का रूप धारण करते जा रहे थे।

बस! एक इसी उदाहरण से सब कुछ समझ लीजिए। नगर में श्री गणेश जी का एक बड़ा ही सुन्दर, अनुपम, सुभोषित, सुविशाल मन्दिर था जो 'आरसी महल' के नाम से प्रसिद्ध था। उसमें चहुंओर अन्दर तथा बाहर की दीवारों पर, छत में, फर्श पर, कलसों तथा मीनारों पर, द्वारों और खिड़कियों पर, सभी स्थानों में छोटे-बड़े दर्पण-ही-दर्पण (शीशे) जड़े हुए थे। प्रतिवर्ष यहां ही गणेशपूजा का महोत्सव बड़े धूम-धाम से मनाया जाता था, जिसमें नगर के नर-नारी, ऊंच-नीच, राव-रंक, धनी-निर्धन, छोटे-बड़े, छूत-अछूत का भेद-भाव त्यागकर बड़े हार्दिक हर्ष-उत्साह तथा सच्चे भक्तिभाव के साथ भाग लिया करते थे। अंग्रेज़ी सेना की इस भयंकर अग्निवर्षा से वह भी चूर-चूर होकर धराशायी हो गया। इस पवित्र तथा अनुपम सुन्दर मन्दिर का यह सर्वनाश! क्रोध के मारे महारानी जी के कमलनेत्रों से पहले तो ओसकणों के समान दुःख के आंसू भर आए; परन्तु तत्काल ही क्रोधावेश ने उन्हीं अश्रुपूरित विशाल नेत्रों को कोपानल से रक्तरंजित कर दिया और उन्होंने यह आज्ञा दे दी कि 'अभी घनगर्जन, कड़क-बिजली, महाकाली, भवानीशंकर आदि सभी बड़ी-बड़ी तोपों को नगर के प्रमुख द्वार पर केन्द्रित करके आक्रमण करने वाली शत्रु-सेना को भून डालो!'

इस आज्ञा का पालन करने में कुछ भी देर न लगी और उद्वेलित समुद्र की भयानक तरंगों के समान, बड़ी तीव्रगति से, आगे बढ़ती हुई अंग्रेज़ी सेना पर दुर्ग से वह प्रलयंकर अग्निवर्षा आरम्भ हो गई कि उसे एक पग भी उठाना कठिन हो गया और विवश हो पीछे ही हटना पड़ा।

'सैण्ट्रल इण्डिया' अर्थात् 'मध्यभारत' नामक ऐतिहासिक पुस्तक के सुविज्ञ लेखक डॉक्टर लो ने इस दृश्य का वर्णन करते हुए लिखा हैः

''ज्यूं ही हमारी सेना ने उस सड़क का रुख किया, जो नगर के प्रमुख द्वार की ओर जाती थी, सारा वायुमण्डल शत्रु के फौजी बिगुलों के शब्द से गूंज उठा और उसके साथ प्राचीर पर से गोलों, गोलियों, तीरों, भालों, जंगी हवाइयों आदि की वह भयंकर बौछार हमारे सिरों पर होने लगी, जिसका अभिप्राय हमारी सेना के पूर्ण विनाश के सिवाय और कुछ भी न हो सकता था। इसी मृत्यु-वर्षा में, हमें कोई दो सौ गज से कुछ अधिक दूर तक आगे बढ़ना था और हमारे वीर आक्रमणकारी सैनिक मरते-गिरते आगे बढ़ते ही गए और अन्ततः उन्होंने प्राचीर के पास पहुंचकर तीन स्थानों पर अपनी सीढ़िया भी लगा लीं। किन्तु प्राचीर पर से बरसने वाले गोलों-गोलियों के भयंकर शब्द और हताहत होने वाले वीर योद्धाओं की हृदय-विदारक हाहाकार की गूंज में हमारे बहादुर सिपाहियों के सिरों पर वह गोले-गोलियां आदि बरसे कि वे वहां ठहरने का साहस न कर सके और जहां कहीं भी उन्हें अपना सिर

छिपाने का कोई स्थान मिला वहीं भाग जाने के लिए विवश हो गए। फिर भी हमारी वीर सफरमैना पलटन के कुछ योद्धा उन सीढ़ियों पर चढ़ने में सफल हो ही गए और उनकी देखादेखी दूसरों ने भी जान से हाथ धोकर उन सीढ़ियों पर चढ़ना आरम्भ कर दिया, किन्तु वे इतनी फुर्ती और अधिक संख्या में चढ़ने लगे कि थोड़ी-सी ही देर में, उनके अनतुले बोझ से तीनों सीढ़ियां टूट गईं और वे भी धड़ाम-धड़ाम एक-दूसरे के ऊपर आ गिरे। उसी समय किसी ने वापसी का बिगुल बजा दिया! उसका शब्द सुनते ही हमारे सभी वीरों को रण-भूमि से हट जाना पड़ा।

''अपनी सेना को इस प्रकार पीछे हटते और भागते हुए देखकर, मेजर ब्राकहम वीरता के आवेश में महारानी की सेना में जा घुसे और मार-धाड़ करने लगे। दूसरी ओर ब्रिगेडियर स्टूअर्ट और करनल लूथ भी अपनी 25वीं और 16वीं पलटनों को लिए ओरछा-द्वार की ओर बढ़ गए। झांसी के वीरों की संख्या यद्यपि बहुत कम रह गई थी, परन्तु फिर भी वे लड़ते ही रहे, किन्तु बेचारे कब तक लड़ते! अन्ततः उन्हें अगणित सेना के सम्मुख पीछे हटना ही पड़ा।

''इतने में दक्षिणी युद्धक्षेत्र में अंग्रेज़ी फौज के वीरों ने फिर साहस करके प्राचीर पर अपनी सीढ़ियां लगा दीं और वे फिर उन पर चढ़ने लगे। इस बार भी बुन्देले वीरों ने खूब खड्ग बजाई, किन्तु असंख्य अंग्रेज़ी योद्धाओं के सामने उन थोड़े-से वीरों की एक न चली और गोरे तथा देसी सिपाही प्राचीर पर कूद-कूदकर दुर्ग में प्रविष्ट हो ही गए।''

कहा जाता है, दूला जी बुन्देला नाम एक देशद्रोही सरदार ने, इस स्थान पर सुगमतापूर्वक सीढ़ी लगा सकने का गुप्त रहस्य बताकर, अंग्रेज़ों को दुर्ग विजय में बड़ी सहायता दी और अपनी इस सेवा के लिए उनसे दो गांवों की जागीर पारितोषिक रूप में प्राप्त की।

ओरछा-द्वार की विजय का समाचार पाते ही, सर ह्यू अब महारानी जी के महल पर आक्रमण करने की नीयत से, उधर ही चले। उस समय महारानी जी ने जब अपने 12 दिन के अथक परिश्रम को इस प्रकार निष्फल होते हुए देखा तो कुछ क्षण के लिए तो वे चिन्ता से घबराकर बेसुध-सी हो गईं, परन्तु फिर दूसरे ही क्षण में नगर के अन्दर शत्रुसेना के वीरों को बेरोक-टोक फिरते देखकर उनका क्रोध भड़क उठा। नेत्रों से चिनगारियां-सी बरसने लगीं। वीर-रुधिर धमनियों में विद्युत्-वेग से दौड़ने लगा। तत्काल ही मन में यह विचार आया, 'मैं इस अकर्मण्य अवस्था में, यूं खड़ी हुई कब तक वह हृदय-विदारक दृश्य देखती रहूंगी? धिक् है मेरे इस जीवन पर, यदि अब भी मैं अपनी इस तीक्ष्ण तलवार से पूरा-पूरा काम न लूं!'

तत्काल ही वे सचेत हो गईं और अपनी अंगरक्षक सेना के वीरों से, जो उन्हें इस प्रकार बेसध-सी चुपचाप खड़ी देखकर चकित हुए एकटक उन्हीं की ओर देख रहे थे, क्रुद्ध सिंहनी के समान गरजकर बोलीं, ''रणवीरो! अब अधिक सोच-विचार

का समय नहीं रहा! अन्तिम बार अपना वीरोचित साहस दिखाते-दिखाते मर-मिटने का समय आ गया है। निर्दय शत्रुओं के बन्दी होकर फांसी पर लटकाए जाने की अपेक्षा कहीं बेहतर होगा कि हम सिंहों के समान शत्रु-दल का विनाश करते-करते वीरगति पा जाएं। अतः आओ! आगे बढ़ो! और शत्रु-संहार करते-करते अमर जीवन पा जाओ ताकि जातीय कवि तुम्हारे वीरोचित कार्यों के भी गीत गाते-गाते फूले न समाएं और गौरवान्वित हो नगर-नगर और ग्राम-ग्राम की गली-गली में उन्हें गाते फिरें।

पूज्यास्पदा महारानीजी का यह आह्वान सभी रणवीर योद्धाओं पर जादू का-सा काम कर गया और सभी रणोन्मत्त सिंहों के समान, अपनी-अपनी तलवारें घुमाते रानी जी के पीछे-पीछे रणक्षेत्र की ओर बढ़े। उनके इस नवोत्साह से उत्साहित होकर, दूसरे वीर भी जो मार्ग में कर्तव्यविमूढ़-से हुए खड़े सोच रहे थे, अपना वीरकृत्य पहचान, प्राणों से हाथ धो-धोकर उनके साथ-साथ हो लिये। जहां-कहीं भी उन्हें शत्रुओं का कोई समूह दिखाई दिया, उसी पर वे भूखे सिंहों के समान टूट पड़े, क्योंकि अब नगर द्वार टूट जाने पर स्थान-स्थान पर शत्रु-सेना के झुण्ड ही चहुं ओर घूम-फिर रहे थे और लूट-मार करते हुए शस्त्रहीन दीन प्रजाजनों पर नाना प्रकार के अत्याचार करते हुए दिखाई दे रहे थे।

थोड़ी-सी देर में ही आगे बढ़ते हुए अंग्रेज़ी फौज के एक जबरदस्त रेले ने महारानी की एक छोटी-सी सैनिकमण्डली को चारों ओर से घेर लिया, परन्तु वहां अब अपने प्राणों का भय ही किसे था! सभी वीर जीने-मरने की सभी चिन्ता बिसार, अधिक-से-अधिक शत्रु-संहार कर अपने वीर-जीवन को सफल कर रहे थे। एक-एक वीर दस-दस, बीस-बीस तो क्या सौ-पचास से भी भिड़ता हुआ नहीं घबराता था।

महारानी जी को उस समय असंख्य शत्रु-सेना के साथ इस प्रकार लड़ते देख और उनके प्राणों को घोर संकट में पाकर, एक वयोवृद्ध अनुभवी वीर सरदार ने उनके पास पहुंचकर यह प्रार्थना की कि अब इस तरह खुले मैदान में प्राण गंवाने की अपेक्षा यही अधिक उचित होगा कि दुर्ग में किसी सुरक्षित स्थान पर पहुंचकर युद्ध किया जाए, या यदि हो सके तो कुछ देर कहीं विश्राम कर लिया जाए, जिससे फिर नये साहस और नये उत्साह के साथ युद्ध करने में सुभीता रहे और अधिक-से-अधिक संख्या में शत्रु विनाश किया जा सके।

अब महारानी जी का उद्वेलित आवेश भी इस भयंकर रक्तपात से कुछ ठण्डा-सा पड़ गया था, और इतनी देर लगातार तलवार चलाते-चलाते उनकी वीर संहारकारिणी युगल भुजाएं भी कुछ-कुछ थकने-सी लगी थीं, अतः उन्हें भी अपने वीर सरदार का यह परामर्श रुचिकर-सा जंचा। उन्होंने तुरन्त ही दुर्ग की ओर रुख बदल लिया। और दुगुने आवेग से शत्रु-दल को गाजर-मूली के समान काटते-काटते अब दुर्ग की ओर ही बढ़ना आरम्भ कर दिया। अन्ततः वे अपने बचे-बचाए थोड़े-से वीर सहयोगी

सैनिकों को साथ लिये, शत्रु-दल के घेरे से निकलकर, एक सुरक्षित स्थान में जा पहुंचीं। वहीं सबने कुछ देर विश्राम लेने का निश्चय किया।

परन्तु महारानी जी को चैन कहां! राजमहल की ओर गोले बरसने का शब्द सुनते ही उन्होंने अपने सभी वीर सैनिकों को तो वहीं विश्राम लेते हुए छोड़ा और आप कुछ विश्वस्त सरदारों सहित राजमहल की ओर चल पड़ीं। मार्ग में जो भी वीर मिला, उसे ही ललकारकर अपने साथ लिया और इस प्रकार इस क्षण-क्षण बढ़ते, वीर समूह को अपने साथ लिये राजमहल की ओर बढ़ती गईं।

उधर जैसा कि हम पहले भी लिख चुके हैं, ओरछा द्वार के जीतते ही सर ह्यू, करनल लूथ और उनकी 86वीं पलटन को साथ ले महारानी जी के महलों पर अधिकार जमाने के लिए उधर ही चल दिए। उनका विचार था कि शायद महारानी जी से भी वहीं मुठभेड़ हो जाए। परन्तु महारानी जी तो दूसरी ओर ही अपना रणकौशल दिखा रही थीं। महारानी जी की अनुपस्थिति में उनके स्वामिभक्त शूरवीर सैनिकों ने, जिन्होंने राजमहल की रक्षा का भार अपने सिर लिया था, उचित साहस तथा वीरता के साथ जनरल साहब का स्वागत करते हुए, असम्भव को भी सम्भव बनाने का प्रयत्न किया और इसी प्रयत्न में सैकड़ों शूरवीर अमर पद प्राप्त करने लगे।

ठीक उसी समय महारानी जी भी बहुत-से वीर सैनिक साथ लिये उनकी सहायतार्थ वहां जा पहुंचीं। किन्तु पिछली लड़ाई में ही उनके बहुत थक जाने के कारण, उनके पूज्य पिताजी और दूसरे कई हितैषी सरदारों ने, उन्हें वहां अधिक देर तक ठहरने न दिया और उन्हें कुछ समय के लिए उनके विश्रामगृह में चले जाने के लिए आग्रहपूर्वक बाधित किया। इस बीच में संग्राम वहां बराबर तुमुल वेग से होता रहा।

किन्तु युद्ध की इस मार-काट के कोलाहल में महारानी वहां अधिक समय तक ठहर न सकीं। राजमहल की रक्षक वीर सेना के वीरोचित साहस से क्रोधोन्मत्त होकर सर ह्यू ने राजमहल के उस भाग में, जहां युद्ध हो रहा था, आग लगवा दी, तो महारानी जी भी तड़पकर उठ बैठीं और तत्काल व्याकुल-हृदय विक्षिप्तों के समान, विश्रामगृह की छत पर जा चढ़ीं। वहां पहुंचकर उन्होंने बड़े व्यथित तथा दुःखित मन से अपने निराशा-भरे नेत्रों से चारों ओर दूर-दूर तक दृष्टि दौड़ाई, तो क्या देखा कि केवल राजमहल में ही नहीं, अपितु सारे नगर में ही स्थान-स्थान पर भयानक लंका-काण्ड मच रहा था और हर ओर अग्निदेव शतमुख होकर सर्वनाश करते हुए, दसों दिशाओं को धरती से आकाश तक जाज्वल्यमान कर रहे थे।

महारानी जी के दयार्द्र कानों ने, अपनी शूरवीर सेना की—जो उस प्रलयंकर अग्निकुण्ड में अपने प्रिय प्राणों की निर्भयतापूर्वक आहुति दे रही थी—'मार-मार' की वीर ध्वनि के साथ-ही-साथ एक प्रजाप्राण स्नेहमयी माता के समान अपनी भयभीत

शान्तिप्रिय प्रजा के हृदय-विदीर्णकारी हाहाकारमय दीन क्रन्दन को जो सुना, तो उनका प्रजा-प्रेम से विह्वल वीर-हृदय अपनी उस समय की विवशता से एक असह्य आघात पाकर फटने लगा।

कोई आध घण्टे तक वे, उसी परम दुःखित अवस्था में, किंकर्तव्यविमूढ़-सी हुई, वहीं पाषाण-मूर्तिवत् खड़ी-खड़ी अपनी प्राणप्यारी प्रजा की इस दीन-हीन दुःखभरी अवस्था पर, एक स्नेहमयी माता के समान दुःख तथा शोक के आंसू बहाती रहीं। वहीं उन्होंने अपने दुर्ग के प्रमुख द्वाररक्षक सरदार कंवर खुदाबख्श और झांसी राज्य के सुप्रसिद्ध तोपखाने के अदम्य तोपची सरदार वीरशिरोमणि गुलाम गौस खां के वीरगति प्रदान करने के महाशोकमय समाचारों को भी सुना, जिनसे उनकी रही-सही आशाओं पर भी पानी फिर गया।

इसी निराशा में उन्होंने तत्काल ही अपने विश्रामागार में पहुंचकर अपने सभी शेष रहे शुभचिन्तक परामर्शदाताओं तथा प्राण-मोह-मुक्त प्रमुख योद्धाओं की एक सभा बुलाई और उनके सच्ची देशसेवा, निष्काम तथा निर्मल राजभक्ति और स्वाभाविक वीरता की भूरि-भूरि प्रशंसा करते हुए, सबसे यह निवेदन किया, ''महावीर बन्धुओ! अब नगर तथा दुर्ग को किसी प्रकार भी निर्दयी शत्रु से सुरक्षित रखने की कोई आशा नहीं रही। जैसे भी हो सका, आप सबने बड़े अदम्य साहस तथा वीरता से अपने प्राणों का मोह त्यागकर दुर्ग, नगर तथा प्रजा की रक्षा की। अब यहां रहकर अपने बहुमूल्य प्राण गंवाना व्यर्थ ही है। यदि आप किसी भी प्रकार यहां से निकल सकें तो अवश्यमेव निकल जाएं। जीवनों की आहुति न दें। यदि आप जीवित रह सकेंगे तो किसी और क्षेत्र में ही देश तथा जाति की सेवा का परम सौभाग्य प्राप्त कर सकेंगे। इसलिए मैंने अपने राजभण्डार के सभी द्वार आपके लिए खोल दिए हैं। अपने मार्ग-व्यय तथा शेष जीवन-निर्वाह के लिए आप जो कुछ और जितना कुछ भी अपने साथ ले जा सकें, अवश्य ले जाएं! आप सबसे आग्रहपूर्वक यह अन्तिम विनय करती हूं। अपने लिए मैंने यह निश्चय कर लिया है कि मैं गोले-बारूद भरे शस्त्र भण्डार में जाकर स्वयं अपने हाथ से उसमें आग लगाकर अपनी यह जीवन-लीला समाप्त कर दूं, जिससे यह भौतिक शरीर किसी शत्रु के अपवित्र हाथों से अपमानित न होने पाए और सदा के लिए सुरक्षित हो जाए।''

शत्रुदल-संहारिणी पूज्यास्पदा महामाया भगवती महारानी जी का आत्मोत्सर्ग सम्बन्धी यह भीषण निर्णय सुनकर, उनके सभी शूरवीर साथी योद्धाओं ने एक स्वर से कहा, ''भारत गौरव मातेश्वरी महारानी! हम इतने कायर-कपूत और भीरु नहीं, जो इस कठिन समय में आपको यहां अकेला छोड़कर अपने प्राण बचा ले जाएंगे। शोक तो यह है आपने अब तक भी हमें ठीक-ठीक नहीं पहचाना। यदि हमें अपने इस क्षणभंगुर पापी प्राणों का ऐसा ही मोह होता, तो अब तक भी हमारे पैर में कौन-

सी ऐसी अटूट बेड़ियां पड़ी थीं, जो हमें रणोन्मुख होकर भाग जाने से रोक सकतीं? अतः हमारा भी यह निश्चय है कि हम आपको एक क्षण के लिए भी कभी अकेला नहीं छोड़ेंगे। यदि जीएंगे, तो आपके साथ ही जीएंगे, अन्यथा आपके श्रीचरणों में ही अपने-अपने प्राण त्यागकर अपना जन्म सफल कर जाएंगे। अतः आप ही हमें अपने से अलग होने के लिए बाधित न कीजिए।"

अपने जीवन-मरण के संगी योद्धाओं के इस वीरोचित निर्णय के सामने, अन्ततः महारानी जी को भी अपना सिर झुकाना ही पड़ा। अन्त में यह निश्चय हुआ कि अब नगर तथा नगरवासियों को प्रभु के आश्रय छोड़कर, जैसे भी हो सके, शत्रुदल के सब ओर फैले हुए असीम समुद्र को चीरते हुए, सभी योद्धा एकदम दुर्ग से बाहर निकल जाएं, और यदि हो सके तो कालपी में पड़े हुए पेशवाई दल से जा मिलें; जिससे उनके साथ-साथ फिर अपनी जननी जन्मभूमि को इस विदेशीय दासत्व के कठिन बन्धनों से मुक्त कराने या उसी प्रयत्न में प्राण देने का परम सौभाग्य एक बार फिर प्राप्त हो सके।

अनन्त जीवन की ओर

इस प्रकार महाबली कराल काल को आत्म-समर्पण करने का अन्तिम निश्चय सुदृढ़ कर लेने पर, सबसे पहले महारानी जी ने जो काम किया, वह यह था कि अपने सुचतुर खोजियों को यह समाचार लाने के लिए चहुंओर भेज दिया कि नगर के किस-किस द्वार पर शत्रु की कितनी-कितनी सेना उपस्थित है, जिससे यह निर्णय किया जा सके कि किस मार्ग से निकल भागने में सबसे अधिक सुगमता तथा सुभीता रहेगा। तत्पश्चात् उन्होंने अपने सभी वीर साथियों में खूब जी भरकर धन-वितरण किया। जिसने जो भी मांगा उसे वही दे दिया और साथ ही इसके यह भी कह दिया कि जो भी हलकी और बहुमूल्य, प्रिय वस्तु, रत्नाभूषण आदि किसी के पास हो तो निःसंकोच अपनी-अपनी जेबों, घोड़ों की खुर्जियों तथा मियानियों में भर ले, अपनी कमर से लपेट लें या छोटी-सी गठरी के रूप में पीठ से बांध लें। जिससे देश-विदेश में जहां कहीं भी वह जीता-जागता जा निकले, वहां उसे धनाभाव से कुछ विशेष कष्ट न भोगना पड़े और उसका सारा जीवन, जहां तक भी सम्भव हो, सहज में सुख से बीत सके।

महारानी जी ने स्वयं भी, पुरुष-वेश धारण करके, अपने राज्य-भण्डार के बहुत-से मूल्यवान् रत्न, हीरे, लाल, मानिक, मुक्ता आदि अपनी कमर से बांध लिये और घोड़े की मियानियों तथा खुर्जियों में भर लिये। जो बचे उन सबको अपने राज्य-परिवार के बहुत-से अमूल्य प्राचीन स्मारक द्रव्यों तथा स्मृतिचिह्नों के सहित राज्य के सबसे सुन्दर हाथी के बहुमूल्य हौदे में भरवाकर, अपने पूज्य पिताजी को उस अमूल्य भण्डार का रक्षक बनाकर हाथी पर सवार करा दिया और कई सर्वमान्य विश्वस्त महावीर योद्धाओं को विशेष रूप से उस हाथी की रक्षा पर नियत करके, उस हाथी को शेष सब सहयोगी योद्धाओं के बीच में सुरक्षित कर लिया।

इस परमावश्यक कार्य से निबटकर, महारानी जी ने अपने प्रिय पुत्र दामोदर गंगाधरराव को, जिसकी आयु उस समय प्रायः 7-8 वर्ष की थी, अपनी पीठ के साथ खूब कसकर बंधवा लिया।

इतने में ही खोजियों ने सब ओर से आ-आकर, नगर के सभी द्वारों के सम्बन्ध में अपनी रिपोर्ट आ सुनाई। उसका सार यह था कि नगर के उत्तरी द्वार के सिवाय और सभी द्वारों पर अपेक्षाकृत बहुत से अधिक सेना नगर का घेरा डाले पड़ी है। अन्ततः यही निश्चय हुआ कि उत्तरी द्वार से ही नगर-त्याग करके कालपी की ओर प्रस्थान किया जाए।

जब इस मरणोन्मुख निर्भीक वीर-मण्डली ने अपना सिर हथेली पर रखकर काल-महाकाल से भी अन्तिम बार दो-दो हाथ करने का दृढ़ निश्चय अपने वीर हृदय में धारण करके, अश्रुपूर्ण नेत्रों से जननी जन्मभूमि तथा उसके राजमहल, दुर्ग आदि को अन्तिम प्रणाम करके वहां से प्रस्थान किया, तो सूर्य भगवान् भी इस शोकपूर्ण हृदयविदारक दृश्य को देख सकने की शक्ति अपने में न पाकर, अपने पश्चिमी, विश्रामालय में जा छिपे और जिस किसी नर-नारी ने इस वीर मण्डली को इस प्रकार हाथी को अपनी रक्षा में लिए, तलवार संभाले घोड़ों को सरपट दौड़ाते, नगर से विदा होते कहीं देख लिया, वही दूसरों को भी यह दुःखद समाचार सुनाने के लिए भाग खड़ा हुआ।

इस प्रकार जिस मार्ग से महारानी जी और उनकी सहयोगी योद्धामण्डली को जाना था, उस पर शीघ्र ही दोनों ओर विरह-शोकातुर नर-नारियों की पग-पग पर भीड़ बढ़ती चली गई। सभी अपनी पूज्यास्पदा महारानी को इस प्रकार सदा के लिए अपने से बिछुड़ते हुए देखकर आंसू बहा रहे थे। प्राणप्यारी प्रजा को इस शोक-विमूढ़ अवस्था में निरखकर दयामयी महारानी जी का पवित्र मातृभाव से परिपूर्ण कठोर वीरहृदय भी द्रवित होने लगा, परन्तु नारी-स्वभाव-जनित कोमलता के उद्वेग से वे लहू का-सा घूट पिए, चुपचाप वायुवेग से आगे-ही-आगे बढ़ती गईं। कहीं किसी शत्रुसमूह ने उन्हें रोकने का प्रयत्न भी किया तो वह तत्क्षण ही रुधिर-स्नान कर धरती पर लोटता और तड़पता हुआ दिखाई दिया।

दुर्गद्वार से बाहर निकलते ही महारानी जी ने स्वतन्त्रता तथा निश्चिन्तता का एक गहरा और लम्बा सांस लेकर ऐसा आनन्द अनुभव किया जैसे कोई वर्षों से छोटे पिंजरे में बन्द पक्षी अकस्मात् ही ऊंचे, असीम सुविशाल वायुमंडल में स्वाधीन रूप से अपने पंख खोल-खोलकर ऊपर-नीचे मनमानी उड़ान भरने में अनुभव कर सकता है। यद्यपि उस समय भी महारानी जी आनेवाले असंख्य, अनजाने भय और संकटों से अनभिज्ञ नहीं थीं, परन्तु फिर भी वे अपनी इस नव प्राप्त स्वतन्त्रता तथा स्वाधीनता के सामने उन सभी भयों को तुच्छ, महातुच्छ समझती थीं; कारण जो भी वीरात्मा सर्वशक्तिमान् प्रभु की अनन्त शक्ति का आश्रय लेकर अपने प्राणों का मोह त्याग देती है, उसी की कृपादृष्टि से जीवन-मरण का सब भेद-भाव मिटाकर अभयपद को प्राप्त कर लेती है, फिर उसे कुछ भी भय नहीं रह जाता।

दुर्गद्वार से बाहर निकलकर नगर में हर तरफ घूमती हुई अंग्रेज़ी सेना को अपनी इस नवप्राप्त स्वतन्त्रता के मार्ग में बाधक होते देखकर महारानी जी का तेजोमय मुखड़ा आरक्त हो गया, उनके नेत्रों से चिनगारियां झड़ने लगीं और वे अपनी तीक्ष्ण कृपाण घुमाती हुई नगर के शोकग्रस्त सुनसान बाज़ारों में ऐसे वायुवेग से अपना घोड़ा दौड़ाते हुए आगे बढ़ीं कि उनके बहुत-से सहयात्री उनका साथ न दे सके और बहुत पीछे रह गए।

कहा जाता है कि उस समय केवल दस-बारह अश्वारोही (सवार), एक साईस और एक सेविका ही उनके साथ रह गए थे और असंख्य अंग्रेज़ी सेना, एक असीम अथाह सागर के समान, दूर तथा समीप चहुं ओर उनके सामने फैली हुई दिखाई दे रही थी, उसी में से निर्भयतापूर्वक तैरकर, उन्हें पार जाना और अपनी आगामी स्वतन्त्रता अथवा मृत्यु का मार्ग उन्मुक्त करना था। परन्तु उन्होंने अणुभर भी इसकी चिन्ता नहीं की और बराबर आगे बढ़ती ही गईं।

महारानी जी की इस महाकठिन तथा दुर्गम यात्रा का वर्णन करते हुए सुविख्यात अंग्रेज़ ऐतिहासिक मि. सीडोन टेलर लिखते हैं:

''अन्ततः जबकि अभी आधी रात शेष रह गई थी, तो नगर के एक सुनसान भाग की सुदृढ़ प्राचीर में एक द्वार बड़े धीरे से खुला और उसमें से एक दुःखित तथा संतप्तहृदय यात्री-मण्डली चुपचाप बाहर निकली। रानी और उसकी बहिन अथवा सहेली, पुरुष-वेष में सुसज्जित, अपने कुछ इने-गिने सहयात्रियों के साथ शामिल थीं। वे सब पूर्ण मौन धारे, उस द्वार में से गुजरकर, निःशब्द रात के सर्वव्यापी घोर तिमिर में लोप हो गए। उनमें से अन्तिम वीर के बाहर निकलते ही वह द्वार वैसे ही चुपचाप और धीरे-धीरे बन्द हो गया।

''उस रात की यह यात्रा उन सभी के लिए बड़ी जान-जोखों की थी, क्योंकि '14 ड्रैगून' नामक अंग्रेज रिसाले और हैदराबाद कंटिंजैंट सेना के भ्रमणकारी दस्ते, बड़ी सावधानी से चहुं ओर फिरते हुए, चौकी-पहरा दे रहे थे। किसी भी स्थान में उनसे टक्कर हो जाना उन सबके लिए निश्चत मृत्यु का कारण हो सकता था। परन्तु यह शूरवीर-मण्डली, उन सबकी आंखों में धूल झोंककर किस प्रकार जीती-जागती बच निकली, यह भी एक ऐसा रहस्य है, जो अब तक भी नहीं खुल सका। इसमें सन्देह नहीं कि रानी के पथ-प्रदर्शक अपने कठिन कार्य में बड़े ही निपुण तथा चतुर थे। फिर रानी स्वयं भी बड़ी निर्भीक तथा असाधारण अश्वारोहिणी थीं; अंततः वे बड़े विद्युत्-वेग से उस विस्तृत मैदान की ओर बढ़ती चली गईं, जिसके परले पार उनके लिए निश्चित सुरक्षा की कुछ आशा हो सकती थी।''

सवेरे जब जनरल सर ह्यू रोज़ को महारानी जी के इस प्रकार भाग निकलने का समाचार मिला, तो वे आश्चर्यचकित होकर रह गए। देर तक वे अपने उन अधीन

अफसरों की ओर, जो यह विचित्र समाचार लाए थे, इस प्रकार देखते रहे मानो उन्हें इस समाचार की यथार्थता पर विश्वास ही नहीं आता था। परन्तु जब उन अफसरों ने बार-बार इस समाचार की सत्यता का आग्रह किया, तो वे दांतों में उंगली दबाकर बोले, "निस्सन्देह महारानी एक सर्वश्रेष्ठ वीरशिरोमणि युद्धनेत्री हैं।"

यह कहते-कहते उनके मुख पर बड़ी गम्भीरता छा गई, परन्तु फिर उन्होंने तुरन्त ही संभलकर शीघ्र ही महारानी और उनके साथियों का पीछा किए जाने का हुक्म दे दिया। किन्तु कमान से निकला हुआ तीर और बन्दूक से छूटी हुई गोली, कब किसके हाथ आई है! सर ह्यू के सवारों ने बड़े विद्युत्-वेग से बीस-पच्चीस मील दौड़-धूप की, परन्तु उन्हें न पा सके।

महारानी जी के साथ जो अन्य शूरवीर अपने-अपने सिर पर कफन लपेटकर मृत्यु को वरण करने दुर्ग से निकले थे, उनमें से बहुतों के सम्बन्ध में इससे अधिक और कुछ भी ज्ञात नहीं हुआ कि वे महारानी जी से बिछुड़कर, कहीं-न-कहीं शत्रु-दल के साथ लड़ते-लड़ते वीरगति को प्राप्त हो गए। कारण, जब एक-एक सूरमा का सामना, सौ-दो सौ नहीं, वरन् असंख्य वैरियों से पड़ जाए, और रणक्षेत्र में मर मिटना ही अपना परम धर्म समझ बैठे हों, तो उन महावीरों का परिणाम इसके अतिरिक्त और हो ही क्या सकता है।

निस्सन्देह महारानी जी के पूज्य पिता मोरोपन्त ताम्बेजी के सम्बन्ध में यह कहा जाता है कि जब वे अपने गिने-चुने सहयोगी संरक्षकों की छोटी-सी मण्डली के साथ, जो उस अमूल्य धन-द्रव्य आदि से लदे हुए हाथी की रक्षा पर नियत थे, दुर्ग से चले तो मार्ग में इस क्षुद्र-सी कर्तव्य-परायण वीर-मण्डली की कई एक स्थानों पर शत्रुदल से टक्करें हुईं, जिनमें वे सभी एक-एक करके वीरगति प्राप्त करते गए। परन्तु ताम्बे जी किसी-न-किसी प्रकार बचकर अपने धन-द्रव्य से लदे हुए हाथी सहित दतिया राज्य के एक ग्राम में पहुंच गए। वहां किसी पनवाड़ी के घर आश्रय पाया। परन्तु किसी प्रकार से दतिया-नरेश को भी उनके वहां पहुंचने का समाचार मिल गया। दतिया-नरेश ने ताम्बेजी को हाथी सहित पकड़ लिया और उन्हें तो अंग्रेज़ों को भेंट कर दिया, किन्तु हाथी को उस पर लदे हुए सारे धन-द्रव्य समेत कहीं ऐसा लोप किया कि किसी को आज तक उसका पता नहीं चला।

इस प्रकार महारानी लक्ष्मीबाई जी के साफ निकल जाने पर, आश्चर्यविमूढ़, लज्जित तथा क्रुद्ध सर ह्यू रोज़ और सर राबर्ट हैमिल्टन पोलिटिकल एजेण्ट को जब ताम्बे जी के पकड़े जाने का समाचार मिला तो वे खुशी से फूले न समाए। अन्ततः उन्होंने परस्पर परामर्श करके, अगले ही दिन ताम्बे जी को झांसी लाकर, मध्याह्न पश्चात् प्रायः 2-2॥ बजे, राजमहल के सामने फांसी पर चढ़ा दिया और महारानी जी के प्रति जो प्रतिशोध-पिपासा उनके मन में भड़क रही थी, उसे इस प्रकार उनके पूज्य पितृदेव के रक्त से शान्त करना चाहा; परन्तु शायद वह इससे बुझने और मिटने

की जगह और भी अधिक भड़क उठी। उसे शान्त करने के लिए उन्होंने अभागिनी झांसी की अभागी प्रजा के साथ वह कुछ किया जो संसार में प्रसिद्ध बदनाम नादिरशाह ने भी, अपने समय में भाग्यहीन दिल्ली की मन्दभाग्या प्रजा के साथ नहीं किया था। कारण, नादिरी लूट-मार तथा हत्याकाण्ड तो (भारत-इतिहास के प्रत्येक वर्णन के अनुसार) केवल तीन प्रहर अर्थात् 8-9 घण्टे तक ही जारी रहा, किन्तु अभागिनी झांसी और उसकी दुर्भाग्यग्रस्त प्रजा की राज्यलक्ष्मी तो (जैसा कि पाठकगण आगामी पृष्ठों में पढ़ेंगे) तत्कालीन सुसभ्य अंग्रेज़ अफसरों की आज्ञा से, उनके अंग्रेज तथा देशी सैनिकों के हाथों ही नहीं, वरन् भारतीय रियासतों की सहायक सेनाओं के हाथों भी, बराबर सात दिन तक मारी-काटी और लूटी-खसोटी जाती रही, जिसका प्रमाण कई न्यायशील अंग्रेज़ लेखकों ने अपनी विभिन्न कृतियों में दिया है।

सात दिन की लूट और भीषण हत्याकाण्ड

झांसी के इस मन्दभाग्य रक्तरंजित विपदा की कहानी महाराष्ट्र के जगत्प्रसिद्ध ऐतिहासिक श्रीयुत् चिन्तामणि विनायक वैद्य ने अपनी सुविख्यात मराठी पुस्तक 'माझा-प्रवास' अर्थात् 'मेरा परदेशवास' के नाम से अतीव व्यथित शब्दों में लिखी है। उनका लिखा हुआ यह समस्त वर्णन 'इतिहास' नामधारिणी पुस्तकों के आधार पर नहीं, अपितु उनके अपने शब्दानुसार 'विभिन्न विश्वस्त और यथार्थ सार-संगृहित प्रामाणिक ऐतिहासिक ग्रन्थों तथा विभिन्न ऐतिहासिक स्थानों के अपने कष्टमय परिभ्रमण द्वारा, वहां स्थानिक रूप से अपनी की हुई गम्भीर खोज तथा अन्वेषण के आधार पर है। उनके इस ग्रन्थ से यह भी प्रकट होता है कि 'झांसी के घेरे' के प्रथम दिवस से लेकर 'झांसी-पतन' तक वहां श्रीगौड़ संभट्ट नामक एक विद्वान् महाराष्ट्रीय ब्राह्मण निवास करते रहे थे और उन्होंने ही इन सब हृदयविदारक घटनाओं के सम्बन्ध में अपने आंखों देखे और कानों-सुने दृश्यों को लेखबद्ध कर रखा था। उन्हीं लेखों के सुदृढ़ आधार पर श्री वैद्यजी ने ये सब बातें लिखी हैं, जिनका सारांश आगामी पृष्ठों में पाठकों को भेंट किया जाता है।

झांसी-पतन के उपरान्त निरंकुश गोरे सैनिक अन्धाधुन्ध गोलियां चलाते और तलवारें नचाते, नगर के चारों प्रमुख द्वारों से नगर में घुस आए और उस मन्द-भाग्य नगर के बाज़ारों तथा गली-कूचों में पागलों के समान घूमते-फिरते हुए वहां की दीन, निरुपाय प्रजा की निर्दयतापूर्वक हत्या करने और उनकी धन-सम्पत्ति को निःसंकोच लूटने लगे। उस समय उनके रक्त के प्यासे हृदयों में प्रतिशोधाग्नि इतनी भड़की हुई थी कि उन्होंने उसको शान्त करने के लिए न तो किसी अस्सी वर्ष के वृद्ध को छोड़ा और न किसी पांच वर्षीय बालक को ही। जो भी अभागा, अपने दुर्भाग्य से उनके सामने आ गया उसी को उन्होंने निर्ममता से मार डाला। केवल यही नहीं अपितु उन्होंने उस अभागे नगर में जहां-तहां आग भी लगानी आरम्भ कर दी।

इस लंका-काण्ड का श्रीगणेश हलवाईपुरा से हुआ, जिसके कारण स्वभावतः सभी नर-नारियों, बच्चों-बूढ़ों को, अपने-अपने प्राण बचाने के लिए परमावश्यक रूप से अपने-अपने घरों से बाहर निकलना पड़ा। इससे इन रक्तपिपासु निर्दय हत्यारों

को अपनी-अपनी रक्त-पिपासा, जी भरकर शान्त करने का और भी मनमाना अवसर मिल गया। उस समय झांसी के भाग्यहीन नर-नारियों की अवस्था सर्वथा वैसी ही थी, जैसी कि दीन, अरक्षित भेड़-बकरियों के किसी उस गल्ले की हो सकती है, जिस पर असंख्य भूखे भेड़ियों ने अकस्मात् ही आक्रमण कर दिया हो।

उन दिनों झांसी नगर में श्रीमान् भिड़े नामक एक महाराष्ट्रीय ब्राह्मण का एक सुविस्तृत बाग था। बहुत-से भयभीत नर-नारी, प्राण-मोह से व्याकुल हो, अपनी-अपनी जान बचाने के लिए वहां जा छिपे थे। किन्तु कुछ ही देर पीछे इन क्रुद्ध भयावने हिंसक नर-पशुओं का एक झुण्ड वहां भी जा पहुंचा। उन्हें देखकर उन सभी निर्दोष, विपद्-ग्रस्त, अत्याचार-पीड़ितों का, जिन्होंने उस बाग में आश्रय लिया था, दीन-दुखी हृदय कैसा कम्पायमान हो उठा होगा, इसका अनुमान लगाना किसी भी सहृदय पाठक के लिए कुछ कठिन न होगा।

अस्तु, भयभीत होकर वे सभी थरथर कांपते हुए, उन निष्ठुर सैनिकों तथा उनके अफसरों के आगे बड़े दीन शब्दों में गिड़गिड़ाने लगे। उनकी इस भयातुर दीन दशा पर एक माई के लाल, अंग्रेज़ अफसर का हृदय भी पसीज उठा और उसमें मनुष्यता तथा वीरता के पवित्र भाव जागरित हो गए, अतः उसने उन सभी भाग्यहीन विपद्ग्रस्तों की उन नरपशुओं से रक्षा करके, मनुष्यता के इस बर्बरतापूर्ण घृणित इतिहास में भी, अपने अज्ञात नाम को प्रलयकाल तक के लिए स्वर्ण-अक्षरों में लिखवाकर अमर पद प्राप्त कर लिया।

उस देवतास्वरूप वीर योद्धा ने, केवल उसी समय उन निरुपाय दीन-दुखियों की प्राण-रक्षा ही नहीं की, अपितु तत्काल ही उस बाग के सब द्वार बन्द कराके उनमें ताले लगवा दिए, और उनमें सशस्त्र पहरा नियत करके पहरेदारों को यह आज्ञा दे दी कि जो कोई भी लुटेरा सैनिक बलात् अन्दर प्रविष्ट होने का प्रयत्न करे, उसे तुरन्त गोली मार दो।

इस एक ही घटना से अंग्रेज़ी सेना के सराहनीय अनुशासन का ठीक-ठीक अनुमान लग सकता है। अन्यथा उस समय धन-लाभ से उन्मत्त और उत्तेजित हुई उस अनगिनत सैनिक-मण्डली के सामने एक अफसर की, चाहे वह कोई कैसा भी वीर तथा उच्चपदाधिकारी ही क्यों न होता, क्या शक्ति थी कि वह उन्हें निर्दयतापूर्ण लूट-मार से रोक सकता। कहा जाता है कि उस समय, उस सहृदय अंग्रेज़ अफसर ने उस बाग में प्रायः बीस सहस्त्र नर-नारियों, बच्चों-बूढ़ों के प्राण बचाए जो उस बाग में अपनी जान बचाने के लिए घुस आए थे।

किन्तु यह केवल नगर के एक छोटे-से भाग की दशा का ही वर्णन है। शेष सारे नगर में, उस समय जो प्रलय बीत रही थी, उसका अनुमान पाठक अगले पृष्ठों में स्वयं ही सुगमतापूर्वक लगा सकेंगे।

इस मार-धाड़ तथा रक्तपात के साथ ही लूट-मार का बाज़ार भी नगर में चहुं ओर गरम था। लोभ-लालसा से पागल हुए सैनिक सब प्रकार बहुमूल्य पदार्थों तथा धन-सम्पत्ति से भरपूर घरों में बेरोक-टोक और निर्भयतापूर्वक घुस जाते थे और वहां से हीरे-मोती आदि रत्न और सोने-चांदी के आभूषण तथा बहुमूल्य वस्त्र अथवा अन्य पदार्थ, जो भी और जितने चाहते थे, लूट ले जाते थे। जो कोई भी उनके मार्ग में कुछ बाधा डालने का साहस तक भी करता था, उसी को अपने इस दोष का अपने प्राणों से प्रायश्चित्त करना पड़ता था। जहां कहीं, पहले लूट-पाट हो चुकने के कारण, इन हत्यारे लुटेरों के पल्ले कुछ नहीं पड़ता था, वहां के अभागे निवासियों की (यदि वे वहां अपने दुर्दैव पर आंसू बहाते मिल जाते थे) हत्या करके ही वे निर्दय लुटेरे अपना क्रोध शान्त कर लेते थे।

परन्तु यह अवश्य कहा जाता है कि इस मार-काट और लूट-खसोट की अन्धेरगर्दी में भी इन उन्मत्त सैनिकों के हाथों किसी भी देवी का सतीत्व नष्ट किए जाने की कोई शिकायत कहीं नहीं सुनी गई। यह और बात है, यदि किसी सती-साध्वी देवी ने अपने-आप ही अपनी मान-मर्यादा को संकट में देख और भयभीत होकर किसी कुएं में कूदकर आत्महत्या कर ली हो, अथवा अपने पति-पुत्रादि स्नेही स्वजन को हत्यारे की तलवार या गोली से बचाने के लिए, अपने-आप ही बीच में आकर, अपने प्राणों की आहुति दे डाली हो। क्योंकि ऐसे कठिन अवसरों पर हमारी पति-प्राणा स्नेहमयी भारतीय कुलदेवियां, स्वाभाविक रूप से ही अपने पति तथा सन्तान आदि के लिए, अपने प्राणों का बलिदान देने के लिए उद्यत हो जाती हैं।

इस सम्बन्ध में यह भी कहा जाता है कि दूरदर्शी अंग्रेज अफ़सरों ने ऐसे उपद्रव रोकने के लिए प्रत्येक गोरे सैनिक के साथ दो-दो हिन्दी सिपाहियों की नौकरी बोलकर उन्हें यह आज्ञा दे दी थी कि 'वे उन गोरों की लूट-खसोट में तो किसी प्रकार से कोई विघ्न-बाधा न डालें, परन्तु यदि कोई गोरा कहीं कामातुर होकर किसी स्त्री पर बलात्कार करने को उद्यत हो, तो उसे तत्काल गोली मारकर ठण्डा कर दें। ऐसा करने पर गोली मारने वाले के विरुद्ध कोई भी फरियाद नहीं सुनी जाएगी।'

यदि यह बात सत्य है, तो उस समय के अंग्रेज़ अफसरों की इस उच्च नीति तथा पवित्र भावनाओं की प्रशंसा ही करनी पड़ती है।

सारांश, तीन दिन गोरे सैनिक इसी प्रकार झांसी की मन्दभाग्या प्रजा की धन-सम्पत्ति खूब जी भरकर लूटते रहे। उनकी इस निर्दयतापूर्ण लूट-खसोट के मूल्य का जो भी अनुमान लगाया जाए, वह कम ही होगा। कहते हैं कि दो दिन की इस बार-बार की लूट-मार से भी जब इन धनलोलुप गोरे लुटेरों की सन्तुष्टि न हुई, तो तीसरे दिन उन्हें राजमहल लूट लेने की भी आज्ञा मिल गई, जहां केवल पेशवाई राजकाल से ही नहीं, वरन् बुन्देलखण्ड के प्राचीन राजवंशों की भी असंख्य, अतुल तथा

अनुमानातीत धन-सम्पत्ति आदि के ढेरों-के-ढेर लगे हुए थे, और जिनमें पन्ना राज्य की ही की खानों से निकले हुए बहुमूल्य हीरों की भी कुछ कमी न थी।

निस्सन्देह इस असीम धन-सम्पत्ति का सबसे अधिक मूल्यवान् भाग तो महारानी लक्ष्मीबाई जी ने अपने राजभक्त सेनापतियों तथा सैनिकों में बांटकर, कुछ अपने साथ भी ले लिया था तथा जो विशेष मूल्यवान् तथा स्मारकचिह्न समझे जा सकने वाले पदार्थ थे, वे हाथी के हौदे में भरवाकर मोरोपन्त जी की संरक्षता में दे दिए थे, जो पीछे दतिया राज्य के हत्थे चढ़े, किन्तु फिर भी जो धन-माल तथा अन्य नाना प्रकार के बहुमूल्य पदार्थ राजमहल के भण्डारगृहों में अटे पड़े थे, उनका मूल्य आंकना भी तो कुछ सहज काम नहीं।

केवल यही नहीं, वरन् झांसी राज्य के प्राचीन पुस्तकालय को भी आग लगाकर भस्मीभूत कर दिया गया, जिसमें शताब्दियों से नाना प्रकार की विद्याओं और विभिन्न धर्मों तथा मत-मतान्तरों से सम्बन्ध रखने वाले असंख्य हस्तलिखित ग्रन्थों का एक अमूल्य तथा अलभ्य भण्डार विद्यमान था। अभागे भारत और भाग्यहीन हिन्दू जाति की ही नहीं, अपितु सारे ही ज्ञान-विज्ञान-प्रेमी संसार की यह एक ऐसी हानि थी जिसकी किसी प्रकार भी कभी पूर्ति नहीं हो सकेगी। कहा जाता है कि यह पुस्तकालय इतना बड़ा और ऐसा प्रसिद्ध था कि भारत-भर से ज्ञान-विज्ञान-पिपासु विद्वान् आ-आकर इस ज्ञान-भण्डार से अपनी प्यास बुझाया करते थे।

मन्दिरों तथा अन्य हिन्दू-मुस्लिम पूजास्थानों में एकत्रित धन-माल एवं सार्वजनिक उपयोग के पदार्थों के भी मूल्य का कुछ अनुमान लगाना असम्भव है, जो इस लूट-मार की भेंट हो गया।

इसी सिलसिले में हिन्दू देवालयों की उन बहुमूल्य परम सुन्दर मूर्तियों का तो वर्णन ही क्या हो, जिन्हें ये निर्दय लुटेरे इस लूट-मार की घृणित घटना के ऐतिहासिक स्मारक समझकर समुद्र पार ले गए और जो अब भी शायद उन लुटेरों की सन्तति के ड्राइंग-रूम की शोभा बढ़ा रही होंगी!

कई अंग्रेज़ लेखकों ने तो अपनी कृतियों में इस लज्जास्पद लूट-खसोट और हत्याकाण्ड का किंचितमात्र भी वर्णन नहीं किया। हां, 'सेण्ट्रल इण्डिया' (मध्य-भारत) के प्रसिद्ध लेखक मि. हैनरी सिलवर्स्टन ने इसका वर्णन करते हुए इतना अवश्य लिखा है:

''युद्ध समाप्त होते ही हमारे अफसरों तथा सैनिकों ने अपना आश्चर्य मिटाने के लिए इधर-उधर खोज तथा अनुसन्धान आरम्भ कर दिया और इसी धुन में वे प्रत्येक घर में घुस-घुसकर उसके अंधेरे-से-अंधेरे कोनों तक की तलाशियाँ लेने लगे। जहां कहीं भी उन्हें कुछ सन्देह हुआ, उन्होंने दीवारों तथा धरती तक को भी खोद डाला। किन्तु किसी लूट-पाट की नीयत से नहीं, केवल अपने अनुसन्धान-प्रेमी मन

की अन्वेषण-तृषा बुझाने के लिए। मेरी दृष्टि में, नाना प्रकार के पदार्थों की इस लूट में, किसी धर्मपरायण और ईमानदार सज्जन के लिए भी, एक प्रकार के पदार्थों की लूट तो सर्वथोचित तथा प्राकृतिक मानी जा सकती है; और वे पदार्थ हैं—वे देवमूर्तियां, जो वहां देवमन्दिरों के खण्डहरों में सभी जगह पड़ी मिलती थीं।"

इसी सम्बन्ध में एक भारतीय इतिहासकार का कथन है कि 'जब ये लुटेरे महालक्ष्मी जी के मन्दिर में पहुंचे (जो अब अग्नि-वर्षा से छिन्न-भिन्न होकर खण्डहर-रूप धारण कर चुका था), तो उन्होंने उसकी सब धन-सम्पत्ति को ऐसा लूटा कि देवी भगवती के बहुमूल्य वस्त्रों तथा आभूषणों तक को न छोड़ा जो उन्हें कहीं-कहीं दबे-दबाए मिल गए; क्योंकि उन्हें यह ज्ञात हो ही चुका था कि यह उनके लूट-मार कर सकने का अन्तिम दिन है और अगले दिन से ही उनके लिए यह लूट-मार वर्जित हो जाएगी। अतः उन्होंने उस दिन इसमें कोई भी कोर-कसर उठा न रखी। सब मन्दिर, धर्मशालाएं, श्मशान अपितु घरों के पाखाने तक भी छान मारे और जहां भी उन्हें कुछ मनभाती चीज़ मिल गई, उसे ही हथिया लिया; या जहां कहीं भी कोई भाग्यहीन छिपा हुआ दिखाई पड़ा उसी की हत्या कर डाली। कहा जाता है कि उस दिन 'कोष्टिपुरा' में तो वहां के अभागे नर-नारियों की इतनी हत्या हुई कि उनकी लोथों के ढेर लग गए और लहू की नालियां बह निकलीं!'

तीन दिन की इस लूट-मार के उपरान्त 'भिड़ेबाग' में आश्रय पाने वाले भाग्यशाली अथवा मन्दभाग्य नर-नारियों को यह आज्ञा मिली कि वे बाग से बाहर जाकर अपने प्रियजनों के लिए, जो भी आहार आदि मिल जाए, ले आएं।

समझ नहीं पड़ता कि उन्हें भाग्यशाली लिखा जाए अथवा भाग्यहीन! भाग्यशाली तो वे इसलिए थे कि वहां, चाहे वे पिंजरे-बन्द पक्षी के समान और भूखे-प्यासे भी क्यों न रहे हों, फिर भी सुरक्षित तो रहे, और उनके प्राण तो बच गए; और मन्दभाग्य इसलिए कि बिना किसी अपराध अथवा दोष के ही, केवल झांसीवासी होने के कारण, वे इस समस्त अन्याय-अत्याचार के भागी बनाए गए।

वे अभागे भागे-भागे गए और इस पापी पेट का नरक-कुण्ड भरने के लिए, नगर के खण्डहरों में इधर-उधर मारे-मारे फिरने लगे। परन्तु वहां धरा ही क्या था जो उन्हें मिल जाता! उनकी उस दयनीय दुःख-भरी दशा का वर्णन करने की शक्ति किसमें है! फिर भी उसका कुछ थोड़ा-बहुत अनुमान लगा लेना किसी भी सहृदय पाठक के लिए कुछ कठिन न होगा।

किन्तु अब भी उनकी विपत्तियों का अन्त दूर था। गोरे सैनिकों के हाथों यह लूट-मार बन्द होने पर उदारचेता (!) सर ह्यू रोज़ ने अपनी मद्रासी तथा दूसरी देशी सेनाओं को नगरवासियों का शेष धन-माल लूट लेने की आज्ञा दे दी। यह आज्ञा मिल जाने पर भी जब उन्हें और कुछ बहुमूल्य माल न मिला तो उन सैनिकों ने

अभागे नगरवासियों के कांसा-पीतल आदि के बरतनों और धातुओं से बने हुए ऐसे ही अन्य पदार्थों को अपनी लूट-मार की तृषा-शान्ति के लिए पर्याप्त समझा; यहां तक कि उन्होंने मन्दिरों के ढोल-दमामे आदि भी (जो धातुओं के बने हुए थे) नहीं छोड़े और किसी भी धातु का बना हुआ कोई भी हलका-भारी पदार्थ जो उन्हें मिला, वे ले गए।

पांचवें दिन हैदराबाद, भोपाल आदि अधीन देशी रियासतों की सहायक सेनाओं की बारी आई। उन्हें भी सर ह्यू की इस असामान्य उदारता में भाग मिलना आवश्यक ही था। उन्होंने भी नगर में मनमानी लूट-मार मचा दी परन्तु जब उन्हें अपनी लूट की भूख मिटाने के लिए और कुछ नहीं मिला तो भाग्यहीन नागरिकों के नये-पुराने वस्त्रों पर ही हाथ साफ करने लगे। जहां कहीं भी उन्हें कोई पहनने, ओढ़ने, बिछाने या किसी और काम आने के सूती, ऊनी या रेशमी, बहुमूल्य अथवा सस्ते कपड़े मिले, वहीं उन्होंने अपनी-अपनी गठड़ियों में बांध लिये। मन्दिरों आदि सार्वजनिक स्थानों की दरियां, खेमे, कनात आदि भी, जो पूजा-उत्सव आदि के शुभ अवसरों पर काम आया करती थीं, नहीं छोड़ीं।

सारांश, इस लूट-मार का परिणाम यह हुआ कि किसी अन्य बहुमूल्य वस्तु का तो कहना ही क्या है, झांसी के मन्दभाग्य नागरिकों के पास न तो पेट भरने को अन्न ही रहा और न तन ढांपने अथवा ओढ़ने-बिछाने को कोई अच्छा वस्त्र ही बचा।

आठवें दिन कहीं कृपासिन्धु दयालु अंग्रेज़ी सरकार ने, कृपापूर्वक नगर में स्थान-स्थान पर 'शान्ति-शान्ति' की डोंडी पिटवा दी। इस शान्तिदायक घोषणा को सुनते ही अभागे नागरिक नर-नारी, बाल-वृद्ध जो अपने पापी प्राणों के भय से कहीं-कहीं छिपे थे, डरते-सहमते अपने-अपने घरों को लौटे, जो अब टूटे-फूटे खण्डहरों के सिवाय और कुछ भी न रह गए थे।

वे अभागे उन्हीं की जैसे-तैसे फिर से मरम्मत करा-कराके और लीप-पोतकर, अपने रहने योग्य बनाने की चिन्ता करने लगे। उस समय भूख-प्यास के कारण उन पर जो कुछ भी बीत रही होगी, उसका अनुमान लगाना कुछ कठिन नहीं। परन्तु उस समय सब कुछ सहन करने के सिवाय और उपाय भी क्या था।

'सेण्ट्रल-इण्डिया' नामक ऐतिहासिक ग्रन्थ के लेखक का कथन है कि ''झांसी की इस लूट-खसोट से, गोरे तथा देशी सैनिकों और उनके अफसरों के पास इतना सामान इकट्ठा हो गया कि उनके लिए उसे झांसी से कहीं और ढो-ढोकर ले जाना भी असम्भव हो गया; अतः उन्हें अब उसकी छांटी करके, बहुमूल्य पदार्थों को अपने पास रखकर शेष सब पदार्थों को औने-पौने बेच-बाच के, उन सबके कौड़े करने की सूझी। अतः कई दिन तक झांसी छावनी में इस लूट के माल का मीनाबाज़ार लगने

लगा और आस-पास के नर-नारी आ-आकर, यथाशक्ति उस माल को नकद दामों में मोल ले जाने लगे।" कहा जाता है कि बहुत-सा युद्ध का सामान तो ग्वालियर राज्य ने अपने कार्यकर्ताओं द्वारा मोल लिया। सम्भवतः आस-पास के अन्य रजवाड़ों ने भी ऐसा ही किया हो। सच है 'किसी का घर जले और कोई आग तापे!' इस निर्दय संसार में सदा से ही यही होता चला आया है।

झांसी के इस भयानक घेरे तथा भीषण युद्ध में अंग्रेज़ों की जो हानि हुई, उसके विषय में यद्यपि इतिहासकारों में बहुत कुछ मतभेद है, परन्तु उनका न्यून-से-न्यून अनुमान यह है कि 16 अफसर और 307 सैनिक मारे गए, और झांसी के प्रायः पांच हजार। भारतीय ऐतिहासिक इस हानि का अनुमान इससे कई गुना अधिक लगाते हैं। उनका कथन है कि युद्ध के अतिरिक्त केवल पिछले सात दिन के हत्याकाण्ड में, जो नरहत्या हुई है, वही इससे बहुत ज़्यादा है और जो माल लूट-खसोट की भेंट हुआ, उसका मूल्य निर्धारित करना तो सर्वथा असम्भव ही है।

उपर्युक्त पुस्तक 'सेण्ट्रल इंडिया' के लेखक डॉ. लो लिखते हैं:

"झांसी में जिन लोगों को जलाया अथवा दबाया गया उनकी संख्या ही एक हजार से अधिक होगी। किन्तु जिस दिन से घेरा आरम्भ हुआ, यदि उस दिन से लेकर युद्ध के अन्त तक का अनुमान लगाया जाए और उसमें बेतवा नदी-तट की लड़ाई में जो हत्या हुई उसे भी शामिल कर लिया जाए, तो यह कहने में कुछ अधिक भूल न होगी कि हमने शत्रुओं के तीन हज़ार आदमी मारे।"

मारटिन साहब इसी सम्बन्ध में जो कुछ कहते हैं, वह भी सुन लीजिए:

"4 अप्रैल को दुर्ग तथा नगर के शेष भाग पर भी हमारा अधिकार जम गया। इस अवसर पर हमारे सैनिकों ने भयानक नरहत्या की, जिसमें झांसी के अन्दर या वहां से भागते हुए, कम-से-कम पांच हजार मनुष्य मारे गए और जो माल हमें लूट में मिला उसका अनुमान तो बहुत ही अधिक है।"

अर्थात् इससे पूर्व युद्ध में जो लोग मारे गए, वे इस पांच हज़ार के अतिरिक्त थे।

महारानी और राव साहब

निर्दय कराल काल के इस भीषण चक्र में फंसी हुई वीरशिरोमणि महारानी लक्ष्मीबाई दुर्ग से निकलकर सरपट घोड़ा दौड़ाती हुई, अगले दिन अर्थात् पांच अप्रैल को, ग्वालियर राज्य के 'भाण्डेर' ग्राम में जा पहुंची। वहां उन्होंने एक सुरक्षित स्थान में अपने नित्यकर्म तथा अन्य आवश्यक कृत्यों से निवृत्त होकर अपने राजकुमार को कुछ जलपान कराया। किन्तु अभी वे अपनी इस भीषण यात्रा के उपरान्त कुछ देर विश्राम भी न कर पाई थीं कि उन्हें अंग्रेज़ी सेना के आ पहुंचने का समाचार मिला। तत्काल ही वे उछलकर घोड़े पर जा बैठीं और अपने प्रिय राजकुमार को पहले के समान अपनी कमर से खूब कसवा लेने पर एक हाथ से तलवार घुमातीं और दूसरे हाथ से घोड़े की लगाम संभाले, नौ-दो-ग्यारह हो गईं।

अंग्रेज़ अफ़सर और उनके सैनिकों ने बहुत कुछ पीछा किया, किन्तु वे उनकी गर्द को भी न पा सके! मि. मारटिन इस घटना को अपनी पुस्तक 'ब्रिटिश इण्डिया' में इस प्रकार वर्णन करते हैं:

''लेफ्टिनेण्ट बाडकर ने अपने रिसाले के एक दस्ते सहित महारानी का पीछा किया और झांसी से लगभग 21 मील पर उन्हें जा घेरा। उन्होंने दूर से एक तम्बू लगा देखा, किन्तु जब वे वहां पहुंचे तो तम्बू खाली पाया, केवल जलपान का कुछ शेषांश ही वहां पड़ा दिखाई दिया, जिससे यह जान पड़ता था कि अभी-अभी रानी वहां जलपान करती-करती लोप हो गई हैं। ले. बाडकर ने फिर पीछा करना आरम्भ किया और कुछ दूरी पर ही रानी को अपने चार साथियों समेत घोड़ा दौड़ाते भागते हुए देखा। किन्तु इस भागदौड़ में वे सख्त जख़्मी हो गए थे। अतः विवश हो, उन्होंने पीछा करना छोड़ दिया और वापस लौट आए।''

इस प्रकार वीरहृदया महारानी जी ने अपनी असाधारण वीरता तथा साहस से भयानक भेड़ियों से घिरी हुई एक सुन्दर हिरनी के समान, नदी-नाले कूदते-फांदते और बीच-बीच में पीछा करने वाले शत्रुओं से लड़ते-भिड़ते चौबीस घंटे में 102 मील की कठिन यात्रा समाप्त की और कोई आधी रात गए, जमुना जी के तटवर्ती प्राचीन ऐतिहासिक नगर कालपी के समीप, एक सुरक्षित स्थान पर जा पहुंचीं, जहां पेशवा

नाना साहब के भाई राव साहब, विद्रोही सेनाओं सहित छावनी डाले पड़े थे। अतः यह स्थान अब तक अंग्रेज़ों की पहुंच से बाहर होने के कारण सब प्रकार सुरक्षित समझा जाता था।

महारानी जी ने यहां पहुंचकर कुछ देर विश्राम किया। फिर दिन निकलते ही राव साहब को अपने आ पहुंचने का समाचार भेजा जिसे पाकर पहले तो राव साहब चकित-से रह गए, फिर उन्होंने तत्काल ही अपने सुविख्यात, सेनापति तात्या टोपे तथा अन्य सरदारों को, महारानी जी का सम्मानपूर्वक स्वागत करके कालपी ले जाने के लिए भेज दिया।

पुण्यमयी जमुना जी के पश्चिमी तट पर कालपी का वह प्रसिद्ध ऐतिहासिक नगर बसा हुआ है, जिसका इन पृष्ठों में कई बार उल्लेख हो चुका है। उसी तट पर एक बड़ा दुर्विजय दुर्ग भी है, जो तीन ओर से बड़ी सुदृढ़ पथरीली प्राचीर से घिरकर असाधारण रूप से सुरक्षित हो गया है। चौथी ओर स्वयं तरंगमयी जमुना जी अपनी भीषण तरंगों से उसकी रक्षा करती हैं। इस दुर्ग के आगे ही एक सुविस्तृत मैदान में कालपी नगर बस रहा है।

यह नगर ऐतिहासिक दृष्टि से बड़ा पुराना है, इसीलिए यहां सदा से बड़े-बड़े धनाढ्य व्यापारी, सेठ-साहूकार आदि रहते हैं। यवनकाल में भी इस नगर ने विशेष प्रसिद्धि प्राप्त की थी; कारण, यहां कई-एक बड़े भीषण युद्ध होते रहे हैं, जो इतिहास में सदा यादगार रहेंगे। इसीलिए इस नगर के इर्द-गिर्द उन यवन वीरों की कब्रों की भी कुछ कमी नहीं, जो इस रणभूमि में काम आए थे। वे अब भी इस नगर की प्राचीन महत्ता तथा वैभव की मूक साक्षी दे रहे हैं। इन कब्रों के विशाल कलसों (गुम्बजों) की संख्या 84 होने के कारण, इस मैदान का नाम ही 'चौरासी गुम्बज' पड़ गया। सम्भव है कि अब समय के प्रभाव से यह संख्या भी कुछ कम रह गई हो।

इस नगर की प्राचीन ऐतिहासिकता के सम्बन्ध में संक्षेप से कह चुकने के उपरान्त अब यहां इतना ही बता देना पर्याप्त होगा कि पेशवा बाजीराव (प्रथम) की आज्ञा से यहां गोविन्दराव बुन्देले का शासनाधिकार जमने के उपरान्त, कुछ समय तक यहां का शासन उन्हीं के परिवार में स्थिर रहा, किन्तु सं. 1806 में जालौन राज्य के साथ अंग्रेज़ों की सन्धि हो जाने के कारण, जालौन राज्य के साथ-ही-साथ कालपी का शासन भी अंग्रेज़ों के हाथ में आ गया था, परन्तु 1831 में, जैसा कि पहले भी लिखा जा चुका है, वीर नाना पण्डित ने विद्रोह करके, इसे फिर अंग्रेज़ों के दासत्व से मुक्त करा लिया था। उस समय झांसी के तत्कालीन सूबेदार राजा रामचन्द्र, महारानी लक्ष्मीबाई के पतिदेव महाराजा गंगाधरराव के भतीजे, अंग्रेज़ों के आड़े आए और उनकी ठीक समय पर भेजी हुई वीर सेना की सहायता से ही कालपी पर फिर अंग्रेज़ों का शासनाधिकार जम गया। उनकी इन और ऐसी ही अनेक महान्

सेवाओं से प्रसन्न होकर ही अंग्रेज़ महाप्रभुओं ने सं. 1832 में एक बड़ा शानदार दरबार करके, राजा रामचन्द्र जी को 'महाराजाधिराज' ही नहीं, वरन् 'फिदवी (सेवक) बादशाह जाने-जान इंगलिस्तान' की परम माननीय उपाधि से भी सुशोभित कर दिया। तत्पश्चात् इन महाराजाधिराज के उत्तराधिकारी महाराज गंगाधरराव के दत्तक पुत्र और उनकी प्रजाप्रिया महारानी लक्ष्मीबाई जी को किस प्रकार धींगा-धींगी से उनके उसी राज्याधिकार से वंचित कर दिया गया, गत पृष्ठों में विस्तार के साथ इस दुःख-गाथा का विवरण प्रस्तुत किया जा चुका है।

12 जून को झांसी में विद्रोहियों की सर्वविनाशी ज्वाला भड़क उठने के उपरान्त, कानपुर की विजयी विद्रोही सेना भी जब झांसी के विद्रोही सैनिकों के साथ आ मिली, तो इन दोनों ने सम्मिलित रूप से कालपी पर आक्रमण करके वहां के सहायक-कलक्टर मुन्शी शिवप्रसाद को ठिकाने लगा दिया और कालपी नगर पर अपना अधिकार जमा लिया। तभी से यह नगर विद्रोही सरदारों को हस्तगत हो गया। नाना साहब पेशवा, जिनका पहले भी वर्णन हो चुका है, उन सबके प्रमुख नेता थे।

जब नाना साहब के बड़े भाई राव साहब भी विद्रोहियों में आ मिले तो नाना साहब ने राव साहब तथा अपने वीर सेनापति तात्या टोपे को विद्रोहियों का नेतृत्व सौंपकर कालपी भेज दिया और आप कानपुर चले गए; तभी से राव साहब यहां के प्रमुख शासक माने जाते थे।

6 अप्रैल को जब महारानी लक्ष्मीबाई जी राव साहब के पेशवाई दरबार में पहुंचीं, तो एक-दूसरे को देखकर दोनों की आंखों में आंसू भर आए। फिर भी इस दीन-हीन अवस्था के विचार से महारानी का मुर्झाया हुआ मुख-कमल स्वाभाविक लज्जा के प्रभाव से लाल हो उठा। कुछ देर तक वे एक निर्जीव पाषाण-प्रतिमा के समान वहीं खड़ी रहीं और एक पग भी आगे न बढ़ा सकीं।

अपना सुख-शान्ति-भरा बाल्य-जीवन चलचित्र की एक बड़ी ही प्रभावशाली फिल्म के समान, बड़े वेग से लक्ष्मीबाई की आंखों के सामने फिर गया, जब वे उस निष्पाप बाल्यकाल में पूर्ण निःसंकोचता तथा परम पवित्र मानसिक भावों के अधीन उनकी सगी मां-जाई बहिन के समान इन दोनों भाइयों के साथ सब प्रकार के खेल-कूद, भ्रमण-आखेट (शिकार) आदि में घूमा-फिरा करती थीं। उस सुख-भरे पवित्र बालजीवन के स्मरण-मात्र से उस समय उनके मन में स्नेह-पूरित पावन भावों का जो प्रबल उद्वेग उठ रहा था, उसके वर्णन करने की शक्ति लेखनी में कहां!

बाल्यकाल की संगिनी मन्नोबाई (उपनाम छबीली) से, उसके महारानी लक्ष्मीबाई बन जाने पर भी, इतने चिरकाल पश्चात भेंट होने पर भी उसे दुर्भाग्यचक्र में फंसकर इस दारुण दुःख-भरी दीन-हीन अवस्था को प्राप्त हुए देखकर राव साहब के सहानुभूतिशील मन की जो दशा हुई, उसका अनुमान लगाना भी कोई सुगम नहीं।

कुछ क्षण तक तो दोनों चुप, मौन धारे, अपने तरंगमय मानस में भावों के

प्रलयकारी उद्वेग में फंसे, चकित, चित्र-सम एक-दूसरे का मुख देखते रहे। अन्ततः महारानी लक्ष्मीबाई जी कुछ सावधान होकर आगे बढ़ीं। उन्होंने अपनी तीक्ष्ण तलवार, जिस पर रिपु-रक्त अभी तक स्थान-स्थान पर जमा हुआ था, मियान से निकालकर राव साहब के सामने रखी और बड़े दुःख-भरे तथा भर्राए हुए स्वर में कहा, ''भाई! यह तलवार, जो अब तक मुझ जैसी अजान अबला के हाथों में रहते हुए भी, मेरी मान-मर्यादा शत्रुओं के प्रबल हाथों से बचाती रही है, आपके पूज्य पुरखाओं ने ही हमारे माननीय पूर्वजों को अपने प्रतिनिधि-रूप से प्रदान की थी। इसका उपयोग हमारे पूर्वजों ने और उनके पीछे मैंने आपके पुण्य से, अब तथा यथाशक्ति न्यायपूर्वक किया है। किन्तु अब न तो श्रीमान् की हम पर कृपा-दृष्टि ही है और न आपसे हमें कुछ सहायता ही मिली है, अतः इस अवस्था में हम न तो आपके प्रतिनिधि के उच्च सम्मान की मान-मर्यादा ही सुरक्षित रख सकते हैं, और न अब आपके इस स्मारक चिह्न की रक्षा करने की शक्ति ही अपने में पाते हैं; अतः अब मैं इसे अपने पास रखना उचित न समझ, आपको ही भेंट करती हूं।...'' महारानी की आंखों से अश्रुधारा बह निकली।

राव साहब भी इससे बड़े प्रभावित हुए। वे अब यह वेदना अधिक देर तक न देख सके। उनके भी युगल नेत्रों में आंसू छलक आए। व्यथित चित्त हो, तुरन्त अपने सिंहासन से उतर, वे महारानी के समीप पहुंचे और बड़े सम्मान से महारानी की तलवार उठाकर, उन्हें फिर भेंट करते हुए हार्दिक भावोद्वेग से भर्राए हुए कण्ठ-स्वर में बोले, ''नहीं! प्यारी बहिन! तुम तो सचमुच वीर रमणी हो! तुमने ही तो संसार-भर में हमारा, हमारे महाराष्ट्र का, अपितु सारे भारतवर्ष का सिर, अपने वीर कृत्यों से ऊंचा कर दिखाया। जिस वीरता तथा सहिष्णुता से तुम इन प्रबल, अनुभवी तथा दुर्नीत शत्रुओं का, नए विकट अस्त्र-शस्त्रों से सुसज्जित असंख्य सेना का, अपने मुट्ठी-भर वीर योद्धाओं की सहायता से सामना करती रही हो उसे देख-देखकर तो संसार चकित रह गया है। तुम्हारा यह वीरोचित साहस तथा पराक्रम, निस्सन्देह रहती दुनिया तक स्मारक-रूप बना रहेगा। तुम्हारे पवित्र हृदय में भारत के प्राचीन यश तथा गौरव को पुनर्जीवित करने की जो सराहनीय लगन है, वह सदैव इस असार संसार में तुम्हारे शुभ नाम को अमर रखेगी। तुम तो सचमुच भगवती दुर्गा के समान शत्रुदल-संहारिणी हो! देवी तुम धन्य हो! शतशः धन्य हो!''

राव साहब परम पवित्र भ्रातृभाव के साथ, महारानी के युगल नेत्रों से बहती हुई प्रेम तथा दुःख-मिश्रित अश्रुधारा को अपने रूमाल से पोंछने लगे।

इस पवित्र भ्रातृप्रेम से प्रभावित होकर महारानी जी बड़े स्नेह से मधुर स्वर में बोलीं, ''वीर भाई! मुझे इस बात का बड़ा दुःख है कि तुम जैसे वीर-शिरोमणि भाइयों के होते हुए भी और अपने राज्य की रक्षा में असंख्य शत्रुदल के साथ घोर

युद्ध करके भी मैं अपने झांसी राज्य को न बचा सकी। मुझे अपनी प्राणप्यारी प्रजा को निर्दयी-अत्याचारी शत्रु-रूपी भेड़ियों के हवाले करके, यों निरुपाय होकर, भागना पड़ा है। यदि मैं अपना अंग कटवाकर भी झांसी की रक्षा में सफल हो जाती तो मुझे लेश-मात्र भी दुःख न होता।''

महारानी जी के इन दुःख-भरे वाक्यों को बीच में ही काटते हुए राव साहब ने बड़े शोकातुर होकर कहा, ''पूज्यास्पदा सुवीरा बहिन! मुझे भी इस बात का हार्दिक दुःख है कि इस कठिन समय में मैं तुम्हारी पूरी-पूरी सहायता न कर सका। तुम्हारी सहायता के लिए जो सेना मैंने भेजी थी उसे भी दुर्भाग्यवश, अपने कुछ सरदारों की भूल के कारण[1] पराजित होना पड़ा। परन्तु फिर भी घबराने की कोई बात नहीं। भगवान् ने चाहा तो उनकी अपार कृपा से, हम एक बार फिर तुम्हें झांसी के राजसिंहासन पर सुशोभित करके ही दम लेंगे। इस बार हमारी और तुम्हारी सम्मिलित वीर सेनाओं के सामने कोई भी शत्रुसेना रणक्षेत्र में नहीं ठहर सकेगी।''

इन उत्साहपूर्ण, प्रेम-भरे शब्दों से कुछ सांत्वना तथा सन्तोष पाकर महारानी जी ने अपनी तीक्ष्ण तलवार राव साहब से लेकर तत्काल ही उसे मियान से बाहर निकाल लिया और बड़े आवेशपूरित स्वर में, राव साहब तथा उनके समस्त वीर दरबारीगण को सम्बोधित करके कहा, ''महावीर भाई तथा सभी शूरवीर योद्धागण! मैं आज आप सबको तथा सर्वान्तर्यामी भगवान् को साक्षी करके यह प्रण करती

---

1. जिस भूल की ओर यहां राव साहब ने संकेत किया है उसके सम्बन्ध में कुछ इतिहासकारों को भी इस बात पर बड़ा आश्चर्य है कि जब अंग्रेज़ी सेना झांसी दुर्ग पर आक्रमण कर रही थी, तब राव साहब ने अपनी बहुसंख्यक सेना से उस पर क्यों हमला नहीं बोल दिया; और जब पेशवाई सेना अंग्रेज़ों से लड़ रही थी, तब झांसी दुर्ग से अग्निवर्षा करने वाली भयंकर तोपें क्यों चुप रहीं। इस घटना पर अंग्रेज़ी पुस्तक 'रानी' के लेखक मि. गिलयन ने एक सम्वाद में, इस प्रकार प्रकाश डाला है :
''तात्या वीर—महारानी जी! जब हम अंग्रेज़ों से लड़ रहे थे तो आपके दुर्ग की तोपें क्यों चुप रहीं? यदि ऐसा न होता; तो हम कदापि न हारते।
''महारानी—वीर सेनापति! उस समय ललितावादी नामक एक ब्राह्मण हवलदार ने यह कहकर हमारी तोपों से होने वाली अग्निवर्षा बन्द करा दी कि यह तो पेशवाई सेना अंग्रेज़ों को हराकर खुशियां मना रही है, इसलिए हमें भी दुर्ग से बाहर निकलकर उसका स्वागत करना चाहिए! वह तो सौभाग्य से हमें शीघ्र ही अपनी भूल का ज्ञान हो गया और इस प्रकार हम एक भूल के उपरान्त दूसरी भयानक भूल करने से बच गए।''
इससे स्पष्ट है कि उस समय या तो दुर्ग में भी भयानक विद्रोह फैल रहा था या दुर्गवासी एक बड़ी मूर्खता का शिकार हो रहे थे! डॉ. सिलविर्स्टन ने भी इस सम्बन्ध नें अपनी पुस्तक 'मध्यभारत का युग' में यह प्रश्न उठाया है, ''समझ में नहीं आता कि जब पेशवाई सेना दुर्ग-बन्द वीरों की सहायता में युद्ध कर रही थी, तो दुर्गबन्द सैनिकों ने भी हम पर आक्रमण करके हमारा सर्वनाश क्यों नहीं कर दिया? उस समय तो उनकी सम्मिलित संख्या इतनी हो जाती कि चाहे हमारी सेना और हमारे तोपची कितने भी स्वामिभक्त क्यों न होते, वह हम पर अवश्यमेव विजय पा सकती थी।''

हूं कि जब तक मेरे क्षणभंगुर शरीर में प्राण हैं, मस्तिष्क में कुछ सोचने और समझने की शक्ति है, शरीर में एक बूंद भी रक्त है, मन में सुख-दुःख अनुभव करने की योग्यता और हृदय में आत्म-सम्मान का पवित्र भाव विद्यमान है, तब तक यह तीक्ष्ण तलवार, देश तथा जाति का गौरव अक्षय रखने के लिए शत्रुदल का रक्त पीने से कभी न रुकेगी!"

महारानी जी के इन आवेशपूर्ण और देश-प्रेम तथा जाति-प्रेम से परिप्लावित वीरोचित शब्दों से प्रभावित होकर, अनायास ही उन सब वीर योद्धाओं के मुख से 'महारानी लक्ष्मीबाई की जय' और 'भारत माता की जय' ध्वनि बार-बार निकल-निकलकर वायुमण्डल में गूंजने लगी। राव साहब तो इस दृश्य से ऐसे प्रभावित हुए कि अपने नेत्रों से प्रेमाश्रु बहाते हुए, सच्चे भ्रातृभाव से अपनी धर्मबहिन के चरणों की ओर झुक गए।

कालपी पर आक्रमण

महारानी लक्ष्मीबाई जी के कालपी पहुंच जाने के समाचार से जहां एक ओर अंग्रेज फौज और उनके सब सेनानायक चिन्तित हो उठे, वहां देश-भर में फैली हुई विद्रोही सेनाओं में, जहां-जहां भी यह समाचार पहुंचा हर्ष तथा आनन्द फैल गया।

कारण, अंग्रेज़ों ने यह समझा कि महारानी लक्ष्मीबाई जैसी साहसी, दूरदर्शी तथा परामक्रमशील, सुविज्ञ, युद्धकुशल वीरांगना के राव साहब पेशवा के साथ जा मिलने के कारण अब कालपी के विद्रोही-दल पर विजय पाना और भी कठिन हो जाएगा।

इसके विरुद्ध, विद्रोहियों ने सोचा—महारानी झांसी के राव साहब के साथ आ मिलने से अब राव साहब और तात्या टोपे, दोनों ही सेनानायक महारानी जी के रणकौशल की सहायता से, अंग्रेज़ सेनाओं का अधिक योग्यता के साथ सामना कर सकेंगे और यह भी सम्भव है कि वे अंग्रेज़ों पर विजय पाने में भी सफल-मनोरथ हो जाएं।—इसी विचार से बानपुर के राजा, बांदा के नवाब और अन्य आस-पास के सौ-सौ, पचास-पचास कोस के सभी विद्रोही सरदार और ज़मींदार अपनी सेना और युद्ध-सामग्री सहित आ-आकर कालपी में एकत्र होने लगे और उन सबके साहस पहले की अपेक्षा बहुत बढ़ गए।

उधर अंग्रेज़ों ने जब यह सुना कि कालपी में विद्रोही सेना की संख्या तथा शक्ति दिनोंदिन बढ़ती जा रही है तो उन्होंने यह निश्चय किया कि जितना भी शीघ्र हो सके, कालपी पर आक्रमण कर दिया जाए, नहीं तो इसमें जितनी भी देर लगेगी, उतनी ही कठिनाई बढ़ती जाएगी। कारण, वे महारानी लक्ष्मीबाई जी और वीर तात्या टोपे की रणकुशलता, साहस, परिश्रम तथा दृढ़ संकल्प आदि सद्गुणों से भली-भांति परिचित हो चुके थे अतः उन पर विजय पाना कुछ हँसी-खेल न समझते थे।

यही सोचकर सर ह्यू रोज़ ने झांसी के शासन तथा संरक्षण का उचित-प्रबन्ध करके, कालपी पर प्रबल आक्रमण करने की सब तैयारियां शीघ्रातिशीघ्र पूर्ण कर डालीं और 25 अप्रैल को ही अपनी सेना-सहित कालपी पर धावा बोल दिया। उसी दिन

उन्हें यह समाचार भी मिला, ''महारानी लक्ष्मीबाई भी झांसी को फिर हस्तगत करने के लिए, पेशवाई सेना सहित झांसी की ओर बढ़ी चली आ रही है। राव साहब, राजा बानपुर और नवाब बांदा आदि सभी आस-पास के विद्रोही सरदारों की सेनाएं भी उनके साथ हैं।''

फिर एक गुप्तचर ने आकर वह समाचार दिया कि 'महारानी जी की सेना कोंच ग्राम से केवल 2-4 मील ही रह गई है।' इस समाचार से जहां एक ओर सर ह्यू को बड़ा आश्चर्य हुआ, वहां उन्हें चिन्ता भी कुछ कम नहीं हुई। परन्तु फिर उन्हें तुरन्त ही यह चाल सूझ गई और उन्होंने अपनी सेना में से पच्चीसवीं और तीसरी पैदल पलटनों को, जो उनकी सभी सेनाओं से अधिक वीर तथा साहसी समझी जाती थीं, मेजर गॉल के अधीन सबसे आगे चलता करके, उन्हें यह आज्ञा दे दी कि वे विद्रोहियों के बीच पहुंचने से पहले ही वहां पहुंचकर अपने मोर्चे जमा लें।

जब मेजर गॉल कोंच के समीप पहुंचे, तब वहां विद्रोहियों के केवल पांच सौ ही योद्धा विद्यमान थे। उन्होंने खूब डटकर मेजर गॉल की सेनाओं का सामना किया। परन्तु अन्त में उनके पैर उखड़ गए और इस प्रकार मेजर गॉल ने सहज में ही कोंच ग्राम और उसके दुर्ग पर अपना अधिकार जमाकर बेतवा नदी की ओर कदम बढ़ाया। मार्ग में मेजर 'ओर' की सेना भी एक अन्य मार्ग से उनके साथ आ मिली। उनसे मेजर गॉल को यह ज्ञात हुआ कि शाहज़ादगढ़ और बानपुर के विद्रोही राजाओं की कुछ और सेनाएं भी उसी मार्ग से कोंच की ओर बढ़ रही हैं, जिनसे मेजर 'ओर' की सेना आई है।

यह समाचार सुनकर मेजर गॉल को बड़ी चिन्ता हुई, परन्तु अब हो ही क्या सकता था! अन्ततः कोटरा ग्राम में दोनों सेनाओं की टक्कर हो गई। ठीक उसी समय जगनी के राजा भी अचानक ही अपनी सेना समेत विद्रोहियों के साथ आ मिले। अब तो मेजर गॉल के लिए इन सम्मिलित नेताओं का सामना करना और भी कठिन हो गया। परिणाम यह हुआ कि उन्हें कोंच से भागकर फिर सर ह्यू की सेना में जा मिलना पड़ा, जो कोंच से कुछ मील पर ही छावनी डाले पड़ी थी।

मेजर गॉल के पीछे-ही-पीछे नवाब बांदा की सेना भी कोंच जा पहुंची और इन सबने वहां अपने डेरे डाल दिए। मेजर गॉल की सेना के कोंच से हट जाने पर सर ह्यू की सेना भी आगे बढ़ने से रुक गई। किन्तु 5 मई को 71वीं पलटन और दूसरे ब्रिगेड के कुछ दस्ते भी सर ह्यू के साथ आ मिले, जिससे उनका साहस बहुत बढ़ गया। परन्तु फिर भी उन्हें कोंच की मोर्चाबन्द विद्रोही सेनाओं पर विजय पाना कुछ सुगम नहीं जान पड़ता, अपितु उन्होंने इस खुले मैदान में भी अपनी सेनाओं को भली-भांति सुरक्षित नहीं समझा। उन्होंने यह विचारा कि यदि कोंच के पास ही कोई दुर्ग हत्थे चढ़ जाए तो न केवल हम वहां अधिक सुरक्षित हो जाएंगे, वरन् वहां से विद्रोहियों पर आक्रमण करने में भी बड़ी सुगमता रहेगी।

अतः उन्होंने इधर-उधर अपने गुप्तचर दौड़ाए, तो उन्हें ज्ञात हुआ कि कोंच से कोई दस मील की दूरी पर ही मरहठों का बनवाया हुआ 'लुहारी' नामक एक पुराना दुर्ग, पठान विद्रोहियों की एक छोटी-सी मण्डली के अधिकार में है, जिस पर काबू पा लेना कुछ अधिक कठिन न होगा। तत्काल ही उन्होंने तीसरी अंग्रेज़ी पलटन का एक प्रबल दस्ता मेज़र गॉल के अधीन भेजकर, अकस्मात् ही उस दुर्ग पर आक्रमण करवा दिया। वीर पठानों ने खूब डटकर सामना किया, जब तक एक-एक शूरवीर वहीं कटकर नहीं मर गया तब तक अंग्रेज़ों का दुर्ग पर अधिकार नहीं होने दिया।

यह दुर्ग जीत लेने के उपरान्त, सर ह्यूरोज़ ने शीघ्र ही कोंच पर आक्रमण कर डालने का निश्चय कर लिया। कारण, विद्रोही सेनाओं की युद्ध-नीति से तो वे भली-भांति अवगत थे ही, अतः उन्होंने अगले ही दिन अपनी सेना के प्रबल भाग को कोंच से कोई 14-15 मील पर मोरचाबन्द करा दिया और दूसरे कुछ दस्ते रंगपुरा की ओर चलते किए। इसी प्रकार दूसरी ब्रिगेड के पैदल दस्तों की चोमीर ग्राम में नौकरी बोलकर, उसके दाईं ओर 'हैदराबादी सेना को मेज़र' ओर की अधीनता में एक सुरक्षित स्थान पर स्थित कर दिया और इस प्रकार कोंच ग्राम को चारों ओर से घेर लिया।

उधर नवाब बांदा आदि विद्रोही सरदार ग्वालियर से आने वाली सेना की प्रतीक्षा में, कोंच से कुछ दूरी पर ही टिक गए। उनकी जो सेना कोंच में थी, उसने अंग्रेज़ी सेना को सामने से अपनी ओर बढ़ते देखकर, उस पर अग्निवर्षा आरम्भ कर दी, दूसरी किसी भी ओर कुछ ध्यान नहीं दिया। परिणाम यह हुआ कि सर ह्यू रोज़ की उपर्युक्त चाल सफल हो गई अर्थात् उनके भेजे हुए सभी सैनिक दस्तों ने धीरे-धीरे कोंच की ओर बढ़कर उसे प्रत्येक ओर से घेर लिया और बेरोकटोक समीप आकर चारों ओर से कोंच पर गोले-गोलियां बरसाने लगे।

उस दिन गरमी भी बहुत थी, जिससे अंग्रेज़ सैनिकों को बड़ा कष्ट भोगना पड़ा। सूर्य भगवान् के प्रकोप से घबरा-घबराकर सर ह्यू तक को कई बार अपना घोड़ा रणक्षेत्र से निकाल छाया में ले जाना पड़ा। परन्तु इस भयंकर सूर्य-ताप में ही प्रायः एक घण्टे तक खूब डटकर युद्ध होता रहा जिसमें कई बार अंग्रेज़ों का और कई बार उनके विपक्षियों का पल्ला भारी हुआ। परन्तु अन्ततः विद्रोही सेनाएं चारों ओर की मार से घबराकर भाग निकलीं और उनकी आठ तोपें तथा बहुत-सा गोला-बारूद अंग्रेज़ों के हत्थे चढ़ा।

कहा जाता है कि इस युद्ध में व्रिदोही सेनाओं की संख्या 20 हज़ार से कम न थी। परन्तु उनमें 'क्वाइट परेड' जानने वाले अनुभवी सैनिक बहुत कम थे। अतः वे देर तक अपना अनुशासन स्थिर नहीं रख सके और एक बार पैर उखड़ते ही भेड़-बकरियों के समान रणभूमि से भाग निकले। इसके अतिरिक्त विद्रोही सरदारों में राव साहब पेशवा तथा नवाब बांदा ही सर्वेसर्वा बने हुए थे। उनके सामने महारानी

लक्ष्मीबाई जी की शूरवीरता, अनुभव और युद्धविद्या-कुशलता की एक न चलती थी। अतः यदि उन्हें, सर ह्यू जैसे रणविद्या विशारद की दूरदर्शिता और अंग्रेज़ सेना के शानदार अनुशासन के सामने पराजित होना पड़ा, तो इसमें आश्चर्य ही क्या है?

अपनी इस विजय से उत्साहित होकर सर ह्यू ने तुरन्त ही कालपी पर भी आक्रमण करने की ठान ली। इसके लिए उन्होंने योजनाबद्ध-रूप से अपना कार्यक्रम पहले से ही सब ठीक कर रखा था। अतः उन्होंने तत्काल ही अपनी सेना को हरदोई और उरई के मार्ग से कालपी पर चढ़ाई कर देने की आज्ञा कर दी। उधर कमाण्डर-इन-चीफ (प्रमुख अंग्रेज़ सेनाध्यक्ष) को यह सन्देश भेज दिया कि वे कुछ और सेनाएं भी सीधे कालपी भेज दें जिससे उनकी इस कठोर गरमी में लगातार युद्ध से घबराई हुई सेना को कुछ विश्राम मिल सके और उनका साहस भी यथोचित रूप से बढ़ाया जा सके।

सर ह्यू रोज़ का यह सन्देश पाते ही कमाण्डर-इन-चीफ ने करनल मैक्सवैल को ऊँट-सवारों का एक रिसाला, सिक्खों की एक पैदल पलटन और 88वीं पलटन के पूरे दस्ते देकर कालपी की ओर चलता कर दिया। इस सहायता के यथासमय आ पहुंचने से सर ह्यू, उनके सैनिक अफसरों तथा सर्वसाधारण सैनिकों को बड़ा सन्तोष हुआ और उन्होंने कालपी पहुंचते ही उसके चारों ओर घेरा डाल दिया।

इधर कोंच की लज्जास्पद पराजय से भागी हुई पेशवाई तथा उनकी सहायक सेनाओं के कालपी पहुंचने पर, महारानी लक्ष्मीबाई जी ने बड़े दुःखी हृदय किन्तु पूरी-पूरी स्वतन्त्रता और निर्भयता से बिना किसी लाग-लपेट के राव साहब से यह कह दिया कि 'यदि आप अपनी सेनाओं का ऐसा ही प्रबन्ध रखेंगे, तो प्रलयकाल तक भी आप विजय-प्राप्ति की कोई आशा नहीं कर सकते। इस कोंच के युद्ध में भी आपके पास प्रायः 20 सहस्र सेना थी और युद्ध-सामग्री की भी कोई कमी न थी, परन्तु प्रबन्ध तथा अनुशासन न होने के कारण ही अंग्रेज़ों ने आपकी सेनाओं को मार भगाया। अतः जब तक आप अपनी सेनाओं को उचित शासन में रखकर उनकी शक्ति न बढ़ाएंगे और उनका प्रबन्ध ठीक-ठीक न करेंगे तथा बड़ी दृढ़ता से मोरचाबन्द होकर युद्ध न करेंगे, तब तक युद्ध-विशारद, रणकुशल अंग्रेज़ सेनानायकों और उनकी परेड जानने वाली अनुभवी सेनाओं पर विजय पाना कठिन ही नहीं अपितु असम्भव भी है।

महारानीजी की ये सच्चाई-भरी बातें तथा मीठी झाड़ सुनकर राव साहब ने लज्जा से सिर झुकाकर अपनी भूल मान ली और भविष्य में अपनी सेनाओं का ठीक-ठीक प्रबन्ध करने की दृढ़ प्रतिज्ञा की। किन्तु इस प्रण का निबाहना इतना सुगम न था और न यह उनके वश का रोग ही था। कारण, हाथ में आई शक्ति को, आवश्यकता आ पड़ने पर, स्वयमेव छोड़कर किसी अपने से उत्तम तथा श्रेष्ठ अधिकारी के हवाले कर देना उनके स्वभाव में ही न था। अतः अपनी अयोग्यता

और अकर्मण्यता जानते और मानते हुए भी वे साहस, बुद्धिमत्ता तथा दूरदर्शिता न दिखा सके कि अपनी सेना का सब प्रबन्ध महारानीजी के अनुभवी हाथों में सौंप देते, जो झांसी के युद्ध अपनी रणकुशलता पर्याप्त रूप से दिखा चुकी थीं और फिर उनकी स्वाभाविक योग्यता का चमत्कार देखते।

राव साहब ने, शायद एक अबला कहलाने वाली स्त्री के महत्त्व के सामने यों सिर झुकाना भी अपने पुरुषत्व के विरुद्ध ही समझा अतः उन्होंने महारानी जी का मान रखने के लिए उन्हें केवल 250 सवारों का एक दस्ता देकर, यमुनातट की रक्षा का भार सौंप दिया और नगर के दूसरी ओर की रक्षा पर नवाब बांदा को लगाकर शेष ओर की रक्षा रुहेलखण्ड की रुहेला-पलटन और बंगाल नेटिव इन्फैण्ट्री के विद्रोही सेनानायकों के सुपुर्द कर दी। बुन्देलखण्ड के बुन्देले वीरों को वैसे ही अंग्रेजी सेना से टक्कर लेने के लिए स्वतन्त्र रखा। फिर नगर तथा दुर्ग की प्राचीर में स्थान-स्थान पर बने हुए मोर्चों पर तोपें चढ़ाकर निपुण तोपचियों की उन पर नौकरी बोल दी।

सारांश, इस प्रकार अपनी समझ-बूझ के अनुसार, सब प्रबन्ध ठीक करके राव साहब ने अपनी सेनाओं के नेतृत्व की बागडोर फिर भी अपने ही हाथों में रखी और ऐसे कठिन समय में भी अपनी पेशवाई शान को बट्टा न लगने दिया, चाहे उसे सदा के लिए ही संकट में अवश्य डाल दिया। हत्यारे, मिथ्या अभिमानी अहंकार! तेरे हाथों अभागे भारत का कैसा-कैसा सर्वनाश हुआ!

दुर्भाग्य यह था कि तात्या टोपे उस समय तक भी कालपी नहीं पहुंच सके थे। वे झांसी की पराजय के उपरान्त ही, एक बार फिर अपने पूज्य पिताजी के दर्शनों की लालसा से चरखारी चले गए थे। कारण, पहले भी उन्हें झांसी पर अंग्रेज़ों के आक्रमण का समाचार पाते ही, शायद चरखारी पहुंचने से पूर्व ही झांसी आ जाना पड़ा था। फिर वे यह भी भलीभांति जानते थे कि अंग्रेज़ों से छिड़ा हुआ युद्ध शीघ्र ही समाप्त होने वाला नहीं। अतः उन्होंने इस अवसर पर यही उचित समझा कि जैसे भी हो, एक बार अपने पूज्य पिताजी के दर्शन कर आएं, न जाने इस असार संसार में फिर यह अवसर मिले या न मिले।

15 मई को अंग्रेज़ी सेना का एक भाग जब कालपी से 6 मील पर स्थित गुलावली ग्राम में पहुंचा, तो पेशवाई सेना के एक सरदार छबीने जी ने यह समाचार पाते ही उस पर आक्रमण करके बहुत-से गोरों तथा देसी सैनिकों को हताहत करके भगा दिया और अभिमान-अहंकार में फूलकर यह समझ बैठे कि हमने अंग्रेज़ी सेना का सर्वनाश ही कर दिया। सम्भवतः उन्हें यह ज्ञान ही नहीं था कि अंग्रेज़ी सेना टिड्डी-दल के समान, निकट तथा समीप फैली हुई, स्थान-स्थान पर छावनी डाले पड़ी है। अतः वे अपनी इस प्रथम विजय पर ही फूले न समाकर अहंकार तथा अभिमान में भरे अंग्रेज़ी फौज को सर्वथा ही कायर तथा भीरु समझ बैठे और उसका भांति-भांति

से उपहास उड़ाने लगे। भाग्यवश अगले ही दिन फिर छबीने जी की अंग्रेज़ों की दूसरे ब्रिगेड से टक्कर हो गई और उसे भी उन्होंने मार भगाया अब तो उनकी अहंमन्यता की कोई सीमा ही न रही और वे खूब बढ़-चढ़कर शेखी बघारने लगे।

परन्तु सर ह्यू को अपने सैनिक दस्तों की इन पराजयों का पता लगा तो वे क्रुद्ध होकर तत्काल ही स्वयं एक प्रबल सेना लेकर दयापुर ग्राम के समीप जा पहुंचे और वहां पहुंचते ही उन्होंने छबीने जी पर एक ऐसा भयानक आक्रमण किया कि छबीने की छवि ही बिगड़ गई, उनकी सारी शेखी किरकिरी हो गई। फिर तो वे कहीं ऐसे लोप हुए कि इतिहास में उनका नाम तक भी कहीं ढूंढ़े नहीं मिला।

किन्तु अंग्रेज़ों की इस विजय का कालपी पर कुछ अधिक प्रभाव न पड़ा। कारण, कालपी वहां से पर्याप्त दूर थी और मार्ग में तरंगमयी जमुना जी तरंगें मार रही थीं। उनके दोनों तटों पर ऐसे विकट और दुर्गम ऊबड़-खाबड़ मैदान थे, जिनमें से भारी-भारी तोपों को ले जाना कोई सुगम कार्य न था। इन सभी कठिनाइयों का विचार करके एक बार तो सर ह्यू भी चकरा गए, अतः उन्होंने कुछ दिन गुलावली में ठहरकर, अपनी सेना को विश्राम देना ही उचित समझा।

फिर अंग्रेज़ों के हाथों, इस प्रकार बार-बार पिटकर विद्रोही-दल के रोष तथा दुःख का भी कुछ अन्त न था। उन्होंने कालपी पहुंचते ही यह दृढ़ निश्चय कर लिया था कि जो भी हो, इस बार अंग्रेज़ों से अपनी इन बार-बार की हारों का पूरा-पूरा बदला लेंगे और उनका सर्वनाश किए बिना न रहेंगे। परन्तु गरजते बादल बहुत कम बरसा करते हैं।

इधर अंग्रेज़ सेनानायक का भी झांसी, कोंच तथा दयापुर की विजय से उत्साह बढ़ रहा था। अतः ब्रिगेडियर स्टूअर्ट और उनके साथी अफसर, मार्ग की सभी कठिनाइयों को तुच्छ समझकर, नए उत्साह तथा पूरे आवेश के साथ कालपी की ओर बढ़ने लगे।

अंग्रेज़ सेनाओं को इस प्रकार कालपी की ओर बढ़ते देखकर, उतावले और अदूरदर्शी विद्रोही सरदार क्रोध तथा अहंकार से अन्धे होकर अधीर हो उठे और आगा-पीछा सोचे बिना ही अपने मोर्चों से निकल-निकलकर, अंग्रेज़ी सेना पर टूट पड़े। किन्तु बुद्धिमानों ने कहा है–'दुर्बल का क्रोध, मार खाने की निशानी।' विद्रोही दल के अंग्रेज़ी तोपखाने की मार में आते ही उसने इन्हें इस प्रकार भूनना आरम्भ कर दिया, जैसे भड़भूंजा अपनी कड़ाही में पड़े दानों को भूना करता है। परिणाम यह हुआ कि यह बाढ़ में आई नदी के समान अन्धाधुन्ध आगे बढ़ने वाला विद्रोही दल, अपनी इस अग्रमुखी चाल को स्थिर न रख सका और अंग्रेज़ी तोपों की मार से घबराकर पराङ्मुख हो पत्तातोड़ भागने लगा।

अपनी सेना को इस प्रकार भागता देखकर राव साहब ने भी साहस छोड़ दिया और वे भी रणक्षेत्र से भागने की सोचने लगे। उन्हें इस प्रकार कर्तव्य-विमूढ़ देखकर

महारानी लक्ष्मीबाई से न रहा गया। वे तुरन्त अपना घोड़ा दौड़ाकर उनके पास पहुंचीं और उत्तेजित हो, अपनी तलवार निकालकर बोलीं, "खबरदार! यदि एक पग भी पीछे हटाया! भाई! तुम्हें यह बात शोभा नहीं देती! महाराष्ट्र वीर मरने से नहीं डरा करते। रणक्षेत्र में आए हो तो रणवीरों के समान आगे बढ़ो! या तो शत्रुओं को मार-मारकर भगा दो या स्वयं इसी प्रयत्न में वीरगति पा जाओ! आओ! अपना घोड़ा मेरे साथ आगे बढ़ाओ!"

महारानी जी के ये वचन सुनकर राव साहब संभल गए और चुपचाप उनके साथ हो लिये।

फिर महारानी जी ने दूसरे वीरों को भी इसी प्रकार ललकारा और कहा, "रणवीर योद्धाओ! यदि तुम्हें पुरुष होकर भी कायरों के समान, इसी प्रकार रणभूमि से भागना था और तुममें मृत्यु से दो-दो हाथ करने का साहस न था, तो तुम रणक्षेत्र में आए ही क्यों थे? अपने-अपने घरों में ही स्त्रियों के पास आराम से बैठे रहते। अब यदि आए हो तो शूरवीरों के समान गरजकर रण में आगे बढ़ो! अपने पूज्य पूर्वजों के शुभ नाम की लाज रखो! उन्हें लाज न लगाओ! आओ! मेरे साथ रणक्षेत्र में आगे बढ़ो! अपनी वीरता के जौहर दिखाओ और अपने बाप-दादा के नाम रोशन करके उनके समान अक्षय यश तथा कीर्ति पाओ!"

ये वीरोचित शब्द कहती हुई, वीरशिरोमणि महारानी लक्ष्मीबाई जी अपने दस्ते के दो-ढाई सौ वीर योद्धाओं को ही साथ लिये, रण में कूद पड़ीं और अंग्रेज़ी तोपखाने की ओर निर्भय बढ़ती ही चली गईं। उनके इस साहस और वीरता से प्रभावित होकर अन्य वीरों ने भी वीरावेश से भरकर, रणभूमि की ओर पग बढ़ाए और मरने-जीने की भी चिन्ता न करते हुए शत्रुदल को काटते-छांटते आगे-ही-आगे बढ़ने लगे, जिससे तत्काल ही युद्ध का रंग बदल गया।

महारानी जी की इस वीरता से चकित होकर अंग्रेज़ी तोपखाने के तोपची तक गोले बरसाना भूल गए और महारानी की वीरता का तमाशा देखने लगे। ऐसा जान पड़ता था मानो आज महारानी जी ने महिषासुरमर्दिनी भगवती दुर्गा का रूप धारण कर शत्रु-दल का संहार करके उस पर अपना तप-तेज प्रकट करने का दृढ़ निश्चय कर लिया है। अतः जो वीर उनके सामने आ जाता था, उसे ही वे गाजर-मूली के समान काटकर फेंक देती थीं। उनकी इस मार-काट का सामना करने का साहस न करके एक बार तो अंग्रेज़ी सेना पीछे हटने में ही अपनी कुशल समझने लगी।

किन्तु अपने सैनिकों को इस प्रकार पीछे हटते और रण का रंग बिगड़ते देखकर वीर ब्रि. स्टूअर्ट तुरन्त अपना घोड़ा दौड़ाकर तोपखाने के समीप पहुंचे, और उन्होंने अपने कर्तव्यविमूढ़ तोपचियों को सचेत करने के लिए आप ही गोले बरसाने आरम्भ कर दिए। उन्हें इस प्रकार कर्तव्य-परायण देखकर तोपचियों को भी सुध-बुध ठीक आ गई और वे सब नए आवेश से निज कार्य-निमग्न हो गए।

इधर जब सर ह्यूरोज़ ने महारानी के साहस तथा वीरता का यह समाचार सुना तो वे आवेश में भरकर स्वयं ऊंट सवारों का एक दस्ता ले उधर ही टूट पड़े, जिधर महारानी ने रणक्षेत्र में प्रलय मचा रखी थी। ठीक उसी समय 83वीं और 25वीं पलटन भी सर ह्यूरोज़ की सहायता को वहां पहुंच गई। बस, फिर क्या था। तत्काल ही एक बार फिर युद्ध का रंग बदल गया और वह घमासान छिड़ा जिससे इस बार विद्रोही दल के पैर उखड़कर फिर न जम सके।

महारानी जी ने विद्रोही दल को बहुतेरा उभारा और जोश दिला-दिलाकर आगे बढ़ाना चाहा, किन्तु उनकी एक न चली और सभी उन्हें छोड़-छोड़कर भागने लगे। अन्ततः उन्होंने भी अपने जीवन को संकट में पाकर, घोड़े की बाग मोड़ी और जैसे बिजली के समान लपकती और चमकती-दमकती वे आगे आई थीं उससे भी अधिक तेज़ी और फुर्ती के साथ तलवार चलाती और अपना मार्ग रोकने वाले प्रत्येक शत्रु का संहार करती, उनकी पंक्तियों को चीरती हुई वे उनमें से साफ बचकर निकल गईं। विद्रोहियों की इस भगदड़ के आरम्भ होते ही, अंग्रेज़ सेना ने दूर तक उनका पीछा किया और इस भाग-दौड़ में बहुतों को जमुनाजी में कूद-कूदकर अपनी जान बचानी पड़ी। बीसियों तो इसी प्रयत्न में अपने प्राण गंवा बैठे।

कालपी भी गई

रणक्षेत्र से भागकर आई विद्रोही सेना ने दुर्ग में पहुंचते ही अपने मोर्चे सुदृढ़ करने आरम्भ कर दिए और सभी दुर्गद्वार बन्द करके, अंग्रेज़ी सेना से डटकर युद्ध करने की तैयारियां शुरू कर दीं। किन्तु रणकुशल अनुभवी जनरल सर ह्यू रोज़ ने उन्हें तैयारियों की पूर्ति का अवकाश ही नहीं दिया और अंग्रेज़ी तोपखाने ने उनके पीछे ही कालपी पहुंचकर दुर्ग पर अग्निवर्षा आरम्भ कर दी। उनकी एक पलटन ने नगर के एक द्वार पर बड़ा प्रबल आक्रमण करके नगर-प्रवेश के लिए अपना मार्ग साफ कर लिया।

पेशवाई सेना के तोपचियों ने भी यद्यपि कुछ देर तो अंग्रेज़ी तोपों को ईंट का उत्तर पत्थर से दिया और उनकी पैदल तथा सवार सेना ने खूब डटकर युद्ध किया, किन्तु अधिक देर तक वह न डट सकी। अन्ततः यहां भी उन्हें पराङ्मुख हो रण से भागना ही पड़ा। विजयी अंग्रेज़ी सेना ने बड़ी दूर तक उनका पीछा किया और अन्य बहुत-सी युद्ध-सामग्री के साथ चार हाथी भी छीन लिये। बहुत-से विद्रोही सैनिकों को हताहत करके अन्त में दिन-छिपे विजयी अंग्रेज़ी सेना '84 गुम्बज मैदान' में आकर विश्राम करने लगी, जहां उनके अनुचरों ने पहले से ही उनके लिए तम्बू गाड़कर छावनी बना दी थी।

24 मई को सर ह्यूरोज़ ने बेरोकटोक कालपी दुर्ग पर अपना अधिकार जमा लिया। वहां उन्हें और बहुत-सी धन-सम्पत्ति के अतिरिक्त वह युद्धोपयोगी सामान भी बिना किसी विशेष कष्ट के ही मिल गया, जो पेशवा के सेनापति तात्या टोपे ने वर्ष-डेढ़ वर्ष के भगीरथ परिश्रम से संग्रहीत किया था और जिसका अनुमान केवल इतने से किया जा सकता है कि बारूद का एक ही भण्डार जो सर ह्यू को वहां से मिला, उसमें प्रायः साठ हज़ार पौंड (एक पौंड प्रायः आधा सेर का होता है) बारूद था।

सर ह्यूरोज़ के मित्र डॉ. सलविस्टर ने इस सम्बन्ध में अपनी पुस्तक-'मध्यभारत का युद्ध' में लिखा हैः

''झांसी दुर्ग के समान इस दुर्ग में भी युद्ध-सामग्री का एक महान् भण्डार अंग्रेज़ों के हाथ लगा। यहां उन्हें दो पदार्थ मिले, उनका धनुर्विद्या से बड़ा घनिष्ठ सम्बन्ध

था। उनमें कोई 25 तो छोटी-बड़ी तोपें ही थीं। उनके अतिरिक्त एक बड़ी मोटर और एक व्हिट्ज़र तोप भी थी। अंग्रेज़ी बनावट के ढालदार (गावदुम) गोले-गोलियां भी वहां एक बहुत बड़ी संख्या में मिलीं। वहां कई ऐसे कारखाने भी थे, जहां व्हिट्ज़र तोपें तथा दूसरे अस्त्र-शस्त्र बनाए जाते या मरम्मत किए जाते थे। यह काम किए जाने के लिए वहां अग्रेज़ी बनावट के औज़ारों का भी एक बड़ा संग्रह था, जिनमें हथौड़े, शिकंजे, बांके, संसिया, खराद आदि भी थे तथा बहुत-सी भट्टियां भी बनी हुई थीं। काम दे सकने योग्य बन्दूकें भी बहुत मिलीं। पीतल के बहुत-से टूटे-फूटे गोलों की प्राप्ति से यह भी प्रकट होता था कि शस्त्र बनाने की इस शाखा में, उन्हें अभी पूरी-पूरी सफलता नहीं हुई, यद्यपि वे इसके लिए प्रयत्न अवश्य कर रहे थे। वे इन गोलों को मिट्टी के सांचों में ढालते थे, जिन्हें फिर रेतियों से रगड़-रगड़कर साफ कर लिया जाता था। सारांश, यहां विद्रोहियों का शस्त्रास्त्र बनाने का सबसे बड़ा कारखाना था। यदि यह दुर्ग ऐसी सुगमता से हमारे हाथ न आ जाता, तो न जाने यहां वे कितने काल तक डटकर हमारा सामना करते रहते।''

कालपी-विजय का शुभ समाचार पाकर गर्वनर-जनरल लार्ड-कैनिंग ने 24 मई को, जनरल रोज़ को उनकी इस सफलता पर तार द्वारा बधाई देते हुए उनकी तथा उनकी सभी सेनाओं की, उनके भगीरथ परिश्रम और उद्यम के लिए बड़ी प्रशंसा की। वे सभी इसके अधिकारी भी थे। कारण, इस विजय से उन्होंने प्रायः विद्रोही सेनानायकों की कमर तोड़ दी थी। फिर भी विद्रोही निस्साहस नहीं हुए थे। अतः वे कालपी से भागकर, और कहीं अपना अड्डा बनाने और अपनी बिखरी हुई सत्ता को फिर एकत्रित करने का प्रयत्न करने लगे थे।

इन कई महीनों के लगातार संग्राम-परिश्रम से थककर सर ह्यू को अपना स्वास्थ्य ठीक करने के लिए कुछ देर विश्राम करने की आवश्यकता अनुभव हुई। वे छुट्टी लेकर बम्बई चले गए। तदुपरान्त कमाण्डर-इन चीफ सर कालविन कैम्पवैल ने अंग्रेज़ी सेना के दो भाग करके एक भाग झांसी की रक्षा के लिए वहीं छोड़ा और दूसरे को विद्रोहियों का पीछा करने के लिए, ग्वालियर राज्य की ओर भेज दिया, जिससे वे शीघ्र ही सिर न उठा सकें।

निस्सन्देह विद्रोही नेता और उनके अधीनस्थ सेनानायक एक-से-एक बढ़कर बहादुर तथा रणकुशल थे। किन्तु उनमें दूरदर्शिता, बुद्धिमत्ता और सबसे बढ़कर धैर्य की कमी थी। वे एक साधारण विजय पाकर प्रसन्नता से फूले न समाते थे और थोड़ी-सी भी मार से घबराकर जी छोड़ बैठते थे। कर्तव्य-पालन करते-करते मर मिटना तो (सम्भवतः महारानी लक्ष्मीबाई जी के अतिरिक्त) उनमें से किसी को आता ही न था। यहां तक कि तात्या टोपे को भी शायद इसका कुछ अधिक ध्यान न था। निस्सन्देह वे बड़े वीर और साहसी थे, बड़े चालाक और युद्धनीति-निपुण भी खूब थे, अतः समय पर उन्हें चाल भी अच्छी सूझती थी। अपनी अधीन सेना के साथ

सद्व्यवहार करके उसे अपना भक्त तथा विश्वस्त मित्र बना लेना भी वे खूब जानते थे। किन्तु प्राकृतिक रूप से रजोगुण प्रधान होने के कारण, वे भी एक साधारण-सी विजय से हर्ष में फूलकर भविष्य की सभी चिन्ताएं भूल बैठते थे और जहां शत्रु ने कुछ देर डटकर सामना किया तो वे डरकर रण से भाग निकलते थे। उनकी यह दुर्बलता उनके अधीन सैनिकों में और भी प्रबल रूप धारण कर गई थी। यही कारण था कि न तो वे झांसी के रणक्षेत्र में डटकर लड़ सके और न ही अपने प्राणों का मोह त्यागकर, अपना वह अदम्य साहस दिखा सके जिसने उन्हें अंग्रेज़ों के लिए हव्वा बनाकर उनकी प्रसिद्धि इंग्लैंड तक फैला दी थी।

किन्तु महारानी लक्ष्मीबाई जी ने अपने तप, त्याग, वैराग्य और अभ्यास से स्त्री-शरीर पाकर भी उसमें सत्त्वगुण को इतना प्रबल और प्रधान बना लिया था कि उससे उनकी स्त्रियों की-सी स्वाभाविक तथा प्राकृतिक चंचलता दबकर, उनके स्वभाव तथा बुद्धि में वह गम्भीरता, परिपक्वता और दृढ़ता पैदा हो गई थी, जो साधारण पुरुषों में भी बहुत कम पाई जाती है। यही गुण उन्हें शीघ्र ही साहसहीन नहीं होने देते थे, और उन्हें अन्त समय तक रणक्षेत्र में डटे रहकर अपनी अदम्य वीरता प्रकट करते रहने के लिए विवश कर देते थे। इसीलिए उनके प्रत्येक मित्र, अपितु शत्रु तक को भी उनके साहस की सराहना करनी पड़ती थी।

इसलिए यदि वे कालपी के रणक्षेत्र में अपनी वह रणकुशलता नहीं दिखा सकीं जो उन्होंने झांसी की रणभूमि में दिखाई थी, तो उसका मूल कारण इसके सिवाय और कुछ न था कि झांसी के रणक्षेत्र में वे सब प्रकार से स्वतन्त्र तथा स्वाधीन थीं और कालपी की लड़ाई में पराधीन और वह भी सर्वथा अयोग्य तथा अकर्मण्य पुरुषों के हाथों में।

हाय! यह पराधीनता भी संसार में कितनी बड़ी लाज है जो चतुर-से-चतुर, बुद्धिमान-से-बुद्धिमान और वीर-से-वीर मनुष्य की भी सारी चतुराई, बुद्धिमत्ता तथा वीरता को धूल में मिला देती है और यथासमय विकास पाकर, अहर्निश कुढ़ता हुआ, कुछ भी नहीं कर सकता। तभी तो मनुष्य-प्रकृति के अद्वितीय ज्ञाता श्री गोस्वामी तुलसीदास जी यह कह गए हैं कि, 'पराधीन सपनेहुं सुख नाहीं।'

इसी प्रकार वीरशिरोमणि महारानी लक्ष्मीबाई जी भी, प्रभु-इच्छा पर सिर झुकाती और कष्ट उठाती, अपने निश्चय पर अटल और अचल बनी हुई, अपने इस वचन को शब्द-शब्द ही नहीं, वरन् अक्षरशः यथार्थ सिद्ध कर रही थीं कि,

'मैं अपनी झांसी कदापि नहीं दूंगी।'

सिंहनी की गरज

कालपी में अंग्रज़ों से पराजित होकर राव साहब पेशवा ने और उनके सभी साथी तथा अधीनस्थ सरदारों ने ग्वालियर से प्रायः 56 मील की दूरी पर गोपालपुर नामक एक छोटे-से नगर में अपना डेरा जा जमाया। तात्या जी अभी तक अपने पितृदेव के दर्शन करके वापस नहीं पहुंच सके थे। कालपी की पराजय का दुस्समाचार पाते ही वे तुरन्त रवाना हो गए और यथाशक्ति शीघ्र ही गोपालपुर पहुंच गए।

उन्हें वापस आया हुआ देख निराश राव साहब की जान में जान आई।

कारण, तात्या जी की अनुपस्थिति में वहां जितने भी सेनानायक थे, वे सभी इस अन्तिम पराजय के कारण बड़े ही निराश हो रहे थे, सिवाय वीरहृदया महारानी लक्ष्मीबाई के। वे बेचारी बहुत कुछ राव साहब और उनके साथियों को ढांढ़स बंधाती थीं। परन्तु, उनसे कुछ अधिक बातचीत करते वे सभी लजाते थे और कतराते थे। उन्तें आते देख सभी नतदृष्टि हो इधर-उधर खिसक जाने की सोचते थे। वे भी इसीलिए उनके समीप अधिक आ-जाकर उन्हें लज्जित करना नहीं चाहती थीं।

अतः महारानी जी को भी तात्या जी के आ जाने से बड़ा ही सन्तोष हुआ। उन्होंने यह सोचा कि इस साहसहीन तथा अशक्त मित्रमण्डली में कम-से-कम एक व्यक्ति तो अब ऐसा आ पहुंचा है, जो मुझसे सहमत होकर, मेरे विचारों की भी कुछ-कुछ पुष्टि कर सकेगा। अतः अब हम दोनों मिलकर वह कठिन कार्य सहज में ही सिद्धि कर सकेंगे, जो मेरी अकेली जान के लिए पर्वत समान भारी बना हुआ है। किसी सुकवि ने कहा हैः

दो मन एक समान हो, पर्वत को चूर्ण करें।
और प्रबल शत्रून के, सब ही बल-पौरुष हरें॥

तात्या वीर के गोपालपुर पहुंचते ही, सभी सेनानायक धीरे-धीरे पेशवाजी के विश्रामगृह में आ पहुंचे और यह विचार करने लगे कि अब आगे क्या करना चाहिए। सबसे पहले राव साहब ने स्वयं ही तात्या जी को सारी वार्त्ता सुनाकर अन्त में कहा,

"वीर सेनापति जी! आपकी अनुपस्थिति से कालपी के रणक्षेत्र में हमारे साथ जो कुछ बीती उसका रोना तो अब व्यर्थ ही है।"

नवाब बांदा बोले, "बेशक! इस समय यही सबसे ज़रूरी और अहम सवाल हमारे सामने है कि कालपी का किला हाथ से निकल जाने पर हम बिल्कुल लाचार हो गए हैं। क्योंकि हमारा सभी सामाने-जंग, जो किला कालपी में इकट्ठा किया गया था और जिससे शायद हम महीनों नहीं तो हफ्तों तक ज़रूर ही दुश्मन के दांत खट्टे कर सकते थे, अब दुश्मन के हत्थे जा चढ़ा है। इस बेकसी और बेबसी की हालत में हम क्या करें, क्या न करें, कुछ भी समझ में नहीं आता!"

बानपुर नरेश--हमारे विचार में तो यही ठीक है कि लड़ाई-भिड़ाई सभी छोड़कर, कहीं अपना सिर-मुंह छिपाकर बैठ जाएं और जैसे भी बने अपने जीवन के शेष दिन काटते रहें, या जब कभी कोई सुअवसर मिले, तो फिर मैदान में निकल आएं।

तात्या वीर--परन्तु यह भी तो सम्भव दिखाई नहीं देता! अंग्रेज़ ऐसे नहीं जो हमें कहीं सिर छिपाए आराम से बैठे रहने देंगे। जहां कहीं भी हम छिपने का प्रयत्न करेंगे, वहां से ही वे हमें ढूंढ़ निकालेंगे और मुगल सम्राट् के राजकुमारों के समान पकड़कर फांसी पर लटका देंगे राजा साहब!

महारानी--अतः हमें निश्चय ही समझ लेना चाहिए कि अब रणभूमि में लड़ते-लड़ते रणक्षेत्र में वीरगति पाने के सिवाय और किसी भी प्रकार हम अपना यह शेष जीवन सम्मानपूर्वक नहीं काट सकते, और यदि हमें कुछ सुख मिल सकता है तो केवल इसी में मिल सकता है कि इस प्रकार लड़ते-लड़ते ही परमगति पा जाएं।

राव साहब--परन्तु लड़ने का भी तो कोई साधन हमारे पास नहीं रहा!

महारानी--वीर भाई! आप निराश क्यों होते हैं? घबराते क्यों हैं? अपने प्रातः स्मरणीय पूर्वजों का स्मरण करें, जिन्होंने अपने बल, पराक्रम और साहस से दिल्ली-सम्राट् के सिंहासन की नींव तक हिला दी! अटक तक अपनी शूरवीरता की धूम मचा दी। छत्रपति वीर शिवाजी का ध्यान धारें! उनकी कुशल रणनीति का अनुकरण करें। जिन्होंने कुछ भी न होते हुए, केवल अपने साहस और तीव्र बुद्धि के बल-पराक्रम से ही सब कुछ कर दिखाया। एक छोटे-से जागीरदार से छत्रपति का महान् उच्च पद प्राप्त कर, औरंगज़ेब जैसे बलशाली सम्राट् के भी छक्के छुड़ा दिए। अपने महाराष्ट्र-साम्राज्य की नींव डालकर उसे इतना विस्तृत कर दिखाया कि उसके सामने दिल्ली के साम्राज्य का तेज-प्रताप भी मन्द पड़ गया, और अब शायद प्रलयकाल तक भी फिर उसका भाग्य-सूर्य उदय नहीं हो सकेगा।

राव साहब--वह रणनीति क्या थी बहिन?

महारानी--दुर्गों का आश्रय लेना, सेना का पूरा-पूरा अनुशासन और सबसे बढ़कर अदम्य साहस तथा आत्मविश्वास! अपने इस अदम्य साहस और कुशाग्र बुद्धिमत्ता से ही छत्रपति शिवाजी ने अपने मुट्ठी-भर गिने-चुने, परन्तु परम साहसी वीर मरहठा

संगियों की सहायता से अहमदनगर और बीजापुर के प्रबल राज्याधिकारियों से तोरण, रत्नगिरी, विजय दुर्ग, स्वर्णदुर्ग आदि अनेक दुर्ग छीन-छीनकर अपने हस्तगत कर लिये, और राजगढ़ जैसे अजेय दुर्ग बनाए। फिर धीरे-धीरे अपनी बल-शक्ति को बढ़ाकर ऐसा अदम्य कर लिया कि मुगल-सम्राट् भी उनका दमन न कर सका। क्या तुम भी सेनापति तात्या जी जैसे साहसी वीर, और देश-भर में जहां-तहां फैली हुई असंख्य विद्रोही वीर सेना और करोड़ों अन्याय-पीड़ित भारतीय प्रजाजनों के होते हुए भी, यों ही साहस हार बैठोगे?

अपना शुभ नाम और अपनी वीरता की प्रशंसा सुनकर तात्या जी भी, जो अब तक चुपचाप बैठे महारानी जी के यह आवेशपूर्ण वचन सुन रहे थे, कुछ संभल बैठे और धीर-गम्भीर स्वर में बोले, "तो महारानी जी! क्या आप यह चाहती हैं कि झांसी-दुर्ग पर आक्रमण करके उसे फिर हस्तगत कर लिया जाए?"

महारानी—नहीं! नहीं! यह तो अकाल मृत्यु के मुख में जाने के समान ही दुस्साहस होगा। वहां तो अब अंग्रेज़ी सेना अपने पूरे-पूरे दल-बल के साथ, सुसज्जित हुई पड़ी है। यही दशा कालपी-दुर्ग की भी है। अतः अभी हमें, इन दोनों ही दुर्गों का ध्यान छोड़कर कोई ऐसा दुर्ग ढूंढ़ना चाहिए, जो अंग्रेज़ों की पहुंच के बाहर हो और जहां वे शीघ्र ही सहायता न पहुंचा सकें।

महारानी लक्ष्मीबाई जी के इस वीरोक्ति प्रवचन के प्रभाव से वहां ऐसा सन्नाटा छा गया कि यदि कोई सुई भी गिरती तो उसके गिरने का शब्द भी सुनाई दे जाता। सभी वीर सेनानायक अपने-अपने मन में यह विचार करने लगे कि ऐसा दुर्ग कौन-सा हो सकता है।

अन्ततः विचार-निमग्न तात्या वीर ने अपना सिर ऊपर उठाया। उनके तेज-पूर्ण विचार से उनके नेत्रों में एक विशेष ज्योति-सी सबको दिखाई दी, जो किसी दृढ़ निश्चय के उपरान्त ही एक वीर पुरुष के नेत्रों में प्रकाशमान होकर क्षणभर में ही उसके वीर मुखमण्डल पर छा जाया करती है, जिससे उनके मुर्झाए चेहरे का सब निराशाजनक दुःख तथा विषाद तत्काल दूर होकर उस पर हार्दिक हर्ष तथा आनन्द की दिव्य छटा छा जाती है।

सभी आश्चर्य तथा उत्सुकतापूर्ण नेत्रों से उनकी ओर देखने लगे। उन्होंने इस निराशा-भरी नीरवता को तोड़ते हुए अपनी गरजती हुई आवाज़ में कहा, "श्रीमान् राव साहब! महारानी जी तथा अन्य वीर साथियो! महारानी जी के इन साहस और आवेश-भरे-वचनों ने मेरे मन में एक बार फिर उस सुषुप्त इच्छा को जागरित कर दिया है, जो चिरकाल तक मुझे अन्दर-ही-अन्दर बहुत व्याकुल रखकर अपने-आप ही दब-दबाकर सदा के लिए सो गई थी। अतः आज मैं अपने मन के इस गुप्त भाव को आप सबके सामने प्रकट करने के लिए विवश हो गया हूं, जिससे आप

सब भी इस इच्छापूर्ति में मेरी सब प्रकार सहायता करने के लिए तैयार हो जाएं। मैं तो इसी प्रयत्न में अब अपनी जान लड़ा देने का निश्चय कर ही चुका हूं।''

ये शब्द कहकर तात्या जी, अपने इन वीर-वचनों को श्रोतामण्डल पर कुछ प्रभाव देखने के लिए क्षण-भर चुप रहे। सभी श्रोतागण उत्सुकतापूर्वक चुपचाप उनका मुख देखने लगे, मानो वे सभी मूकभाषा में उनसे यह कह रहे थे कि ''आप कहते जाएं! हम सब ध्यानपूर्वक सुन रहे हैं।''

इससे कुछ साहस पाकर तात्या वीर फिर बोले, ''सज्जनो! बात यह है कि आज से पांच-छः मास पूर्व मेरे मन में यह इच्छा पैदा हुई कि किसी-न-किसी दुर्ग पर अपना अधिकार जमाकर अपनी शक्ति को अवश्यमेव बढ़ाना चाहिए। यही इच्छा प्रबल होकर मुझे गुप्त रूप से ग्वालियर ले गई। वहां पहुंचकर मैं ग्वालियर-दुर्ग पर काबू पाने के लिए जोड़-तोड़ लगाने लगा। उसमें मुझे सफलता भी बहुत कुछ मिली, अर्थात् ग्वालियर-राज्य की सेना के बहुत-से सेनानायक हमसे सहमत होकर सहयोगी हो गए। उनके हृदयों में भी देश-भक्ति का पवित्र भाव उत्पन्न हो उठा और वे भी अपने राज्य की अंग्रेज़-भक्ति को विद्वेष की दृष्टि से देखने तथा उससे घृणा करने लगे। तत्पश्चात् मेरठ, दिल्ली, कानपुर आदि नगरों में हमारी सफलता के जो समाचार उन्होंने सुने, उनसे उनका साहस और बढ़ गया और उन्होंने भी ग्वालियर-राज्य के अंग्रेज़ अधिकारियों के विरुद्ध खुल्लमखुल्ला विद्रोह करके उनमें से कई-एक को मार डाला। अंग्रेज़-भक्त ग्वालियर नरेश जियाजीराव ने शेष रहे अंग्रेज़ों को जैसे-तैसे अपने विद्रोही सैनिकों के प्रकोप से सुरक्षित बचाकर, उन्हें आगरा के दुर्ग में पहुंचा दिया। उस समय ग्वालियर-राज्य में अंग्रेज़ों के प्रति विद्रोह की मात्रा इतनी बढ़-चढ़ गई थी कि वहां के कई सेनानायकों ने सिन्धिया महाराज को भी, आगरा-दुर्ग पर आक्रमण करने और अंग्रेज़ों को वहां से भी मार भागने के लिए उभारा। परन्तु सिन्धिया जी की अंग्रेज़-भक्ति ने उन्हें यह आज्ञा नहीं दी।

''यदि उस समय वे मान गए होते और अपनी सेना तथा युद्धोपयोगी सामान आदि से उन्होंने हमारी सहायता की होती, तो शायद हमें आज यह दुर्दिन देखना ही नसीब न होता; और सम्भव था कि भारत-भर में स्वतन्त्रता तथा अंग्रेज़ों के प्रति विद्रोह की लहर हिमालय से रामेश्वर तक फैल जाती। परन्तु जियाजीराव अंग्रज़ों की उन सभी धूर्ततापूर्ण चालों को भूल गए जो उन्होंने सिन्धिया-महाराज को सं. 1844 के सन्धिचक्र में फंसाने के लिए की थीं, जिनमें अन्ततः विवश होकर उन्हें फंसना भी पड़ा था। उन्होंने अंग्रेज़ों के दासत्व-जाल से मुक्त होने का यह सुनहरा अवसर चिरकाल के लिए अपने हाथों से आप ही खो दिया और वह अपने कुटिल नीतिज्ञ, धूर्त, अंग्रेज़-भक्त, स्वार्थी दीवान दिनकर राव के कपट-जाल में फंसे, उसी की उंगलियों पर नाचते हुए, हमारे सहयोगियों को सदा बातों-ही-बातों में टालते रहे। अन्ततः जब अंग्रेज़ों का पल्ला भारी हो गया तो वे खुल्लमखुल्ला उनके ही साथ

जा मिले। अतः उस समय तो हमें वहां पूरी-पूरी सफलता न हो सकी, किन्तु अब भी उनकी सेना में हमारे सहयोगियों और सहायकों की कुछ कमी नहीं। मुझे पूर्ण निश्चय है कि अब भी हम वहां सहज में ही सफल-मनोरथ हो सकते हैं। इसके अतिरिक्त भोपाल, मालवा तथा इन्दौर के राज्यों में भी हमारे सहयोगियों की कुछ कमी नहीं। अतः यदि ग्वालियर-दुर्ग पर आक्रमण करने की भी आवश्यकता आ पड़ी, तो उनसे पूरी-पूरी सहायता मिल सकेगी।''

राव साहब—(प्रसन्न होकर) यह तो और भी अच्छी बात है, फिर क्यों न जियाजीराव को ही इस समय कुछ सहायता देने के लिए लिखा जाए!

महारानी जी—मुझे तो उनसे किसी सहायता की कोई आशा है नहीं! यदि उन तिलों में कुछ भी तेल होता, तो वे अब तक यों चुपचाप न बैठे रहते और कभी के हमारी सहायता के लिए झांसी अथवा कालपी के रणक्षेत्र में अवश्यमेव पहुंच जाते। यदि आपमें कुछ साहस हो तो अकस्मात् ही ग्वालियर-दुर्ग पर आक्रमण कर डालो और उस पर अपना अधिकार जमा लो।

राजा बानपुर—परन्तु फिर भी वहां जो अपने सहयोगी मित्र हैं, उन्हें तैयार रहने के लिए लिख ही देना चाहिए।

नवाब बांदा—इसमें कोई डर नहीं। उनसे हमें वक्त पर अच्छी मदद मिल सकेगी।

राव साहब—इसके साथ ही, यदि अपने इन मित्रों द्वारा सिन्धिया महाराज और उनकी राजमाता जी को भी गुप्त रूप से एक चिट्ठी सहायता के लिए लिख दी जाए तो सम्भव है कि लड़ाई-भिड़ाई की नौबत ही न आए।

महारानी जी—परन्तु इसमें भाण्डा फूट जाने का भी तो पूरा-पूरा डर है। कहीं सारा बना-बनाया खेल ही न बिगड़ जाए?

राव साहब—अपने सहयोगी मित्रों पर इतना अविश्वास तो मुझे ठीक नहीं जान पड़ता।

राव साहब का यह आग्रह और उनकी मित्रमण्डली की यह साहसहीनता देखकर महारानी लक्ष्मीबाई ने यह कहा, ''तो भी आवश्यक है कि सिन्धियाजी के किसी उत्तर की प्रतीक्षा न करके, अपनी सब बिखरी हुई सेना शीघ्रातिशीघ्र एकत्र करके ग्वालियर की ओर प्रस्थान करना चाहिए जिससे यह शुभ अवसर भी हाथ से निकलकर, सभी बना-बनाया काम न बिगड़ जाए।

तात्या वीर—हां, यह ठीक है। मैं इसके लिए अभी से तैयारी में लग जाता हूं।

तात्या वीर के इस प्रकार महारानी की 'हां में हां' मिलाने और अदम्य उत्साह दिखाने से, कोई भी उनसे इस निश्चय के विरुद्ध कुछ न बोल सका और अन्ततः सिन्धियाराज और उनकी राजमाताओं को यह गुप्त पत्र भेज दिया गया।

"श्रीमान् सिन्धिया जी महाराज! मातेश्वरी भारत की जय हो!

"हमारे पेशवा परिवार के साथ आपके सदा से जो मित्रतायुक्त सम्बन्ध चले आ रहे हैं उन्हें दृष्टि में रखकर इस समय आपको हमारी पूरी-पूरी सहायता करनी चाहिए। यह सहायता केवल हमारी ही सहायता न होगी, अपितु आपकी अपनी भी सहायता होगी। कारण, इस सहायता से ही आपका अपना राज्य भी अंग्रेज़ों की दासत्व-शृंखला से सदा के लिए मुक्त हो जाएगा। फिर हम सब अपनी सम्मिलित शक्तियों से दक्षिण के सभी अन्य राज्यों के 'बन्ध-मोचन' का शुभ कार्य पूरा करके अपनी 'जननी जन्मभूमि भारत' के पूर्ण स्वातन्त्र्य की भी कुछ आशा कर सकेंगे। अतः यह परम आवश्यक है कि कम-से-कम इस समय तो हम अपनी सभी बिखरी हुई शक्तियों को एक केन्द्र पर केन्द्रित करके, अपने इस परमोज्ज्वल मनोरथ की सफलता के लिए, पूरा-पूरा प्रयत्न करें और इस ध्येय की प्राप्ति पर ही अपनी सभी शक्तियां लगा दें। नहीं तो याद रखिए कि आज जो दशा हमारी और महारानी लक्ष्मीबाई जी की हो रही है, वही एक दिन आपकी और दूसरे नृपतियों की भी अवश्य होगी। अब भी समय है कि आप संभल जाएं और हमारी सहायता को तैयार होकर अपने भयानक तिमिरमय भविष्य को उज्ज्वल बनाने के प्रयत्न में लग जाएं। अब अधिक टालमटोल और सोच-विचार का समय नहीं रहा।

आपके शुभचिन्तक
राव साहब (पेशवा)
तात्या टोपे (सेनापति)

यह पत्र तैयार होते ही तात्या वीर ने उसे अपने एक विश्वस्त सवार के हाथ ग्वालियर राज्य में अपने एक ऐसे सहयोगी मित्र के पास भेज दिया, जो अंग्रेज़ों से पूरा-पूरा द्वेष रखता था और उसे यह भी लिख दिया कि "आप अपने सहयोगियों समेत, समय पर हमारी सहायता को सब प्रकार तैयार रहें।"

सिन्धिया जियाजीराव और उनकी राजमाता को जब यह पत्र मिला तो वे बहुत घबराए। कारण यह है कि न तो वे अंग्रेज़ों के विरुद्ध विद्रोह करने का ही साहस कर सकते थे और न उनमें विप्लवी सरदारों से ही बिगाड़ पैदा करने की हिम्मत थी। वे शीघ्र ही निश्चय न कर सके कि क्या करें और क्या न करें।

इधर यह पत्र भेजते ही तात्याजी ने ग्वालियर-दुर्ग पर आक्रमण करने का सब प्रबन्ध ठीक करके पत्रोत्तर की प्रतीक्षा किए बिना ही ग्वालियर की ओर कूच कर दिया और 28 मई को 'आमन' ग्राम के समीप जा पहुंचे। राव साहब को यह पूरा-पूरा विश्वास था कि जियाजीराव, पेशवा-परिवार से अपने प्राचीन सम्बन्धों का कुछ विचार करके इस समय उन्हें सहायता देने से कदापि इनकार न करेंगे। किन्तु वहां पहुंचते ही उन्होंने कुछ और ही रंग देखा।

उनके वहां पहुंचने के कुछ ही काल उपरान्त, ग्वालियर सेना का एक सूबेदार चार सौ पैदल और 150 सवार सैनिक साथ लिये वहां आ पहुंचा। राव साहब तो अपने भोलेपन से यह समझते रहे कि वह सब हमारे स्वागत के लिए आए हैं। परन्तु जब उन्होंने राव साहब की सेना को आगे बढ़ने से रोका तब उनकी आंखें खुलीं और वे बहुत बिगड़कर उस सूबेदार को दुत्कारते हुए बोले, "अरे, तुम जानते ही नहीं कि हम कौन हैं? हम वही पेशवाजी हैं, जिनके पूर्वजों को तुम्हारे जियाजीराव सिन्धिया के पूर्वज महादजी जूते पहनाया करते थे। उन्होंने ही महादजी की राजभक्ति तथा सेवा से प्रसन्न होकर महादजी और उनके उत्तराधिकारियों को यह राज्य प्रदान कर दिया था। तुम हमें रोकने-टोकने वाले कौन हो? हम तो तुम्हारे दिनकरराव अथवा जियाजीराव के रोके भी नहीं रुक सकते!"

पेशवाजी के तेजपूर्ण वचन सुनकर तथा उसकी सेना की संख्या अपनी सेना से बहुत अधिक देखकर वह सूबेदार राव साहब के रोब में आ गया और उनका सामना करना उचित न समझकर उसने उन्हें आगे बढ़ने से न रोका और मार्ग देकर आप अपनी सेना-सहित उनके पीछे-पीछे हो लिया। इस प्रकार राव साहब और उनके सब साथी 30 मई को मुरार छावनी के समीप 'बढ़गांव' नामक स्थान तक जा पहुंचे और वहीं उन्होंने डेरे डाल दिए।

जियाजीराव को जब पेशवाई सेना के मुरार आ पहुंचने का समाचार मिला, तो पहले वे घबराए। कारण, राव साहब का पत्र पाते ही, उन्होंने अंग्रेज़ों को इसकी सूचना दे दी थी, किन्तु फिर भी उन्हें अंग्रेज़ी सेना के आगमन का अभी तक कोई समाचार नहीं मिला था और न उसके शीघ्र पहुंचने के ही कोई चिह्न दिखाई देते थे, जिससे उन्हें कुछ आशा बंधती। वे स्वयं पेशवाई सेना से दो-दो हाथ करने का साहस इसलिए नहीं कर सकते थे कि उन्हें अपनी सेना पर पूरा-पूरा विश्वास न था। वे तथा उनके दीवान दिनकरराव दोनों ही यह भलीभांति जानते थे कि यद्यपि हमारी सेना हमारे अपने शासन के विरुद्ध तो नहीं, किन्तु हमारी अंग्रेज़-भक्ति के विरुद्ध तो अवश्य है। अतः वह अंग्रेज़ों की सहायता में हमारा साथ देखकर, पेशवाई सेना के साथ लोहा लेने के लिए कदापि तैयार न होगी। विशेषतः उस सूबेदार के आचरण ने तो उन्हें और भी चौकन्ना कर दिया था, जिसे उन्होंने आमन ग्राम के समीप पेशवाई सेना मार्ग रोकने के लिए भेजा था।

युवक जियाजीराव अपनी अनुभवहीनता के कारण अपने चालाक और अनुभवी दीवान दिनकरराव के हाथों की कठपुतली बन रहे थे। दिनकरराव ने ही उन्हें यह परामर्श दिया था कि जैसे भी हो, विद्रोही सेना से उस समय तक टक्कर न ली जाए, जब तक अंग्रेज़ी सेना के आ पहुंचने का कोई निश्चित समाचार न मिल जाए। अतः दीवान दिनकरराव पेशवाई सेना के आगमन का समाचार पाकर कुछ अधिक

न घबराए और वे अन्दर-ही-अन्दर गुप्त रीति से अपनी विशेष विश्वस्त सेनाओं की शक्ति बढ़ाने तथा सिन्धिया सेनानायकों को दुर्बल करने का प्रयत्न करने लगे। उन्होंने अपने विद्रोही सरदारों अथवा इन बिन-बुलाए मेहमानों पर यह भी प्रकट नहीं होने दिया कि उनके इस आगमन के सम्बन्ध में महाराज जियाजीराव के या उनके अपने क्या विचार हैं।

परन्तु बेसमझ जियाजी की जल्दबाजी और नासमझी ने दिनकरराव की सारी चालाकी और जल्दबाजी पर पानी फेर दिया, जिससे कुछ देर के लिए विद्रोही सरदारों का पल्ला कुछ भारी हो गया और जियाजीराव का राज्य संकट में पड़ गया, किन्तु राव साहब और उनके साथियों की अहंमन्यता ने फिर उनका सब बना-बनाया काम बिगाड़ दिया।

आश्चर्यमय युद्ध

पेशवा जी के ग्वालियर पर आक्रमण करते हुए मुरार छावनी तक आ पहुंचने का समाचार जब ग्वालियर-दुर्ग में पहुंचा तो जो सरदार तात्या जी के सहयोगी थे, वे सब तथा उनके अधीनस्थ सैनिक आनन्द से फूले न समाए और उनका बड़ी धूमधाम से स्वागत करने की तैयारियां करने लगे। उनकी ये सब तैयारियां देखकर राजा जियाजीराव और उनके अंग्रेज़-भक्त दीवान-दिनकरराव रघुनाथराव राजवाड़े बड़े चक्कर में आए। फिर भी धूर्त-शिरोमणि राजवाड़े ने अपनी धूर्तता से काम लेकर अपने वास्तविक भाव किसी पर प्रकट न होने दिए। उन विद्रोही सरदारों की 'हां में हां' मिलाते हुए उनकी इन तैयारियों में किसी प्रकार की स्पष्टतया बाधक न हुए, उन्होंने केवल गुप्त रूप से अपने सब सहायक सरदारों और उनके अधीनस्थ सैनिकों के, दुर्ग के सभी आवश्यक स्थानों तथा द्वारों पर पहरे बिठाकर यह पक्का प्रबन्ध कर लिया कि कोई भी दुर्गस्थ विद्रोही सेनानायक या उनके अधीनस्थ सैनिक दुर्ग से बाहर जाकर पेशवाई सेना में न मिल सकें और उनकी शक्ति न बढ़ा सकें।

इसके विपरीत, उनकी जो सहायक सेनाएं दुर्ग से बाहर थीं, उन्हें दिनकरराव ने बाहर-ही-बाहर पेशवाई सेना का मार्ग रोकने के लिए मुरार की ओर भेज दिया। परन्तु उन्हें भी ताकीद कर दी कि वे तब तक पेशवाई सेना पर आक्रमण न करें, जब तक उन्हें अंग्रेज़ी सेना की सहायता आ पहुंचने का निश्चय न हो जाए।

परन्तु अधीर प्रकृति युवक सिन्धिया जियाजीराव, विद्रोही दल के मुरार छावनी तक आ पहुंचने का समाचार सुनकर स्वयमेव पहले तो घबरा उठे, फिर तुरन्त ही अंग्रेज़-भक्ति के आवेश में भड़ककर विद्रोहियों का सामना करके उन्हें कुचल डालने के लिए कटिबद्ध हो गए। किन्तु उस समय दूरदर्शी दिनकरराव ने उन्हें समझा-बुझाकर कुछ ठण्डा किया। पर अगले ही दिन अर्थात् 1 जून, 1858 को जब दिनकरराव किसी अन्य प्रबन्ध में लग गए तो राजा बहादुर अपने इस उभरे और उबलते हुए आवेश को न संभाल सके और तत्काल ही अपनी विशेष 8 सहस्र पैदल तथा 12 सौ सवार सेना, घाटी के रक्षक दस्ते और 20 तोपें साथ लेकर विद्रोहियों का मान-मर्दन करने के लिए चल दिए और मुरार छावनी से कोई दो मील पूर्व में स्थित बहादुरपुर ग्राम

में पहुंचकर विद्रोहियों के सामने जा डटे। कारण, सिन्धिया महाराज को अपने तोपखाने पर बड़ा अभिमान था, जिसने किसी समय अपने जानपीरू तथा जानबेटनस नामक फ्रांसीसी तोपचियों की रणचातुरी से अच्छा नाम पा रखा था।

बहादुरपुर पहुंचने के कुछ ही काल उपरान्त, सिन्धिया महाराज आगे बढ़कर पेशवाई सेना पर गोले बरसाने लगे। भोले पेशवा राव साहब ने पहले तो इन गोलों की वर्षा का शब्द सुनकर यह समझा कि हमारे मित्र जियाजीराव हमारे स्वागत के लिए पधारे हैं और इसी उपलक्ष्य में ये फीकी तोपें चलवा-चलवाकर हमें 'सलामी' दे रहे हैं। परन्तु जब उन्होंने अपने सैनिकों को इन गोलों की मार से हताहत होते और इधर-उधर दौड़ते देखा तब तो उनकी आंखें खुलीं और उन्होंने भी शत्रु-सेना का सामना करने और उस पर आक्रमण कर देने की आज्ञा अपनी सेना को दे दी।

किन्तु सर्वथा असावधान निश्चिन्त अवस्था में बैठी हुई सेना पर जब अकस्मात् ही अग्निवर्षा आरम्भ हो जाए, तो चाहे वह कैसी भी शूरवीर तथा रणकुशल क्यों न हो, रणक्षेत्र में उसके पैर जमाना हँसी-खेल नहीं। अतः इस गड़बड़ी में पेशवाई सेना घबराकर भागने लगी। तात्या वीर पहले तो हतबुद्धि-से होकर आश्चर्यचकित अपनी सेना की भगदड़ के इस दृश्य को देखते रहे, परन्तु फिर उन्होंने तुरन्त ही अपनी उन सेनाओं को जो अभी तक तोपों की मार से कुछ दूर थीं, सुनियमित रूप से और भी सुरक्षित स्थान पर ले जाने का प्रयत्न किया, जिससे वे शत्रुदल के इस अकस्मात् आक्रमण की घबराहट से कुछ संभलकर उसका सामना करने योग्य हो सकें।

केवल एक कर्तव्यपरायणा, धीरा-गम्भीरा महारानी लक्ष्मीबाई जी ही शत्रुदल के इस अकस्मात् और भयानक आक्रमण के समय अपने सहयोगी अन्य सेनानायकों के समान असावधान तथा निश्चिन्त न थीं, इसीलिए वे इस आक्रमण से बिलकुल नहीं घबराईं, अपितु तुरन्त ही अपने ढाई-तीन सौ विश्वस्त वीर सैनिकों के छोटे-से दल को ही, अपने साथ लिये भूखी सिंहनी के समान रिपु-दल पर टूट पड़ीं। उन्होंने किसी के मरने-जीने की कुछ चिन्ता न करके, अपनी तीक्ष्ण कृपाण घुमाते हुए ग्वालियर-नरेश के तोपखाने की ओर बढ़कर उस पर अपना अधिकार जमा लिया। उनके अदम्य साहसी सैनिकों की यह धीरता-वीरता देखकर पेशवाई सेना के उन घबराए और पराङ्मुख सरदारों और दोस्तों के भी पैर फिर जम गए, जो अभी-अभी कुछ क्षण पहले रणक्षेत्र से भागे जा रहे थे। वे भी एक नये आवेश तथा साहस से भर अपना पीछा करने वाले शत्रुओं के सामने डट गए और उनके साथ दो-दो हाथ करने लगे।

इतने ही में तात्या वीर ने अपनी सुरक्षित सेना को आगे पेल दिया। अब तो राव साहब और उनके सभी साथी संभल-संभलकर शत्रुओं के लोहे-से-लोहा बजाने लगे। बस फिर क्या था! आन की आन में लड़ाई का रंग बदल गया और ऐसा

बदला कि ग्वालियर-नरेश को लेने के देने पड़ गए। उनकी सेना के पैर जमने कठिन हो गए और उनके प्रत्येक योद्धा ने रणक्षेत्र से भागकर अपने प्राण बचा ले जाने में ही अपनी कुशल समझी।

अपनी वीर सेना को इस प्रकार भागते देखकर, पहले तो सिन्धिया जी के रोष का कुछ ठिकाना न रहा। उन्होंने अपनी अंग्रेज़ भक्ति के आवेश में, या यों कहो कि जवानी के जोश में उन्मत्त होकर, अपने प्राणों को भी सब प्रकार संकट में झोंक दिया। अपने वीर सैनिकों को रोकने और आगे बढ़कर रिपु-दल से लोहा लेने के लिए उभारने का पूरा-पूरा प्रयत्न किया। उन्हें अपने घाटी वाले दस्ते की वीरता और साहस पर विशेष विश्वास था, परन्तु जब वह दस्ता भी महारानी लक्ष्मीबाई और वीर तात्या जी के सूरमा सैनिकों के सामने न डट सका, तब तो ग्वालियर-नरेश के लिए भी रणभूमि में जमे रहना कठिन हो गया और उन्होंने भी अपनी बची-बचाई सेना-सहित सीधा धौलपुर राज्य का मार्ग लेने में ही अपना कल्याण समझा। महारानी जी के वीर सैनिकों ने दूर तक उनका पीछा किया और जो भी उनके सामने आ गया उसे ही तलवार के घाट उतारकर अन्ततः लौट गए।

राजा जियाजीराव के इस प्रकार रणक्षेत्र से भाग निकलने पर पेशवाई सेना के लिए ग्वालियर-दुर्ग की ओर बढ़ने में कोई भी विघ्न-बाधा न रही। उधर दुर्ग पर तात्या जी के सहयोगी सरदारों और उनके सैनिकों ने पहले से ही अपना अधिकार जमा लिया था। इस विजय का शुभ समाचार पाते ही उन्होंने छत्रपति शिवाजी महाराज का ऐतिहासिक 'भगवा झण्डा' दुर्ग पर लहरा दिया। कारण पेशवाई सेना की रण-ध्वजा भी वही थी।

जब पेशवा की विजयी सेना आनन्द-धवनि गुंजाती और 'भारत-माता की जय', 'राव साहब पेशवा की जय', 'महारानी लक्ष्मीबाई जी की जय', 'वीर तात्या टोपे की जय' के जयकारे लगाती ग्वालियर-दुर्ग के सामने पहुंची, तो दुर्गस्थ सेना ने उन्हीं जयघोष-सूचक जयकारों से प्रसन्नतापूर्वक धरती-आकाश गुंजाते हुए इस विजयी सेना के स्वागत के लिए सभी दुर्ग-द्वार खोल दिए और बड़े हार्दिक प्रेम तथा उत्साह के साथ सबका स्वागत किया।

रंगरेलियां और उनका दुष्परिणाम

ग्वालियर दुर्ग के ऐसी सुगमता से हाथ आ जाने पर, राव साहब और उनके सहयोगी सरदारों ने परस्पर ही यह निश्चय कर लिया कि सिन्धिया जियाजीराव तो राज्य त्यागकर भाग ही गए हैं, अब लगे हाथ पेशवा जी को उस सिंहासन पर सुशोभित कर दिया जाए। यही एक ऐसी विनाशकारी भूल थी, जिसने उनकी इस शानदार और आशातीत विजय को शीघ्र ही पराजय में परिवर्तित कर दिया। कारण, उनकी इस अदूरदर्शिता से ग्वालियर राज्य के सभी हितैषी जो केवल राजा जियाजीराव की अंग्रेज़-भक्ति से बिगड़कर उनसे विमुख हो गए थे, पेशवा जी और उनके साथियों पर भी अविश्वास करने लगे और यह समझने लगे कि ग्वालियर राज्य को स्वतन्त्र कराने के सम्बन्ध में उनकी सभी बातें सर्वथा कपटपूर्ण थीं। वास्तव में वे सब यही चाहते थे कि किसी छल-छिद्र से हमारी रियासत पर अधिकार जमाकर, इसके चिरसंचित राज्यकोष को हथिया लिया जाए।

इससे भी बढ़कर हिमालय जैसी बड़ी भारी भूल उन्होंने यह की कि 3 जून, 1858 को, राव साहब के सहयोगियों ने फूलबाग में दरबार सजाकर उसमें राव साहब को ग्वालियर की राजगद्दी पर भी बिठा दिया। फिर राव साहब ने भी अपने इन लोलुप संगी-साथियों को ग्वालियर राज्य के राज्यकोष से बड़ी निर्दयतापूर्वक इनाम-इकराम बांटना शुरू कर दिया। सबको मनमाने पारितोषिक प्रदान किए और ऊंचे राज्य-पदों पर नियत कर दिया। ग्वालियर राज्य के उन पुराने हितैषियों तथा राजभक्त सेवकों को, जो केवल, अपने राज्य की कल्याण-दृष्टि से उनके साथ मिले थे, किसी ने पूछा तक नहीं।

तात्या वीर तो सेनापति थे ही, रामराव गोविन्द नामक एक विद्रोही सरदार को राजमन्त्री बना लिया गया। छत्रपति शिवाजी की राज्य-प्रथा अनुसार जो प्रधान-मण्डल स्थापित किया गया, उसमें भी प्रायः ग्वालियर के पुराने कर्मचारियों को कोई विशेष स्थान नहीं मिला।

कहा जाता है कि इस राज्य-दरबार के अवसर पर, राव साहब ने अपने सहयोगियों और अनुचरों को सरोपा तथा परितोषिक आदि बांटने और अन्य धूमधाम करने में

राज्यकोष का 20 लाख रुपया उड़ा दिया। परन्तु उसमें से राज्य के पुराने सेवकों को यदि कुछ मिला भी, तो बहुत ही कम मिला। यदि इन आंधी के बेरों में से उन्हें भी पूरा-पूरा भाग मिल जाता, तो शायद उन्हें भी कुछ सन्तोष हो जाता। अतः इस अवस्था में उन सबका असन्तुष्ट रहना भी स्वाभाविक ही था।

इस पर भी महामूर्खता यह कि भविष्य की सभी चिन्ता बिसारकर वे अपनी-अपनी रंगरेलियों में यहां तक भूल गए कि उनके मन में यह बात तक न आई कि अपने राजपाट से वंचित होकर राजा जियाजीराव भी उस समय तक चैन से बैठने वाले नहीं, जब तक अपने महाशक्तिशाली मित्रों और सहायकों अर्थात् अंग्रेज महाप्रभुओं की सहायता से अपना छिना हुआ राज्य फिर वापस न ले लेंगे।

उनकी यह भयानक भूल और लज्जास्पद अकर्मण्यता देखकर कर्तव्यपरायणा तथा दूरदर्शिनी तपस्विनी महारानी लक्ष्मीबाई जी ने उन्हें बहुतेरा समझाया कि 'ये रंगरेलियां' अच्छी नहीं। यह तो सोचो कि जिस प्रबल शत्रु को पराजित करके हमने यह सब राजपाट छीना है, वह अंग्रेज़ों जैसे महाशक्तिशाली सहायकों की सहायता से जब हमारी छाती पर आ चढ़ेगा, तो हम उसका सामना कैसे करेंगे? अब भी समय है, संभल जाओ। अपनी सेनाओं को सुसज्जित करने, मोरचों को सुदृढ़ बनाने, अन्नादि तथा युद्ध-सामग्री एकत्रित करने की चिन्ता करो और इस काम में अपनी सभी शक्तियां लगा दो, जिससे कोई कठिन समय आ पड़ने पर तुम कुछ अंश तक तो रिपुदल का सामना कर सको।'

परन्तु उनकी इस हित-भरी और कल्याणकारी सीख पर किसी ने भी कुछ ध्यान न दिया। अतः वे भी विवशतः निराश हो बैठीं और अन्ततः उनकी इन मूर्खताओं का परिणाम वही हुआ, जो होना चाहिए था अर्थात् ग्वालियर जैसे सुदृढ़ दुर्ग पर अकस्मात् ही विद्रोहियों का अधिकार हो जाने का समाचार पाकर अंग्रेज़ों में खलबली मच गई। तत्काल ही चहुं ओर तार खड़क गए। सर ह्यू तो विद्रोहियों के ग्वालियर की ओर जाने का समाचार पाते ही विलायत जाते-जाते रुक गए थे और 1 जून को ही उन्होंने तार द्वारा कर्नल राबर्टसन को यह आज्ञा भेज दी थी कि 'तुरन्त ही मेज़र स्टूअर्ट के अधीन अंग्रेज़ी तथा देसी पलटनें और रिसाले एक प्रबल तोपखाने-सहित ग्वालियर की ओर चलते कर दो।'

किन्तु अंग्रेज़ों की यह सहायता पाने से पहले अदूरदर्शी अधीर प्रकृति राजा जियाजीराव ने अपने अनुभवी दीवान दिनकरराव के परामर्श की अवहेलना करके, केवल अपनी जल्दबाज़ी से अपना सब राजपाट खो दिया और वे शासनच्युत होकर रणक्षेत्र से भाग निकले, अन्यथा शायद उन्हें ये बुरे दिन देखने ही न पड़ते। सिन्धिया जी के इस प्रकार पराजित होकर भाग जाने का समाचार पाकर मेजर स्टूअर्ट भी कुछ ढीले पड़ गए और अब शीघ्रता करना उचित न समझकर कालपी लौट गए।

अब सर ह्यूरोज़ ने 4 जून को तार द्वारा यह आशातीत समाचार पाया कि विद्रोही दल ने ग्वालियर-दुर्ग पर अधिकार जमा लिया है, तो पहले तो वे कुछ क्षण के लिए चकित-से रह गए, परन्तु फिर उन्होंने तत्काल ही यह दृढ़ निश्चय कर लिया कि 'जब तक ग्वालियर-दुर्ग पर विद्रोहियों का अधिकार रहेगा, तब तक हम चैन से न बैठेंगे।'

परन्तु कठिनता यह थी कि वर्षा ऋतु आरम्भ हो चुकी थी और ऐसे में कोई प्रबल आक्रमण करना भी हँसी-खेल न था। शायद इसी विचार से राव साहब और उनके साथी भी निश्चिंत हो रंगरेलियों में डूब गए थे, अन्यथा कम-से-कम तात्या वीर जैसे अनुभवी सेनापति से तो यह भूल कदापि न होती।

अस्तु, उद्यमशील सर ह्यूरोज़ ने वर्षा ऋतु की कठिनाइयों का भी कुछ विचार न करके, तुरन्त ही ग्वालियर-दुर्ग पर आक्रमण कर देने की ठान ली, जिससे शासन का यह कोमल द्रुम, जो अभी-अभी ग्वालियर राज्य में दुर्गम पहाड़ी प्रदेश में जमाया गया था, सुदृढ़ रूप से वहां अपनी जड़ें न जमा ले और फिर उसका वहां से उखाड़ फेंकना कठिन न हो जाए।

सर ह्यूरोज़ के इस बुद्धिमत्तापूर्ण निर्णय की सराहना करते हुए अंग्रेज़ इतिहासकार मि. मैलसन ने लिखा है कि 'यदि ग्वालियर-दुर्ग को विद्रोहयों से तुरन्त ही छीन लेने में इस फुरती से काम न लिया जाता, तो इसके विनाशकारी परिणामों का अनुमान कर सकना भी सबकी शक्ति से बाहर हो जाता। कारण, तात्या टोपे इस दुर्ग के सैनिक तथा राजनीतिक महत्त्व को भलीभांति जानता था और यह भी खूब समझता था कि इस दुर्ग के साथ-ही-साथ आर्थिक तथा मानुषिक सहायता प्राप्ति के भी कैसे-कैसे विशाल साधन सम्बन्धित हैं। अतः तात्या के लिए उनसे लाभ उठाकर महाराष्ट्र में ही नहीं, वरन् सारे भारतवर्ष में विद्रोहाग्नि को पुनः प्रज्वलित कर देना बहुत ही सुगम हो जाता। यदि यह न भी होता, तो भी महाराष्ट्र में तो वह अवश्य ही विद्रोह-पताका लहराकर हमारे लिए एक और नई विपत्ति का कारण बन जाता।'

परन्तु शायद भगवान् की यह इच्छा ही न थी, अन्यथा कर्तव्यपरायणा महारानी लक्ष्मीबाई की चेतावनी पर भी तात्या जी जैसे कर्मवीर और कार्यकुशल योद्धा से यह विनाशकारी भूल कदापि न होती।

सारांश, सर ह्यूरोज़ ने तुरन्त ही अपने इस दृढ़ निश्चय से गर्वनर-जनरल लार्ड कैंनिग को सूचित करके, अपने सब लाव-लश्कर-सहित ग्वालियर-दुर्ग पर धावा बोल दिया और रियासत की सीमा तक पहुंचने से पहले ही उन्होंने अपनी सेना को 8 भागों में विभाजित करके, अपने बड़े-बड़े अनुभवी और कार्यदक्ष अफसरों की अधीनता में चारों ओर इधर-उधर फैला दिया।

फिर, 6 जून को उन्होंने अपनी शेष सेनासहित उसी मुरार छावनी के रणक्षेत्र की ओर प्रस्थान किया, जहां से चंचल प्रकृति जियाजीराव ने पराजित होकर धौलपुर

का मार्ग लिया था, और निरन्तर 10 दिन तक मारामार करते, 16 जून को उसी बहादुरपुर ग्राम में जा पहुंचे जहां से जियाजीराव ने पेशवाई सेना पर आक्रमण किया था।

जब तात्या जी को उनके गुप्तचरों ने अंग्रेज़ सेना के इस आक्रमण की सूचना दी, तो उन्होंने भी तुरन्त सचेत होकर मुरार छावनी की रक्षा के लिए पूरा-पूरा प्रयत्न आरम्भ कर दिया और अंग्रेज़ सेना के वहां पहुंचने से पूर्व ही से उनके स्वागत के लिए इतने तैयार हो गए कि एक बार तो सर ह्यू भी उनकी तैयारियां देखकर चकरा गए। किन्तु अन्त में उन्हें अपने अंग्रेज़ शासन का वही अमोघ गुरु-मन्त्र याद आ गया 'फूट फैलाओ और शासन करो।'

इसी जादू से काम लेने का निश्चय करके उन्होंने तुरन्त ही ग्वालियर राज्य की राजभक्त प्रजा तथा सेना के नाम–जो पिछले कई दिनों में पेशवा तथा उनके साथियों की उपर्युक्त भूलों के कारण उनसे बहुत कुछ विरक्त हो चुकी थी–यह घोषणा क़र दी कि 'अंग्रेज़ी सेना ग्वालियर के राजकुलोद्भव राजा जियाजीराव सिन्धिया के राजसिंहासन को पेशवा और उनके विद्रोही सहयोगियों से स्वतन्त्र कराके सिन्धिया महाराज को उनके सिंहासन पर शोभायमान करने के लिए आ पहुंची है। अतः ग्वालियर राज्य की सभी राज्यभक्त प्रजा तथा सेना को अपने मन में कोई भी संशय न लाकर निर्भयतापूर्वक अंग्रेज़ी सेना की सहायता करनी चाहिए, जिससे सिन्धिया जी फिर अपने पूर्वजों का राज्य प्राप्त करके पुनः सुख से प्रजा-पालन कर सकें, और प्रजा पूर्ववत् उनकी छत्रछाया में सब प्रकार के सुख प्राप्त कर सके।'

सर ह्यू रोज़ की इस घोषणा ने ग्वालियर, राज्य की भोली प्रजा तथा सेना पर यथेष्ट प्रभाव डाला। कारण, यह तो उन्होंने पहले ही देख लिया कि राजा जियाजीराव के रणक्षेत्र से भागते ही और ग्वालियर-दुर्ग में प्रविष्ट होते ही, पेशवाजी तथा उनके सहयोगियों ने पहला काम जो किया वह यह था कि राज्य के पुराने राजभक्त सरदारों तथा प्रजा के शिरोमणि नेताओं एंव प्रतिनिधियों से कोई भी परामर्श न लेकर, वरन् उनके अस्तित्व की पूर्णतया अवहेलना करके रावसाहब पेशवा को राजगद्दी पर बिठा दिया। उधर राव साहब ने भी अपनी दुर्बद्धि तथा छिछोरेपन से ग्वालियर राज्य के प्राचीन धनागार को लूट का माल समझकर अपने संगी-साथियों को पारितोषिक दे-देकर लुटाना आरम्भ कर दिया। और अपने उन ग्वालियर-निवासी शुभचिन्तकों की कुछ भी परवाह नहीं की, जिन्होंने उनके शुभागमन का समाचार सुनते ही उनके स्वागत में दुर्ग-द्वार खोल दिए थे और अपना हार्दिक हर्ष प्रकट करने के लिए दीपमाला की थी।

इस घोषणा के उपरान्त, सर ह्यूरोज़ और उनकी सेना ने एकदम चहुं ओर से मुरार छावनी पर आक्रमण कर दिया। पेशवाई सैनिक तो गत आठ-दस दिन के सुख-भोग और रंगरलियों में फंसकर प्रायः अकर्मण्य हो चुके थे। वे इस चौमुखी मार को कैसे झेलते! विशेषतः उस अवस्था में जबकि ग्वालियारी सेना, जिसे वह अपना

सहायक समझ बैठे थे, पहले से ही विरक्त होकर सब प्रकार उनका साहस भंग कर रही थी।

पेशवा जी की ओर यद्यपि ग्वालियारी सेना के अतिरिक्त, नवाब बांदा के शूरवीर दस्तों, अयोध्या जी के रुहेलों और पठान आदि वीरों, झांसी के बुन्देले महावीरों की संख्या भी कुछ कम न थी, परन्तु उनके सरदारों की इस 10-15 दिन की कर्महीनता ने सारा ही बना-बनाया काम बिगाड़ दिया था। फिर भी उन्होंने दो घण्टे अंग्रेज़ी सेना से वह लोहा बजाया कि उसके छक्के छुड़ा दिए। किन्तु कब तक? जब तक अंग्रेज़ों की नई-से-नई सेनाएं इधर-उधर से आ-आकर, उनकी शक्ति तथा साहस बढ़ाती नहीं दिखाई दीं। आखिर पेशवाई सेना के पैर उखड़ गए। ग्वालियरी सेना की उपरामता भी उनके साहस-भंग का कुछ कम कारण न थी।

कहा जाता है कि महारानी लक्ष्मीबाई जी मुरार छावनी के इस युद्ध में वर्तमान नहीं थीं, अन्यथा शायद पेशवाई सेना को इस बार भी इस प्रकार पराजित न होना पड़ता और जैसे पिछली लड़ाई में उन्होंने अपनी असाधारण वीरता से भागती हुई पेशवाई सेना में एक नया जीवन फूंककर युद्ध का रंग बदल दिया था, वैसे ही अब भी होता। किन्तु जब पेशवाई सेना ने दुर्ग से प्रस्थान किया तो उस समय उनके फ़ूलबाग में होते हुए भी राव साहब तथा उसके परामर्शदाताओं की अदूरदर्शिता तथा विनाशकारी रंगरलियों ने उन्हें कुछ ऐसा विरक्त कर दिया था कि अब वे उनके कार्यों से उदासीन-सी रहने लगी थीं।

इधर मुरार छावनी की रक्षा के लिए सेना सहित प्रस्थान करने के समय शायद राव साहब और उनके मित्रमण्डल को इतना अवकाश ही नहीं मिला कि वे महारानी जी को मनाकर इस मुहिम में भी अपने साथ चलने के लिए कुछ आग्रह करते। यह भी सम्भव है कि अपनी अकर्मण्यताओं पर लज्जित होकर उन्हें इस सम्बन्ध में महारानी जी से आग्रहपूर्वक कुछ निवेदन करने का साहस न पड़ा हो, अथवा उन्होंने अपने झूठे अभिमान तथा अहंकार में फंसकर यही सोचा हो कि इस बार हमें महारानी के बिना ही युद्ध में विजय प्राप्त करके यह कलंक भी अपने माथे से मिटा देना चाहिए कि हम महारानी की वीरता से ही विजय प्राप्त करते रहे हैं। यद्यपि पिछले युद्ध में वे सब भलीभांति यह देख चुके थे कि वीर शिरोमणि महारानी जी और उनके वीर सैनिकों की आश्चर्यजनक असाधारण वीरता ने ही, उनकी पराङ्मुख सेना में एक ऐसा आवेश फूंक दिया था कि वह रणक्षेत्र से भागते-भागते भी एकदम 'राइट-एबाउटर्न' होकर (उलटकर), अपना पीछा करने वाले रिपुदल के सामने डटकर उलटा उसे ही रणभूमि से भगा देने में कृत-कार्य हो गई थीं और दूर तक उसे मारती हुई तथा उनका पीछा करती हुई चली गईं।

देवी, तुम धन्य हो!

मुरार छावनी की इस दूसरी लड़ाई में पराजित होकर राव साहब और उनके सभी मित्रों के होश कुछ ठिकाने आ गए और वे यह जान गए कि गत युद्ध में भी उन्हें सिन्धियाराज जियाजीराव पर जो विजय प्राप्त हुई थी, उसका श्रेय भी महारानी के सिवाय किसी और को प्राप्त नहीं हो सकता। अतः उन्हें यह दृढ़ निश्चय हो गया कि आगामी युद्धों में सफलता प्राप्त करने की कुछ आशा हो सकती है तो केवल महारानी जी की ही कृपा से हो सकती है, उनकी अनुपस्थिति में कदापि नहीं।

इसीलिए उन्होंने ग्वालियर-दुर्ग में लौटते ही सबसे पहले यह निश्चय किया कि वीर तात्या टोपे को फूलबाग में महारानी जी के पास भेजकर अपनी पिछली भूलों तथा अकर्मण्यताओं के लिए उनसे करबद्ध क्षमा मांगनी चाहिए और देश तथा जाति की स्वतन्त्रता के नाम पर उनसे प्रार्थना करके आग्रहपूर्वक यह निवेदन करना चाहिए कि वे आगामी युद्धों में फिर पूरे-पूरे हृदयावेश के साथ भाग लेकर देश तथा जाति के बिगड़े भाग्य को फिर से बनाने का पूर्ण प्रयत्न करें।

अन्ततः तात्या जी कुछ बहुत ही शरमाते-लजाते-से फूलबाग की ओर चले। वे बार-बार यही सोचते थे कि इस पराजय के उपरान्त क्या मुख लेकर महारानी जी के समक्ष जा सकेंगे और उनके वीरोचित तेजपूर्ण नेत्रों से अपने लज्जा-भरे नेत्र कैसे मिला सकेंगे और कैसे कुछ वार्तालाप आरम्भ कर सकेंगे?

यही सोचते-सोचते तात्या वीर फूलबाग जा पहुंचे और उन्होंने अपने आगमन की सूचना महारानी जी को भेजी। वे तत्काल ही उनके स्वागत के लिए बाहर आ गईं। तात्या जी ने शरमाते, सकुचाते, सिर झुकाए, आंखें बचाए, दोनों हाथ जोड़कर प्रणाम किया। महारानी जी ने गम्भीरता तथा सहानुभूति-भरे स्वर में उनके प्रणाम का उत्तर देते हुए कहा, "आइए! आइए! वीर सेनापति महोदय, आइए!! जब मैंने यह सुना कि आप सब मुरार छावनी की रक्षा के लिए सेनाएं लेकर चले गए हैं, और मुझे आपने प्रस्थान की सूचना तक भी नहीं दी, तो मेरे मन को जो दुःख हुआ, वह कहा नहीं जा सकता। फिर जब मैंने यह सुना कि आप सब युद्ध में सफल-मनोरथ

भी नहीं हो सके, तब से तो मैं बार-बार यही सोचती हूं कि हाय! आपके चले जाने का समाचार पाकर भी मैं आपके पीछे-ही-पीछे क्यों न अपनी सेना लेकर रणभूमि की ओर चल दी। सम्भव था, मेरी सेना के ठीक समय पर पहुंच जाने से उनकी सहायता पाकर ही आपकी थकी-मांदी सेनाओं का कुछ साहस बढ़ जाता, और वह पराजय विजय में बदल जाती।"

महारानी जी के ये आत्मग्लानि तथा पश्चात्ताप-भरे वचन सुनकर तात्या वीर चकित रह गए और कुछ भी न कह सके। कुछ देर के बाद महारानी जी फिर बोलीं, "हाय! उस समय, मैं अभागिनी यह भी न समझ सकी कि यदि आप लोगों ने मेरी अवहेलना ही की थी, तो भी आप मेरा यह अधिकार तो किसी प्रकार भी छीन नहीं सकते थे कि मैं अपने देश तथा जाति की मान-मर्यादा की रक्षा में वीरगति पा जाऊं। कारण, अब न तो मुझे जय-पराजय की ही कुछ चिन्ता है, न राज-पाट की ही कोई लालसा। यदि कोई आकांक्षा है तो केवल यही कि मेरी भारतमाता का सिर ऊंचा हो। मेरी हिन्दू जाति का संसार में यश तथा मान बढ़े और यह किसी के अधीन न रहे, और मैं इसे पूर्ण रूप से स्वतन्त्र तथा स्वाधीन देखकर ही अन्त में अपने परमपूज्य पतिदेव के श्रीचरणों में पहुंच जाऊं; या फिर इसी प्रयत्न में अपने प्राण विसर्जन कर दूं!"

यह कहते-कहते महारानी जी के कमलनेत्रों में अश्रु-मुक्त छलक आए और उनका कण्ठस्वर भर्रा गया। अब तो तात्या जी भी अपने आंसू पोंछते हुए बोले, "देवी! तुम धन्य हो! तुम धन्य हो! हम अभागे पापी पुरुषों ने तुम्हारे इस महत्त्व को नहीं पहचाना! अपने पुरुषत्व के वृथा अभिमान से उन्मत्त होकर तुम्हें अपना सेनापति बनाने में अपना अपमान समझा! केवल यही नहीं, अपितु जब कभी आपने अपने देशभक्ति-भरे पवित्र भावों से प्रेरित होकर हमें कोई वीरोचित सीख भी दी तो उस पर भी हम अभागों ने कभी पूरा-पूरा ध्यान नहीं दिया। अन्यथा हमारी यह दुर्गति कदापि न होती। यदि हम आपकी अदम्य वीरता से मुरार छावनी के प्रथम युद्ध में विजयी होकर मिथ्या अभिमान के वशीभूत न हो लज्जास्पद रंगरलियों में न फंस जाते कि अभी एक और प्रबल तथा भयानक शत्रु हमारा सिर कुचलने के लिए शेष है, तो आपके शुभ परामर्श की अवहेलना करके आपका घोर अपमान करने का कभी साहस न कर सकते। हाय! आज हमें अपने इन महापापों का ही यह प्रायश्चित्त करना पड़ रहा है कि जिस शत्रु को हमने पिछले दिनों इसी रणक्षेत्र में पराजित करके इस अजेय प्रान्त पर अपना अधिकार जमाया था, उसके सहायकों से आज यों पिटकर हम अपना सिर यहां आ छिपाने के लिए विवश हो गए हैं। देवी! भगवती! मैं आपके चरण-कमल छूकर कहता हूं कि...

यह कहते-कहते वीर तात्या जी महारानी के चरण छूने के लिए झुके, परन्तु महारानी जी ने तुरन्त ही पीछे हटकर कहा, ‘‘भाई! बड़े भाई होकर मुझ अभागिनी के सिर पर यह पाप क्यों चढ़ाते हो? मैं तो तुम्हें राव भैया और नाना भैया से किसी प्रकार कम नहीं समझती!’’

तात्या जी अपना उपर्युक्त वाक्य पूरा करते हुए फिर बोले, ‘‘इसी लज्जा के मारे मुरार छावनी के रक्षा-हित प्रस्थान करते हुए हमें यह साहस नहीं पड़ा कि आपको अपना कलंकित मुख दिखाते। आप विश्वास कीजिए कि उस समय हम लज्जा के वशीभूत होकर न तो स्वयं ही आपकी सेवा में आ सके और न इस युद्ध में अपनी कुछ सहायता करने के लिए ही कोई प्रार्थना करने का साहस कर सके। हमने दुर्भाग्यवश यही सोचा कि आपके प्रेमपूर्ण हित-भरे परामर्श की अवहेलना करके अब हम किस मुख से आपको रणभूमि में पधारकर अपनी कुछ सहायता करने का कष्ट दे सकते हैं। अपने इस मिथ्याभिमान तथा दुर्गति के कुचक्र में फंसे हुए हम यह भी न जान सके कि आप तो साक्षात् दुर्गा-रूप धारण करके हमारी सहायता कर रही हैं और आप भगवती रणचण्डी का आशीर्वाद पाए बिना हम किसी रणक्षेत्र में कैसे विजयी हो सकते हैं? अतः परिणाम वही हुआ, जो कि ऐसी अनधिकार चेष्टाओं का सदा से होता चला आया है। इसलिए आज मुझे शरमाते-लजाते और अपने तथा अपने साथियों के लज्जास्पद कृत्यों पर आंसू बहाते, यह प्रार्थना करने के लिए आपके चरणों में उपस्थित होना पड़ा है, ‘दयामयी रणचण्डी भगवती महामाया! इस आगामी घोर युद्ध में आप हमारा साथ न छोड़ें। हम अपने पापों का कुछ प्रायश्चित्त तो इस गत युद्ध में कर ही चुके हैं, और जो कुछ अभी करना शेष है, उसकी सब कठोरता तथा भयानकता, हमें पूर्ण आशा है कि आपकी कृपा से यदि पूर्णतः दूर न हो जाएगी तो बहुत ही कम तो अवश्यमेव रह जाएगी। भगवती! क्या मेरी यह प्रार्थना स्वीकृत हो सकती है?’’

ये शब्द कहकर तात्या वीर महारानी जी के सामने इस प्रकार हाथ जोड़े और सिर झुकाए खड़े हो गए जैसे कोई सच्चा भक्त अपनी उपास्य देवी के सामने खड़ा रहता है, या कोई दोषी अपने भाग्य का अन्तिम निर्णय सुनने के लिए किसी जज के सामने खड़ा हो जाया करता है।

वीर तात्या जी के ये शब्द सुनकर महारानी जी ने बड़े ही दुःख तथा शोकपूर्ण स्वर में उत्तर दिया, ‘‘वीर भाई! मुझ अभागिनी को भी तो अपने मिथ्या अभिमान तथा अहंकार से उत्पन्न हुए इस घोर पाप का प्रायश्चित्त आप सबके साथ करना है। इस दुर्दमनीय मिथ्या अभिमान ने ही तो मुझे आप वीरों की सहायता करने को आपके पीछे-पीछे जाने से रोक रखा था; अतः सच पूछो तो आपकी इस पराजय

का सारा उत्तरदायित्व भी मैं अपने ही सर समझती हूं। यदि आपकी इस वीराज्ञा को मैं शिरोधार्य न करूंगी तो अपने इस देशद्रोह तथा जातीय कर्तव्य की अवहेलना के घोर पाप का प्रायश्चित्त भी मैं किस प्रकार कर सकूंगी? अतः आप निश्चिन्त रहें। मैं आगामी युद्ध में जी-जान से आपके साथ लड़ूंगी और किसी प्रकार उससे बचने का कोई प्रयत्न न करूंगी।''

कर्तव्यपरायणा महारानी जी के ये साहसवर्द्धक शब्द सुनकर वीर तात्या जी के मुख से 'महारानी लक्ष्मीबाई जी की जय' का श्रद्धापूर्ण जयकारा स्वयमेव निकल गया और वे 'देवी! तुम धन्य हो! तुम धन्य हो!' कहते हुए, प्रसन्नतापूर्वक वापस चले गए और जाते हुए एक चतुर सेनापति के समान यह भी कहते गए, ''तो अच्छा महारानी जी! अब इस बाग की पूर्वी तथा उत्तरी दिशा की रक्षा आपके ही अधीन है। शेष हम सब संभाल लेंगे।''

तात्या वीर के जाते ही कर्तव्यशीला महारानी जी ने तत्काल ही अपनी सेना की तैयारी के लिए रण-शंख बजवा दिया। जब सब वीर नियमपूर्वक पंक्तिबद्ध हो गए, तो महारानी जी अपने सैनिक पुरुष-वेश में सुसज्जित होकर सलामी लेने के लिए मैदान में पहुंच गईं और उन्हें सम्बोधित करके बोलीं, ''महावीर योद्धाओ! सम्भवतः आप यह सब सुनकर चकित होंगे और शायद इस बात के लिए मेरे समान दुःखी भी हों कि आपको मुरार छावनी की पिछली लड़ाई में भाग लेने का अवसर क्यों नहीं दिया गया। मुझे स्वयं उसका केवल दुःख ही नहीं, अपितु शोक भी है। मैं अपनी इस भूल पर—नहीं! नहीं!! पाप पर बहुत ही पछता रही हूं कि यदि राव साहब और उनके साथियों ने अपनी किसी अदूरदर्शिता या भूल से हमें उस युद्ध में भाग लेने के लिए नहीं बुलाया था, तो कम-से-कम मुझे तो अपनी देशभक्ति और जातिसेवा के पवित्र कर्तव्य-पालन करने की ओर से इस प्रकार विमुख न हो जाना चाहिए था, कि मैं अपने वीर भाइयों को अपनी और आप सब युद्धवीरों की सहायता से ही वंचित कर देती और जिस प्रकार आप सबने अपनी अदम्य वीरता से पिछले युद्ध का रंग बदलकर हमारी हार को भी विजय में परिणत करके अमर यश कमाया था, वैसा ही इस बार भी करने का आपको शुभ अवसर न देती, जिससे कम-से-कम इस बात का भी अरमान आपके मन में न रह जाता। इसलिए मैंने तो इस आगामी युद्ध में अपने इस महापाप का पूरा-पूरा प्रायश्चित्त करने का दृढ़ निश्चय कर लिया है। मुझे पूर्ण आशा है कि आप सब महावीर, इस अवसर पर मुझे अपना यह प्रायश्चित्त पूरा करने में पूरी-पूरी सहायता देंगे और इसमें कोई कसर न उठा रखेंगे। मुझे निश्चय है कि इस स्वतन्त्रता-युद्ध में आप अपने यश तथा कीर्ति को चार-चांद लगाने का सब प्रकार पूरा-पूरा प्रयत्न करके अमर जीवन प्राप्त करेंगे।''

वीरहृदया महारानी जी का यह आवेशपूर्ण भाषण समाप्त होते ही सब शूरवीर योद्धाओं ने 'महारानी लक्ष्मीबाई की जय', 'भारतमाता की जय' और 'हर हर महादेव' के साहसवर्द्धक जयकारों से धरती-आकाश गुंजा दिए।

तत्पश्चात् महारानी जी ने अपनी वीर सेना को विभिन्न भागों में विभाजित करके उन्हें रणकुशल सेनानायकों के अधीन सारे पूर्वी रणक्षेत्र में इधर-उधर फैला दिया। उन सबके अपनी-अपनी नौकरी पर चले जाने पर अपने अंगरक्षक दस्ते को अपनी प्रतीक्षा करने की आज्ञा देकर अपने निवास-स्थान की ओर प्रस्थान किया।

वहां उनकी दोनों परमप्रिय विश्वस्त सेविकाएं काशीबाई तथा सुन्दरीबाई, वैसे ही पुरुष वेश में सुसज्जित होकर रणभूमि में उनके साथ-ही-साथ अपना वीरोचित रणकौशल दिखाने के लिए तैयार हो चुकी थीं। ये दोनों न केवल उन्हीं की समवयस्का थीं वरन् अपने शरीर, डील-डौल, रूप-सौन्दर्य और वेश-भूषा में भी उन्हीं की प्रतिच्छवि दिखाई देती थीं, इसीलिए बहुत अंग्रेज़ इतिहासकारों ने इन्हें स्थान-स्थान पर उनकी बहिनें लिखा है।

वे दोनों उस समय उनके परम प्रिय राजकुमार दामोदरराव को, जिनकी आयु इस समय प्रायः 9-10 वर्ष की थी, वस्त्रादि पहनाकर तैयार कर रही थीं। जब दामोदरराव सब प्रकार तैयार हो गए, तो महारानी जी ने अपने विश्वस्त सरदार रामचन्द्र जी को बुलाकर दामोदर को उनके तथा सुन्दरीबाई के हवाले करते हुए कहा, "सरदार जी! अब मेरे परम पूज्य पतिदेव की यह अन्तिम निशानी और सबसे बहुमूल्य तथा प्रियतम धरेज (अमानत) आपके और बहिन सुन्दरीबाई के ही सुपुर्द है। आज के युद्ध में आप ही उसकी सब प्रकार रक्षा करें और यथाशक्ति इसे मेरे पास-ही-पास रखें। मेरी दृष्टि से ओझल न होने दें। साथ ही इसके यह भी ध्यान रखें कि यदि मैं रणभूमि में वीरगति को प्राप्त हो जाऊं, तो मेरे शव को कोई देशद्रोही अथवा विदेशी विधर्मी का हाथ अपवित्र न करने पाए। अन्तिम प्रणाम!"

दोनों ने सिर झुकाकर मौन रूप से महारानी जी की इस आज्ञा को शिरोधार्य किया।

महारानी जी की यह विदाई कुछ अनोखी न थी। जब भी आप रणक्षेत्र को पधारती थीं तभी इस प्रकार अपने अनुचरों से प्रेमपूर्वक विदा हुआ करती थीं, और वे सभी इसके अभ्यस्त-से हो चुके थे। परन्तु फिर भी आन्तरिक तथा हार्दिक प्रेमवश सभी के नेत्रों में प्रेमाश्रु छलक आए। सभी पूर्ण मौन धारे महारानी जी के पीछे आकर अपने-अपने घोड़े पर सवार हो गए, जो द्वार पर पहले से ही तैयार खड़े उनकी प्रतीक्षा कर रहे थे।

महारानी जी तथा काशीबाई और सुन्दरीबाई के रंग-रूप और वेशभूषा के समान ही उन तीनों के घोड़ों के रंग-रूप आदि में भी कोई विशेष भेद या अन्तर नहीं था।

ये तीनों ही अपने घोड़ों पर चढ़ीं—एक-दूसरी की प्रतिछवि दिखाई दे रही थीं।

सुन्दरीबाई ने अपने घोड़ों पर सवार होते ही राजकुमार दामोदरराव को उसी प्रकार अपने पीछे बिठाकर वैसे ही अपनी कमर से सुदृढ़ रूप से बांध लिया जैसे महारानी बांध लिया करती थीं।

महारानी और काशीबाई अपने-अपने घोड़ों पर सवार हो, रक्षक दस्ते के आगे-आगे अपने विभिन्न मोर्चों का निरीक्षण करने के लिए चल दीं और देर तक इधर-उधर घूम-फिरकर अंग्रेज़ सेना के आक्रमण की प्रतीक्षा करती रहीं। सरदार रामचन्द्र राव तथा सुन्दरीबाई वहां ही मूर्ति-समान खड़े प्रेमपूर्ण नेत्रों से उनकी ओर देखते और उनकी बाट जोहते रहे।

परन्तु इसके लिए उन्हें कुछ अधिक प्रतीक्षा नहीं करनी पड़ी।

घोर युद्ध

वीर तात्या टोपे, राव साहब और उनके दूसरे वीर सेनानायकों ने भी यथाशक्ति पूरी-पूरी सावधानी तथा रणकौशल से अपने-अपने मोर्चों की तैयारी की थी और वे सब प्रकार उनकी देखभाल में सचेत थे, जिससे कम-से-कम इस बार तो शत्रुदल उन्हें अकस्मात् ही न आ दबाए और जब कभी भी वह आक्रमण करे, तो ये उनका पूरा-पूरा स्वागत कर सकें।

24 जून को ही सर ह्यूरोज़ और कर्नल नेपियर ने अपने दल-बल सहित ग्वालियर-दुर्ग को आ घेरा। इस युद्ध के सम्बन्ध में 3 अगस्त के 'लन्दन-टाइम्ज़ के एक विशेष सम्वाददाता को बम्बई से भेजा हुआ एक पत्र छपा था, जिसमें यह लिखा हैः

"जब ग्वालियर के समीप पहुंचे तो हमें यह ज्ञात हुआ कि विद्रोहियों ने दुर्ग-रक्षा के लिए विशेष तैयारी नहीं की। सम्भवतः इस अवसर पर तात्या टोपे ने रानी के परामर्श से यह निश्चय कर लिया था कि दुर्गबन्द होकर युद्ध न किया जाए, वरन् अपनी प्राचीन महाराष्ट्र युद्धनीत्यानुसार केवल नगर-प्रवेश के भिन्न-भिन्न मार्गों की ही पूरी-पूरी रक्षा करके, खुले मैदान में ही शत्रुदल का सामना किया जाए। अतः अन्दर की और सपरी के मार्गों और उनके उत्तरी ओर की रक्षा का पूरा-पूरा प्रबन्ध करके, उनके निरीक्षण का भार महारानी ने अपने हाथ में रखा और पुरुष-वेश में, सैनिक वस्त्रों में सुसज्जित हो अपने विशेष रक्षक दस्ते के साथ पूरी-पूरी कार्यपरायणता तथा दक्षता के साथ निरन्तर तथा अथक रूप से इधर-उधर अपना घोड़ा दौड़ाकर पूर्ण कुशलता से निरीक्षण कार्य करती हुई दिखाई देने लगीं।"

सर ह्यू रोज़ ने अपने अधीनस्थ दूसरे फौजी अफसरों को उन मोर्चों पर आक्रमण करने की आज्ञा देकर, जो वीर तात्या जी तथा राव साहब के निरीक्षण में थे, अपने सबसे अधिक रणवीर तथा रणकुशल योद्धा कर्नल स्मिथ को महारानी जी के मोर्चे की ओर भेजा और कर्नल स्मिथ ने बड़े आवेश में भरकर महारानी की वीर सेना पर हमला बोल दिया।

इधर महारानी जी भी कुछ असावधान न थीं। उन्होंने शत्रु-दल के अपनी छिपी हुई तोपों की मार में आते ही उस पर एकदम ऐसी भयानक अग्निवर्षा आरम्भ कर

दी कि अंग्रेज़ सेना के शूरवीरों को, जो एक प्रलयकारी जलप्रवाह के समान अन्धाधुंध आगे बढ़ते चले आ रहे थे, एक पग भी आगे बढ़ना कठिन हो गया। वे क्षण-मात्र में ही आगे बढ़ते-बढ़ते रुक गए और फिर पीछे हटते-हटते भागते हुए दिखाई दिए।

अपनी वीर सेना की यह अवस्था देखकर युद्ध-विशारद कर्नल स्मिथ ने भी अपने तोपखाने को आगे बढ़कर गोले बरसाने का हुक्म दे दिया। अब दोनों ओर से खूब दनादन होने लगी। किन्तु सिंहहृदया महारानी इससे भी साहस हारने वाली कब थीं। वह शत्रुदल की अग्निवर्षा की भी चिन्ता न करके अपनी वीर सेना-सहित बराबर आगे बढ़ती चली गईं। अन्ततः उनकी वीर सेना 'हर हर महादेव' के जयकारे गुंजाती हुई शत्रुदल से जा भिड़ी। कर्नल स्मिथ के वीर दल ने महारानी के इस प्रबल आक्रमण को रोकने का बहुतेरा प्रयत्न किया, किन्तु आंधी तथा वर्षा-वेग (तूफान) में कौन सफल-मनोरथ हो सका है! महारानी जी ने जिधर भी मुख फेरा, परे के परे साफ कर दिए। उनकी इस शानदार तथा असाधारण वीरता से प्रभावित होकर उनकी वीर सेना के रणवीरों ने भी वह मारामार की कि रिपुदल के छक्के छूट गए। उन्होंने जब-जब महारानी जी को अपनी वीरता के आवेश में शत्रुसेना के घेरे में फंसे हुए देखा, तभी उन्होंने अपनी जान पर खेल-खेलकर रिपुदल पर ऐसे प्रबल आक्रमण किए कि उन्हें साफ निकाल लाए।

इस प्रकार दोनों दल घंटों तक एक-दूसरे पर अपनी वीरता प्रकट करते रहे। परन्तु दोनों ही पल्ले बराबर तुले रहे। पूर्ण रूप से तो क्या, कुछ क्षण से अधिक भी कोई पक्ष पीछे हटता दिखाई नहीं दिया। अन्ततः इसी मार-धाड़ में दिन छिप गया। सूर्यदेव धीरे-धीरे अपनी पश्चिमी विश्रामशाला की ओर जाकर अस्ताचल की ओट में विलीन हो गए। अन्धकार बढ़ता देख दोनों पक्षों ने युद्ध स्थगित करने के बिगुल बजवा दिए और सब योद्धा अपनी-अपनी छावनियों की ओर लौट पड़े।

उस दिन के युद्ध में महारानी जी का रणवीर घोड़ा, क्षत-विक्षत होकर ऐसा निढाल हो गया कि अगले दिन उन्हें ग्वालियर-नरेश की अश्वशाला से ही अपने और सुन्दरीबाई के लिए समान रूप-रंग के दो घोड़े लेने पड़े। कारण, आज के युद्ध में काशीबाई की जगह सुन्दरीबाई को महारानी जी के साथ रहना था, अतः काशीबाई को महाराज कुमार के निरीक्षण पर छोड़ा गया। इन दोनों वीर बालाओं की नौकरी इस प्रकार प्रतिदिन बदलती रहती थी।

15 जून को प्रातःकाल से ही फिर वही मार-धाड़ आरम्भ हुई। आज सुवीरा सिंहहृदया महारानी ने सिंहवाहिनी भगवती दुर्गा के समान अपने वीरदल का नेतृत्व करते हुए अपने रण-कौशल से बड़े-बड़े अनुभवी अंग्रेज़ सेनानायकों को चकित कर दिया। इस युद्ध के सम्बन्ध में एक अंग्रेज़ी समाचार-पत्र के सम्वाददाता मि. डी. एल. वीनौलक ने 14 दिसम्बर, 1891 को यह लिखा थाः

''कोट सराय में अंग्रेज़ी सेना ने अकस्मात् ही महारानी को घेर लिया। उस सभय वे अपने कैम्प में अपनी बहिन के साथ, जो वैसी ही रूपवती तथा साहसमयी थी, पुरुष-वेश धारण किए शरबत पी रही थीं। तत्काल ही दोनों वीरांगनाएँ उछलकर अपने-अपने घोड़ों पर सवार हो गईं और बड़ी धीरता-गम्भीरता से सर ह्यू की सेना का सामना करने लगीं। इतने ही में उनके सैनिक भी इधर-उधर से घिर आए और वे दोनों अपनी सेना-सहित अंग्रेज़ी सेना पर बार-बार प्रबल आक्रमण करने लगीं। यद्यपि प्रत्येक आक्रमण में महारानी के सैनिकों की संख्या कम होती जा रही थी, परन्तु फिर भी व पूर्ण निश्चिन्तता के साथ सबसे आगे ही रहती हुई आश्चर्यजनक वीरता और फुर्ती से अपनी तीक्ष्ण तलवार चलाती दिखाई देती थीं। अन्ततः सर ह्यू ऊंट-सवार फौज का एक दस्ता लेकर वहां जा पहुंचे और महारानी की सबसे पिछली सेना-पंक्ति को भी छिन्न-भिन्न करने लगे। परन्तु तब भी महारानी बराबर डटी रहीं और अन्त में सुअवसर पाते ही, बिजली के समान कड़ककर, बचकर साफ निकल गईं।''

इस लेखक ने जिस देवी को महारानी की बहिन लिखा है वह सम्भवतः सुन्दरीबाई ही होगी। कारण, किसी भी इतिहास में महारानी जी की कोई और बहिन होने का कोई प्रमाण नहीं मिलता।

सारांश, उस दिन के युद्ध में महारानी अंग्रेज़ी सेना का संहार करती हुई बार-बार उनके घरे से साफ निकल जाती रहीं। इससे अंग्रेज़ और भी रोष तथा आवेश में भरकर उन पर प्रबल-से-प्रबलतर आक्रमण करने लगे। इस प्रकार युद्ध का सारा ज़ोर महारानी जी के मोर्चों पर ही आकर केन्द्रित हो गया।

उस दिन अंग्रेज़ों को केवल महारानी जी के मोर्चों पर ही कोई असफलता नहीं प्राप्त हुई, अपितु दूसरे मोर्चों पर भी उनका सारा प्रयत्न निष्फल रहा। अन्ततः दिन छिप जाने पर उन्हें विफल-मनोरथ ही अपनी छावनी को लौट जाना पड़ा।

विद्रोही सरदारों ने इन दो दिनों के युद्ध में ऐसी सावधानी तथा रणचातुरी से काम लिया कि ग्वालियरी सेना को, जिसकी ओर से वे पहले ही शंकित हो चुके थे, मानसिक रूप से उनके विरुद्ध होते हुए भी खुल्लमखुल्ला विद्रोह करके अंग्रेज़ों के पक्ष में जा मिलने या कोई और शरारत अथवा विश्वासघात करने का कोई अवसर नहीं मिला। किन्तु तीसरे दिन अर्थात् 16 जून के युद्ध में उनका दांव चल गया।

उस दिन महारानी जी ने प्रभात से ही अपनी सभी मानसिक, शारीरिक तथा सैनिक योग्यता और शक्तियों से काम लेकर भगवती दुर्गा महामाया के समान रिपुदल संहार पर कमर कस ली थी, जिससे अंग्रेज़ सेना के बड़े-से-बड़े धुरन्धर सेनापति और सेनानायक घबरा उठे थे। अतः वे महारानी पर विजय पाने के लिए अपनी सभी गुप्त-से-गुप्त शक्तियों से काम लेने का प्रयत्न करने को बाधित हो गए। महारानी लक्ष्मीबाई जी भी महिषासुर-मर्दिनी भगवती रणचण्डी का भयंकर अवतार बनी हुई

जिस ओर भी मुख फेर लेती थीं, उसी ओर हाहाकार मच उठता था और ऐसा जान पड़ता था, मानो आज महामाया ही ने शत्रुदल के सभी शूरवीरों को कराल काल की भेंट चढ़ाने का पूर्ण निश्चय कर लिया है।

तीन दिन के निरन्तर महासंग्राम के उपरान्त, यद्यपि आज तन्वंगी महारानी बहुत ही थक गई थीं और उनका सुन्दर सुकोमल मृदुल शरीर स्थान-स्थान पर क्षत-विक्षत होकर एक पुष्प वाटिका के समान खिल उठा था, परन्तु फिर भी उनके साहस तथा पराक्रम का यह हाल था कि शत्रुदल के प्रत्येक वार के साथ मानो उनका साहस क्षीण होने की जगह और भी कई गुना बढ़ता जा रहा था और उनके महावीर सैनिक दल भी आज प्राणों का सभी मोह त्यागकर, उनका साथ देने और पग-पग पर उनके पसीने की जगह लहू बहाने में ही कार्य रूप से अपना महागौरव तथा परम महत्त्व समझ रहे थे। परिणाम यह था कि उनका प्रत्येक आक्रमण, जो वे बिजली के समान कड़क-कड़ककर शत्रुदल पर कर रही थीं, प्रत्येक पहले आक्रमण की अपेक्षा कई-कई गुना तीव्र तथा तीक्ष्ण होता जा रहा था। अतः आज के युद्ध का सारा ज़ोर, दूसरे प्रत्येक मोर्चे से हटकर उसी एक मोर्चे पर आ पड़ा था, जहाँ महारानी जी अपनी रणवीरता तथा रणकौशल की पराकाष्ठा का प्रदर्शन कर रही थीं।

इस एक ही मोर्चे पर होने वाले घोर युद्ध की मारामार में पेशवाई सेना के अन्य सेनानायकों की वह देखरेख भी—जो वे ग्वालियर सेना के विद्रोही तथा संदिग्ध सेनापतियों एवं सैनिकों पर रख रहे थे—पिछले दो दिन के निरन्तर युद्ध में स्वभावतः कुछ ढीली पड़ गई थी। अतः आज इस बिगड़ी सेना को भी विश्वासघात करने का सहज में ही असवर मिल गया।

आज के युद्ध के लिए अंग्रेज़ों के वीर तथा रण-कुशल सेनापति सर ह्यू रोज़ ने अपनी समस्त रण-कुशलता तथा सैनिक योग्यता से पूरा-पूरा काम लेकर सब प्रकार की तैयारी की थी। उन्होंने अपनी सेना के एक प्रबल तथा विशेष भाग को तो परम आवश्यकता के समय काम करने के लिए पहले ही अलग कर दिया था। फिर शेष सेना के कई भाग करके उनमें से एक भाग को कर्नल हिक्स तथा मेजर हेन्ज़ की अधीनता में नवाब बांदा और बानपुर-नरेश व रक्षित मोर्चों पर तत्काल प्रबल आक्रमण करने की आज्ञा दी, जिससे विद्रोही सेना उनके सामने न जम सके और फिर वे धीरे-धीरे रिपुदल का संहार करते हुए महारानी लक्ष्मीबाई के मोर्चे की ओर अग्रसर होते जाएं।

तत्पश्चात् कर्नल स्मिथ तथा कर्नल रेन्स को महारानी की सेना से लोहा लेने के लिए रवाना किया और स्वयं अपनी विश्वस्त सेना के साथ उधर बढ़े जिधर पेशवा राव साहब तथा तात्या वीर डटे हुए थे। सारांश आज उभय-पक्ष के वीर सेनानायक अपनी-अपनी सेना-सहित पूरी-पूरी योग्यता से काम लेकर शत्रुदल को पराजित करने का पूरा-पूरा प्रयत्न कर रहे थे।

कर्नल स्मिथ ने जाते ही महारानी पर हल्ला बोल दिया। महारानी जी भी जैसा कि हम पहले ही लिख चुके हैं, पूरी-पूरी उग्रता तथा आवेश के साथ उनके प्रत्येक आक्रमण का उत्तर-प्रत्युत्तर देने लगीं। इस प्रकार धीरे-धीरे युद्ध का सारा ज़ोर महारानी जी के ही मोर्चे पर केन्द्रित होता चला गया और वे भयानक शत्रुदल के घेरे में घिरती चली गईं।

महारानी जी को रिपुदल के इस घेरे में इस तरह फंसा देख, जब तात्या वीर ने उनकी सहायता को पहुंचने का प्रयत्न किया, तो सर ह्यू अपने वीर योद्धा लेकर तुरन्त ही उनके मार्ग में आ डटे। उधर कर्नल स्मिथ ने सुअवसर पाकर अपनी 'हुजार्ज़' नामक प्रसिद्ध अंग्रेज़ी पलटन के एक प्रबल दस्ते को महारानी जी की सेना के पीछे पहुंचकर उस पर आक्रमण करने का संकेत कर दिया। कारण, उसी समय ग्वालियरी सेना, जो उस ओर की रक्षा कर रही थी, अब उधर से हटती हुई अंग्रेज़ सेना को मार्ग देती हुई दिखाई दी।

इस प्रकार कर्नल स्मिथ के हुजार्ज दस्ते ने तत्काल उधर से ही जाकर अपने लिए एक ऐसा सुरक्षित स्थान खोज लिया, जहां से वे अपनी छोटी तोपों से शत्रुसेना पर खूब अग्निवर्षा कर सकते थे।

इस दोहरी मार से बचने के लिए महारानी को भी अपने मोर्चे से बाहर निकल शत्रुदल से दो-दो हाथ करने पर विवश होना पड़ा और उन्होंने अपनी वीर सेना के साथ रिपुदल में वह मार-काट मचाई कि सब चकित रह गए।

दूसरी ओर नवाब बांदा और बानपुर-नरेश भी कर्नल हिक्स तथा मे. हेन्ज़ के सामने अधिक देर तक न डट सके। इस प्रकार अन्त में ग्वालियर-दुर्ग भी पेशवाई सेना के हाथों से निकलकर अंग्रेज़ों के हस्तगत होता चला गया।

महारानी का अन्तिम प्रयत्न तथा वीरगति

अपने रक्त-पिपासु शत्रुओं की सबल सेना में चहुं ओर से घिरकर शूरशिरोमणि महारानी लक्ष्मीबाई जी और उनके रण-रसिक वीर सैनिकों ने अपने प्राणों का सब मोह त्याग दिया। अब वे अपने जीवन से निराश होकर शत्रुदल को गाजर-मूली के समान काटते हुए, उनके घेरे से अपना-अपना मार्ग बनाने के प्रबल प्रयत्न में उसे छिन्न-भिन्न करने लगे और एक-एक करके वीरगति पाने लगे।

अन्ततः महारानी जी सैकड़ों शत्रुओं को गाजर-मूली के समान काटती-छांटती और अपनी तीक्ष्ण तलवार के घाट उतारती हुई अपने महावीर रक्षक दस्ते के प्रमुख सरदारों—रामचन्द्रराव देशमुख, सरदार रघुनाथ सिंह तथा सुन्दरीबाई, काशीबाई और कुछ अन्य वीर योद्धाओं सहित, उनके घेरे से साफ बचकर निकल भागने में सफल मनोरथ हो ही गईं।

अपने सैन्यजाल में फंसी हुई इस क्रुद्ध सिंहनी को एक बार फिर इस फुर्ती के साथ निकल भागते हुए देखकर सभी अंग्रेज़ सेनानायक कुछ क्षण के लिए तो आश्चर्यचकित रह गए। परन्तु फिर उन्होंने तुरन्त ही संभलकर अपने सर्वोत्तम अश्वारोही दस्ते 'हुजार्ज' को इस छोटी-सी वीरमण्डली का पीछा करने के लिए कठोर आज्ञा दी। परन्तु इतने में ही वे सब योद्धा वीर कहीं-से-कहीं जा पहुंचे थे। अतः उनके रणमस्त घोड़ों की टापों से उड़ती हुई धूल के सिवाय और कुछ भी नहीं दिखाई दिया और वे उसी ओर चल दिए।

इस प्रकार प्रबल शत्रुओं के घेरे से निकलकर कुछ सुरक्षित हो जाने पर और अपने पीछे किसी शत्रु को आता न देखकर कई घण्टों के निरन्तर युद्ध और इस भाग-दौड़ से थककर चूर हुई महारानी जी ने कहीं कुछ देर ठहरकर विश्राम लेना और अपने स्वामिभक्त साथियों और उनके घोड़ों को कुछ आराम देना परमावश्यक समझा। उनके प्राणाधिक महाराज कुमार को कुछ जलपान कराना भी बहुत ज़रूरी था। अतः वे जल के समीप एक सुरक्षित-सा स्थान देखकर वहीं ठहर गईं।

परन्तु अभी वह कुछ देर भी विश्राम न ले पाई थीं कि उनका पीछा करने वाले शत्रु शिकारी कुत्तों के समान उनकी सुगन्ध लेते और खोज निकालते वहां आ पहुंचे। उनके घोड़ों की टापों का शब्द सुनते ही इस पलायनकारी वीर-मण्डली को तुरन्त ही वहां से भाग जाना पड़ा।

अंग्रेज़ अश्वारोही भी बराबर उनके पीछे-ही-पीछे बढ़ते चले गए। उनमें से एक सवार तो इतना समीप जा पहुंचा कि उसने महारानी की स्वामिभक्त सेविका तथा सखी सुन्दरीबाई को जा लिया और उसके पास पहुंचते ही उस पर एक ऐसा वार किया कि वह 'हाय बहिन! मैं मरी' कहकर घोड़े से धरती पर गिरते ही स्वर्ग सिधार गई। उसकी यह दीन पुकार सुनते ही महारानी जी अपना घोड़ा रोककर, यमदूत के समान उस हत्यारे के सिर पर जा पहुंची और उन्होंने अपनी तीक्ष्ण तलवार के एक ही वार से उसका भी सिर धड़ से अलग कर दिया।

इसी अन्तर में महारानी जी के दूसरे साथी दूर निकल गए थे और कई अन्य अंग्रेज़ सवार समीप आ पहुंचे थे। उन्हें पास आया देख महारानी जी ने तुरन्त ही कुंवर को अपने पीछे बांध, अपने घोड़े को एड़ लगाई। एक अंग्रेज़ सवार, जो सबसे आगे था, अपने शिकार को इस प्रकार एक बार फिर हाथ से जाता देखकर अपने पिस्तौल से महारानी जी पर गोलियां बरसाने लगा। उनमें से एक गोली महारानी जी को लगी भी, किन्तु उन्होंने उसकी कुछ भी चिन्ता न की और बराबर आगे ही बढ़ती चली गईं।

दुर्भाग्यवश मार्ग में नहर का एक रजवाहा (नाला) आ गया। महारानी ने बहुतेरा प्रयत्न किया कि उनका घोड़ा उस रजवाहे को कूदकर निकल जाए परन्तु ग्वालियर-अश्वशाला का घोड़ा भी ग्वालियर-सेना के समान पूरा-पूरा सहायक सिद्ध न हुआ और झिझककर वहीं अड़ गया। यदि महारानी जी का अपना घोड़ा होता—जो एक दिन पूर्व ही घायल होकर निकम्मा हो चुका था—तो वह इस समय कदापि इस प्रकार धोखा न देता।

परन्तु शायद वीरहृदया महारानी के वीर जीवन का अन्त आ ही चुका था, अतः इस अड़ियल घोड़े को काबू में लाकर वह रजवाहा कुदाने का प्रयत्न कर ही रही थीं कि कुछ अंग्रेज़ अश्वारोही वहां पहुंचे और उन्हें अपनी इस घायल तथा अशक्त अवस्था में ही एक बार फिर उनसे दो-दो हाथ करने के लिए विवश होना पड़ा।

विभिन्न यूरोपियन ऐतिहासिकों तथा लेखकों ने महारानी जी के इस अन्तिम प्राणान्तकारी युद्ध के सम्बन्ध में भिन्न-भिन्न बातें लिखी हैं, जो अधिकतर काल्पनिक ही जान पड़ती हैं।

'भारत-विद्रोह का इतिहास' (हिस्ट्री ऑफ इण्डिया) के लेखक का तो यह कहना है कि 'कर्नल स्मिथ भी स्वयं महारानी पर आक्रमण करने वाले सैनिकों में विद्यमान थे। उन्होंने ही 'हुजार्ज' सवारों को भागती हुई महारानी और उनके साथियों का पीछा

करने की आज्ञा दी थी और इन सवारों ने महारानी को न पहचानने के कारण उन्हें भूल से मार गिराया, क्योंकि वे उस समय पर साधारण पुरुष सैनिक वेश में थीं।

परन्तु दूसरे लेखक इस कथन का समर्थन नहीं करते। 'बरतानवी भारत में लार्ड डलहौजी का शासनकाल' के लेखक ने लिखा है, ''यह कहा जाता है कि अंग्रेज़ी 'ड्रेगून' रिसाले के एक सवार ने महारानी को शत्रुसेना का कोई सवार समझकर उसके गले में पड़े हुए बहुमूल्य हार के लोभ से उन्हें काट डाला।''

अन्य कतिपय लेखकों ने यह भी लिखा है, ''अंग्रेज़ी सेनापति सर ह्यूरोज़ और गवर्नर-जनरल लार्ड कैनिंग, दोनों ही महारानी की वीरता से इतने प्रभावित हो चुके थे कि उन्होंने यह घोषणा कर दी थी कि 'रानी को जीवित ही पकड़ने का प्रयत्न किया जाए, मारा कदापि न जाए'।''

एक लेखक ने तो महारानी जी की फ्रांस की प्रसिद्ध देशभक्त वीरांगना जोन-आफ-आर्क से उपमा दी है, जिसने फ्रांस पर आक्रमण करने वाली अंग्रेज़ी सेनाओं को बार-बार हराकर अपनी मातृभूमि की अंग्रेज़ों से रक्षा की थी। इस देवी को अंग्रेज़ों ने पकड़कर और उसे एक जादूगरनी ठहराकर जीवित ही जला दिया था। वह लिखता है कि 'यह भारतीय जोन-आफ-आर्क लाल जाकेट और सिर पर सफेद रेशमी साफा बांधे हुए थी। उसके गले में ग्वालियर के सिन्धिया राज्य का प्रसिद्ध 'मुक्ताहार' पड़ा था, जो उसने ग्वालियर-राज्य कोष से प्राप्त किया था। जब वह घायल होकर अपनी मृत्यु-शय्या पर पड़ी थी तो उसने यह आज्ञा दी थी कि उसके सारे आभूषण उसके साथी सैनिकों में बांट दिए जाएं। उनकी मृत्यु से सारी विद्रोही सेना को बड़ा दुःख पहुंचा।

इन सभी वर्णनों की अपेक्षा सबसे अधिक विश्वास योग्य तथा कुछ-कुछ सारगर्भित वर्णन वह जान पड़ता है, जो मि. मारटिन ने अपनी पुस्तक 'ब्रिटिश इण्डिया' में लिखा है। उसका सारांश यह हैः

''महारानी जी को आहत होकर गिरते हुए किसी भी अंग्रेज़ ने अपनी आंखों से नहीं देखा। कारण, उस समय 'हुजार्ज' युद्ध की मारामार से इतने थकित थे और विह्वल हो रहे थे कि उन्हें अपने घोड़े पर बैठा रहना भी महाकठिन था। उन्हें अपनी इस पूर्ण विजय का भी उस समय तक पूरा-पूरा ज्ञान नहीं हुआ था, न किसी विशेष प्रयत्न की शक्ति ही उनके शरीर में शेष रह गई थी। अतः वे अवसर पाते ही युद्ध से विमुख हो गए। फिर यह भी कहा जाता है कि रानी के धराशायी होते ही उसके शरीर-रक्षक दस्ते के स्वामिभक्त योद्धा उनकी तथा उनकी बहिन के शवों के चारों ओर एकत्रित हो गए। वे दोनों पुरुष-वेश में अपने दस्ते के आगे-आगे भागी जा रही थीं और सम्भवतः तोप के किसी गोले अथवा 'हुजार्ज' के चलाए हुए पिस्तौलों की गोलियों से आहत होकर मरी थीं। इन सब शेष रहे युद्धवीरों

ने तुरन्त ही वहां एक चिता बनाकर इन दोनों रूपवती देवियों का अन्तिम संस्कार कर दिया!''

मि. मारटिन के इस वर्णन का समर्थन कि 'महारानी जी को आहत होकर गिरते हुए किसी अंग्रेज़ ने अपनी आंखों से नहीं देखा,' डॉक्टर सलविस्टर के इन शब्दों से भी होता है, जो उन्होंने अपनी पुस्तक 'मध्य भारत का युद्ध' में लिखे हैं; वे ये हैं:

''वास्तव में रानी की मृत्यु का समाचार हमें कई दिनों तक नहीं मिला। कारण, वे एक साधारण सवार के वेश में मारी गई थीं। जब यह रिपोर्ट मिली, तब भी इस पर बहुत कुछ सन्देह किया गया और जब तक पोलिटिकल एजेण्ट सर राबर्ट हैमिल्टन को इसके निश्चित प्रमाण न मिल गए तब तक इस पर किसी को विश्वास न आया।'

इस सम्बन्ध में हमारे भारतीय ऐतिहासिकों ने जो कुछ भी थोड़ा-बहुत लिखा है, उसमें अतिशयोक्ति की सम्भावना होते हुए भी बहुत कुछ सार दिखाई पड़ता है। कारण, सम्भवतः इस वर्णन का आधार उन आंखों-देखी अथवा सुनी-सुनाई बातों पर जान पड़ता है, जो उन युद्धवीरों ने वर्णन की है, जो इस स्वतन्त्रता के युद्ध में स्वयं सम्मिलित थे। शायद उन्होंने महारानी जी के इस अन्तिम संग्राम तथा वीरगति के हृदयग्राही दृश्य को अपनी आंखों से भी देखा हो या इनके दर्शकों से भी सुना हो। अतः उनके वर्णन का सारांश भी प्रिय पाठकों की भेंट करना उचित जान पड़ता है, जो इस प्रकार है:

''महारानी जिस समय उन अंग्रेज़ सवारों की दृष्टि से ओझल हो गईं, जो निर्दयी शिकारियों के समान उनका पीछा कर रहे थे, तो अचानक ही एक नाला उनके मार्ग में आ गया। उन्होंने अपने घोड़े को उसे फांद जाने का बहुतेरा प्रयत्न कराया, परन्तु वह अड़ियल टट्टू कुछ ऐसा अड़ा कि लाख प्रयत्न करने पर भी अपने स्थान से टस-से-मस न हुआ। महारानी जी का अपना सुशील तथा सुशिक्षित घोड़ा उससे पहले दिन के घोर युद्ध में ही घायल होकर बेकार हो चुका था। अतः उसे सिन्धिया जी की अश्वशाला में ही छोड़कर महारानी जी ने स्वयं एक अश्वविज्ञान-विशारद होते हुए भी, दुर्भाग्यवश इस घोड़े को अपनी सवारी के लिए पसन्द कर लिया था। परन्तु सिन्धियाराज की विश्वासघाती सेना के समान इस घोड़े ने भी ठीक मौके पर ही उन्हें धोखा दिया

''महारानी जी ने बहुतेरा चाहा कि किसी प्रकार अपना घोड़ा उस भयंकर स्थिति से निकाल ले जाएं, परन्तु विधाता का विधान ही यह था, अतः उनके सभी प्रयत्न निष्फल हुए। पीछा करने वाले अंग्रेज़ सवार सिर पर आ पहुंचे। जो चार-पांच संरक्षक योद्धा उस समय महारानी जी के साथ थे, वे इस भागदौड़ में पहले बहुत आगे निकल गए थे। अतः महारानी जी एक सुन्दर हिरनी के समान इन शिकारियों के झुण्ड में

फंस गईं। उन सबने सभी ओर से उन पर एकदम आक्रमण कर दिया। महारानी जी बड़ी रणचातुरी और फुर्ती से उनके प्राणनाशक वारों और बौछार का सामना करती रहीं और अपने आक्रमणकारियों को एक-एक करके अपनी तेज़ तलवार के घाट उतारती रहीं। किन्तु यह चौमुखा युद्ध कब तक जारी रहता? अन्त में वे थक गईं। उनकी वीर भुजाएं प्रतिक्षण शिथिल पड़ने लगीं। बहुत कुछ बचाने पर भी घाव-पर-घाव लगने लगे। इतने ही में अकस्मात् ही किसी आक्रमणकारी का एक वार ऐसा भरपूर पड़ा, जो उनके सुन्दर विशाल मस्तक (माथे) के वाम भाग को काटता हुआ उनके बायें नेत्रकमल को भी बाहर निकाल ले गया। तत्काल ही उन्होंने तड़पकर अपने आक्रमणकारी पर जो वार किया, तो वह भी धरती पर गिरकर तड़पता हुआ ही दिखाई दिया।

''इतने ही में महारानी जी के स्वामिभक्त रक्षक योद्धा भी वहां आ पहुंचे जो महारानी जी को अपने साथ न पाकर तुरन्त ही लौट आए थे। उन्होंने महारानी जी को इस भयानक घायल अवस्था में भी शत्रुओं से घिरे हुए, उनके प्रत्येक वार का यों उत्तर देते और उन्हें गाजर-मूली के समान काट-काटकर धरती पर गिराते हुए देखा, तो बिजली के समान लपककर उन हत्यारों पर टूट पड़े और सबका सफाया कर डाला।

''वीर बाला काशीबाई यह देखकर कि इतनी देर के घोर युद्ध की निरन्तर मारामार से थककर और शरीर से बहुत-सा रक्त निकल जाने के कारण महारानी जी अपने घोड़े से गिरने ही वाली हैं, तत्काल ही अपना घोड़ा दौड़ाकर उनके पास जा पहुंची और उन्हें सहारा देकर एक फूंस की झोंपड़ी के द्वार पर ले गई, जो वहां समीप ही दिखाई देती थी। इतने में ही और वीर भी वहां जा पहुंचे। सबने मिलकर उन्हें बड़ी सावधानी से घोड़े से उतारा और धरती पर बिछाई गई सुकोमल तृण-शय्या पर बड़े प्रेम से लिटा दिया।

''महारानी जी की यह दयनीय दशा देखकर उनके साथियों की आंखों से गंगा-यमुना बह निकलीं। अबोध बालक राजकुमार दामोदरराव तो आंखें फाड़े, सहमा हुआ-सा, खड़ा-का-खड़ा ही रह गया और यह सब-कुछ चुपचाप देखता रहा। जब महारानी जी को कुछ संभाला-सा आया, तो उन्होंने बड़ी ही व्याकुलता तथा विषाद-भरी दृष्टि से दामोदरराव की ओर देखकर उसे अपने पास लाए जाने का संकेत किया और 'मेरा बच्चा,' 'मेरा लाल', 'मेरा सर्वस्व', 'मेरा प्राण' आदि प्रेम-पूरित शब्द कहते-कहते उसके सिर-माथे को चूमकर उसे अपनी छाती से लिपटा लिया। बालक राजकुमार भी मृतप्राय मां से लिपटकर फूट-फूटकर रोने लगा।

''तत्पश्चात् महारानी जी सरदार रामचन्द्रजी से बोलीं—सरदार जी! अब मेरी इस धरेज के रक्षक तुम ही हो! जीते-जी इस पर कोई आंच न आने देना! यह भी

स्मरण रहे कि मेरे इस शरीर को किसी जातिद्रोही विधर्मी का हाथ अपवित्र न करने पाए। यही मेरा अन्तिम आदेश है! अब विदा!—यह कहकर महारानी जी ने अपने सब आभूषण तथा अलंकार उतारकर काशीबाई और सब उपस्थित वीरों को अपने-अपने अन्तिम उपहार के रूप में बांट दिए। तदुपरान्त 'ओ३म्-राम-राम! हरे राम!' कहते-कहते उस अमरकीर्ति देवी ने अपनी यह जीवन-लीला समाप्त कर दी और उनके शोकान्वित वीर सहयोगियों ने उनके पवित्र भौतिक शरीर को उसी फूंस की झोंपड़ी के साथ दाहकर उसका अन्येष्टि-संस्कार कर डाला और इस प्रकार वह आततायी शत्रुओं के हाथों अपवित्र होने से सदा के लिए सुरक्षित हो गया।''

महावीर तात्या की वीरगति

महारानी लक्ष्मीबाई जी के अंग्रेज़ों के साथ घोर युद्ध करते-करते रणक्षेत्र से निकल भागने के समाचार से यद्यपि राव साहब और उनके साथियों को सन्तोष तो अवश्य हुआ, परन्तु उनका पीछा जारी रखे जाने की बात सुनकर उनकी चिन्ता और भी बढ़ गई। ऐसे में वे युद्ध जारी रखने का साहस कैसे स्थिर रख सकते थे? अतः उन्होंने भी यथावसर रणक्षेत्र से भाग-भागकर अपने प्राण बचा ले जाने में ही अपनी कुशल समझी।

उस समय, जैसा कि हम पहले लिख चुके हैं, प्रायः सभी अंग्रेज़ सेनानायकों का ध्यान महारानी जी के वीरकृत्यों पर लगा था और उनमें से प्रायः प्रत्येक का अपने-अपने स्थान पर यही प्रयत्न था कि जैसे भी हो महारानी जी को कहीं से कोई सहायता न पहुंचने दी जाए। अतः महारानी जी के सहयोगी सरदारों के लिए, भाग-भागकर अपनी-अपनी जान बचा ले जाना कुछ भी कठिन न हुआ।

उन सभी के इस प्रकार मैदान खाली कर जाने पर सर ह्यू रोज़ ने इन पलायमान विद्रोही सरदारों के पीछे कुछ सैनिक दस्ते भेजकर स्वयं बड़ी सुगमता से ग्वालियर-दुर्ग पर अधिकार जमा लिया और 16 जुलाई, 1858 को दरबार रचाकर, ग्वालियर-नरेश जियाजीराव सिन्धिया को फिर उनके पूर्वजों के राज-सिंहासन पर सुशोभित कर उन्हें 'राजाधिराज' के मान्य पद से सम्मानित कर दिया। सिन्धिया जी के इस पुनर्राज्याभिषेक के अवसर पर ग्वालियर नगर और विशेषतः ग्वालियर छावनी में, जो 'लश्कर' के नाम से प्रसिद्ध है, खूब दीपमाला की गई। महाराजा जियाजीराव ने भी इस अवसर पर सब अंग्रेज़ अफसरों को खूब धूमधाम से सहभोज दिया और उनकी अधीनस्थ सेनाओं का भी उनकी छावनी में ही भोज्यादि से अच्छा सत्कार किया।

अंग्रेज़ ऐतिहासिकों तथा लेखकों ने अपनी-अपनी पुस्तकों में राजा जियाजीराव की राजभक्ति के खूब गीत गाए हैं। 'सेण्ट्रल इण्डिया' (मध्य भारत) के लेखक ने लिखा है, ''ग्वालियर राज्य के चित्र पर साधारण दृष्टि डालने से यह स्पष्ट दीख जाता है कि यदि यह राज्य भी विद्रोहियों के साथ मिल जाता तो हमारा अन्त क्या होता! निज़ाम राज्य भी उस समय पर्याप्त रूप से भड़क उठने के योग्य हो चुका

था। ग्वालियर राज्य में यह आग फैलते ही वहां भी अवश्यमेव फैल जाती। इस अवस्था में यह कहना बहुत कठिन है कि हम दक्षिण भारत के किसी भी भाग को सुरक्षित रखने में सफल-मनोरथ हो सकते अथवा नहीं।

अधिक क्या कहा जाए, इन सभी घटनाओं के समाचार लन्दन भेजते हुए स्वयं लार्ड कैनिंग गवर्नर-जनरल ने यहां तक लिख डाला था, "यदि इस समय सिन्धिया महाराज भी विद्रोहियों के साथ मिल जाते, तो शायद मुझे भी अगले ही दिन अपना सब लटा-पटा संभालकर भारत से कूच कर जाना पड़ता।"

कहा जाता है, ग्वालियर से भागकर कुछ दिनों तक तो राव साहब, नवाब बांदा आदि सब विद्रोही सरदार सेनापति तात्या टोपे के साथ मिलकर छिपे-छिपे आक्रमण करते रहे, परन्तु आखिरकार वे सभी तात्या वीर का साथ छोड़ गए। केवल तात्या वीर ने स्वर्गीय महारानी लक्ष्मीबाई के समान अपने जीवन के अन्त तक यह स्वतन्त्रता-युद्ध जारी रखने का अमर यश प्राप्त किया। अतः उनके वीर जीवन के इस अन्तिम संग्राम का भी कुछ संक्षिप्त-सा वर्णन अवश्य पाठकों के मनोरंजन का कारण होगा।

ग्वालियर के युद्धक्षेत्र में विफल मनोरथ होकर तात्या जी ने यह सोचा कि अब नर्मदा पार जाकर महाराष्ट्र-वीरों को अंग्रेज़ों के विरुद्ध उठाया जाए, जिससे एक बार फिर उनकी सहायता से भारत के इस स्वातन्त्र्य-युद्ध को कुछ तेज़ किया जा सके। अतः उन्होंने अपना पीछा करने वाले शत्रु-दल को भ्रम में डालने के लिए नर्मदा-तट का सीधा मार्ग न लेकर भरतपुर की ओर प्रस्थान किया। किन्तु सर ह्यू भी कुछ कच्ची गोलियां नहीं खेले थे। वे यह भली प्रकार जानते थे कि महारानी लक्ष्मीबाई जी के पीछे यदि कोई वीर अंग्रेजी राज्य के लिए भयावह सिद्ध हो सकता है तो वह तात्या टोपे ही है। उसके सिवाय और कोई कदापि नहीं हो सकता। अतः उन्होंने यथाशक्ति तात्या जी की प्रगति पर पूर्ण दृष्टि रखने और उनका पीछा करने की कठिन आज्ञा जारी कर दी, जिससे वे अंग्रेज़ी गुप्तचरों की दृष्टि से ओझल होकर फिर कहीं कोई ऐसी उपद्रवाग्नि न भड़का सकें जिसका बुझाना ही अन्त में कठिन हो जाए।

अतः भरतपुर की ओर जाते हुए भी तात्या वीर ने अंग्रेज़ों के गुप्तचरों को अपने पीछे-पीछे ही अनुभव किया। उन्हें भुलावे में डालने के लिए वे तुरन्त जयपुर चल दिए। जब उधर भी उन्होंने इन शिकारियों को अपने पीछे-ही-पीछे पाया, तो झट दक्षिण की ओर हो लिये और टौंक राज्य के समीप जा पहुंचे। तात्या जी के आगमन का समाचार सुनकर वहां के नवाब साहब ने अंग्रेज़ महाप्रभु पर अपनी परमभक्ति प्रकट करने की इच्छा से तात्या वीर को अपने राज्य में प्रवेश करने से रोकने और अपनी सीमा से बाहर-ही-बाहर मार भगाने के लिए एक प्रबल सेना भेज दी। परन्तु तात्या जी ने उस सेना पर कुछ ऐसा मन्त्र फूंका कि वह उन्हीं का दम

भरने लगी और पूर्णतः उनके आश्रित हो गई। अब तात्या जी उस सेना को साथ लिये इन्द्रगढ़ की ओर बढ़े।

इस प्रकार नवाब साहब वीर तात्या को अपने राज्य से बाहर ही मार भगाने के प्रयत्न में अपनी सेना से भी हाथ धो बैठे।

वर्षा ऋतु थी। अंग्रेज़ों की ओर से मेजर होम्ज़ तात्या जी का पीछा कर रहे थे। राजपूताने से कुछ अन्य सेना भी आकर उनके साथ मिल गई थी, जिससे उनका साहस और भी बढ़ गया था। सामने ही चम्बल दरिया तात्या जी का मार्ग रोक रहा था, जो वर्षा ऋतु में अपनी तीव्र तरंगों के कारण भारत-भर में सबसे भयानक दरिया समझा जाता है। उस समय चम्बल की तूफानी तरंगों का सामना करना स्वयं मृत्युदेव के साथ खेलने से कम न था। अतः तात्या वीर ने अपनी सेना को इस काल-चक्र में फंसाना उचित न समझकर बूंदी राज्य की ओर पग पढ़ाया।

परन्तु उधर कप्तान रॉबर्टसन मार्ग रोके खड़े थे। उनसे मुठभेड़ हो गई। परिणाम यह हुआ कि तात्या जी बूंदी राज्य की ओर न जाकर उनकी सेना-पंक्तियों को मारते-काटते, चीरते-फाड़ते उदयपुर राज्य की ओर चल दिए। जब उधर भी अंग्रेज़ी सेना से टक्कर हुई, तो किसी-न-किसी प्रकार उससे भी निबटकर वे फिर चम्बल-तट की ओर बढ़े।

अब उन्होंने अपनी तोपें वहीं छोड़ दीं और उनके बोझ से हलके होकर रामभरोसे चम्बल पार हो जाने की सोची। परन्तु वहां पहुंचकर यह ज्ञात हुआ कि चम्बल पर भी अंग्रेज़ी सेना छावनी डाले पड़ी है। और उनकी प्रतीक्षा कर रही है। विवश हो वह झालरापाटन राज्य की ओर चल पड़े। वहां का राजा भी मार्ग रोकने के लिए सामने आ डटा। परन्तु न जाने किस 'छू मन्तर' से तात्या महाराज ने उनकी सेना को भी अपने वशीभूत कर लिया। अब तो राजा साहब को भी लेने के देने पड़ गए और उन्होंने बहुत-सी युद्ध-सामग्री (गोला-बारूद आदि) तथा रसद के अतिरिक्त 15 लाख रुपया भी तात्या महाराज को भेंट करके उनसे अपना पिण्ड छुड़ाया।

झालरापाटन में पूरे 5 दिन अतिथि-सत्कार पाकर विश्राम करने के उपरान्त तात्या जी नर्मदा नदी पार कर इन्दौर राज्य में प्रविष्ट होने के विचार से आगे बढ़े। उनकी मन्त्रशक्ति जैसी सफलताओं को देख-देखकर अंग्रेज़ चकित रह गए और उन्हें सचमुच 'शैतानी हौवा' समझने लगे। मध्य भारत के चहुं ओर उनकी इस मार-धाड़ की धाक बंध गई। हाहाकार मच गया। कई नगर लुटे, कई-एक नागरिकों ने मुंहमांगी भेंट-पूजा देकर जान बचाई, कई अभिमानी-अहंकारी राजाओं तथा नवाबों से मनमाने कर के अतिरिक्त युद्ध-सामग्री भी भेंट ली गई।

सारांश, नदी-नद वन-पर्वत जो भी मार्ग में आए, सभी निर्भयतापूर्वक पार कर डाले। कहीं भी किसी के रोके न रुके, न डांटे डटे। वायु वेग के समान जिधर भी मुख किया उधर ही अपना मार्ग बना लिया और और आगे-ही-आगे बढ़ते चले गए।

यदि अंग्रेज़ी जायदाद कहीं मिल गई तो उसे भस्मीभूत किए बिना न छोड़ा। यदि कोई राजकोष हत्थे लगा, तो उसे निर्भर हो लूट लिया। जिस ग्राम अथवा नगर के निवासियों ने आदर-सत्कारपूर्वक जो भेंट-पूजा कर दी, उसे ही सहर्ष स्वीकार कर अभयदान दे दिया। जिसने कुछ आनाकानी की अथवा हेकड़ी दिखाई उसकी कम्बख्ती बुला दी। ईंट से ईंट बजा दी।

जनरल नेपियर, राबर्ट्स, मिचिल, ब्रिगेडियर पार्क्स समरसेट, बोम्स, कप्तान हाम्ज, बीचर, सरदलैण्ड आदि अनेक रण-कुशल अनुभवी सेनानायक, एक-एक करके तात्या वीर को पराजित करके बन्दी बनाने का बीड़ा उठाकर अपनी-अपनी छावनियों से चले, परन्तु कोई भी उनकी पदधूलि को न पा सका। यदि कहीं भाग्यवश किसी की टक्कर हो भी गई, तो कुछ देर लोहे-से-लोहा बजा और फिर तात्या महाराज यह जा, वह जा। किसी में भी यह बल तथा साहस न था कि उन्हें रोके अथवा अपने काबू में लाए। वायु तथा जल के वेग को रोकना सुगम था, परन्तु तात्या वीर को रोकना सुगम न था।

इसी प्रकार पूरे डेढ़ वर्ष तक सब अपने-अपने सभी प्रयत्न कर-करके थक गए, परन्तु तात्या वीर को अपने जाल में फंसा न सके। जब तात्या वीर ने यह समझ लिया कि अब अंग्रेज़ों ने उनकी सभी चालें तोड़कर, दक्षिण की ओर के मार्ग बन्द कर दिए हैं, तो वे भी प्रकटतः दक्षिण जाने का विचार छोड़कर उत्तराभिमुख हो लिए। जब अंग्रेज़ी सेनाएं उत्तर में पंहुचीं तो वे तुरन्त ही विद्युत्-गति से फिर दक्षिण की ओर पलटकर बेतवा नदी के तट पर जा पहुंचे और तत्काल ही उसे पार कर रायगढ़ के मार्ग से और भी दक्षिण को चल दिए।

उनकी इन सांप की-सी टेढ़ी-मेढ़ी चालों ने अंग्रेज़ी सेनानायकों के नाकों-दम कर दिया। वे कुछ भी न सोच सकते थे कि तात्या वीर को अपने वशीभूत करने के लिए क्या करें और क्या न करें?

रायगढ़ होते हुए वे सीधे नागपुर जा पहुंचे। वहां कुछ काम बनते न देखा तो बड़ौदा राज्य की ओर चल दिए। मार्ग में कप्तान सदरलैण्ड से एक कड़ी टक्कर ली और अवसर पाते ही अपनी सब तोपें वहीं छोड़-छाड़कर, अपने वीर सैनिकों-सहित नर्मदाजी में कूद पड़े और दूसरे तट पर जा दर्शन दिए। बेचारे कप्तान सदरलैण्ड और उनके वीर योद्धा अवाक् हो उनका मुंह देखते-के-देखते रह गए।

तात्या जी के इस साहस तथा अथक पराक्रम से प्रभावित होकर मि. मैलसन को अपनी 'भारत विद्रोह का इतिहास' नामक पुस्तक में यह लिखना पड़ा कि 'निस्सन्देह संसार-भर की किसी भी वीर सेना ने इतनी गति और साहस के साथ कभी कूच नहीं किए, जैसे तात्या की सेना ने किए।'

यहां से तात्या जी सीधे छोटे उदयपुर जा पहुंचे। बड़ौदा वहां से केवल पचास मील था। बड़ौदा पहुंचने के विचार से उन्होंने उधर का रुख किया, परन्तु मार्ग भूलकर

'पार्क उदयपुर' जा निकले। यहां फिर कुछ विचार बदला, तो उत्तर की ओर चल दिए।

तात्या जी की इस आए दिन की दौड़-धूप से घबराकर नवाब बांदा ने तो यहां से उनका साथ छोड़ दिया। कारण, उन्हीं दिनों महारानी विक्टोरिया की ओर से सभी विद्रोहियों के लिए क्षमा-प्रदान की घोषणा की गई थी। अतः नवाब साहब ने अंग्रेज़ों की शरण लेकर अपने-आपको उनकी दया पर छोड़ दिया! अंग्रेज़ सरकार ने भी उन्हें शेष आयु के लिए 4 हज़ार रुपये की वार्षिक पेंशन देना स्वीकार कर लिया। राज्य तो उनका वह पहले ज़ब्त कर चुकी थी।

यहां तात्या जी और राव साहब अपनी शेष सेनासहित उदयपुर के समीप जा पहुंचे। वहां अंग्रेज़ी सेना से फिर उनकी मुठभेड़ हुई और फिर उससे पीछा छुड़ाकर वह एक समीपवर्ती वन में घुस गए, जहां से उन्हें ढूंढ निकालना कोई हँसी-खेल न था।

अंग्रेज़ी सेना के जाते ही वे निकलकर प्रतापगढ़ की ओर बढ़े, तो मेजर रास और उनकी सेना ने उनका मार्ग रोकने का विफल प्रयत्न किया, परन्तु वह अपने साथियों-सहित आंधी-तूफान के समान फिर बांसवाड़े के वन में जा घुसे।

ठीक उस समय दिल्ली के मुगल राजवंश के राजकुमार शाहज़ादा फिरोज़शाह भी ग्वालियर राज्य के विद्रोही सरकार मानसिंह-सहित कुछ सेना को लिये वहां जा निकले। दोनों दलों ने अपने इस अकस्मात् मिलन को प्रभु-कृपा समझकर अन्त समय तक एक-दूसरे का साथ देने की शपथ ली। इन वीरों की सहयोग-शपथ आयु-भर अपनी सम्मिलित शक्तियों से देशोद्धार तथा जातीय स्वतन्त्रता के लिए यत्नशील रहने के निमित्त ही थी, अन्यथा यदि चाहते तो वे भी नवाब बांदा के समान उपर्युक्त क्षमा-घोषणा का लाभ उठाकर अपने-आपको अंग्रेज़ों की दया पर छोड़ देते और सारी दौड़-धूप से बच जाते। परन्तु उनके वीर साहस ने उन्हें यह आज्ञा नहीं दी और यही कहा कि,

वीर वही रणधीर वही, जो आन के नाम पर प्राण गंवाए।
अन्तिम श्वास तक आस न छोड़े, रिपु सन्मुख न शीश झुकाए।
खेत रहे रण-क्षेत्र के मांहि, हँस-हँस कर सब अंग कटाए।
प्राण तजै पै न आन तजै, निज नाम को नांहि कलंक लगाए।

इस घटना को अभी कुछ दिन न बीते थे कि 16 जनवरी, 1859 के प्रातःकाल जब तात्या वीर अपने वनवासी मित्रों और सहयोगियों अर्थात् राव साहब, शाहज़ादा फिरोज़ और मानसिंह आदि के पास निश्चिन्तता के साथ बैठे वार्तालाप कर रहे थे तो अकस्मात् ही एक अंग्रेज़ अफसर ने, जो बहुत दिनों से अपनी सेना-सहित उनकी खोज में मारा-मारा फिर रहा था, वहां पहुंचकर तात्या जी के कन्धों पर हाथ जा

रखा। सबने यही समझा कि अब निश्चिय ही हम सबके सब पकड़े गए, किन्तु वाह रे तात्या वीर! न जाने उन्होंने उस समय क्या चाल चली कि निमिष-मात्र में ही अपने सब साथियों-सहित अंग्रेज़ अफसर और उनके सैनिकों के इस घेरे में से साफ निकल गए और ऐसे हवा हुए कि कई मास तक कहीं ढूंढ़ने पर भी न मिले।

जान पड़ता है कि घटना के पश्चात् ही तात्या जी के चिर मित्र और पुराने सहयोगी राव साहब पेशवा जी भी इस नित्य की मार-धाड़ और दौड़-धूप से तंग आकर उनको छाड़ गए। सच है:

बुरे दिनों में किसने साथ निभाया?
अन्धकार में संग नहीं रहती निज छाया।

कहा जाता है कि इसके उपरान्त राव साहब वर्षों तक संन्यासी-वेश में इधर-उधर घूमते-फिरते रहे और 1862 के आरम्भ में अंग्रेज़ी गुप्तचरों ने उन्हें कहीं पहचानकर पकड़ लिया और उन्हें 30 अगस्त को, उसी ब्रह्मावर्त के स्थान में फांसी की रस्सी में लटककर अपनी यह जीवन-यात्रा समाप्त करनी पड़ी, जहां से कि हमारे इस ऐतिहासिक उपन्यास का आरम्भ हुआ है, और जहां हमने अपने प्रेमी पाठकों को इस वीर-गाथा की बाल वीरांगना 'छबीली' (उपनाम मन्नोबाई; प्रसिद्ध नाम महारानी लक्ष्मीबाइ) तथा उनके बाल-सखाओं अर्थात् राव साहब और उनके छोटे भाई बालराव उपनाम नाना साहब[1] के दर्शन कराए हैं।

नाना साहब के सम्बन्ध में (जैसा कि हम पहले भी लिख चुके हैं) यह कहा जाता है कि कानपुर के हत्याकाण्ड के उपरान्त ही अपने सहयोगी सरदार अजीमउल खां के साथ वे नपाल राज्य के पर्वतीय वनों में जाकर कहीं ऐसे लोप हुए कि आज तक भी किसी को उनका पता नहीं लग सका।

राव साहब के इस प्रकार बिछुड़ जाने पर तात्या जी भी कुछ अधिक काल तक स्वतन्त्र न रह सके और प्रायः चार मास पीछे ही, वह ग्वालियरी सरदार मानसिंह के विश्वासघात का शिकार होकर अंग्रेज़ों के हत्थे चढ़ गए।

कहा जाता है कि 4 अप्रैल, 1859 की तिमिराच्छादित रात्रि को जब तात्या वीर अपने नित्य नियमानुसार खा-पीकर पूर्ण निश्चिन्तता के साथ अपनी तृण-शय्या पर विश्राम कर रहा था, तो उनका यह मित्रद्रोही, स्वार्थी-विश्वासघाती मित्र मानसिंह, जो उनके पास ही पड़ा सो रहा था, चुपचाप उठकर कहीं से कुछ अंग्रेजों को बुला लाया, जो पहले से ही उसके साथ षड्यन्त्र रच चुके थे। उन सबने मिलकर उस निश्चिन्त स्वप्नमग्न सोते सिंह पर आक्रमण कर दिया और उसकी तृण-शय्या पर ही उसे बांधकर बन्दी बना लिया।

बस, फिर क्या था? अंग्रेज़ सरकार ने इस असामान्य कर्मवीर और भारतमाता की स्वतन्त्रता के अमर पुजारी को सिपरी ले जाकर 18 अप्रैल, 1859 को फांसी पर चढ़ाकर अमरलोक पहुंचा दिया।

मित्रद्रोही ग्वालियरी सरदार मानसिंह ने, सम्भवतः अपने इस स्व-जातिद्रोही नाम के प्रभाव से ही, अपने मस्तिष्क पर प्रलयकाल तक के लिए एक ऐसे घृणित कलंक का टीका लगवा लिया जैसा कि राजपूत कुलद्रोही अम्बर-नरेश राजा मानसिंह ने भी, हिन्दूपति प्रातःस्मरणीय महाराणा प्रताप के साथ द्वेष करके और सम्राट् अकबर का भुजबल बनकर, शायद अपने माथे पर न लगवाया होगा।

वर्षों व्यतीत हो गए। इस मित्रद्रोही मानसिंह का नाम तो उन लोगों के सिवाय, जिन्हें तात्या वीर के वीर जीवन के इस अन्तिम दृश्य का कुछ ज्ञान है, कोई जानता भी नहीं, और यदि कोई जानता भी है तो इस नाम को वह वैसे ही धिक्कारपूर्ण भावों से याद करता है, जिससे उसके सहनामी अम्बर-नरेश का लिया ज़ाता है। परन्तु इनके विपरीत वीरशिरोमणि महाराणा प्रताप और महावीर तात्या के शुभ नाम आज भी उनके मित्रों और भक्तों के नहीं, वरन् शत्रुओं के मुख पर भी आदर-सम्मान के साथ ही आते हैं और सब यही कहने के लिए विवश हो जाते हैं कि,

हार जीत प्रभु हाथ है, ता पर कछु न बस आय।
अन्त समय तक यत्न कर, वीर अमर पद पाय॥

अब तो वह दिन भी प्रभु-कृपा से आ गया है, जबकि स्वतन्त्र भारत के स्वतन्त्र गगन पर इन असंख्य देशभक्त वीरों के शुभ नाम, जिन्होंने जातीय स्वाधीनता तथा स्वतन्त्रता की पावन वेदी पर अपने पवित्र प्राणों का बलिदान दिया है, परमोज्ज्वल तारागणों के समान जगमगा रहे हैं:

शहीदों की चिताओं पर, लगेंगे हर बरस मेले।
वतन पै मरने वालों का, यही बाकी निशां होगा॥

महारानी जी की अमूल्य धरेज

इस रक्तरंजित दुःखमय वीरगाथा से सम्बन्ध रखने वाले सभी महावीरों के दुःखान्त परिणाम पर इस प्रकार उचित प्रकाश डाले जाने के उपरान्त अब केवल अमरकीर्ति महारानी लक्ष्मीबाई जी की अन्तिम धरेज, अर्थात् उनके पूज्य पतिदेव के नामलेवा महाराजकुमार दामोदरराव के सम्बन्ध में कुछ कहना ही शेष रह गया है, जिनकी रक्षा का विचार अन्तिम समय तक भी महारानी जी के मन से दूर नहीं हो सका था।

महारानी जी का अंत्येष्टि-संस्कार करके, विश्वस्त सरदार रामचन्द्रराव देशमुख और वीरबाला काशीबाई, जो अब नववर्षीय राजकुमार दामोदरराव के संरक्षक रह गए थे, अपने गिने-चुने दूसरे सहयोगियों के साथ-साथ सेनापति तात्या जी और राव साहब आदि की खोज में चल पड़े। परन्तु उनका मिलना क्या सुगम था? वे तो सबके सब महारानी जी के पलायन और उनका पीछा किए जाने के समाचारों से साहस हारकर अंग्रेज़ों की क्रोधाग्नि से अपनी-अपनी जान बचाने के लिए ग्वालियर के रणक्षेत्र से ही लोप हो चुके थे।

स्वामिभक्त रामचन्द्रराव और उनके सहयोगी प्रायः ढाई वर्ष तक महाराज कुमार को साथ लिये-लिये, अंग्रेज़ों से छिपते-छिपाते और अपने तथा राजकुमार के प्राण बचाते, वन-वन और ग्राम-ग्राम फिरते रहे। कहा जाता है कि ग्वालियर से प्रस्थान के समय उनके पास प्रायः 75 सहस्र रुपये की स्वर्णमुद्राएं तथा रत्नाभूषण आदि थे, जो इस निर्वासन-काल में स्थान-स्थान पर रिश्वतें दे-देकर अपने प्राण बचाने और अपनी नाना प्रकार की आवश्यकताएं पूर्ण करने में ठिकाने लग गए। अन्त में जब उनके पास केवल राजकुमार का एक स्वर्णकंगन रह गया, जो उन्होंने पहना हुआ था, तो उनके लिए आहार प्राप्त करके अपनी तथा राजकुमार के प्राणों की रक्षा भी कठिन हो गई।

अपनी इस दुर्भाग्यपूर्ण यात्रा में वह कटोरा, सिपरी, पाटन, बड़ौदा आदि अनेकानेक स्थानों और उनके समीपस्थ प्रान्तों की धूल छानते अन्त में आगरे जा पहुंचे, जहां उस समय अंग्रेज़ों की छावनी पड़ी थी। उस छावनी के धाता-विधाता

मि. प्लीक नामक एक सहृदय अंग्रेज़ सज्जन थे। वह महारानी लक्ष्मीबाई जी की वीरता तथा उनके रण-कौशल के कारण उनके परम भक्त होने के अतिरिक्त भारत सरकार के पोलिटिकल विभाग से सम्बन्ध रखने के कारण उनके वीर जीवन की सभी घटनाओं से भलीभांति अवगत थे। अतः वे महारानी जी से अपने मन-ही-मन में बड़ी सहानुभूति तथा श्रद्धा रखते थे। इस दुर्भाग्यग्रस्त मण्डली की विवशता, दरिद्रता से प्रभावित होकर वे उनके साथ बड़ी शिष्टता तथा सम्मान से पेश आए।

मि. प्लीक की इस सहृदयता तथा सज्जनता से साहस पाकर एक दिन काशीबाई ने अपने मातृ-मोहवश प्लीक साहब की दयामयी धर्मपत्नी से राजकुमार के जीवन-रहस्य का कुछ संकेत कर दिया। तत्पश्चात् श्री रामचन्द्र जी ने भी उसे गुप्त रखना उचित न समझकर प्लीक साहब से सब कुछ कह दिया। प्लीक साहब ने उनकी स्वाभिभक्ति से प्रभावित होकर उनका बड़ा सत्कार किया और वे सब प्रकार उनसे सम्मानपूर्ण व्यवहार करने लगे।

अन्ततः, मि. प्लीक की आग्रहपूर्ण सिफारिश तथा सहायता से इन्दौर के पोलिटिकल एजेण्ट मि. शेक्सपियर ने भी, जो मि. प्लीक के घनिष्ठ मित्र थे, महाराजकुमार दामोदरराव और उनके सब साथियों को क्षमा प्रदान कर दी और उन्हें अपने पास ही बुला लिया। कृतज्ञ स्वभाव सरदार रामचन्द्र जी ने मि. प्लीक की इस सहानुभूति के प्रति अपनी और अपने साथियों की कृतज्ञता प्रकट करने के लिए महाराजकुमार का वह बचा हुआ कंगन भी स्मारक रूप से मि. प्लीक को भेंट कर दिया। मि. प्लीक तथा मि. शेक्सपियर की प्रबल सिफारिशों के प्रभाव से गवर्नर-जनरल लार्ड कैनिंग ने राजकुमार दामोदरराव को 18 सौ रुपये की वार्षिक पेंशन देना स्वीकार कर लिया।

मि. शेक्सपियर को भी इस भाग्यहीन राजकुमार से कुछ ऐसी सहानुभूति तथा प्रीति हो गई कि वह उन्हें अपने पुत्रों के समान चाहने लगे थे; अतः उन्होंने मुं. धर्मनारायण को, जो एक सुयोग्य तथा सहानुभूतिशील सज्जन थे, उनका अध्यापक तथा निरीक्षक नियत कर दिया और उनसे उन्हें मराठी, हिन्दी, उर्दू, अंग्रेज़ी आदि की शिक्षा दिलानी आरम्भ कर दी।

जब महाराजकुमार युवावस्था को प्राप्त हुए तो उनके सद्गुणों से प्रभावित होकर मि. शेक्सपियर ने उनका वह 6 लाख रुपया भी उन्हें दिलाने का बड़ा प्रयत्न किया, जो महाराज गंगाधरराव की सम्पत्ति में से उनके उत्तराधिकार रूप से अंग्रेज़ सरकार के पास उनके लिए सुरक्षित था। परन्तु शोक है कि मि. शेक्सपियर की यह सद्भावना सफल न हुई और जिस बालक को भगवान् ने एक साधारण-से घर में जन्म देकर उसके सौभाग्यवश, कुल काल के लिए 20-25 लाख वार्षिक आय की एक राजगद्दी का उत्तराधिकारी बना दिया था, उसे अब अपना सिर तक छिपाने के लिए भी कहीं कोई टूटी-फूटी झोंपड़ी नसीब न हो सकी।

राजकुमार दामोदरराव की स्वर्गीय चाची जी ने अपने आभूषणादि बेचकर, उनका विवाह इन्दौर राज्य के एक कुलीन परिवार में करा दिया, जो भटवड़ेकर के नाम से प्रसिद्ध था। किन्तु इस देवी का सन्. 1872 में ही स्वर्गवास हो गया।

इसके उपरान्त उनका दूसरा विवाह शिवड़े नामक परिवार में हुआ। इससे उन्हें 1904 में एक पुत्र-रत्न की प्राप्ति हुई, जिसका शुभ नाम लक्ष्मणराव रखा गया। वे अब तक महाराजा गंगाधर राव तथा महारानी लक्ष्मीबाई जी के वंशज रूप में इन्दौर नगर में विराजमान हैं।

❑❑❑